파멸

파멸
복수의 그림자

ⓒ 안명기, 2025

초판 1쇄 발행 2025년 1월 2일

지은이   안명기
펴낸이   이기봉
편집   좋은땅 편집팀
펴낸곳   도서출판 좋은땅
주소   서울특별시 마포구 양화로12길 26 지월드빌딩 (서교동 395-7)
전화   02)374-8616~7
팩스   02)374-8614
이메일   gworldbook@naver.com
홈페이지   www.g-world.co.kr

ISBN   979-11-388-3868-9 (03810)

파멸

복수의 그림자

안명기
장편소설

좋은땅

작가의 말

· 권선징악(勸善懲惡): 착한 행실을 권장하고 악한 행실을 징계함.
· 인과응보(因果應報): 좋은 일에는 좋은 결과가, 나쁜 일에는 나쁜 결과가 따름.

위 두 사자성어는 선을 권(勸)하거나, 악을 벌(罰)할 때 인간이 개입해서 권징(勸懲) 하는 것이 아니라 하늘의 뜻대로 되는 것을 의미한다고 봅니다. 이에 공감합니다.

그러나 마땅히 벌을 받아야 할 자를 하늘이 벌을 내릴 때까지 기다리지 못하고 직접 복수를 하거나 앙갚음을 하는 것을 종종 보곤 합니다. 이렇게 되면 복수가 복수를 낳고 또 복수가 복수를 낳는 악순환의 고리를 끊을 수 없습니다. 그래서 법에서도 복수를 위한 되갚음을 엄하게 처벌하고 있지요.

그러나 소설은 다릅니다. 소설은 재미를 요구합니다.
재미없는 소설은 독자들로 외면당하는 것은 당연합니다. 뭐니 뭐니 해도 소설은 재미가 있어야 합니다. 그것은 당연히 작가가 가져야 할 의무입니다.

그러기 위해서는 사랑, 우정, 배신, 복수는 독자들에게 흥미를 유발하는 중요 요소 중 하나라고 생각됩니다. 물론, 순수 소설, 연애 소설, 추리

파멸

소설, 역사 소설, 공상 과학 소설… 등등 여러 종류의 다양한 장르의 소설이 있지만…….

여기 한 사내가 있다.

이 사내의 운명은 기구하다 못해 처절하기 그지없다. 칡넝쿨보다도 더 꼬일 대로 꼬인 한 사내의 운명, 처절하고도 기구한 한 사내의 일대기를 그려 보고 싶어서 펜을 들었다.

때론, 사나이들의 진한 의리와 또는 그에 반하는 우정에 대한 배신, 또 한편으로는 애절하고도 절절한 사랑을 느끼게 될 것이며 독자 여러분들의 잠자는 감성을 일깨울 것이다.

힘겹게 살아가는 이 시대의 모든 분에게 이 소설을 통해 잠시나마 답답한 가슴에 통쾌하고도 시원한 청량감을 느낄 수 있다면 저자는 그것으로 대리만족을 가질 것이다.

마지막 남은 한 페이지를 넘길 때쯤이면 독자 여러분들은 마음에서 우러나오는 뜨거운 눈물을 흘릴 것으로 확신한다.

앞으로 더 좋은 소설로 독자 여러분께 다가갈 것을 약속드리며 제위님들의 혹독한 평가를 기다리겠습니다.

2025년 을사년(乙巳年) 정초(正初)에
장천고산 정(長川高山 亭)에서
저자 안명기 拜

차례

작가의 말 • 4

프롤로그 • 7

제 1 회   도망자, 악연 • 8

제 2 회   유서, 접수 • 36

제 3 회   윤철민의 죽음, 탈옥 • 65

제 4 회   베일 속의 여인, 잠입 • 97

제 5 회   홍등가의 실태, 해체 • 126

제 6 회   인연, 가자, 돌산으로 • 154

제 7 회   아! 그리운 만남, 피바람의 서곡 • 201

제 8 회   누명, 피바람 1 • 260

제 9 회   배반, 첫사랑 • 305

제 10 회   피바람 2, 절규 • 357

제 11 회   추격, 아! 가슴 아픈 사랑아 • 408

제 12 회   처절한 복수, 애절한 사랑, 그리고 부활 • 443

프롤로그

[살고 싶다. 정말 살고 싶다.]

- 본문 중에서

  한 남자가 있다. 아니, 아주 친한 삼총사가 있다. 그들은 한날한시에 한국 최고의 명문대에 합격한다,

  그러나 이들은 불운하게도 우발적으로 한 친구를 죽이게 되고 지나가는 목격자를 살해하게 된다. 그 누명을 뒤집어쓴 친구. 그 친구는 결국 사형수로 10년 동안 수감 생활을 한다.

  그는 복수를 위해서, 첫사랑의 여인을 찾기 위해, 탈옥을 해야만 했다.

[내리쬐는 햇빛을 가리기 위해 오른손을 이마에 갖다 대며 두 눈을 찡그리며 중얼거린다.

'후! 후! 후! 이곳에서 저 빛을 볼 날도 얼마 남지 않았군. 기다려라. 하늘아! 태양아! 나가서 마음껏 맞으리라. 하! 하! 하!']

- 본문 중에서

  결국, 탈옥에 성공, 복수와 첫사랑을 찾아가는 한 남자의 짧은 일생, 상상조차 하기 싫은 인생의 가시덤불이 차마 눈 뜨고 볼 수 없을 정도로 처참하고 처절하다.

제1회
도망자, 악연

타타탕, 탕, 탕….

"으, 으… 윽!"

"맞았다. 빨리 잡아."

후드득! 후드득! 떨어지는 초가을 빗소리와 함께 내리치는 번개, 천둥 소리는 칠흑 같은 어둠을 뚫고 콩 볶듯 들려오는 대여섯 발의 총소리와 어우러져 우뢰 소리와 같았다.

버~언~쩍. 우르르~릉… 쾅, 쾅….

뒤이어 들려오는 다급한 군화 소리.

두두두, 차자작 착착.

초가을이라고는 하지만 야심한 밤에 천둥 번개와 함께 내리는 가을비는 초겨울 날씨보다도 더 추운 듯하다. 시커멓게 기름 먹인 판자들로 얼기설기 엮어서 만든 판자촌은 언덕 위에 자리하고 있고 그 뒤는 야트막한 야산에 도심이라고 말하기조차 부끄러운 빈민촌 중의 빈민촌이 자리 잡고 있다. 판자촌 뒤쪽 아래로는 넓은 콩밭으로 되어있다. 콩밭 끝자락에는 좁은 신작로길이 나 있고 길 건너에는 어마어마하게 큰 교도소가 우뚝 서 있다. 담벼락은 무려 3층보다도 더 높은 듯하다. 또한, 군데군데 망루가 설치되어 있고 그곳에는 무장한 교도관들이 물샐틈없는 경비를 하고 있다.

그런데 오늘은 어쩐 일인지 망루마다 대낮처럼 밝은 서치라이트를 이리저리 번쩍번쩍 비추며 분주하게 움직이고 있다.

계속해서 들려오는 군화 소리와 크고 작은 음성들이 어지럽게 뒤섞여 들리는 것으로 보아 무척이나 다급한 듯하다.

"빨리 찾아."

"네~옛!"

"이 새끼를 그냥, 야, 어찌 됐어?"

"없습니다."

"뭐야?"

"야, 인마 그쪽은?"

"예! 이쪽도 없습니다."

"내 이놈을 당장."

화가 머리끝까지 치솟은 사내는 허리춤에서 권총 뽑는다.

철커덕!

"이 새끼를 그냥 당장 쏴 죽이겠어."

"명령한다. 샅샅이 뒤져서 발견되면 보는 즉시 현장에서 사살해도 좋다. 알겠나?"

"넷! 잘 알겠습니다."

철커덕, 철컥.

뜨거운 커피 한 잔 마셨을까 말까 하는 시간이 흐르자 가까이서 거칠게 들려오던 군화 소리도 차츰 멀어져 간다. 또한, 이리저리 어지럽게 비추던 서치라이트도 조금씩 흐려지고 있다.

이때, 시궁창 하수구 통에서 사람의 그림자가 꿈틀거린다. 교도소를 등 뒤로 언덕배기에 있는 작은 판자촌에서 흘러나오는 시궁창 물이 한곳에 모여 하천으로 흘러 들어가는 하수구 통에서……

'으~ 으~ 이 이대로 끝낼 수는 없어.'

모자를 푹 눌러 썼지만 움직이는 몸집으로 보아 젊은 청년이 틀림없어 보인다. 얼굴은 각종 오염으로 얼룩져 지저분해 분간하기 어렵지만 두 눈동자에서는 살기 가득한 섬광이 번뜩인다. 위는 푸른색 러닝셔츠에 가 죽점퍼를 입었고 아래는 푸른색 면바지를 입고 있다.

왼쪽 허벅지에서는 큰 상처를 입은 듯 시뻘건 검붉은 피가 계속 흘러나 온다. 청년은 안에 입고 있던 푸른색 러닝셔츠를 재빠르게 벗은 후 찌~익 찢어 상처 난 곳을 급하게 동여맨다.

'흐! 그래도 천만다행이군. 살짝 스치고만 지나갔으니.'

청년은 시궁창에서 힘들게 빠져나와 눈 앞에 펼쳐진 벼가 누렇게 익어 가는 논으로 몸을 던지려다 말고,

'아니지, 흔적을 남기면 안 되지.'

라고 중얼거리며 냄새나는 하수구에 납작 엎드린 채로 시궁창 물을 따 라 기어 내려가기 시작한다. 얼마를 기어 내려왔을까?

드디어 하수구 시궁창의 물과 개울물이 만나는 지점까지 왔다. 초가을 가뭄에도 불구하고 어젯밤부터 내린 비로 인해 개울물은 제법 줄줄 흐르 고 있다. 청년은 몸 전체에서 나는 시궁창의 악취를 대충 씻어 낸다.

역겨운 악취를 어느 정도 씻어내자 지독한 냄새가 조금은 사라진다. 얼 굴에서 오물이 벗겨지자 유난히 짙은 눈썹은 송충이처럼 꿈틀거렸고 어

파멸

금니는 분노에 못 이기는 듯 이빨을 뿌드득 갈며 입술은 굳게 다물고 있다. 그러한 결의에 찬 인상과는 달리 오른쪽 눈 밑에서부터 볼을 타고 콧방울까지 무엇에 찍힌 듯 길고 둥글넓적한 상처가 희미하게 보인다. 청년은 시궁창을 따라 내려 왔다가 이번에는 다시 반대로 개천을 따라 거슬러 올라간다. 저 위쪽으로부터 집들이 보이기 시작했기 때문이다. 그러는 사이 시간은 어느덧 새벽 5시쯤으로 치닫고 있음을 직감한다.

교도소에서 모범수로 있을 때 늘 새벽 이 시간쯤이면 복도의 청소하는 일을 했고 청소가 끝나면 제소자들에게 배식을 담당했기 때문에 알 수가 있다. 동네에 이르자 허름하지만 아담한 1층 양옥집이 보인다. 청년은 앞뒤 생각할 겨를도 없이 날렵한 행동으로 담장을 훌쩍 뛰어넘는다.

순간,

"누, 누 구세……. 으읍."

집 안채 옆에 붙은 작은 쪽방에 딸린 부엌 아궁이에 새벽 연탄불을 교체하려고 나온 젊은 여성의 비명에 당황한 쪽은 오히려 담을 넘은 청년이다. 청년은 가죽점퍼 오른쪽 주머니에서 시퍼렇게 날이 선 잭나이프를 재빠르게 꺼낸 후 젊은 여성의 뒤로 돌아서며 목덜미에 갖다 댄다. 그리고 왼쪽 검지로는 여인의 입술을 막는다.

"쉿! 조용히 해."

젊은 여성은 느닷없는 봉변에 사시나무 떨듯 떨며 떠듬거린다.

"왜. 왜 이러세요? 그리고 누, 누구세요?"

청년은 젊은 여성의 목을 더욱 죄며 말을 이어간다.

"누군지는 알 것 없고 해치지 않을 테니 빨리 조용한 곳으로 안내해."

"아, 알았어요. 우선, 이, 이쪽으로……."

그제야 청년은 목에 겨누었던 칼을 거두며 젊은 여성의 목에서 힘을 푼다.

"어서."

젊은 여성은 이것저것 생각할 겨를도 없이 부엌에 딸린 작은 쪽방으로 청년을 안내한다. 쪽방으로 보아 자취하는 여성인 것 같다.

청년은 젊은 여성을 따라 들어간 후 재빠른 동작으로 미닫이 부엌문을 밀어서 닫고는 안에서 걸어 잠근다.

방금 연탄을 갈아 넣은 탓에 연탄가스로 인해 머리가 지끈거린다.

"빨리, 서둘러."

"아, 예, 예!"

젊은 여성이 쪽방의 방문을 막 열려고 할 때 청년은 여성을 뒤로 후다닥 잡아당긴다.

"잠깐!"

"왜! 왜 그러세요?"

"이 방에 누구 있어?"

"아 아무도 없어요. 저밖에."

"그래? 허튼수작하면 재미없어."

젊은 여성은 여전히 사시나무 떨듯 달달달 떨고 있다.

"저 정말이에요."

"좋아! 먼저 들어가."

젊은 여성이 두려움에 질린 채 청년을 향해 고개를 돌리자 무섭게 쏘아본다.

"아 알았어요."

청년은 젊은 여성이 방문을 잡아당기자 방안으로 후다닥 밀친 후 자신

파멸

도 뒤따라 들어간다. 물론, 하얀 흰 고무신도 함께 방안에 들여놓는 치밀함도 잊지 않는다.

방안에 들어서자 훈훈한 온기로 인해 몸이 조금은 느슨해진다. 60촉 백열등으로 비치는 방안은 깔끔하게 정리되어 있고 두 개의 책장에는 각종 책으로 가득 차 있다. 작은 창문 앞에는 그리 크지는 않지만 아담한 책상이 놓여있고 책꽂이에는 각종 서류와 책들로 꽉 차 있다. 그뿐만 아니라, 그 옆에는 화장대가 놓여있고 화장대 뒤쪽으로는 화장할 수 있는 거울이 다소곳이 서 있다. 화장대에는 알 수 없는 각종 화장품이 잘 정돈되어 있다.

그제야 여인의 향기인 분 냄새가 방안을 가득 메우고 있음을 알았다. 그러나 그것도 잠시 각종 시궁창 냄새와 화장품 냄새가 어우러져 악취로 변했다. 젊은 청년은 비로소 자신이 꼬박 이틀을 굶었다는 사실을 깨닫는다.

감옥을 탈출하기 위해서는 최소한으로 몸을 줄여야 하므로 한 달 전부터 서서히 음식을 줄이기 시작하다가 탈옥 이틀 전부터는 완전히 굶었던 것이다.

젊은 여성은 한쪽 구석에 쪼그리고 앉아 여전히 떨고 있다.

"그렇게 경계하지 않아도 돼."

그런다고 젊은 여성은 긴장감이 풀리기는 만무다.

"먹을 것부터 좀 가지고 와."

"예. 그런데 머 먼저 좀 씻어야 할 것 같아요."

젊은 여성은 방문을 조금 열어 둔 채로 부뚜막 위에 놓인 세숫대야에 받아 놓은 물을 들고 들어온다. 그리고 그 옆에다가 큰 수건 한 장을 놓는다. 젊은 여성은 주위를 두리번거리며 청년의 눈치를 살핀다. 청년이 얼굴부터 씻기 시작한다.

이때, 젊은 여성이 방문을 밀치며 나가려 하자. 청년은 순간적으로 오른팔을 낚아채며 말투가 거칠어진다.

"허튼수작하지 말랬지?"

젊은 여성은 움찔했지만 이내 떨리는 목소리로 말을 꺼낸다.

"배~고프다면서요?"

"그래서?"

"밥, 밥을 좀 할까 해서……."

그 말에 청년의 말투도 낚아챘던 팔을 풀며 다시 누그러진다. 청년은 그제야 턱으로 지시를 한다.

"허튼수작하면 재미없어?"

"예, 예! 잠시만 기다려 주세요."

"좋아 내가 볼 수 있도록 방문을 열어놓고 하도록…."

젊은 여성은 이미 문지방을 빠져나가며 떨리는 음성으로 대답한다.

"예, 아, 알았어요."

젊은 여성이 부엌으로 나가서 밥을 하는 사이 청년은 젊은 여성을 감시하면서 한편으로는 수건을 반으로 찢어서 온몸을 대충 닦는다.

그리고 남은 수건 반쪽으로는 상처 난 곳을 다시 동여맨다. 상처 난 부위를 물로 깨끗이 닦아낸 후 마른 수건으로 싸매니 아픔이 훨씬 덜했다. 청년은 냄새나는 하얀 흰 고무신을 노란 세숫대야와 함께 부엌으로 내놓는다. 그러는 사이 작은 솥단지에서는 밥 냄새가 나고 하얀 석유곤로에서는 된장찌개 냄새가 시장기를 한층 더하게 한다. 아침은 어느덧 여명을 향해 치닫고 있다. 그러자 새벽을 여는 사람들의 소리가 들리기 시작

한다. 고학생들의

-신문이오.-

하는 소리와 함께 신문을 가지러 나오는 사람들의 인기척 소리가 여기 저기서 들려온다. 젊은 여성이 떨리는 목소리로 입을 연다.

"바, 밖에 시 신문 좀 가져와도 될까요?"

청년은 단호하게 거절한다.

"안돼."

"신문 안 가져오면 주인이 이상하게 생각할 건데요."

청년은 고개를 가로젓는다.

"그래도 안 돼."

젊은 여성은 하는 수 없다는 듯 신문을 가져오는 것을 포기하고 밥상을 차린다.

딸그락! 딸그락.

밥과 김치 그리고 된장찌개가 전부지만 청년은 밥상을 받자마자 게 눈 감추듯 한 그릇을 후딱 해치운다. 오랜만에 먹는 쌀밥이다.

"한 그릇 더."

청년은 한 그릇을 더 비우다 말고 그제야 젊은 여성을 쳐다보며,

"두려워 말고 먹어!"

"저… 저는 됐어요."

"그래도 같이 먹어!"

이런 상황에서 밥이 목구멍으로 넘어갈 리가 만무다.

"저는 배, 배, 아…. 안 고파요."

청년은 어느덧 두 그릇도 뚝딱해치우고는 상을 물린다.

"이봐! 나 그렇게 무서운 사람이 아니야. 세상이 나를 이렇게 만들었지. 아! 그렇다고 그렇게까지는 겁낼 것 없어."

"……."

"그렇게 쪼그려만 앉아 있지 말고 편하게 앉으라고. 아참 라디오 있으면 틀어."

"예."

젊은 여성은 기어가듯이 경대 곁으로 가서 아래에 있는 작은 트랜지스터라디오를 켠다.

[다음은 방금 들어온 뉴스 속보를 말씀드리겠습니다.]

-10년 전 말다툼을 하던 자신의 친구와 행인을 잔인하게 살해하고 대전 교도소에서 수감 중이던 무기수 윤철민이 어젯밤에 비 오는 틈을 타서 탈옥했습니다. 군과 경찰은 곳곳에 새로운 검문소를 설치하고 검문검색을 강화하고 있습니다. 그러나 이미 대전을 빠져나갔을 것이라는 일부 의견도 배제하지 않고 있습니다.

키는 170cm 정도로 호리호리하지만 다부진 체격에 미남형입니다. 그동안 극악무도한 심성을 숨기고 모범수로 있으면서 호시탐탐 탈옥을 노리고 있었던 점에서 충격을 더 하고 있습니다. 시민 여러분께서는 바깥 출입을 자제하시고 수상한 자를 보면 가까운 경찰서나 파출소 또는 군부대로 즉각 신고해 주시기 바랍니다. 또한, 윤철민은 …. -

순간, 청년의 입에서 거친 말투와 함께 두 눈에서는 안광이 뻗어 나온다.

"꺼."

젊은 여성은 온몸을 아까보다 더 달달달 떨며 떨리는 손으로 라디오를 끈다.

딸~깍!

그리고 떨리는 음성으로 한 마디 꺼낸다.

"호, 혹시……."

청년이 단호하게 말을 자른다.

"그래! 맞아. 내가 탈옥한 탈주범 윤철민이야. 왜? 무서워?"

젊은 여성은 자신의 눈앞에 있는 청년이 조금 전 뉴스 속보에서 보도한 두 명이나 잔인하게 살해하고 탈옥한 탈주범임을 확인하자 새파랗게 질린 표정이다.

"흐! 흐! 흐! 이봐. 아가씨. 걱정하지 않아도 돼. 허튼수작만 하지 않는다면 확실하게 안전을 보장할 테니……."

그러나 인질로 잡힌 젊은 여성은 이 말이 전혀 믿기지는 않지만, 지금의 상황으로는 어찌할 도리가 없다.

"예, 예. 다른 생각 안 할 테니 제발 놓아 주세요."

청년은 피식하고 웃는다.

"어떻게?"

"저, 오, 오늘 출근해야 해서요."

"출근?"

청년은 잠시 머뭇거리다가 입을 연다.

"담배 있어?"

"어, 없는데요. 나가서 사 올까요?"

그 말에 윤철민은 젊은 여성을 향해 무섭게 노려본다.

"누굴 바보로 아는 거야?"

젊은 여성은 찔끔 한다.

"아, 알았어요."

그러는 사이 아침 해는 여지없이 떠올라 햇살이 창틀을 타고 방안으로 비춰들고 있다. 방 안 한구석에 걸린 괘종시계는 어느덧 8시를 향해 치닫고 있다.

이때, 부엌 미닫이문 두드리는 소리가 들린다.

똑! 똑! 똑!

그러자, 청년 윤철민은 날렵한 행동으로 품고 있던 잭-나이프를 잽싸게 꺼낸 뒤 책장이 있는 벽 쪽으로 바짝 붙는다. 그리고 턱을 들어 젊은 여성을 바라본다. 허튼 행동 하면 재미없다는 표정이다.

젊은 여성은 이내 눈치챘다는 표정으로 고개를 끄덕인다. 이때, 다시 부엌문 두드리는 소리가 들린다.

"누, 누구세요?"

윤철민은 조금이라도 허튼수작을 하면 곧바로 위해를 가할 듯 젊은 여성의 옆구리에 칼을 대고 있다.

"최 선생! 나야! 문 좀 열어봐."

젊은 여성은 윤철민 쪽으로 고개를 돌리며 나지막한 소리로 말한다.

"주인아주머니예요."

그제야 윤철민은 젊은 여성의 옆구리에 댔던 칼을 조금 느긋하게 거두며 다시 턱을 치켜 올린다.

"예! 아주머니 그런데 왜 그러시는데요?"

"아, 신문을 안 가지고 들어가서."

"오늘은 제가 몸이 좀 안 좋아서요."

"최 선생 문 좀 열어봐. 어디가 안 좋은데······?"

이때 최 선생이라는 젊은 여성이 다시 고개를 돌려 윤철민을 바라본다.

윤철민을 고개를 가로젓는다. 그러자 최 선생은 알았다는 듯

"저 지금 막 일어나서 옷 갈아입고 있어요. 신문은 밖에 놔두세요."

"알았어요. 최 선생, 출근은 정상적으로 할 거지?"

윤철민은 단호한 표정을 지으며 고개를 강하게 가로젓는다.

"아주머니 저~어, 오늘 출근 못 할 것 같아요. 학교에서 전화 오면 아프다고 좀 전해 주세요."

"알았어요. 신문은 여기 두고 갈게."

주인은 발길을 돌려 혼잣말로 중얼거린다.

"웬일이래, 많이 아픈가? 한 번도 빠지지 않더니. 그나저나 흉악범이 빨리 잡혀야 할 텐데. 으~ 으~ 무서워. 정말 무서운 세상이야."

윤철민은 차츰 발걸음 소리가 멀어지자 나가서 신문을 가지고 들어오라는 신호를 보낸다.

그러면서 조금 전 보아둔 옷장 옆 좁은 틈새에서 짐을 묶을 때 사용하는 새끼처럼 꼬아 만든 하얀 나일론 끈으로 젊은 여성의 허리를 묶고 다른 한쪽은 자신의 왼팔에 감는다. 젊은 여인인 최 선생은 이러한 상황에서 아무 저항도 할 수 없는 자신의 처지가 처량하기 그지없음을 느낀다. 최 선생은 두려움이 가득한 표정을 지으며 한 발은 부엌 문턱에 걸치다시피 하고 겨우 신문을 가지고 들어온다.

그제야 긴장이 풀린 듯 윤철민은 그 자리에 풀썩 주저앉는다. 최 선생은 신문을 펼쳐 든 순간 더욱 다리가 후들거려 앉지도 서지도 못하고 주

저주저하고 있다.

신문 사이에 간지로 특보 소식을 전하는 대문짝만한 호외지가 끼어 있었고 거기에는 시골방 구들장보다도 훨씬 더 큰 사진과 함께

-무기수 윤철민 탈옥-
이라는 특보로 온통 사회면 전체를 도배하고 있다.

윤철민은 털썩 주저앉은 채로 파르르 떨고 있는 최 선생을 올려다본다. 비록 겁에 질려 바들바들 떨고는 있지만 둥그스름하고 갸름한 작은 얼굴에는 긴 생머리가 잘 어울렸고 이목구비가 또렷하고 키는 보통이나 몸매는 아담한 꽤 아름다운 미모의 아가씨임을 느꼈다

윤철민은 한참을 쳐다보다가 손으로 앉으라는 시늉을 한다.

"최 선생이라 했어요? 아까는 잘 대처했어."

윤철민은 자신의 의지와는 달리 말투가 꽤 부드러워지고 있음을 느꼈다. 그러나 이런 부드러워진 말투도 최 선생의 귀에는 들리지 않는다. 오직 자신의 앞에 있는 자가 흉악한 살인범에 탈주범이라는 사실에 오금이 저려 옴짝달싹도 할 수가 없었다.

"이름은?"

"예? 예! 에~ 저 최미화라고 하는데요."

'최미화? 음! 이름이 예쁘군!'

윤철민은 혼자 중얼거린 뒤 조사하듯 되묻는다.

"아까 최 선생이라 하던데 직업은?"

"초등학교 교사입니다."

"나이는?"

여기서 최 선생은 잠시 주저주저한다. 윤철민은 최미화를 내려다 말고 다시 입을 연다.

"나이는?"

"스, 스물여덟이에요."

"그래? 스물여덟이라. 좋은 나이군."

윤철민은 잠시 자신의 처지를 생각해본다. 자신이 최 선생보다는 겨우 두 살 많은데 자신의 인생과는 극과 극을 달리는 자신의 모습이 초라하고 비참하다고 생각하니 처량함이 그지없음을 느낀다.

"최 선생, 당분간 여기서 지내야 할 것 같아."

순간, 최미화의 두 눈이 화등잔만 해지며 소스라치게 놀란다.

"예? 예에~ 예?"

"왜, 그렇게 놀래?"

"아! 아 안돼요. 여기는……."

"안 돼? 안 돼도 할 수 없어. 밖이 조금 잠잠해질 때까지만 좀 있으면 돼."

최미화는 더 이상 자신의 말이 통하지 않을 거라는 것을 알자 모든 것을 체념하는 듯했다. 이러한 마음을 알아차린 듯 윤철민은 조금 전보다 부드러운 음성으로 입을 연다.

"최 선생! 아무 걱정하지 않아도 돼."

"예! 예, 아무 짓도 안 하고 하라는 대로 다 할 테니 제발 살려만 주세요."

그 말에 윤철민의 음성이 낮지만 날카롭게 변한다.

"아니? 내가 언제 죽인다고 했어? 난 사람을 죽일 만큼 악한 사람이 못돼."

그 말에 최미화는 찔끔하면서도 조금 진정이 되는 듯 보인다.

"그렇다면 아까 뉴스 속보에서 나온 것은?."

최미화의 말이 채 끝나기도 전에 윤철민은 말을 싹둑 자른다.

"그건."

말을 하다말고 입가에 엷은 미소를 머금고는 고개를 들어 천정을 바라 본다. 그리고는 절레절레 고개를 흔들며 허탈한 웃음을 짓는다.

"후! 후! 후! 내게 그럴 사정이 있지. 뉴스에서 나오는 것? 하! 하! 하! 다 거짓이야."

"예? 그게 무슨 말인가요? 그렇다면 혹시?."

말을 다 잇지 못하고 말끝을 흐리자 윤철민은 고개를 끄덕이며 대신 말 을 잇는다.

"그래. 맞아. 난 억울하게 누명을 쓴 거야."

최미화의 입에서 아! 하고 가벼운 탄성이 흘러나온다.

"나는 결코 사람을 죽이지 않았어."

최미화는 고개를 갸우뚱하며 양미간을 찌푸린다.

"그럼 어쩌다가 교도소에?"

"후! 후! 그래서 억울하다는 것이고, 탈옥한 이유도 거기에 있지."

최미화는 조금은 이해가 된다는 듯 고개를 끄덕인다. 그리고 잠시 무엇 인가 생각하는 듯싶더니 일어나 작은 문 하나로 된 작은 옷장을 연다. 다 소곳이 잘 정돈된 옷 중에서 가장 큰 청바지와 청재킷을 꺼낸다.

"냄새나는 옷 벗고 이 옷으로 갈아입으세요. 일전에 샀는데 너무 커서 못 입고 있어요. 부엌에 나가 있을게요."

사실 최미화가 옷을 주고 싶어서 주는 것이 아니라 차츰 정신이 들자 마음이 조금씩 안정되어 갔다. 그때야 비로소 온 방 안 구석구석에서 악취가 풍기는 것을 느꼈기 때문이다.

최미화가 잠시 부엌에 나가 있자 윤철민은 청바지와 청재킷으로 주섬주섬 갈아입는다. 상처 난 곳은 여전히 쓰라리고 아팠다. 청바지와 청재킷이 작아서 조금 끼였지만 급한 대로 잠시는 입을 만했다.

"다 갈아입었으니 들어 와도 돼."

미화는 쭈뼛쭈뼛하며 문을 열고 들어선다.

그러자, 조금 전과는 달리 조금 놀란 듯 최미화의 두 눈이 살짝 커진다. 아까의 꾀죄죄한 모습과는 다르게 윤철민의 모습이 제법 준수했기 때문이다. 다만 오른쪽 볼 아래로 희미하게 난 둥근 상처가 흠이라면 흠이다. 윤철민은 차츰 긴장이 풀어지자 극도의 피로감을 느꼈다. 그러자 스르르 눈이 감겨 온다.

이를 눈치 챈 최미화가 베개를 꺼내와 윤철민에게 건넨다.

"자! 눈 좀 붙이세요."

철민은 퍼뜩 정신을 차리며 왼팔로 베개를 뿌리친다. 그리고 두 눈으로는 미화를 무섭게 쏘아본다.

"뭐야? 잠든 사이에 도망치려고?"

미화는 두 발과 두 손을 오므리며 쪼그려 앉으며 구석진 곳으로 물러난다.

"아, 아니에요. 너무 피곤해 보여서. 그리고 이렇게 묶여 있는데 어떡해 도망을 가요?"

윤철민은 피식 웃으면서 방문을 걸어 잠근 후 문가에 베개를 베고 눕는다. 그리고는 곧바로 코를 골기 시작한다.

최미화는 한쪽 구석에 쪼그리고 앉은 채로 고개를 숙이자 두 눈에서는 눈물이 주르르 흐른다. 시골에서 없는 살림에 땅 팔고 소 팔아서 서울로 딸 유학 보내 겨우겨우 공부해서 초등학교 교사로 발령 났을 때 너무 기뻐서 동네 사람들 모아 놓고 잔치를 벌였던 엄마 아버지가 가장 먼저 떠올랐다. 그리고 캠퍼스 생활을 함께했던 친구들, 그중에 고입, 대입 검정고시를 거쳐 대학교를 수석 입학했으나 사정으로 끝내 졸업은 못하고 말없이 사라졌던 단짝이었던 한 살 많았던 친구.

이리저리 생각하는 사이 최미화도 긴장이 풀리면서 스르르 졸음이 온다.

얼마의 시간이 흘렀을까?

최미화는 꾸벅꾸벅 졸다가 순간적으로 픽! 하고 바닥에 쓰러지는 바람에 급하게 눈을 뜬다. 사실, 잠시 졸다가 일어난 것 같은데 시간은 어느덧 저녁을 향해 치닫고 있다. 그래도 다행히 다른 집 자취방과 비교하면 부엌 안에 벽돌로 가볍게 쌓아 만든 작은 수돗가가 있어서 밖으로 나가지 않아도 되기에 다행이라면 다행이다.

그러나 허리가 끈으로 묶여 있어 불편한 것이 이만저만이 아니다. 최미화가 아무 말 없이 살짝 빠져나가서 저녁밥을 준비해 들어오자 윤철민은 그제야 일어나 밥상 앞에 앉는다. 아직 그리 어둡지는 않지만, 미화는 60촉 전등불로 방안을 밝힌다. 백열 전등불에 비친 미화의 발그레한 모습이 마치 잘 익은 복숭아 같았다.

그중에서도 유난히 빛나는 새까만 두 눈동자는 무엇이든 금방이라도 확! 빨아들일 것만 같다. 또한, 목선을 타고 내려온 봉긋하게 솟아오른 앞가슴은 농익은 여인의 그 자체였다.

윤철민은 갑자기 이성을 잃은 듯 이글거리는 두 눈빛으로 변하며 최미화를 아래위로 훑어본다.

윤철민이 음흉한 눈길로 자신을 이리저리 훑어보자 온몸에 송충이가 기어 다니는 듯한 징그러움을 느끼며 한겨울에 얼음물을 끼얹은 듯한 소름이 전신을 감싼다.

최미화는 들고 들어온 밥상을 윤철민 앞으로 밀치며 재빠르게 뒤로 물러난다.

"왜, 왜 이러세요? 아, 안돼요?"

최미화의 이 말이 윤철민에게는 오히려 자극이 되었다. 순간, 자신의 의지와는 관계없이 남성의 본능적인 욕망이 저 깊은 곳에서부터 꿈틀거리기 시작한다. 조금 전의 온화한 눈빛과는 달리 몇 날 며칠을 굶은 늑대처럼 입가에 침을 질질 흘리며 달려드는 철민을 보자 기겁을 하며 소리를 지른다.

'사람 살려.'

그러나 그것은 희망이고 바램일 뿐이다.

이미 철민의 솥뚜껑 같은 왼손이 미화의 작은 입을 막은 뒤였다. 최미화는 모든 것을 포기하고 두 눈을 스르르 감는다. 온몸에서 솜털보다 작은 힘마저 빠져나가는 것을 느낀다. 두 눈에서는 눈물이 양 볼을 타고 주르르 흘러내린다. 윤철민은 최미화의 마음과는 아랑곳없이 왼손으로는 입을 막은 채로 오른손으로는 최미화의 왼쪽 어깨로 손을 뻗어 옷을 벗기려 한다. 바로 이때,

'안 돼, 넌 이런 나쁜 아이가 아니었잖아.'

허공에서 울려 퍼지는 소녀의 앳된 목소리.

순간, 윤철민의 온몸이 석고상처럼 굳어 버린다. 어디선가 들어보았을 듯한 고운 목소리, 사방을 둘러보아도 아무도 없다. 정신이 번쩍 든다.

'아니, 지금 내가 뭐하는 짓인가?'

잠시 아무런 행동이 없자 오히려 당황한 쪽은 최미화다. 눈을 떠본다. 윤철민은 하던 행동을 멈추고 장승처럼 꼿꼿이 서있다. 최미화가 눈을 뜨자 윤철민은 비로소 자신이 얼마나 큰 죄악을 저지르려고 했는지 순간 깨닫는다. 윤철민은 최미화의 입을 막았던 왼손을 슬쩍 빼며 왼손 손가락을 최미화의 입술에 갖다 대며 쉿! 하라는 시늉을 한다.

"최 선생님! 미, 미안합니다. 용서바랍니다."

윤철민의 말투는 아주 부드러워졌다. 그러나 이러한 말이 그녀의 귀에 들리기 만무다.

"사, 살려주세요. 제…… 발, 서, 선생님."

아!, 이를 어쩐다? 난감하다. 윤철민은 최미화 앞으로 다가가 두 손을 덥석 잡는다.

"최 선생님! 정말 미안하군요. 앞으로는 절대 이런 일 없을 겁니다."

그제야 최미화의 얼굴색이 제자리로 돌아오며 안정을 찾는 듯하다.

"예, 예~ 미, 믿을게요?"

윤철민은 휴~우~하고 깊게 한숨을 쉬며 고개를 끄덕인다. 최미화는 윤철민의 행동이 마지막에 멈추는 것을 보고 상당히 의지가 강하다는 것을 알았다. 윤철민은 저녁 밥상을 최미화 앞으로 밀며 아까와는 달리 차분한 음성으로 입을 연다.

"미화씨도 이리 앉아서 식사하세요. 온종일 굶어서 배고플 텐데."

"……."

그러나 아무 말이 없자 윤철민은 다시 한번 오른손을 들어 오라는 시늉을 한다.

"정말로 걱정하지 말아요."

최미화는 그제야 비로소 밥상 앞으로 슬금슬금 다가간다. 조금 전 몹쓸 짓을 하려고 할 때는 잘 몰랐지만, 지금은 무엇보다도 배가 고팠다. 오전보다는 오후, 오후보다는 저녁이 되니 더욱더 위가 요동을 치는 것을 느꼈다.

그뿐만 아니라 탈주범 윤철민이 정말로 누명을 썼다면 무엇보다도 억울할 것 같다는 생각도 들었다. 또 하는 행동으로 보아 누명을 썼을 것 같다는 생각이 조금씩 들기도 했다. 그렇게 사람을 죽일 정도로 나쁜 사람 같지도 않았기 때문이다.

"미화 씨! 많이 드세요. 자, 이것도 먹고요."

"예!"

최미화는 밥을 몇 숟가락 떠다 말고 윤철민을 바라본다.

"왜요?"

"누명을 썼다면서요? 어쩌다가 이렇게 누명까지 썼는지 안타까워서요."

윤철민도 밥을 먹다 말고 최미화를 바라보며 씨~익! 하고 미소를 짓는다.

"그거요?"

그리고는 천정을 바라보며 지그시 눈을 감았다가 뜬다.

"아주 친한 친구로부터 배반을 당했습니다. 난 그 빚을 그 친구에게 갚기 위해 탈옥을 결심했어요. 이미 10년 전부터."

한동안 말을 이어가던 윤철민은 잠시 호흡을 고른 후 두 눈을 지그시 감았다가 살며시 뜬다. 양 눈가가 촉촉이 젖어있다.

그동안의 회한과 아픔, 그리고 힘들었던 시간이 한꺼번에 엄습해 온다. 윤철민은 두 주먹을 힘껏 쥐며 입술을 더욱 힘껏 깨문다. 옆에 있는 최미화의 두 눈에도 어느새 이슬방울이 맺힌 듯 촉촉이 젖어있다.

"휴! 그런 일이 있었군요. 그래서 그다음은요?"

최미화는 윤철민에게 꿇어앉은 채로 조금 더 다가간다. 윤철민은 벽에 걸린 괘종시계를 올려다본다. 시간은 어느덧 11시를 향해 치닫고 있다.

"최 선생님1 오늘은 늦어서 여기까지 하고 다음에 또……."

최미화는 아쉽지만 할 수 없다는 것을 느꼈다.

"최 선생님! 난 이곳에서 잘 테니 최 선생님도 편하게 쉬세요."

"예!"

이렇게 저녁이 되고 아침이 되는 시간이 반복되기 시작했다. 다람쥐 쳇바퀴 돌 듯하는 시간도 어느덧 엿새째다. 그사이 최미화가 윤철민의 상처를 치료해주고 싸매준 덕택에 거의 다 아물다시피 했다. 감시용 나일론 끈도 나흘이 되는 날 이미 풀어 준 상태다.

그러는 사이 둘은 서로에 대해 조금씩 더 알아가자 친숙함도 차츰차츰 더 깊어졌다. 그러나 윤철민은 많은 생각에 잠겨있다.

'조금이라도 잠잠할 때 하루빨리 이곳을 떠나야 한다. 일주일은 어떻게 버텼지만 최 선생도 계속 결근하면 하숙집 아주머니가 의심하게 될 것이고 결국 학교에서도 찾아오게 될 것이다.'

탈출은 일요일이 적격이라는 생각이 들었다. 학생들 어른들 할 것 없이 토요일까지는 산업현장과 학교로 나가기 때문에 거리가 온통 한산할 것 같아서 사람들이 북적거리는 날인 쉬는 일요일이 좋을 것 같았다.

'내일이다.'

다시 긴장감이 찾아들자 입술이 바짝바짝 마르기 시작한다. 그러자 담배 생각이 무진장 났다. 그나마 교도소에서는 모범수로 있었기 때문에 간수들로부터 심심치 않게 얻어 피울 수 있었다.

파멸

토요일 오후 해가 뉘엿뉘엿 서산 노을에 걸릴 때쯤 부엌에서 무엇인가를 하고 있는 최미화를 향해 입을 연다.

"최 선생님! 미안하지만, 담배 하나만 사다 주세요."

최미화는 무엇을 하다말고 방문 열고 쳐다보는 윤철민을 힐끗 쳐다본다.

"저를 믿을 수 있으세요?"

윤철민은 내심 흠칫했으나 내색하지 않고 무덤덤하게 말한다.

"후! 후! 도망갈 생각이었으면 진작 갔겠지요."

사실 맞는 말이다. 최미화가 도망갈 생각이었으면 허리에 묶은 끈을 풀어 준 이후로 얼마든지 도망칠 수가 있었다. 신문을 가져오는 것까지는 완전하지는 않지만 부엌에서의 활동은 어느 정도까지 자유스러웠기 때문이다. 최미화가 담배를 사러 가기 위해 부엌문을 열려고 하자 윤철민이 불러 세운다.

"자, 잠깐만요. 미화 씨."

최미화는 신발을 신다 말고 멈춰 선다.

"가까운 담뱃가게 말고 조금 먼 곳에서 사다주세요."

"예! 알겠어요."

최미화가 신문을 가지러 부엌 밖으로 살짝살짝 나온 적은 있지만, 대문 밖을 나오기는 처음이다. 초가을 불어오는 저녁 바람은 상쾌함을 더한다. 최미화가 나가자 윤철민은 재빨리 일어나 허리띠를 질끈 동여맨 후 전부터 눈여겨 보아준 부엌 선반 위에 있는 미화의 등산용 신발을 신고 끈을 졸라맸다.

작았지만 그런대로 견딜만하다. 윤철민은 잭-라이프를 주머니에 잘 갈무리한 후 부엌문에 귀를 쫑긋 세우고 바깥 동정을 살핀다. 최미화의 행동이나 밖의 동향을 살피다가 여차하면 이 자리를 피해야 하기 때문이다.

대문을 나와 골목을 빠져나오면 20~30m 왼쪽으로 사십 대쯤 되어 보이는 부부가 하는 작은 구멍가게가 있다. 가게 입구에는 빨간색 공중전화가 있고 옆으로는 [담배]라는 옆 간판이 붙어 있다. 최미화가 그 담배가게를 막 지날 때였다.

"저, 최 선생! 요즘 별일 없어?"

가게 주인아주머니의 말에 얼떨결에 자신의 발걸음을 멈춰 세운다.

"예? 아! 예! 아무 일 없어요."

"그래. 괜찮다니 다행이야. 요즘 아침저녁 출퇴근하는 모습도 통 못 봤고 또 무엇보다 우리 가게에 며칠 동안 안 오길래 무슨 일이 있나 해서……."

"아! 예. 그냥 몸이 좀 아팠어요. 아주머니!"

"쯧! 쯧! 어쩌다가……? 최 선생! 혼자일 때일수록 조심해야 해. 아프면 나만 서글퍼."

"예. 아주머니"

"참, 그나저나 최 선생! 만사에 조심해."

"……."

최미화가 잠시 말이 없자 가게주인 여자는 말을 이어 간다.

"최 선생도 알다시피 감옥소에서 도망친 놈이 아주 무서운 놈이라지? 사람을 죽인, 그것도 두 명씩이나……."

"예! 뉴스에서 들었어요."

"그렇지? 들었지? 그런데 말이야. 아직 이곳을 못 빠져나갔다는 말이 있어."

순간, 최미화는 자신도 모르게 움찔한다.

"그러니 최 선생도 조심해!"

"예. 아주머니"

"그런데, 최 선생 어디 가는 길이야?"

"아! 예! 운동 좀 다녀오려고요."

"최 선생도, 차암! 이런 시국에 운동은 무슨 운동? 조금만 하고 들어가. 위험하니까. 어이 무서워."

가게주인 여자는 온몸을 부르르 떨면서 가게 문을 닫고 들어간다.

"예! 고마워요."

최미화는 잠시 우두커니 서서 어지러운 머리를 흔들어 본다. 서너 발자국 앞에는 빨간색 공중전화가 있다. 지금 당장 신고할 수도 있다. 아니 신고해야만 한다.

'그래, 누명이 아니고 신문기사대로 진짜 살인범일 수도 있잖아. 만약 뉴스대로 살인범이 사실이라면?'

생각이 여기에 미치자 머리카락이 쭈뼛 서며 거대한 공포가 쓰나미처럼 밀려온다. 최미화는 생각할 겨를도 없이 빨간색 공중전화를 향해 성큼성큼 다가간다.

'그래! 신고하는 거야. 그래야 이 위기에서 빠져나올 수 있어.'

최미화는 한 치의 머뭇거림도 없이 십 원짜리 동전 두 개를 넣은 후 다이얼을 돌리기 시작한다.

찰각~ 딸각~

또르록~ 촤르르~

또르록~ 촤르르~

최미화는 범죄신고 112번 중 마지막 세 번째 번호인 2번 다이얼을 돌리다 말고 멈춘다.

'아니야! 정말 누명이라면?'

다시 한쪽 마음으로부터 누명이라는 생각이 강하게 일어난다. 그러나 다른 한 편에서는 더 강한 마음이 또 다른 한편을 짓누른다.

'분명 살인을 한 살인자 일거야. 누명이라니 말도 안 돼.'

이런 생각이 강하게 들면서도 발은 이미 한 발 뒤로 물러서고 있다.

'아니야! 누명일 거야 아까까지 들려준 이야기가 거짓일 리가 없어. 그 사람의 눈이 진실을 말해 주고 있잖아. 만약, 지금 누명을 쓴 상태로 붙잡히면 사형을 면치 못할 거야.'

생각이 여기에 미치자 최미화는 다이얼을 멈추고 조금 더 언덕 위에 있는 가게를 향해 빠른 걸음을 재촉한다.

잠시 후, 최미화가 담배를 사 가지고 들어온다. 그제야 윤철민은 잔뜩 긴장하고 있던 몸을 풀며 길게 휴~우~하고 안도의 한숨을 길게 내쉰다.

다음날,

꺅꺅꺅~꺄

꺄꺄~꺄~꺅

붉은 해가 창문을 통해 눈부시게 떠오르는 일요일 아침이다. 까치 울음소리에 잠에서 일찍 깬 윤철민은 동터 오는 붉은 해를 바라보며 두 팔짱을 끼고 창문을 향해 우두커니 서 있다.

'오늘따라 까치 울음소리가 맑게 들리는 것을 보니 좋은 일이 생기려나

파멸

보군!'

이렇게 생각하며 피식하고 웃는다.

'좋은 일? 하긴 이곳을 무사히 빠져나가는 것보다 더 좋은 일은 없지. 후! 후! 후!'

아까와는 달리 얼굴에는 약간의 여유가 서려 있다. 최미화도 어느덧 긴 장감이 많이 풀어진 듯 거울 앞에서 화장을 하고 있다. 화장을 하다말고 창문을 바라보고 서 있는 윤철민을 향해 고개를 돌린다.

"왜 벌써 일어나셨어요? 더 주무시지 않고요?"

윤철민은 최미화의 말소리가 들리지 않는 듯 고개를 갸우뚱거리며 무엇인가 골똘히 생각하고 있다.

'다리도 거의 다 나았으니 떠나야 한다. 전국에 수배령이 내려졌으니 어쩐다? 휴!'

이때, 창밖 40~50m 전방에 총기를 든 경찰관들이 하나둘씩 모습을 나타내며 60이 넘어 보이는 노인을 앞세워 집집마다 검문검색을 하면서 포위망을 좁혀 오고 있는 것이 보인다.

순간, 윤철민은 화들짝 놀라는 것은 물론 다급해진다.

"이런! 제기랄."

윤철민은 화장을 하고있는 최미화를 향해 낮지만 강한 어조로 소리친다.

"최 선생!"

최미화도 뭔가 잘못되어 가는 것을 느끼며 화장하던 것을 멈추며 창가에 서 있는 윤철민 쪽으로 황급히 다가온다.

"예? 왜, 왜요? 아, 아니 저분은? 담뱃가게 할아버지네."

"최선생! 어제 담배 어디서 샀어요?"

"저, 언덕 위 할아버지가 하시는 가게에서 샀는데요."

"혹시, 요 바로 앞 담배 가게에서 사지는 않았겠지요?"

순간 최미화는 고개를 획 돌려 윤철민을 노려본다.

"이봐요. 앞집에서 샀으면 이 집으로 곧바로 찾아왔겠지요."

윤철민은 눈을 아래로 내리며 고개를 끄덕인다.

"그렇겠군! 앞집에서 샀으면 바로 이곳으로 왔겠지. 휴~우! 그나저나 큰 낭팬데."

그러나 이렇게 넋 놓고만 있을 수만은 없다. 검문검색을 하는 경찰의 압박이 차츰차츰 다가온다. 윤철민은 잠시 아주 잠시 동안 재빠르게 머리를 회전해 본다.

'경찰이 이곳까지 오는데 약 6~7분, 천정 모서리를 뜯고 올라가 숨는 시간이 약 5~6분, 위험하다. 그리고 들키지 않는다는 보장도 없다.'

윤철민은 화장대로 다급히 다가가며 최미화를 부른다.

"최 선생님! 빨리 나갈 준비해요."

윤철민은 최미화가 바르던 화장품을 가져다가 자신의 흉터가 진 곳에 푹푹 찍어 바른다. 그리고 옷장을 열어 흰색에 빨간 줄무늬로 된 얼룩진 모자를 꺼내 푹 눌러쓴다. 작지만 그런대로 어울린다.

"최 선생님! 뒤꼍으로 빠져나갈 곳 있어요?"

"예, 뒤쪽에 작은 쪽문이 있어요."

"됐어요. 그럼 그리로 갑시다. 최 선생님!"

최미화도 자신의 의지와는 다르게 어느새 옷차림이 청바지에 가을 단풍색 재킷 그리고 하얀 모자를 가볍게 눌러 쓰고 있다. 최미화도 자신의 마음을 가눌 수가 없다. 마음은 아닌데 몸은 이미 윤철민의 말을 고분고

파멸

분 들고 있었다. 윤철민은 최미화의 오른손을 낚아채듯 잡아당긴다. 그리고는 뒤꼍 쪽문을 빠져나와 때로는 재빠르게 때로는 일반 연인처럼 팔짱을 낀 채로 대전역을 향해 내달리기 시작한다.

제 2 회
유서, 접수

밤새도록 봄비가 가을비처럼 주룩주룩 내린다. 봄비라고는 하지만 밤새 내리는 비로 인하여 제법 쌀쌀하다.

이곳은, 종로3가에 자리한 2층 어느 작은 허름한 사무실, 저 멀리 위로는 낙원상가가 보이고 왼쪽 바로 아래로는 탑골공원이 보인다. 10평 남짓한 허름한 사무실에 집기라고는 낡고 작은 소파와 그 앞에 원으로 된 작은 원탁 테이블, 원탁 테이블 위에는 그리 크지 않은 흑백 TV가 놓여있고 테이블 앞에는 작은 책상과 의자, 그리고 한 쪽 벽 쪽에 낡은 철재 캐비닛과 바로 위 벽에는 둥근 벽시계가 자리잡고 있는 것이 전부다. 평소에 창문은 검은 커튼으로 가려진 듯 보였으나 오늘은 비가 오는 탓인지 활짝 걷혀 있다. 허름한 사무실과는 달리 검은색 양복과 검은색 구두로 말쑥하게 차려입은 한 청년이 팔짱을 낀 채 근심이 가득한 얼굴로 비가 오는 창밖을 우두커니 바라보고 있다.

'휴~우! 2년 동안 찾아 헤맸는데 아직 찾지 못했단 말인가?'

이때,

똑! 똑! 똑!

노크하는 소리가 들린다.

"누구? 흑표?"

"예! 접니다. 형님!"

훤칠한 키에 건장한 청년이 비에 흠뻑 젖은 채 45도 각도로 고개를 숙여 깍듯이 인사를 한다.

"그래. 갔던 일은?"

"알아냈습니다. 형님!"

"그래. 흑표, 수고했다."

"아닙니다. 형님!"

흑표는 비가 오는 창가 쪽으로 한 걸음 더 다가가며 입을 연다.

"형님! 먼저 갔던 일 보고부터 드리겠습니다."

팔짱을 끼고 있던 청년은 돌아서며 흑표의 어깨를 툭툭 친다.

"그래, 앉아라. 먼저 따뜻한 차부터 들고."

"예! 형님."

흑표는 대답을 마치자 비 맞은 옷을 갈아입은 후 물을 끓여 차를 타서 내온다. 드러내기 좋아하고 나서기 좋아하는 젊은 사업가들에게 흔히 있는 여직원 한 명 없는 것으로 보아 소박하고 건실한 청년 사업가인 듯하다. 김이 모락모락 나는 찻잔을 들면서 젊은 청년은 조용한 어투로 말을 잇는다.

"그래? 찾긴 찾았나?"

"예! 형님,"

"사시는 곳은? 생활은 어찌하고 있나?"

흑표는 잠시 머뭇거리다 무겁게 입을 연다.

"휴! 그게 지금… 어머님은 안성에 어느 작은 기도원에 계십니다."

"기도원? 그곳 생활은 언제부터 하셨나?"

"예! 기도원 총무에 따르면 한 2년 전에 이곳저곳 떠돌다가 그곳에 들어왔다고 합니다. 그러나 그것이 아니고 잡혀 온 것 같습니다."

순간, 청년은 양미간을 찡그린다.

"잡혀 와? 왜 무엇 때문에?"

흑표는 난감해 한다.

"죄송합니다. 형님! 글쎄 거기까지는 아직…….'"

청년의 눈빛이 이글이글 불이 붙는다.

"내부 상황은?"

"기도원 측의 철저한 감시로 철통같은 경비로 내부 접근이 어렵습니다. 확실치는 않지만, 아무튼 상황은 좋지 않은 것 같습니다."

청년은 담배 하나를 꺼내 문다. 흑표가 재빠르게 라이터를 켜서 불을 붙인다.

"흑표! 수고 많았다."

"빨리 모시고 와야 할 것 같습니다."

"그래. 흑표 너는 어머니를 고향 어디 조용한 곳에 모실 수 있도록 기거하실만한 곳을 마련하고……."

"잘 알겠습니다. 형님!"

젊은 청년은 입술을 꽉 깨물며 피우던 담배를 질겅질겅 씹는다. 눈에서는 살기 어린 안광이 뻗어 나온다.

"흑표! 최 기자한테 안성기도원을 취재 하라고 해"

"알겠습니다. 형님!"

"흑표! TV 켜 보지 그래"

"형님! 아직 시간이 안 돼서 TV는 나오지 않습니다. 오후 5시가 되어야 나옵니다. 형님!"

"아참! 그렇지, 그럼 라디오라도."

"알겠습니다. 형님."

흑표는 TV 옆에 있는 작은 트랜지스터라디오를 켠다.

딸깍!

-다음은 뉴스 속보입니다.

2년 동안 탈주극을 벌이던 탈옥수 윤철민이 자신의 어머니에게 쓴 유서를 남긴 채 야산에서 목을 매 숨진 채 발견됐습니다. 경찰은 검, 경합동으로 수사망이 좁혀오자 압박감을 이기지 못해 스스로 목숨을 끊은 것으로 파악하고 있습니다. 이로써 탈옥수 윤철민은 자살로써 2년간의 도피 생활은 막을 내렸습니다.

한편, 연 병력 5만 명을 투입하고도 직접 검거하지 못하고 끝내 자살로써 막을 내리게 한 합동 수사본부는 국민들로부터 거센 비난을 면하기 어렵게 되었습니다.

이로써 최일선에서 이 사건을 진두지휘해 온 강력계 김상호 부장검사는 오늘로써 합동수사본부를 철수한다고 발표했습니다. 그러나 윤철민이 2년간의 도피 생활에 필요했던 도피 자금은 물론 조력자가 있다고 보고 이 부분은 계속 수사해 나가기로 했습니다.

윤철민은 TV에서 김상호라는 이름이 나오자 두 주먹을 불끈 쥐며 부르르 떤다.

다음 뉴스입니다.-

딸~깍!

필요한 뉴스가 여기까지라는 것을 눈치 챈 흑표가 라디오를 끄면서 입을 연다.

"형님! 그동안 고생 많으셨습니다."

"후! 후! 후! 윤철민이 결국 죽었군. 흑표 그동안 고생이 많았다."

"아닙니다. 형님! 이제부터는 형님의 행동이 조금 더 자유로울 겁니다."

"그래! 고맙다. 지금부터는 주간신문에 더 신경 써라."

"알겠습니다. 형님!"

청년은 담배꽁초를 재떨이에 비벼 끄며 흑표의 어깨를 두어 번 툭툭 친다.

종로3가에서 청계천을 지나 을지로3가 방향에서 충무로를 가기 전에 오른쪽에 스카라 극장이 자리 잡고 있다. 그리 크지는 않지만 아담한 극장으로써 주로 외국영화를 개봉하는 영화관이다. 스카라 극장을 끼고 오른쪽으로 돌아가면 깨끗한 현대식 3층 건물이 자리 잡고 있다. 현관 입구에는 週刊新聞 漢江(주간신문 한강)이라는 입간판이 보인다. 계단을 따라 올라가면 3층이 주간신문 한강이라는 사무실이 나온다. 사무실은 깨끗했으며 행정부, 보도부, 편집부, 교정부 등 각 부서별로 잘 배치되어 있다. 사무실 한쪽 끝에는 사장실이 따로 있다. 사장실은 꽤 컸으며 원목의 고급책상에 빙글빙글 도는 회전의자가 있다. 앞에는 긴 황색 가죽 쇼파가 놓여있고 왼쪽 벽에는 원목으로 된 큰 스탠드형 괘종 벽시계가 고급분위기를 더하고 있다.

그 아래 역시 고급 원목으로 된 긴 타원의 원탁이 우아하게 자리 잡고 있고 벽 쪽에는 군데군데 수묵화로 치장하고 있어서 은은함이 현대풍과 고풍스러움이 조화를 이루고 있다.

파멸

회전의자에는 젊은 청년이 앉아 있다. 얼마 전 종로3가에 있던 2층의 허름한 사무실에서 흑표와 얘기를 주고받던 그 청년이다. 원목의 고급책상에는 까만 바탕에 금색으로 쓰인

[사장 정민수]라는 고급명패가 가지런히 놓여 빛을 발하고 있다. 정민수는 자신의 책상 위에 있는 동양 난에서 배어 나오는 짙은 향기를 맡으며 지그시 두 눈을 감고 있다.

이때,

똑! 똑! 똑!

노크 소리가 들린다.

"들어오세요."

아니 문을 열고 들어오는 여자는 다름 아닌 최미화가 아닌가?

2년 전 탈옥한 윤철민에게 인질로 잡혔던 여자, 윤철민이 도망칠 때 협조했던 여자, 최미화다. 늘씬한 키에 긴 생머리, 계란형의 얼굴, 반달형 눈썹에 새까만 눈동자, 오뚝한 코, 그리고 발그스레한 입술, 한 마디로 보기 드문 8등신의 미인, 초등학교 교사였던 최 선생 즉 최미화가 확실했다. 2년 전에도 아름다웠지만 꾸미고 난 지금의 모습은 더할 나위 없이 아름다웠다.

"최 기자님! 이리 앉으세요."

"예! 사장님!"

"최 기자님! 그동안 고생이 많았습니다. 앞으로는 더 큰 난관이 기다리고 있을 겁니다."

"……."

"지금처럼 참고 좀 더 견뎌 주세요."

"예! 사장님."

"이 모두가 최 기자님 덕분입니다. 1년 전 주간신문 한강을 만들자고 한 것과 사건 사고 코너에 윤철민 스토리를 연재한 것이 최고의 이슈였지요."

"제가 아이디어를 낸 것은 사실이지만 추진력을 발휘한 것은 사장님이셨잖아요."

"아무튼, 고생 많이 하셨고 또 미화 씨가 없었다면 저는 아마 이미 이 세상에 없을 겁니다."

"무슨 말씀을 그렇게 하세요? 사장님의 강한 의지력이 큰 원동력이 된 것이지요."

"고마워요. 미화 씨! 그건 그렇고 윤철민 연재 시리즈도 이번이 마지막 회이지요?"

"예! 사장님 헌데, 이번 마지막 회는 정말 힘들고 고통스러워서 어찌해야 할지……."

"예 잘 알고 있어요. 미화 씨! 기자의 양심상 힘들겠지만 마지막 회 이번 딱 한 번만 처음이자 마지막으로 부탁드릴게요."

최미화는 무엇 때문인지는 모르지만 난감한 표정을 짓는다.

"그리고 이번 일은 다른 방법으로 처리할 수도 있었을 텐데요."

"미안합니다. 미화 씨!"

최미화는 앞에 놓인 기자 수첩을 덮으며 일어선다.

"그만 나가 보겠습니다. 사장님!"

정민수는 아무 말 없이 고개를 끄덕인다, 그리고는 담배를 꺼내 물고 천정을 바라보며 불을 붙인다. 벌써 2년 전 일이다.

윤철민은 최미화와 함께 대전역까지 무사히 도망쳐 와서 교도소에서 알던 흑표에게 전화를 했다.

"흑표! 나다."

"아이고 형님! 탈옥하신 것은 익히 알고 있었습니다. 행방을 몰라 도울 방법이 없었는데 지금 어딥니까? 형님!"

"아직 대전을 벗어나지 못하고 있다. 서울로 가야겠다. 그러기 위해서는 너의 도움이 필요하다."

"검문, 검색이 심해 승용차를 보내 드려도 검문을 피하기 힘들 겁니다. 그러니 어렵겠지만 대전역에서 도비노리로 서울역까지는 오셔야합니다. 용산에서 내리면 한강다리가 있어서 검문을 빠져나오기 힘듭니다. 그러니 꼭 서울역까지 오셔야합니다. 형님!"

"일행이 있다. 여성이다."

"믿을 수 있습니까?"

윤철민은 수화기를 막고 뒤에 기다리고 있는 최미화를 힐끗 쳐다본 후 다시 입을 연다.

"글쎄, 그게 그러니까……"

"무슨 말씀인지 알겠습니다. 형님! 대전에 있는 아는 동생 편으로 승용차를 보내드릴 테니 여성분은 승용차로 태워 보내시고 형님은 기차 편으로 서울역까지만 오십시오. 형님!"

"고맙다. 흑표, 이 은혜 잊지 않겠다."

"그런 말씀 마십시오. 제가 바로 직접 모시지 못해서 죄송합니다. 그리고 조심하셔야 합니다. 형님!"

"그래! 서울서 신세 좀 지자."

이렇게 해서 최미화는 흑표가 보내 준 승용차로, 윤철민은 대전역에서 화물열차를 택해 도비노리로 각자 어렵게 서울에 도착한 것이다.

　도비노리란 기차가 역을 출발할 때 천천히 출발하는 틈을 타서 날렵하게 뛰어 탔다가 도착역 가까이 갔을 때 속력이 줄어드는 틈을 타서 신속하게 뛰어내린 후 역사(驛舍)의 개찰구를 거치지 않고 철길을 건너 유유히 빠져나가는 것을 말한다.

　심한 검문검색을 피해 힘겹게 서울에 도착한 윤철민은 교도소에서 인연을 맺게 된 흑표를 이곳 서울에서 만나 청계천4가 허름한 지하창고에서 신세를 지게 된다. 창고 안은 두세 개의 책상과 몇 개의 의자들이 어지럽게 놓여있다. 한가운데는 조개탄을 피우는 난로가 놓여있다. 창고 안에는 작은 쪽방 하나가 있고 그곳에 최미화를 기거하게 했다. 조개탄 난로 옆에 1인용 군용 침대를 놓고 윤철민은 그곳에서 지내기로 했다.

　"죄송합니다. 형님! 이런 곳에 모시게 돼서……."

　"아니다. 흑표! 이만하면 충분하다. 그나저나 이곳은 어떠냐?"

　"이곳도 검문이 심합니다. 그러나 어느 곳보다도 이곳이 안전할 겁니다. 밖에서 들어오는 출입구가 봉쇄 되었다시피 해서요."

　"고맙다. 흑표 당분간 신세 좀 져야겠다."

　"신세라니요? 형님!"

　윤철민은 한쪽 옆에 말없이 우두커니 서있는 최미화를 바라본다.

　"흑표!"

　흑표는 어느새 눈치를 챈 듯 입을 연다.

　"걱정하지 마십시오. 형님!"

　　　　　　　　　　　　　　　　　　　　　　　　　　　　　파멸

그리고는 최미화 쪽으로 두어 걸음 다가간다.

"최 선생님이라고 하셨지요? 누추하지만 계시는 동안은 안전하게 모시겠습니다. 그러니 아무 걱정하지 마십시오."

최미화는 윤철민을 바라본다. 윤철민도 최미화를 바라보며 잠시 한숨을 길게 내쉰 뒤 입을 연다.

"최 선생님 죄송합니다. 곧 나가게 해드릴 테니 불편하시더라도 조금만 참으세요."

최미화는 벌써부터 모든 것을 포기한 듯 담담하게 고개를 끄덕인다. 이렇게 하여 윤철민과 최미화의 불편한 동거가 시작된다. 시간이 흐를수록 윤철민과 최미화는 차츰 사이가 가까워졌고 서로에게 관심을 갖게 된다. 그도 그럴 수밖에 없는 것이 삼시 세끼 같이 밥을 먹는 것은 물론이거니와 잠자는 시간과 윤철민이 체력을 단련하는 시간 외에는 한 공간에서 함께 했기 때문에 그럴 수밖에 없었다. 그러다 보니 최미화가 학교에 한 달간 아프다는 핑계로 병가를 낸 장기 휴가도 끝나가고 있었다.

그러던 어느 날, 광장시장을 관리하러 나갔던 흑표가 반 초죽음이 되어 엉금엉금 기다시피 하면서 겨우겨우 기어 들어온다.

"혀, 형님."

헌 철재 책상을 사이에 두고 무엇인가를 골똘히 생각하던 윤철민과 최미화는 화들짝 놀란다.

"흑표! 무슨 일이냐?"

"혀~ 형님! 당했습니다."

"당하다니? 누구에게? 뭘?"

흑표는 채 대답도 하지 못하고 푹 쓰러지고 만다.

피투성이가 되어 쓰러진 흑표를 본 최미화는 기겁하며 사시나무 떨듯 발발발 떤다. 그러나 잠시 후 정신을 차린 최미화는 놀란 가슴을 진정시키며 상처로 인해 만신창이가 된 흑표를 정성껏 치료해 간호한다. 덕택에 흑표는 이틀 만에 기운을 차린다.

"흑표! 어떻게 된 일인지 차근차근 자세히 말해라."

흑표는 피멍으로 인하여 왼쪽 눈이 감기다시피 하며 채 다친 옆구리를 감싸면서 입을 연다.

"광장시장 마저도 종로 불곰파가 관리하겠다고 내어놓으라고 합니다. 형님!"

"뭐라고? 그래서?"

"그렇게는 못하겠다고 했더니 그만……."

윤철민은 말을 끊는다.

"식구들은?"

"동생들도 모두 당해서 잠시 뿔뿔이 흩어졌습니다."

"그래? 당장 준비해. 내일 처리한다."

"예? 내일이요?"

"그래"

"안 됩니다. 형님! 그놈들은 무지막지한 놈들입니다. 그리고 형님은 지금 수배중입니다. 잡히는 날에는 끝입니다."

"걱정하지 마라. 이번 일만 끝내면 잠잠히 있을 테니……."

"형님, 그래도……."

그러한 흑표의 완강한 만류에도 불구하고 이미 결심을 굳힌 듯 윤철민은 두 주먹을 불끈 쥐며 부르르 떤다.

"내일 당장 불곰한테 간다."

윤철민의 확고한 의지를 느낀 흑표가 강한 어조로 입을 연다.

"형님! 그럼 쓸 만한 동생들 몇몇 붙이겠습니다."

"필요 없다. 이번 일은 나 혼자 처리한다. 이런 일은 빨리 처리해야 상인들도 동요하지 않는다."

"그렇다면 저라도 함께 가겠습니다."

"하하하 그런 몸으로……."

"그래도 제 몸 하나는 건사할 수 있습니다. 형님!"

"그래? 그렇다면 좋다."

사실, 흑표는 잘나가던 종로 불곰파의 중간보스였다. 7년 전 서울로 진출 하기위해 황금 노른자 자리인 종로를 노리고 전라도 목포에서 올라온 흑혈파와 종로 불곰파 간에 극장 단성사와 피카디리 극장 사이에서 전국을 떠들썩하게 한 피비린내 나는 일대 큰 사건이 있었다. 연장을 든 목포 흑혈파의 기습에 종로 불곰파가 잠시 밀리는 듯 했으나 전열을 가다듬은 종로 불곰파가 결국 흑혈파를 괴멸시키는 대사건이었다. 이 사건에서 많은 사상지가 났으니 양파 간에 누군가는 책임을 져야 했다. 종로 불곰파에서는 흑표가 그 책임을 지고 5년이라는 감옥생활로 그 대가를 톡톡히 치렀다.

쓸쓸히 홀로 출소한 흑표는 종로 불곰파 보스인 불곰을 찾아 갔으나 이미 모든 조직이 새로 갖춰진 뒤라, 종로 불곰파에서 자신이 설 곳은 없었다. 흑표는 불곰의 묵인하에 자신을 따르는 몇몇 부하들과 종로4가와 청계천4가를 시작으로 종로5가 쪽으로 길게 난 광장시장에서 상인들에게 급전이나 일수 일을 하면서 조금씩 세력을 늘려 나갔다.

2여 년이 흐르면서 흑표의 세력이 커지자 차츰 위협을 느낀 종로 불곰파가 광장시장을 관리하고 있던 흑표를 급습한 것이다.

종로3가에서 단성사로 가다 보면 그 남쪽에 종묘로 통하는 일직선의 골목길이 나온다. 그 골목에는 한옥으로 잘 지어진 요정들이 군데군데 자리 잡고 있다.

오늘 저녁, 불곰파 일당이 광장시장을 접수한 것과 두목인 불곰의 생일이 겹쳐 겸사겸사 이곳 요정에서 자축연을 열 것이라는 정보를 입수했다. 해가 지고 저녁 시간이 되자 종로 거리는 술꾼인 한량인들의 거리가 된다. 윤철민은 검정색 중절모를 눌러쓴 후 퉁퉁 부은 얼굴을 한 흑표를 앞세워 불곰파들이 축하연을 벌이고 있는 요정으로 향한다.

"흑표! 단시간에 빨리 끝내야 한다. 경찰들이 들이닥치기 전에."

"예! 형님."

단성사 뒤쪽을 돌아서자 20~30m 앞에 골목이 보였고 2층 한옥으로 된 깔끔한 요정이 자리하고 있다. 불야성을 이룬 골목에는 이미 건장한 청년 주먹들이 양옆으로 대략 열 걸음 간격으로 목석처럼 서 있다. 불곰을 호위하는 충성도 높은 정예의 젊은 주먹들이다. 불곰파가 요정을 통째로 빌린 탓에 타 손님들은 얼씬도 하지 못했다. 윤철민과 흑표가 골목으로 들어서자 젊은 청년들이 앞을 가로 막는다. 흑표가 오른손을 치켜들며 단호하게 외친다.

"비켜! 너희들 같은 조무래기들에게는 볼일이 없다."

"건방진 놈! 감히 여기가 어디라고?"

말을 채 끝내지도 않고 앞에 있던 청년 한 명이 오른손을 갈고리 모양으로 만들어 흑표의 인후부를 단번에 파낼 듯한 기세로 번개처럼 뻗어 온다. 그러나 흑표의 오른손이 더 빨랐다.

퍽!

"허 억!"

배에서 헛바람 빠지는 소리를 내뱉으면 그대로 앞으로 고꾸라진다. 흑표의 오른 주먹이 상대의 왼쪽 옆구리를 강타한 것이다. 이 광경에 양쪽으로 도열 해 있던 젊은 주먹들 20여 명이 우르르 몰려나오며 둘을 둘러싼다. 그중 한 명이 고함을 지르며 순간적으로 공격해 온다.

"이 새끼가⋯⋯."

그러나 이때,

"멈춰라."

카랑카랑한 음성이 들리는 순간, 주위가 조용해지며 머리를 90도로 숙이면서 재빠르게 양쪽으로 길을 열어 준다. 쓰러져 있던 한 명도 얼른 일어나 90도로 깍듯이 고개를 숙인다.

키는 대략 180cm가 넘어 보이고 몸은 유도로 단련된 듯 몸집이 무척이나 단단해 보인다. 검정 양복을 입은 30세 안팎의 사내다. 거구의 청년은 주위에는 아랑곳없이 흑표를 막아선다.

"아니? 넌?."

"그래! 나, 흑표다. 불곰에게 진 빚을 받으러 왔다."

"후! 후! 후! 빚이라. 아직 정신을 못 차렸나 보군, 저런 조무래기 한 놈 데리고 빚을 받으러 왔다고?"

거구의 청년은 흑표 뒤에 우두커니 서 있는 윤철민을 향해 손가락질하며 목젖이 보이도록 웃어젖힌다.

"하! 하! 건방진 놈 어디서 감히 불곰 형님의 이름을 함부로 불러."

"흐! 흐! 흐! 옛날 같으면 이 흑표 앞에서 얼굴조차 들지 못할 애송이 놈들이 많이도 컸구나!"

"뭐야? 이 건방진 놈! 우리 불곰 형님한테 받을 빚이 있다면 그 빚은 내게서 받아야 할 것이다."

말끝이 흐려지기도 전에 거대한 주먹이 흑표의 관자놀이를 향해 빛의 속도로 날아왔다. 흑표의 동작 또한 전광석화처럼 빨랐다. 흑표가 거대한 주먹을 순간적으로 피하며 일격을 가하려 할 즈음 날카로운 쇳소리의 음성이 들린다. 윤철민이다.

"비켜라. 흑표, 시간 없다."

말소리가 공기 속을 파고들기도 전에 팍~ 하는 소리와 함께 허~억! 하는 이승을 하직한 사람들이 저승 문을 들어서는 듯한 비명을 지르며 거대한 청년은 그 자리에서 썩은 고목 쓰러지듯 앞으로 팍 고꾸라진다. 그리고는 개구리 뻗듯 뻗으며 사지를 파르르 떤다. 두 눈은 금방이라도 튀어나올 듯 충혈되었고 입에서는 거품이 입술을 타고 흘러나온다. 흑표 뒤에 있던 윤철민이 시간을 끌 수 없다는 생각이 들자 흑표를 순간적으로 밀쳐내고 자신이 직접 거구의 청년의 후두부를 걸어 찬 것이다. 그러자 누군가의 입에서 거친 소리가 튀어나온다.

"쳐라."

순간 윤철민의 눈에서 안광이 뿜어 나온다.

"어딜, 감히."

윤철민의 짧은 외마디가 들리는가 싶더니 젊은 청년들이 늦가을 서리 맞은 낙엽처럼 나뒹굴기 시작한다.

퍽!

"으윽!"

휘~익.

"아~악."

옆에서 지켜보고 있던 흑표는 벌린 입을 다물지 못한 채 그저아! 하는 감탄사만 자아내면서 그 자리에 멍하니 서 있을 뿐이다. 번갯불보다 더 빠르고 날렵하게 처리하는 행동에 자신이 나서는 것은 오히려 거추장스럽고 방해만 된다는 것을 금방 파악했기 때문이다. 교도소에서 자신이 조폭들에게 당하고 있을 때 단 1~2분 만에 해치운 윤철민이지만 오랜만에 눈앞에서 이루어지는 광경에 눈이 휘둥그레질 수밖에 없다. 비록 좁은 골목이라고는 하지만 폭은 대략 4m 정도는 되어 보였고 양쪽 블록으로 쌓아 올린 담장 높이도 어림잡아 어른 키 하나 반은 되어 보인다.

이러한 담장 높이에도 아랑곳없이 윤철민의 몸이 허공을 향해 새의 깃털처럼 가볍게 날아오르는가 싶더니 양쪽 담장 위 허공을 제비처럼 날아다니며 성난 독수리가 먹이를 낚아채는 듯한 발길질에 비명조차 제대로 지르지 못하고 가을 아침 찬 서리에 감잎 떨어지듯 맥없이 나뒹굴었기 때문이다. 건장한 주먹 20여 명을 처리하는 데 걸린 시간은 10분도 채 걸리지 않은 듯하다.

흑표의 놀라움은 이만저만이 아니었다.

사실 윤철민 자신도 자신의 발길질에 주먹깨나 쓴다는 청년주먹들이 힘 한번 써보지 못하고 추풍낙엽처럼 나가떨어지는 것을 보고 적잖게 놀랐다. 중학교 시절부터 방학이 되면 공무원이었던 아버지를 따라 계룡산 토굴에 기거하는 백발노인에게 전수받은 풍운무(風雲舞)의 위력이 이처럼 대단할 줄은 미처 몰랐던 것이다.

"가자, 흑표."

"예! 예 형님."

아직까지 벌린 입을 채 다물지 못한 흑표다. 그도 그럴 것이 흑표 자신도 살벌한 검은 지하 조직 세계에서 잔뼈가 굵었지만 이러한 싸움 실력의 소유자를 아직까지 본 적이 없었기 때문이다. 전설의 싸움꾼 김두한이나 이정재, 그리고 시라소니마저도 윤철민 앞에서는 무릎을 꿇어야 할 것 같았다. 윤철민은 옆으로 약간 흐트러진 검정색 중절모를 바로 잡고는 쓰러진 젊은 청년 주먹들을 뒤로한 채 요정 안으로 재빠르게 발길을 옮긴다.

요정 안, 그야말로 불야성이다. 잘 꾸며진 정원, 그 한가운데는 작은 연못이 자리하고 있고 연못 안에서는 폭풍전야의 터질 듯한 고요함을 아는지 모르는지 각종 물고기들이 한가롭게 노닐고 있다. 앞마당을 지나 뒤꼍으로 가면 아주 큰 별채가 나온다. 그 큰 별채가 귀한 손님을 모시는 곳이며 가장 화려하게 꾸며진 곳이기도 하다. 골목 바깥에서 일어난 일을 모르는 듯 작은 연못을 가운데 두고 정장차림의 몇몇 청년들만 차렷 자세로 꼿꼿하게 서 있다. 그러나 요정 안은 달랐다. 여흥의 분위기가 무르익어 가는 듯 별채에서는 교태스러운 웃음과 음흉스런 웃음이 이리저리 뒤엉켜 흘러나온다.

바로 그때,

우당~탕~탕.

"웬 놈이냐?"

"알 것 없다."

순간 흑표의 가위차기 한방으로 두 명이 동시에 나가떨어진다. 흑표의 싸움 실력도 대단했다.

슈~욱, 픽!

"윽!"

휘~익!

"크윽!"

무엇을 두들겨 부수는 소리가 들리며 이곳저곳에서 들려오는 비명소리가 바깥의 정적을 깨는 것은 물론 별채 방 안에서 흘러나오던 웃음마저 멈추게 한다. 그와 동시에, 드르~륵. 소리를 내며 별채의 방문이 열린다. 윤철민과 흑표다. 마당에 보초 서 있던 졸개 몇 명을 순식간에 해치우고 불곰 일당이 마음껏 즐기고 있는 별채의 방문을 거칠게 열어 밀친 것이다. 방안은 제법 깔끔했고 여기저기 고서화(古書畵)가 걸려있고 방안 구석구석에는 꽤 비싸게 보이는 군청색 도자기들로 치장되어 있어서 제법 고풍스러워 보인다. 방 한가운데는 하얀색에 엷은 푸른빛 붉은색을 띠는 맑고 투명한 자수정이 군데군데 박힌 긴 자개상이 놓여있다. 상위에는 듣도 보도 못한 각종 산해진미가 가장 비싼 접시에 가득가득 차 있고 술 또한 여러 종류의 양주병으로 나열되어 있다. 그리고 상 양쪽으로는 건장한 청년들이 세 명씩 앉아 있다.

맨 뒷자리에는 유난히 붉은색 눈썹에다가 귀밑으로 길게 난 구렛나루 또한 붉었고, 그리고 머리는 보통 사람보다 반은 더 커 보이는 거대한 사내가 기생들을 옆에 끼고 술잔을 기울이고 있다. 종로를 주름잡고 있는 불곰이다. 불곰의 뒤로는 누구의 솜씨인지는 모르지만 제법 잘 그려진 수묵화로 된 병풍이 길게 드리워져 고풍스러움이 한층 더한다.

불곰은 자신의 생일을 맞아 기생들의 접대를 받으며 한창 즐기고 있던 차에 자신의 여흥이 깨지자 양미간을 찌푸린다. 긴 자개상 양옆 중 오른쪽 맨 앞에 앉아서 막 술잔을 기울이려던 20대 중반 정도 되어 보이는 깡마른 청년이 문 입구를 향해 소리친다.

"누구냐? 감히! 형님의 여흥을 깨는 놈이?"

흑표는 이틀 전 불곰 일당에게 당한 탓에 아직 채 펴지지 않은 일그러진 얼굴로 씨~익하고 웃는다.

"흐흐! 나다. 흑표, 그동안 잘 있었나? 쌍칼."

쌍칼이라는 청년은 몸을 솟구쳐 일어나며 오른쪽 눈 밑으로 길게 난 칼자국을 오른손으로 한번 쓰윽 문지르며 흑표를 날카롭게 쏘아 본다. 그리고 왼손으로는 오른쪽 옆구리에 찬 단도(短刀)를 재빠르게 뽑으려 한다. 그러자 흑표는 여유 있게 오른손을 들어 제지한다.

"아, 잠깐! 그렇게 서두르면 되나? 난 불곰형님께 볼일이 있으니 너희들은 잠시 빠져라."

"건방진 놈!"

쌍칼이 다시 한번 흥분하며 칼을 빼려고 하자 지금까지 조용히 지켜보던 불곰이 쌍칼을 향해 손을 들며 한마디 한다.

"아! 잠깐!"

쌍칼이 멈칫하자 흑표가 입가에 웃음을 보이며 쌍칼을 향해 입을 연다.

"진작 그럴 것이지."

불곰은 두목답게 옆에 있던 기생들을 밀쳐내며 천천히 입을 연다. 기생들은 겁에 질린 듯 종종걸음으로 재빠르게 빠져 나간다.

"흑표. 네놈 혼자 힘으로 우리 애들 뚫고 이곳까지 들어오긴 힘들었을 텐데."

흑표는 대답 대신 뒤에 서 있는 윤철민을 바라본다. 불곰도 뒤에 우뚝 서 있는 윤철민을 힐끗 쳐다본다. 보통 키지만 다부진 체격을 보자 잠시 움찔한다. 그러나 그것도 잠시뿐 불곰은 애서 태연한 척하며 가소롭다는 듯 입가에 음흉한 미소를 흘린다.

"그래. 흑표! 내게 볼일이 있다고 했나?"

흑표는 잠시 머뭇거린 후 입을 연다.

"형님! 전에 모시던 형님이니 형님께 예는 갖추어야겠지요? 하지만 이번이 마지막입니다."

그리고는 고개를 까딱하고 숙인다.

"형님! 흑표가 인사드립니다."

불곰이 다시 한번 힐끗 쳐다본 후 입을 연다.

"건방진 놈!"

흑표는 아랑곳하지 않고 입을 연다.

"형님! 빚을 받으러 왔습니다."

"빚?"

"광장시장 상권을 되돌려 주시면 조용히 물러가겠습니다."

순간 불곰은 어이없다는 듯 고개를 힘껏 젖히며 가소롭다는 듯이 웃는다.

"핫! 하! 하! 그렇게 못한다면?"

"죄송하지만 잠시 후면 그렇게 하시게 될 겁니다."

"크! 하! 하!"

"만약 그리하지 않고 저항한다면 오늘부로 이 종로구역까지 저희가 접수해야겠습니다."

"크! 하! 하! 흑표 니놈이 저런 애송이 하나 믿고 그러는 모양인데 제정신이 아니구나!"

"죄송합니다. 형님!"

불곰은 애써 참는 듯했으나 속은 부글부글 끓는 듯했다. 불곰은 앉은 채로 턱을 한번 흔든다.

순간, 기다렸다는 듯이 쌍칼이 옆구리에서 단도를 뽑으며 번개같이 흑표의 목을 향해 찔러온다. 흑표도 비호같은 동작으로 오른발을 뒤로 빼는가 싶더니 팽이처럼 왼쪽으로 팽그르르 돌면서 오른발 뒤꿈치로 쌍칼의 뒷목 후두부를 향해 날았다. 쌍칼은 자신이 휘두른 단도가 빗나가자 중심을 잃고 휘청한다. 흑표의 뒷발 차기가 쌍칼의 뒷머리를 강타할 찰라,

"이 새끼가 어딜 감히."

라는 고함소리가 들리며 지켜보던 불곰 졸개 다섯 명이 한꺼번에 덮쳐온다. 순간적으로 위협을 느낀 흑표가 머리를 숙여 피하며 진수성찬이 차려진 상 위로 날아오르는 동시에 왼발로는 달려드는 한 놈의 앞가슴을 찍어 찬다.

와장창, 쨍그랑. 퍽!

"악!"

졸개 한 명이 장작개비처럼 나가떨어지니 더욱 고함을 지르며 공격해온다.

"죽어랏."

"어딜 감히……."

일곱 명이 뒤엉켜 싸우자 비명과 함께 상위에 있던 각종 산해진미가 허공으로 날면서 그 파편이 불곰의 얼굴로 튀었다. 그러자 불곰의 얼굴이 붉으락푸르락 해지며 큰 수박통 만한 머리를 좌우로 흔든다.

우드둑! 우드득.

불곰이 고개를 한 번씩 흔들 때마다 공룡의 고개 뼈 부러지는 소리가 났다. 눈앞에는 아끼는 자신의 부하 세 명이 이미 나가 떨어져 널브러져 있고, 나머지 세 명도 수세에 몰리고 있다. 불곰이 곰처럼 자신의 가슴을 치며 천정을 향해 포효하면서 일어선다.

"크~ 아아~으악!"

순간, 잠시 싸움이 멈칫한다. 불곰은 80kg이 넘는 거구임에도 불구하고 행동은 바람보다 빨랐다.

"흑표! 너 이 새끼가 감히 여기가 어디라고?"

흑표는 나는 듯한 불곰의 공격을 피하기 위해 두 눈을 번뜩이며 방 안의 구석 모서리를 차면서 날아오른다. 그러나 그것도 잠시뿐 불곰의 솥뚜껑 같은 오른손은 흑표의 왼쪽 어깨를, 왼손은 흑표의 오른쪽 허리를 잡는가 싶더니 흑표의 몸은 어느새 천정 쪽으로 던져 졌다가 내려오는 중이다. 불곰은 흑표의 생명을 아주 끊어버릴 심산으로 팔꿈치로는 명치를, 무릎으로는 떨어지는 흑표의 허리를 완전히 꺾어 절명 시키려고 ㄱ자 모양으로 치켜세운다.

위기일발의 순간,

문지방을 밟고 섰던 윤철민의 몸이 허공을 향해 솟구친다. 그리고는 눈 깜빡할 새에 불곰의 어깨를 타고 넘는다. 그 순간, 억! 하는 짧은 비명과 함께 불곰의 얼굴이 오만상으로 찌그러진다. 윤철민이 4~5m 거리를 순간적으로 날아오자, 위협을 느낀 불곰이 흑표에게 가하려는 일격을 포기하고 몸을 비틀어 가까스로 피했다. 그러나 완전히 피하지 못하고 왼쪽 날갯죽지에 윤철민의 오른쪽 구두 뒤축에 일격을 당했다.

"으! 으! 윽."

물론 그 덕택에 흑표는 가까스로 목숨을 건졌다. 그러나 바닥에 그대로 떨어지는 바람에 허리에 부상을 당하긴 했지만 다행히 큰 부상은 아니다. 불곰은 윤철민의 공격에 의해 삐죽 빠져 나온 자신의 날갯죽지를 넣어 맞추기 위해 어깨를 한 두 바퀴 돌린다.

우두~둑~ 우둑!

"보통 놈이 아니구나!"

"......"

윤철민이 말이 없자 불곰은 붉은 털이 수북한 손등의 굵은 핏줄을 내보이며 장작개비 같은 손가락을 꺾는다.

뚜두둑! 뚜둑.

"넌 누구냐? 어디 소속이냐?"

윤철민은 대답 대신 씨 ~익 웃는다. 그러자 왼쪽 눈 밑에 난 상처가 검은색 중절모 아래로 비치는 전등 불빛에 의해 더욱 선명하게 나타났다가 사라진다.

"건방진 놈."

"불곰! 너의 명성은 들어서 익히 잘 알고 있다. 부하들 앞에서 망신당하기 전에 물러나라."

"뭐라고?"

"아, 그렇게까지 흥분할 건 없고 전처럼 흑표에게 광장시장만 관리하게 하면 물러가겠다."

불곰이 가소롭다는 듯 웃는다.

"후! 후! 후! 그렇게 못하겠다면?"

"그렇다면 하는 수 없지. 톡톡히 대가를 치를 수밖에……. 아참 물론, 이 종로 바닥도 흑표가 접수하게 될 거고……."

그 말에 불곰은 흥! 하고 콧방귀를 뀌었다.

"건방진 놈, 기다려라. 네놈의 사지를 꺾어 주마."

말을 마침과 동시에 윤철민을 향해 주먹을 날리면서 왼발로는 윤철민의 낭심을 향해 거세게 공격해 온다. 황소 같은 거구지만 동작이 무진장 날렵했다. 하지만 윤철민의 행동은 더욱 민첩했다.

"어딜! 너무 느려!"

"이 새끼가……."

불곰은 자신의 1차 공격이 실패하자 얼굴이 벌겋게 달아오른다.

"맛 좀 봐라."

불곰은 다시 고함을 지르며 순간적으로 윤철민의 뒤로 돌아가서 어깨를 낚아챈다. 그와 동시에 무릎으로는 허리를 찍어온다. 불곰의 당겨 허리 찍기에 걸리면 죽거나 평생 불구로 살아가야 한다. 그러나 그의 살벌한 살인기술도 윤철민에게는 그리 위협이 되지 못했다.

"불곰! 겨우 이것밖에 안 되나? 명성이 아깝구나!"

불곰은 자신의 연속된 공격이 불발로 그치자 더욱 흥분하며 달려든다.

"느려! 불곰 너는 이미 졌다. 싸움에서 흥분은 금물인 것을 모르나 보군! 그렇다면 내가 한 수 가르쳐 주지."

"뭐라고? 건방진 새끼!"

윤철민은 다시 비호같이 공격해 오는 불곰의 오른발 공격을 오른발과 왼발을 서로 교차하면서 피하는 동시에 풍운무의 절정 무예 중 하나인 오른 팔꿈치로 불곰의 무릎을 내리찍으며 왼손 손바닥(掌力)으로는 턱을 강타한다. 그리고 순간적으로 몸을 오른쪽으로 비스듬히 누이며 왼발 족도(足刀)로는 불곰의 인중을 걷어 찬 뒤 날쌘 제비가 공중에 나는 먹이를 낚아채듯 왼발을 디딤발로 하여 등 뒤로 바람같이 날아오르며 다시 오른발 뒤축으로는 불곰의 늑골을 내리찍는다.

픽! 팍!

"으윽! 켁"

불곰은 비명조차 제대로 지르지 못하고 논두렁 허수아비 쓰러지듯 맥없이 고꾸라진다. 그러자 지켜보던 세 명의 청년 부하들이 윤철민은 향해 일제히 덮쳐간다. 바로 그 순간.

"멈춰."

불곰은 입으로는 검붉은 피를 토하면서 부하들의 행동을 제지한다.

"그만둬라."

불곰은 알았다. 윤철민이 단지 50~60% 정도의 힘을 썼다는 것을……. 조금만 더 힘을 가했다면 자신은 이미 이 세상 사람이 아니었다는 것까지…….

불곰은 안간힘을 다해 겨우 몸을 일으켜 세운다. 그리고는 무릎을 꿇는다.

"졌소. 죽이든 살리든 마음대로 하시오."

"난 너를 어떻게 할 생각이 없다. 단지 흑표의 작은 소망만 이루어지면 조용히 떠나겠다."

"그럼 내가 어떻게 하면 좋겠소."

파멸

"광장시장을 원래대로 흑표에게 넘겨라. 그러면 조용히 물러가겠다."

불곰은 잠시 생각에 잠기는 듯싶더니 기운을 차리며 입을 연다.

"그렇게는 못하겠습니다."

순간, 윤철민의 눈이 날카롭게 빛난다.

"불곰 너?"

윤철민의 말이 채 끝나기도 전에 불곰은 더욱 땅에 납작 엎드리며 말을 이어간다.

"저희의 형님이 되어 주십시오. 형님으로 모시겠습니다."

윤철민은 불곰의 느닷없는 행동에 잠시 당황할 수밖에 없었다.

"뭐라고?"

"허락해 주십시오. 형님!"

불곰이 고개를 돌려 옆에 있는 부하들에게 턱으로 눈치를 주자 모두 동시에 무릎을 꿇는다.

"허락해 주십시오. 형니~임."

"음!"

이렇게 해서 윤철민은 조직 사상 가장 짧은 단시간에 전국에서 가장 노른자인 종로를 접수하게 된다.

신고를 받고 출동한 경찰이 도착하기 전에 미리 윤철민은 자리를 떴고 흑표도 다친 몸을 추스른 후 불곰 일당과 밤새워 여흥을 즐겼다. 종로를 접수한 윤철민은 종전대로 종로 쪽은 불곰이 광장시장 쪽은 흑표가 각각 관리하게 했다. 불곰은 자신의 지역을 빼앗기지 않고 그대로 관리하게 되자 윤철민의 성품에 감동한다. 그뿐만 아니라 든든한 윤철민이 뒤를 봐 주고 있으니 종로를 호시탐탐 노리던 전국의 어떤 주먹도 두렵지 않았다. 윤철민의 성품에 감동한 불곰은 더욱더 충성하기로 굳게 다짐한다.

시간이 지나자 종로 불곰에게서 들어오는 자금과 광장시장에서 들어오는 자금의 규모도 제법 커져갔다. 그러자 최미화는 타의 반, 자의 반으로 학교에 사표를 낸 후 본격적으로 자금관리는 물론 모든 살림까지 도맡는다. 그렇게 되기까지는 윤철민의 부탁도 컸지만, 최미화도 그리 싫지는 않았다. 물론, 시골에 있는 부모님께는 교사직 사표를 비밀에 부쳤으며 꼬박꼬박 교사월급 이상의 돈을 보냈다. 그러기를 1년 남짓 될 즈음에 최미화가 새로운 아이디어를 제안한다.

"철민 씨! 언론사를 창단해서 살인누명을 벗어날 수 있는 길을 열어야 겠어요."

"음!"

"이대로 가다가는 검찰에 의해 언제 조직이 무너질지 몰라요. 그렇게 되면 철민 씨가 누명을 벗기기는커녕 목숨마저 위태로워질 수 있어요."

"……."

윤철민이 아무 말이 없자 흑표도 거든다.

"형님! 최 선생님의 말씀에 일리가 있습니다. 이제 자금도 어느 정도 되니 최 선생님의 말씀대로 하는 것이 좋을 듯합니다."

한참 동안 골똘히 생각한 윤철민이 고개를 끄덕인다.

"좋다. 신문에 관한 모든 부분은 최 선생님께 맡기고 흑표 너는 관리를 맡는다."

"예! 형님!"

이렇게 해서 탄생한 것이 주간신문(週刊新聞) 한강(漢江)이다.

파멸

정민수는 잠시 감았던 눈을 가만히 뜨며 피우던 담배를 재떨이에 비벼 끈다. 그리고 책상 위에 있는 신분증을 집어 들며 의미심장한 웃음을 짓는다.

"하! 하! 하! 내가 정민수란 말이지? 정민수."

하지만 잠시 후 윤철민의 얼굴이 굳은 결의에 찬 표정으로 바뀐다.

"미안합니다. 윤철민 씨! 그러나 당신의 한은 반드시 풀어 드리겠습니다."

윤철민은 처음 주간신문 한강이 창간된 지 1년여 동안은 신문사 사무실에는 얼씬도 하지 않았다. 사장실만이 텅 빈 채로 1년 동안 주인을 기다리고 있었을 뿐이다.

불곰이 관리하는 종로 3가 탑골공원 옆에 위치한 허름한 사무실에 가끔 나가서 불곰을 만나는 것을 제외하고는 지하창고에서 밖으로 거의 나오지 않았다.

"불곰! 상인들 울리지 말고 이권에 너무 개입하지 마라."

"예! 형님"

"그리고 타 구역 욕심부리지 말고."

"알겠습니다. 형님!"

노른자 구역인 종로 지역을 호시탐탐 노리던 전국의 주먹들도 차츰차츰 포기하기에 이르렀다. 이유는 저승사자보다 더 무서운 검은 그림자가 불곰의 뒤를 봐주고 있다는 소문이 서울 장안뿐만 아니라 전국의 주먹들에게 널리 알려졌기 때문이다.

윤철민은 돌아가는 신문사 상황도 김 실장이나 최 기자를 통해 보고받곤 했다.

"흑표! 최 기자에게 윤철민에 관한 연재 시리즈도 이번이 마지막이니 특별히 신경 더 쓰도록 부탁하고."

"예! 형님."

윤철민은 이처럼 모든 일에 신경을 써야 했다.

그러나 정민수라는 이름으로 사장에 취임하고 난 후로는 한강신문 사장실로 곧잘 출근해서 업무보고를 받곤 했다.

오늘도 한강신문이 발행되는 날이다.

"미스 김! 최 기자 좀 불러줘."

"사장님! 최 기자님은 어젯밤 야간 취재 나갔습니다."

"아참! 그렇지. 내가 깜빡했군!"

처음 한강신문이 창간될 당시는 이 신문에 대해 누구 하나 관심도 없었지만, 최미화의 기획으로 사건·사고 [이 사람] 이라는 코너에 탈주범이었던 윤철민 사건을 시리즈로 연재하면서 세간에 알려지기 시작했고 억울한 살인누명을 쓰게 된 사실을 소설처럼 다루자 한강신문의 인기가 폭발적으로 치솟기 시작했다.

"미스 김! 오늘 신문 좀 가지고 오지. 그리고 커피도 한 잔 부탁해요."

"네! 사장님."

제 3 회

윤철민의 죽음, 탈옥

정민수는 사건 사고 코너인 사회면을 펼친다. 그리고 가볍게 신음을 내뱉는다.

"음!"

사건·사고 [이 사람]이 사람이 살아온 길

윤철민 편 제50회 -마지막 회

연재 최미화 기자

-윤철민의 죽음-

[윤철민은 교도소를 탈옥한 후 인질로 삼은 한 젊은 여교사를 협박해서 부산으로 가서 밀항선을 타기 위해 대전역으로 나갔다. 그러나 촘촘한 검문검색에 군. 경의 눈을 피해 부산행 열차를 탄다는 것이 결코 쉽지 않다는 것을 알았다. 윤철민은 여교사를 향해 협박조로 말했다.

"당분간 산으로 피해야겠어. 그곳까지만 동행해 줘야겠어."

여교사는 춥지도 않은 초가을 날씨인데도 불구하고 손발을 파르르 떤다. 이 불행이 하필이면 왜 자신에게 닥쳤는지 원망스럽기만 하다. 그러나 하는 수 없다는 듯 대답한다.

"예! 아, 알겠어요."

"식장산까지만 데려다주시오."

"예."

윤철민은 여교사에게 종이와 볼펜을 넘겨주며 입을 연다.

"여기에다 부모가 있는 곳 주소와 이름 쓰세요. 한 치도 거짓도 없어야 합니다."

"그, 그 건! 왜, 왜요?"

"신고하면 당신 부모들도 무사하지 못할 거야. 흐! 흐! 일종의 인질이라고나 할까?"

여교사의 등줄기에서는 식은땀이 주르르 흐른다. 식장산은 대전에서 충북 옥천으로 넘어갈 수 있고 마음만 먹으면 경상북도 쪽으로 쉽게 도망갈 수 있는 그리 높지 않은 산이다. 윤철민이 식장산을 택한 것도 그 이유 때문이다.

…….

…….

중략

…….

…….

따르릉 ~ 따르릉!

"네! 한강신문에 박소민 기자입니다."

"…….."

"한강신문입니다. 말씀하세요."

딸~깍!

"여보세요. 여보세요."

"무슨 일이야?"

"글쎄. 끊어졌어요."

잠시 후 다시 들려오는 전화벨 소리.

따르릉!

"여보세요. 말씀하세요."

"……."

"누구세요? 말씀하세요."

"저, 할 말이 있으니까 최 기자님 좀 바꿔주세요."

"네! 잠시만 기다려 주세요."

박소민 기자는 수화기를 막은 뒤 최미화를 부른다.

"최 기자님! 전화 받아보세요."

최미화는 원고를 정리 하다말고 걸어 나온다.

"누구?"

"글쎄요."

"네. 전화 바꿨습니다. 최미화 기자입니다."

"저 너무 힘들어 세상을 떠나려고 합니다. 최 기자님이 계시는 한강신문에 제보합니다. 제 시신은 알아서 처리해 주시고 제 윗주머니에 유서를 남깁니다. 그리고 이 유서를 보기 전에는 경찰에 알리지 말아 주시오."

최미화는 다급해진다.

"여보세요. 안돼요. 안됩니다. 서, 선생님! 자, 잠깐만요."

그러나 수화기를 통해 들려오는 남성의 목소리는 의외로 담담했다. 최미화의 다급한 음성에도 불구하고 계속 말을 이어간다.

"이곳은 동학사에서 갑사로 넘어가는 중간쯤에 있는 납작 바위 계곡입니다. 제 마지막 소원은 유서에 남깁니다."

"아, 안돼요. 잠깐만요. 전화 끊지 마세요."

"그럼."

최미화는 비명에 가까운 소리를 지른다.

"아, 안돼! 안된다고."

딸~깍.

뚜~ 뚜~ 뚜뚜.

…….

…….

[하략]

최미화 기자와 김 실장인 흑표는 급히 차를 몰아 계룡산에 있는 갑사를 향해 달린다.

동학사와 갑사 중간쯤에 위치한 작은 계곡에서 목을 매 숨진 한 사람을 발견한다. 최미화의 신고를 받고 출동한 경찰은 최 기자의 자초지종을 전해 들은 후 시신을 거두어 갔다. 이틀 후 경찰에 의해 뉴스 속보가 흘러 나왔다.

-뉴스 속보-

탈주범 윤철민 자살, 유서발견

유서에는 자신은 절대 살인하지 않았으나 법정에서 받아들여지지 않았고 이에 죽음으로써 자신의 결백을 증명하고자 자살을 선택했다는 내용이었다.

아울러 자신의 시신은 아들의 결백을 밝히려다 교통사고로 사망한 아버지의 고향인 옥천과 가까운 금강 상류에 뿌려달라고 했다.

이렇게 윤철민은 30세의 젊은 나이에 한 많은 이승을 떠났다.

- 누명을 벗지도 못한 채 -

윤철민 편 大尾

맺는말

그동안 끝까지 읽어주신 애독자 여러분께 진심으로 감사드립니다. 독자님들 덕분에 대미를 장식하면서도 마음이 편치 못합니다. 다음 편에서는 더 편한 마음으로 애독자님들께 다가갈 것을 약속드립니다.

한강신문 최미화 기자 올림

다 읽고 난 정민수는 잠시 고개를 끄덕인다.

"음! 역시 글쟁이는 글쟁이야."

다시 담배 한 개비를 피워 물고는 혼자서 중얼거린다.

'미화 씨! 미안해! 기자의 양심을 저버리게 해서 …….'

사실, 자살 제보를 받고 윤철민과 김 실장 즉 흑표와 최미화 이렇게 셋이서 긴급회의에 들어갔다. 윤철민이 강하게 고개를 내젓는다.

"흑표! 뜻은 알겠는데 그건 안 돼!"

"형님! 지금으로서는 그 길밖에 없습니다. 절호의 기회입니다. 저는 한강신문 발행 때부터 생각하고 있었습니다."

"글쎄, 그건 안돼."

"형니~임! 기회가 영영 없을 수도 있습니다."

이때 최미화가 끼어든다.

"김 실장님! 그것은 우리 한강신문 창간 취지에도 어긋나요."

"최 기자님 어긋나다니요? 애초부터 형님 누명을 벗기기 위해 창간한 것이 아닙니까?"

"맞아요. 하지만 이런 방법이 아니라 연재를 통해 여론을 형성, 재심을 통해서 누명을 벗기기 위함이었어요."

흑표의 음성이 높아진다.

"재심? 최 선생님! 저는 무식해서 재심이라는 이딴 말 몰라요. 다시 재판하자는 말 같은데 재판부에서 받아들이지 않으면 긁어 부스럼 만드는 겁니다. 게다가 탈옥까지 했는데……."

그 말에도 상당한 일리가 있었다. 그러나 최미화는 단호하게 대답한다.

"하지만 기자의 양심을 저버리고 악마의 편집을 할 수 없어요. 전 반대예요."

"그래. 나도 최 선생님과 같은 생각이다."

"형님! 죄송합니다. 그러나 이번만큼은 제 뜻대로 하겠습니다."

그리고는 문을 박차고 나와 동학사와 갑사가 있는 공주 계룡산을 향해 승용차를 몰았다. 어느 틈엔가 옆자리에는 최미화 타고 있었다.

"최 기자님! 형님을 살리는 유일한 길입니다. 살려 주세요. 제발~"

"……."

"그러니 이번 마지막 50회는 사실대로 쓰시면 안 됩니다. 부탁드립니다. 최 기자님도 형님을 마음에 두고 있지 않습니까? 제발 부탁입니다."

흑표가 최 기자에게 부탁 반 애원 반하는 사이 어느새 목적지에 다다랐다. 등산객이나 다른 사람의 눈에 먼저 띄게 되면 낭패이기에 급하게 달려온 것이다. 동학사와 갑사 중간 지점에 납작 계곡이 있었고 그곳에 도

파멸

착하니 자살 제보자의 말처럼 목을 맨 채 죽어 있었다.

"자살한 지 얼마 되지 않은 것 같아요. 체온이 채 가시지도 않은 걸 보니……."

최미화 말에 흑표 사체의 윗주머니에서 작은 봉투 하나를 꺼낸 후 미리 준비해온 다른 봉투를 집어넣으며 건성으로 대답한다.

"그런 것 같습니다."

최미화도 납작 바위 위에 가지런히 놓인 하얀 고무신에서 죽은 자의 신분증을 주워들면서 힘겹게 입을 연다.

"김 실장님! 정말 이 방법밖에는 없나요?"

순간, 흑표가 환하게 밝아지며 최미화의 두 손을 덥석 잡는다.

"고맙습니다. 최 선생님!"

윤철민이 정민수로 새롭게 탄생하는 순간이다.

후드득! 후드득! 뚝뚝!

맑았던 하늘이 갑자기 어두워지며 비가 내리기 시작한다.

윤철민 아니 정민수는 회전의자에 몸을 기댄 채 두 눈을 지그시 감는다. 흑표와 감방 동료들의 도움으로 극적으로 탈옥했던 시간이 주마등처럼 스친다.

윤철민이 억울한 누명을 쓰고 감옥생활을 한지도 어느덧 강산이 열 번이나 바뀌는 10년이라는 세월이 흘렀다. 아무리 억울함을 호소해도 사형이 확정된 후로는 더는 어찌해 볼 도리가 없었다.

"그래! 난 반드시 탈옥한다. 기회는 단 한 번뿐 오늘 밤이다."

윤철민의 결의에 찬 두 눈이 반짝 빛난다.

"그리고 기다려라. 지옥 끝까지라도 쫓아갈 테니."

10여 년 전,

처음 사형이 확정되었을 때는 분하고 억울해서 미칠 것만 같았다. 그래서 보는 대로 때려 부수고 함께 생활하는 수감자들을 닥치는 대로 두들겨 팼다. 처음에는 수감자들도 집단으로 대들었다.

"이 새끼가 빨간 명찰이라 봐 주었더니."

그러나 윤철민의 발차기 한 번에 두세 명이 한꺼번에 나가 떨어진다.

퍽! 퍼벅.

"허~윽." "악!"

윤철민의 무술 실력으로 이들을 제압하는 것은 일도 아니었다. 사형수의 명찰은 빨간색이다. 일반 수감자들을 빨간 명찰을 단 사형수들에게는 나이와 무관하게 묵시적인 예우를 해 준다. 그런데도 함께 생활하는 수감자들을 이유 없이 늘 두들겨 패는 폭력 탓에 수감자들의 공포감은 이만저만이 아니다. 입에서 입을 통해 다른 감방 수감자들에게도 소문이 자자했다. 얼굴은 모르지만, 윤철민 이름 석 자는 익히 알 정도다.

"235번 나와! 3개월 독방 근신이다."

윤철민은 자신의 분을 이기지 못해 난동을 부리는 바람에 독방을 들락거리기를 수없이 한다. 그러던 어느 날 문득,

"안돼! 어떠한 일이 있더라도 이곳을 빠져나가야 한다. 그러기 위해서는 반드시 감형을 받아야 한다"

그랬다. 감형을 받아야 모범수가 될 수 있다. 모범수가 되어야만 청소하는 일이나 배식하는 일, 심지어 담당 교도관들과의 면담이나 교도관실

파멸

도 드나들 수가 있다.

"그래! 그래야만 탈옥할 기회가 있을 것이다."

그날 이후로 윤철민의 수형 생활은 180도로 변하게 된다.

윤철민은 한강신문에 연재되었던 자신의 이야기를 생각하니 감회가 새로운 듯 잠시 천정을 바라본다.

그리고 성냥을 지~이~익! 그어 담배에 불을 붙여 입에 문 후 다시 두 눈을 감는다.

교도소 생활, 그렇게 7년의 세월이 흐른다. 마침내 기적, 기적이 일어났다. 드디어 빨간 명찰이 하얀 명찰로 바뀌었다. 즉, 사형수에서 무기수로 감형된 것이다. 사형수에서 무기수로 감형되는 것은 극히 드문 일이다. 윤철민은 그 후 다시 모범수로 되어 자신이 뜻한 대로 죄수들이 수감 되어있는 복도 청소와 배식을 담당하게 된다.

모범수로 생활한지도 다시 2년이 흘렀다. 그동안 말썽 한번 피우지 않은 탓에 교도관들과도 친분 있게 지냈다.

"235번 사람 됐어. 아마 좋은 소식 있을 테지."

교도관들이 지나가면서 윤철민의 어깨를 툭! 툭! 치며 저마다 한마디씩 던지곤 했지만, 전혀 귀에 들리지 않는다. 오로지 한가지 탈옥에 대한 일념뿐이다. 유철민은 의미심장한 웃음을 짓는다.

"후! 후! 이제 조력자들이 필요하다."

함께 생활하는 수감자들은 모두 2년 이상의 실형을 받은 자들이라 자신의 계획이 성공하리라 굳게 믿었다. 윤철민은 같은 방 수형자들에게 부탁 반 명령 반인 강한 어조로 입을 연다.

"너희들에게 부탁, 아니 명령한다. 그러니 나를 도와줬으면 한다."

"명령만 하십시오. 형님!"

"너희들도 알다시피 지금부터 보름 후면 정화조 청소를 한다. 그렇게 되면 화장실은 바닥까지 비워 진다. 그때부터는 화장실에서 대소변(大小便)을 보지 않는다."

"예? 형님! 그게 무슨?"

윤철민은 아랑곳하지 않고 말을 이어간다.

"그래서 지금부터 훈련에 들어간다."

"훈련이라니요? 형님!"

"당장 내일 아침부터 국물은 절대 먹지 않는다. 밥의 양도 조금씩 줄여 나간다. 즉 최소한의 양만 먹는다. 먹을 때 잘근잘근 씹어서 삼킨다. 식후 물은 한 모금만 마신다. 식사가 끝나면 단전호흡을 시작한다."

"이유가 뭡니까? 형님."

"차츰 알게 될 거다. 이 사실은 이 방에서 절대로 새어 나가면 안 된다. 이 책임은 방장인 조영식이 맡는다. 알겠나?"

"예! 형님. 염려 마십시오."

"그래 모두 고맙다. 이 은혜는 반드시 갚겠다. 그러나 누설한 자는 반드시 그 대가를 지불 하겠다. 그럼 여러분들만 믿겠습니다."

윤철민은 믿음 반 의심 반이 되었으나 이 상황에서는 믿을 수밖에는 별 도리가 없다. 그동안 넉넉지는 않지만 들어오는 영치금으로 방 재소자들에게 인심을 얻어 놓은 것은 이때를 대비한 것이다.

"걱정하지 마십시오. 제가 책임지겠습니다. 형님!"

그날 이후로 윤철민 포함 재소자 다섯 명은 훈련에 들어간다. 밖에서

운동하는 시간 외에는 가부좌를 틀고 심호흡을 시작으로 항문 조이기와 함께 단전호흡에 들어갔다. 하루 이틀 시간이 지나자 밥을 먹는 양도 줄었고 국은 아예 입에 대지 않았다. 차츰차츰 대변도 굳어져 갔고 소변량도 줄어들었다. 내부적인 계획도 착착 진행되었다. 외부적으로 도와줄 결정적인 조력자를 찾아 놓은 지는 이미 오래된 터라 걱정할 것이 없었다. 재소자들은 점심 후 하루 한 시간씩 철창 감방에서 밖으로 나와 자유스럽게 운동을 한다.

1년 전

7월 초순의 어느 날. 그날도 재소자들은 내리쬐는 여름 햇빛으로 일광욕을 하거나 초록색 담요를 털면서 삼삼오오 모여 나름대로 자유시간을 즐기고 있었다. 윤철민도 예외는 아녔다. 자신의 왼쪽 가슴에 껌딱지처럼 함께 붙어 다니는 수인번호를 내려다보며 씨~익 웃는다. 내리쬐는 햇빛을 가리기 위해 오른손을 이마에 갖다 대며 두 눈을 찡그리며 중얼거린다.

"후! 후! 후! 이곳에서 저 빛을 볼 날도 얼마 남지 않았군. 기다려라. 푸른 하늘아! 그리고 붉은 태양아! 나가서 마음껏 맞으리라. 하! 하! 하!"

바로 그때, 윤철민의 중얼거림이 끝나기도 전에, 한쪽 구석에서 비명이 들린다.

휘~익! 퍼벅!

"우~욱!"

바싹 마른 체구지만 날쌔게 생긴 한 명의 재소자가 덩치가 산만한 여덟 명의 재소자들과 호각지세로 싸우는가 싶더니 시간이 지날수록 차츰차츰 밀리다가 일방적으로 당하기 시작한다.

"이 새끼야! 꿇어."

"그렇게 못 한다면?"

"뭐야? 그렇다면 할 수 없지. 이곳이 네놈의 무덤이 될 수밖에."

"흐! 흐! 흐! 감히, 이 흑표를 어떻게 보고……?"

흑표라는 자가 입가에 흐르는 피를 닦으며 다시 공격하려고 하자 그중의 한 명이 흑표의 왼쪽 옆구리를 강타한다.

"이 새끼가? 여기가 아직도 종로 바닥인 줄 아나?"

퍽!

"우욱!"

흑표는 갈비뼈가 으스러지는 듯한 고통을 느꼈다. 다시 패거리 중 한 명이 오른발로 흑표의 왼쪽 턱을 강타하려는 찰라

"멈춰! 여러 명이 한 명을 치다니 창피하지도 않나?"

모두 소리 나는 쪽으로 고개를 돌린다.

무관심한 다른 재소자들과는 달리 흑표보다 키는 조금 더 커 보이지만 체격은 왜소해 보이는 재소자 한 명이 서너 발짝 뒤에서 우두커니 서서 하는 소리였다.

"흐! 흐! 꼬마야. 다친다. 나서지 마라."

"좋게 말할 때 그자를 놔줘라."

"뭐라고? 이 새끼가 겁대가리를 상실한 놈이군. 어디 오늘 내 손에 죽어 봐라."

말을 마치기가 무섭게 이단옆차기로 공격해온다. 윤철민이 가볍게 피한다. 자칫 교도관이라도 지나가면 공든 탑이 무너질 수 있다는 생각 들자 윤철민은 다급해진다.

"귀찮다. 한꺼번에 오너라."

보잘것없어 보이는 애송이에게 농락을 당하자 여덟 명이 죽일 듯한 기세로 한꺼번에 각자의 특기대로 공격해 온다. 윤철민은 가볍게 몸을 비틀며 풍운무 무술 중 하나인 한발은 축으로 하고 다른 한발로는 바람개비처럼 돌려 적의 급소를 강타해 쓰러뜨리는 선풍각(旋風脚)을 선보이며 콧방귀를 날린다.

"흥! 어딜."

휘~이~익! 퍼버벅~ 픽!

"헉!" "윽!"

윤철민의 콧바람이 공중에 채 흩어지기도 전에 서너 명이 한꺼번에 나가떨어져 나뒹군다. 주먹깨나 쓴다고 생각했던 동료들이 힘 한번 써 보지 못하고 순식간에 나뒹굴자 남은 서너 명이 윤철민을 에워싸며 떠듬거린다.

"너, 너 … 너는 누, 누구냐?"

"나? 나, 윤철민이다."

순간, 그들은 고꾸라지듯 땅바닥에 엎어진다. 얼굴은 새파랗게 질리다 못해 하얗게 백지장처럼 변한다.

"혀, 형님! 몰라보고 죽을 죄를 지었습니다. 한 번만 용서해 주십시오. 형님!"

윤철민이 처음 수감 될 당시에, 모든 조폭들을 단 일격에 쓰러뜨린 전설 같은 이야기를 전해 들은 적은 있지만 이름만 알고 있을 뿐 본적은 없었다. 그러한 그가 지옥의 사자처럼 자신들의 눈앞에 우뚝 서 있다.

"가라! 그리고 더는 말썽 부리지 마라."

"예. 형님!"

그들은 쓰러진 패거리들을 부축하여 도망치듯 사라진다. 입가에 피를 흘리고 쓰러져 있던 흑표도 놀라긴 마찬가지였다.

그도 이름만 들었을 뿐 실제로 본 적도 없을뿐더러 싸움 실력은 더더욱 본 적이 없었기 때문이다.

흑표는 윤철민에게 고개를 숙여 고맙다는 인사를 한 후 막 자리를 뜨려고 할 때 윤철민이 흑표의 오른쪽 어깨를 붙잡는다.

"네가 흑표냐?"

"예! 그렇습니다."

"너를 한동안 지켜보고 있었다. 지금은 목공을 배우고 있다지?"

"그렇습니다."

"흑표! 너의 도움이 절실히 필요하다. 내 너의 공은 절대 잊지 않고 반드시 갚겠다."

이렇게 해서 윤철민과 흑표와의 깊은 인연이 시작된 것이다. 흑표는 운동시간 때마다 윤철의 무술인 풍운무의 기본기술부터 배우기 시작한다. 흑표는 윤철민의 출중한 무술 실력뿐만 아니라 겪을수록 그의 인간성에 호감이 갔고 무엇보다도 누명을 쓴 것에 안타까움이 더해 적극 돕기로 한다.

"형님! 여깄니다."

운동시간에 흑표가 남들의 눈을 피해 신문지에 돌돌 말은 무엇인가를 꺼내 윤철민에게 재빠르게 건넨다.

"그래, 흑표! 어제오늘 수고 많았다. 이거면 충분하다."

흑표가 건넨 것은 어제의 작은 망치에 이어 오늘은 어른 긴 장지(長指)만 한 아주 작은 정(釘)이다. 목공 일을 할 때 필요한 연장들이다.

"조심하십시오. 형님!"

윤철민은 대답 대신 흑표의 어깨를 툭! 하고 친다. 그 순간 흑표는 윤철민에게서 사나이로서의 진한 의리의 정을 느끼며 눈가에 이슬이 핑그르르 돈다. 이후 흑표는 보름 후에 만기출소한다. 즉 윤철민이 탈옥을 하기 1년 전 일이다.

어느덧 15일이 지나 정화조 퍼내는 청소도 끝났다. 화장실 변소는 더럽기는 하지만 어느 정도 말끔히 비워진 상태다. 함께 수감생활을 하는 재소자들의 먹는 양도 차츰 줄어들어 화장실도 자주 가지 않을뿐더러 변 또한 염소나 토끼 똥처럼 작고 동글동글하게 딱딱하게 굳어서 나왔다. 물도 갈증을 해소할 만큼만 마시는 탓에 소변도 적게 나왔다. 대변은 각자의 신문지에 싸서 운동시간에 밖으로 버렸고 소변은 밥을 먹고 난 뒤 식기에 본 후 밖으로 내보냈다. 배식을 윤철민이 담당하다 보니 들킬 염려가 덜했다. 정화조를 퍼낸 뒤 사흘 밤낮이 지나자 변기 안이 많이 굳어졌고 구린 냄새도 아주 덜하다.

저녁 점호가 끝난 후면 흑표로부터 받은 성냥개비 다섯 개와 황으로 칠해진 작은 성냥 종이로 수감자들이 읽던 책자를 찢어 불을 붙여 변기 안으로 밀어 넣었기 때문에 조금 더 빨리 말랐다. 그렇게 나흘째 되는 날이다.

"오늘부터 작업에 들어갈 테니 협조 부탁한다."

"염려 마십시오. 형님!"

그날부로 윤철민은 변기 안으로 들어가서 작업을 시작한다.

흑표가 목공 일을 하면서 조직으로부터 들어온 꽤 많은 영치금으로 교도관을 매수하는 데 성공했다. 그 때문에 흑표는 그 교도관이 당직일 때는 당직 사무실을 가끔 들락거릴 수 있었고 그때마다 사무실 한쪽 벽면에 조그맣게 걸려있는 꽤 복잡하게 얽혀 있는 비상 탈출구 도면을 조금씩 머릿속에 그려 넣었다. 그리고는 오후 운동시간 때마다 흙바닥에 그려 윤철민에게 보여 주었다.

"형님! 오늘로써 마지막입니다. 담당자가 교체되는 바람에 더 교도관실에 들어갈 수 없습니다."

"흑표! 그동안 녹슨 머리 쓰느라 고생 많았다."

"형님! 꼭 성공하셔야 이 흑표가 밖에서 모실 수 있습니다."

윤철민은 대답 대신 씨~익 웃으며 흑표의 어깨를 두어 번 툭툭 친다. 흑표가 바닥에 그려 놓은 비상구 설계도를 머릿속에 깊이깊이 박아 넣는다. 변소를 통해 탈출을 결심한 것도 그 때문이다. 윤철민은 자신의 머릿속에 있는 도면을 믿으며 정과 망치로 정화조의 단단한 콘크리트 벽을 파나가기 시작한다.

토도독! 톡톡!

사각사각

'석 달 안에 작업을 끝내야 한다. 다시 정화조 청소를 하기 전에……. 또한 그때쯤이면 가을장마가 시작될 것이다. 윤철민! 너는 반드시 할 수 있어. 그래 나갈 수 있어. 아니 나가야 한다. 그래야 누명도 벗고 사랑하는 사람들도 만날 수 있다. 배신자의 말로가 어떤 것인지도 반드시 보여 주마. 기다려라.'

윤철민의 눈에서 불빛이 뻗어 나오며 핏발로 인해 눈알이 금방이라도 튀어나올 듯했다. 윤철민은 스스로 자기암시를 하며 결심에 결심을 더욱 굳혀 간다. 그러자 더 조급한 마음이 생기며 벽을 파내는 손놀림도 한층

파멸

빨라진다.

그렇게 약 2개월이 지났다. 벽을 뚫고 나가던 윤철민의 입가에 미소가 흐른다. 윤철민은 쾌재를 부른다. 정화조 콘크리트 벽을 어느 정도 뚫고 나오자 손쉽게 파낼 수 있는 흙바닥이 나온 것이다.

"흐! 흐! 흐! 성공이다. 마침내 해냈어."

사실 말은 쉽다고 하지만 콘크리트 벽보다 쉽다는 것이지 작은 끌과 망치로 파 들어간다는 것이 결코 쉽지는 않았다. 무엇보다도 파서 나온 흙을 다시 가지고 나와 큰 변소 통에 쌓는 일이 가장 힘든 작업 중 하나였다.

사각! 사각! 또르르~

톡! 톡! 토~독!

얼마를 더 파고 나왔을까? 다시 한 달이 흘렀다. 마침내 오, 폐수가 흐르는 하수관이 보인다.

"엇? 드디어……."

윤철민은 잠시 숨을 고른 뒤 희미하게나마 불빛이 새어 나오는 작은 손전등을 비춰본다.

"분명히 하수관이다."

윤철민은 자신의 머릿속에 들어 있는 도면을 상기해 본다.

'음! 여기군. 이쪽 왼쪽으로 나가야 밖으로 나갈 수 있다. 자 이제 이음새 부분이 있는 곳까지만 더 파면된다.'

그리고 길게 묻힌 하수관 왼쪽을 향해 다시 작업을 시작한다. 그렇게 6일째 되는 날 드디어 하수관 이음새가 보인다.

"하! 하! 하! 드디어 해냈어. 장하다. 윤철민!"

윤철민은 이음새 둘레가 다 보일 수 있도록 빙 둘러 파냈다. 하수관의 둘레는 어른 아름으로 하나 반은 될 듯했고 관의 두께도 꽤 두꺼워 보인다.

"후! 후! 후! 이 까짓것 윤철민 넌 할 수 있어. 자! 오늘은 여기까지만."

정과 망치를 놓으며 자신의 손을 바라보며 잠시 움찔한다. 열 손가락에 손톱이 남아있지 않았기 때문이다. 지금까지 오로지 탈출의 일념 때문에 아픈 줄도 몰랐다. 방으로 되돌아 나온 후 하늘이 도와주기만을 기다린다. 윤철민이 탈옥하기 위해 작업을 마친지도 어느덧 5일이 지났지만, 도무지 날씨가 도움을 주지 않는다. 그러다가 마침내 기회가 왔다.

"형님! 실행 날짜는 언젭니까?"

감방장 조영식의 말이다.

"오늘 저녁이다."

"예?"

윤철민은 말은 안 했지만, 비 오고 천둥·번개가 치는 날을 거사일로 잡았다. 그날이 바로 오늘이다. 저녁 점호를 마칠 때쯤 천둥·번개를 동반한 폭우가 쏟아지기 시작했기 때문이다.

"형님! 비가 쏟아집니다."

"그래, 고맙다. 그동안 수고가 많았다."

"형님! 저희도 함께 가겠습니다. 허락해 주십시오."

윤철민은 한 손가락으로 쉿! 하며 단호하게 거절한다.

"안 돼! 너희들은 형기가 얼마 남지 않았으니 만기출소 후 떳떳하게 사회에 복귀하기 바란다. 그리고 출소하면 이리로 연락하거라 이 은혜는 반드시 갚겠다."

그 말에 모두가 숙연해지며 모두 일어나 90도로 인사를 한다.

"형님! 반드시 성공하셔야 합니다. 형님."

파멸

윤철민은 석 달간에 걸쳐 파고 들어간 정화조 통로를 지나 머릿속 도면에 있는 강철관으로 이어진 긴 하수관 앞에까지 도달한다. 마지막 할 일은 이 단단한 하수구 관을 깨서 그곳을 통해 탈출하는 것이다. 도면을 추적해 보면 그 하수관 바로 위가 교도관들이 기거하는 곳이라는 것을 어느 정도 짐작할 수가 있다. 그 때문에 거사일도 천둥·번개 치는 날로 택한 것이다. 윤철민은 미리 준비해간 단단한 돌과 망치를 이용해 천둥 치는 시간에 맞춰 하수관 이음새에 충격을 가하기 시작한다.

우르릉! 번 ~언 쩍! 쾅!

퍽! 퍽! 퍽! 쿵! 쿵!

서너 시간 동안 쏟아지는 소나기와 천둥·번개 소리 덕택에 들키지 않았다. 드디어 하수관 이음새에 금이 가며 깨지기 시작한다. 그러자 깨진 틈 사이로 하수구 물이 흘러나오기 시작한다. 처음에는 쫄쫄 나오던 물이 몇 번을 더 내리치자 물이 세차게 흘러나온다.

콸~ 콸~ 콸~

'됐다. 조금만 더 힘을 내자.'

한밤중이라 하지만 비가 오기 시작한 탓에 하수구로 흐르는 하숫물의 양이 제법 많았지만 조금씩 조금씩 차츰차츰 줄어드는 듯했다. 윤철민은 다시 망치와 돌멩이로 내려치면서 하수관을 찌그러뜨린다. 이때, 새벽 순찰을 하기 위해 준비를 하던 교도관 한 명이 바닥에 귀를 갖다 댄다.

버~언~쩍! 우르르릉!

쿵! 쿵. 콰! 콰! 쾅~

교도관은 시간을 재기 시작한다.

"번개 친 후 천둥소리가 들리기까지 걸리는 시간은 5초, 그렇다면 천둥·번개가 치는 곳까지의 거리는 약 1.7km 상공이다. 그리고 다음 번개 칠 때까지의 간격은 17초, 불규칙하게 들리는 소리와 번개가 치기도 전에 들리는 이 소리는?"

순간, 교도관의 머리는 하얗게 변했다.

"비상."

호루루~ 룩~ 삐이~익.

그랬다. 윤철민은 번개 치는 것을 볼 수 없었기 때문에 천둥소리에만 의존해야만 했다.

그래서 천둥소리가 들린 후 다시 들리는 시간까지는 대략 열일곱을 셀 때쯤이었다. 시간이 조금씩 지나자 쏟아지던 소나기도 차츰차츰 수그러들기 시작했고 천둥·번개도 조금씩 뜸해지기 시작했다. 때론 17초 18초 그러다가 60초가 지난 후에 또는 더 한참 이후에 번개가 번쩍하기도 했다. 하지만 그것을 알 턱이 없는 윤철민은 번개가 치기도 전에 망치와 돌멩이를 내려치기도 했다. 순찰하기 위해 일어나 준비하던 교도관이 그 짧은 시간에 그러한 헛점을 찾아낸 것이다. 각 방을 점검한 교도관들은 비로소 윤철민이 하수관을 통해 탈옥한 사실을 알았다.

"비상! 윤철민이 탈옥했다."

"모두 완전 무장 후 집합!'

철거득! 착! 착! 착!

"멀리 도망가지는 못했을 거다. 빨리 잡아!"

"옛."

이때쯤 윤철민은 하수관을 찌그린 후 좁은 하수관을 빠져 나온다. 어느새 천둥·번개는 물론 쏟아지던 소나기도 멈추고 부슬부슬 가을비만 내

파멸

리고 있다.

"같은 공기인데도 이렇게 다르다니……."

윤철민이 기지개를 한번 켠 뒤 도망을 가기 위해 두어 발짝 떼어 놓았을 때다. 번쩍~ 하며 망루에서 비치는 서치라이트가 자신의 몸을 비추며 지나간다. 동시에, 고막을 찢는 듯한 소리가 들린다.

"저기다. 잡아라."

탕~ 탕~

"윽."

그제야 자신이 탈옥한 사실이 발각되었다는 것을 알았다. 총소리와 동시에 조금 전 지나갔던 서치라이트가 빠르게 되돌아오기 시작한다. 윤철민은 바빠졌다. 재빠르게 돌멩이 하나를 집어 차츰차츰 크게 들려오는 군화 소리의 오른쪽을 향해 힘껏 집어 던진다.

휘~이~익.

투둑! 콩~콩~콩.

"저쪽이다. 빨리 잡아."

윤철민은 그 틈을 타서 서치라이트 불빛이 되돌아오기 전에 재빨리 나왔던 하수관을 다시 기어들어 간다. 그리고 하수관 입구에 난 잡풀로 입구를 대충 막는다.

"휴! 이제 모든 운명은 하늘에 맡길 수밖에……."

던진 돌멩이 덕분일까? 군화 소리가 차츰 멀어진 후 다시 들리지 않았다. 서치라이트도 두어 번 더 비추고 지나간 뒤로는 더 이상 비추지 않았다. 윤철민은 하수구를 기어 나와 불빛이 보이는 마을로 도망치기 시작한다.

윤철민 아니 정민수가 감았던 두 눈을 살며시 뜨자 두 눈에서는 살광
(殺光)의 빛이 뿜어져 나온다.

피우던 담배를 질경질경 씹었고 목덜미에서는 금방이라도 터질 듯한
붉은 핏줄이 뱀처럼 꿈틀거린다.

불끈 쥔 두 주먹은 분을 못 이긴 듯 파르르 떤다. 그러나 이내 평정심을
되찾은 듯 다시 얼굴이 평온해진다.

"미스 김!"

"예, 사장님!"

"김 실장 좀 들어오라고 해요"

"알겠습니다."

잠시 후,

똑! 똑! 똑!

"들어와."

"예! 부르셨습니까? 형님."

흑표가 들어와 가볍게 인사를 한다.

"앉아라."

"예! 형님!"

정민수는 다시 담배를 붙여 물며 흑표와 마주하며 앉는다.

"흑표!. 이번에 계룡산에서 자살한 정민수 일로 고생이 많았다."

"아닙니다. 형님!"

"그래! 마무리는 잘 되었겠지?"

"예! 그렇습니다. 형님. 사체는 이미 무연고 처리해서 화장터에서 직접
금강 상류에 뿌렸습니다."

"그래도 당분간 조심하도록 해라. 아직 불씨가 남아 있을 수 있다."

"알겠습니다. 철저히 대비하겠습니다. 형님."

"그래! 그건 그렇고……. 이번에 윤철민 사건에 합동수사본부장을 맡았던 검사에 대해 알아봤나?"

"예! 형님!"

"그래. 그자가 누구더냐?"

잠시 흑표가 머뭇거린다.

"그… 그게."

정민수의 입꼬리가 올라간다.

"말해라. 그놈이 맞지?"

"예, 맞습니다. 형님!"

순간, 정민수의 눈에서 불꽃이 튄다. 두 주먹은 금방이라도 모든 것을 때려 부술 기세다. 그러다가 이내 흥분을 가라앉힌 듯,

"짐작은 하고 있었지만 역시 생각했던 대로야! 동명이인이 아니었어. 김상호 너 이 새끼 지옥 끝까지라도 찾아가서 파멸시켜주마. 그때까지 잘 보신하고 있거라"

"이제 어떻게 할까요? 형님!"

"이놈은 나를 사지로 몰아넣은 놈이다. 구명운동을 하시다가 교통사고로 돌아가신 아버지의 죽음도 이놈의 짓이 틀림없어."

"……."

"이놈은 내 재판에서 내 입을 막았고 내가 형장의 이슬로 사라지길 바랐고 또 지금처럼 죽기를 바랐지! 오냐 기다려라. 반드시 내가 간다."

"형님 흥분은 건강에 안 좋습니다."

"그래! 알았다. 김상호 검사에 대해 계속해서 좀 더 알아보고."

"예, 형님!"

윤철민은 잠시 숨을 고른 뒤 서랍에서 봉투 하나를 꺼낸다.

"먼저, 정민수의 억울함부터 해결하기로 한다."

"예! 형님!"

봉투 안에는 계룡산에서 자살한 정민수의 유서가 적혀 있다. 즉 윤철민으로 가장했던 죽음, 그 가짜 유서와 바꿔치기한 정민수의 진짜 유서인 것이다.

[유서]

　-나 정민수는 너무나 억울하고 억울해서 그 억울함을 풀고자 검찰을 직접 찾아가 억울함을 호소했으나 받아지지 않았다. 내 아내 윤인숙의 억울한 죽음을 만천하에 알리고자 법에 호소하려 했지만 가진 것 없고 배운 것 없는 나에게 법은 너무나 냉대했다. 윤인숙과 나는 피붙이 하나 없는 천애 고아로 만나 서로 의지하며 사랑으로 이 어렵고 지긋지긋한 가난을 헤쳐 나가기로 마음먹고 열심히 살았지만 신은 우리의 사랑을 질투하다 못해 죽음으로 우리를 갈라놓았다.

　내가 사랑했던 여인, 윤인숙! 윤인숙은 직업여성이었다. 아니 처음부터 직업여성이 어디 있겠는가? 윤인숙은 방직공장 여공이었다. 그러다가 저녁 밤 근무를 마치고 퇴근하던 어느 날 강제로 납치당했고 미아리 어느 술집으로 강제로 팔려갔다가 3년 만에 겨우겨우 도망쳐 나왔다.

　그 후 작은 도시인 공주 어느 작은 다방에서 일하고 있을 때 만났다. 나는 그곳 건설현장에서 일하는 공사판 막노동자였고 사랑했던 내 아내 윤인숙은 다방에서 일하는 아가씨였다. 이 땅에 홀로 떨어진 외톨박이인 우리는 금방 친해졌고 잠시 후 살림을 합쳤다. 그렇게 행복했던 2년여 시간이 지날 무렵 신(神)은 우리의 사랑을 질투하기 시작했다. 어떻게 알았는지 내가 일 나간 사이 포주는 인신매매단인 폭력배들을 동원해 윤인숙을 강제로 끌고 갔다.

나는 사랑하는 내 아내 윤인숙을 찾기 위해 계단처럼 지어진 산동네 중 산동네인 종로구 창신동 쪽방촌에 햇빛조차 들어오지 않는 골방을 얻어 기거하면서 밤낮을 가리지 않고 4개월 동안 찾아 헤맨 끝에, 서울 미아리 어느 홍등가에서 윤인숙을 찾아냈고 몸값으로 평생 모은 75만 원을 지불했다. 그러나 폭력배들은 내 처인 윤인숙을 돌려보내 주지 않았다. 검찰에 고소했으나 검찰은 고소 자체를 받아들이지 않았다. 무단가출이라며 무시해버린 것이다. 또한, 몸값으로 돈을 줬다는 증거도 없다는 것이다. 검찰과 홍등가는 무늬만 다를 뿐 한 몸이었다. 아내 윤인숙은 잠시 감시가 허술한 틈을 타서 탈출을 시도했지만, 그것도 몇 발짝 가지 못하고 붙잡혔다.

그리고 얼마나 맞았는지 한쪽 눈알은 빠지고 이빨은 흔적도 없고, 온몸은 마디마디가 다 부러진 채로 내가 기거하는 골방문 앞에 던져 놓고 갔다. 이때는 이미 아내는 숨이 끊어진 이후였다. 아내의 뱃속에서는 우리 사랑의 열매인 사랑스러운 아기가 3개월째 자라고 있었다. 너무나 억울해서 법에 호소하려 했으나 그들은 한 몸이었다

아직 채 피어보지도 못한 내 아내의 청춘, 그리고 세상에 빛조차 보지 못하고 저세상으로 간 뱃속에 내 사랑하는 아이에게 정말 미안하다. 더 이상 이 세상에 살 가치조차 느끼지 못해 생을 마감한다.

끝으로 한강신문 최미화 기자님께 호소합니다. 이제는 이 억울함이 풀리듯 안 풀리든 개의치 않습니다. 그냥 하잘것없이 32년을 살다간 나 정민수의 인생을 한강신문 한쪽 귀퉁이에라도 거짓 없이 실어 주신다면 저세상에 가서라도 이 은혜 갚겠습니다.

이제 저는 사랑하는 제 아내 윤인숙과 그리고 태어나지 못해 이름조차 없는 제 사랑하는 아기를 만나러 긴 여행을 떠납니다.

여러분 안~녕! -

다 읽고 난 정민수의 두 눈에는 눈물이 그렁그렁 고인다. 고아로 자라 32년이라는 세월 동안 한 서린 삶을 살다간 정민수.

그리고 만신창이가 되면서까지 행복한 삶을 꾸리고자 했던 그의 아내 윤인숙. 또 세상에 빛조차 보지 못하고 엄마와 함께 죽어간 뱃속에 3개월된 애기.

아! 어찌 이토록 세상은 운명을 거스르는 배반자란 말인가?

"정민수 씨! 이 한은 반드시 제가 풀어 드리겠습니다."

흑표의 눈에서도 이슬방울이 살짝 스치며 지나간다. 굳게 다문 입술로 보아 굳은 의지 또한 옅 보인다.

"흑표! 김상호 검사 주변 인물들도 빨리 좀 알아보고."

"예, 형님!"

"나가면서 최 기자 좀 들어오라고 해."

"예. 그럼."

정민수는 주머니에서 두툼한 봉투를 꺼내며 막 일어서서 나가려는 흑표에게 내민다.

"자! 얼마 안 되지만 직원들하고 회식하고 남는 것은 활동비로 사용하도록."

"형님! 이러지 않으셔도 됩니다."

"그냥 집어넣어라."

"예! 그럼 나가 보겠습니다. 형님."

흑표가 나가자 곧바로 최미화 기자가 목례를 하면서 들어온다.

"최 기자! 앉아요."

"예! 사장님."

"최 기자님 요즘 많이 괴롭지요? 기자의 양심에 먹물을 뿌리게 해서 많이 죄송합니다."

최미화는 정민수가 권하는 의자에 앉으며 무겁게 입을 연다.

"예! 처음에는 아주 힘들었어요."

정민수는 고개를 가볍게 끄덕인다.

"왜 안 그렇겠습니까? 나도 이처럼 괴로운데, 하지만 오히려 잘된 일인지도 모르지요. 내가 살아서 자살한 정민수와 그 가족 특히 태어나지도 못한 아기의 원혼이나마 풀어서 달래 줄 수만 있다면……."

그 말에 최미화의 눈시울이 뜨거워진다.

"예! 사장님. 지금 생각하면 잘한 것도 같아요. 사장님의 누명도 벗길 수 있고 또한 죽은 정민수와 그 가족들의 억울함도 풀어 줄 수만 있다면."

"고마워요. 최 기자님!"

최미화는 다시 걱정스러운 표정을 지으며 말을 잇는다.

"헌데! 난 사장님이 위험에 빠지는 게 싫어요."

"그렇다고 저들의 억울한 한을 그냥 묻어 둘 수는 없잖아요."

"그래도 난~"

정민수는 최미화의 두 손을 덥석 잡는다. 최미화의 양 볼이 잠깐 붉었다가 사라진다.

"걱정하지 마세요. 나 윤철민, 아니 정민수로 두 번 사는 인생이니 그리 호락호락하지는 않을 겁니다."

그제야 최미화는 배시시 웃는다.

"사장님! 약속하시는 거죠? 자, 그럼, 약속."

최미화는 유난히 길고 예쁜 새끼손가락을 내민다. 그러나 정민수는 멋쩍다는 듯이 머리를 긁적이며 화제를 돌린다.

"자! 그건 그렇고 다음 연재는 누구를 할 건가요? 정민수는 아닐 테고."

최미화는 내밀었던 손을 거두며 살짝 눈을 흘기며 입을 연다.

"피! 흥! 저 보고 또 기자의 양심을 저버리란 말씀은 아닐 테지요?"

정민수는 오른손을 내저으며 떠듬거린다.

"아, 아닙니다."

최미화는 고개를 끄덕인다.

사장님! 그런 의미에서 오늘 술 한 잔 사 주세요.

"술?"

"네! 술이요. 오늘 김 실장님 부서는 회식하라고 하셨다면서요?"

정민수도 자신이 너무 하다고 생각했다. 교사직까지 포기하고 지금까지 자신을 위해서 밤낮을 가리지 않고 뛰어다니는 최미화를 위해서 아무 것도 해준 것이 없고 심지어 밥 한 끼도 함께 한 적이 없기 때문이다. 미안한 마음이 들었다.

"그래요. 최 기자님! 퇴근 후 술 한잔하자고요."

"네! 그럼 인사동으로 가요."

정민수는 고개를 끄덕인다.

"그곳에 잘 아는 데 있습니까?"

최미화는 고개를 가로젓는다.

"아니요. 잘 아는 곳은 아니지만 일 끝나면 머리도 식힐 겸 혼자서 가끔 가본 곳이 있어요. 일주일에 두 번씩 그곳에서 풍금 치는 아가씨가 있어요. 오늘이 바로 그날이에요. 그러나 한번도 그 아가씨를 본 적이 없네요. 풍금 소리 들어본 적도 오래됐고 해서 한번 들어보고 싶어요. 분위기도 괜찮고요."

정민수도 동의한다는 뜻으로 고개를 끄덕인다.

"갑시다. 까짓것."

최미화는 손뼉을 치며 어린아이처럼 좋아한다.

짝! 짝! 짝!

"그럼. 이따 봐요. 철, 아니 사장님."

사장실을 빠져나가는 최미화의 뒷모습을 바라보며 피식하고 웃는다.

인사동 사거리에서 낙원떡방 쪽인 안국동 방향으로 50m쯤 올라가면 왼쪽에 문화필방이라는 큰 필방이 있고 그 사이로 길게 난 좁은 골목이 나온다. 다시 10m쯤 들어가면 목조로 된 3층짜리 작은 건물이 있다.

그곳에 차와 주류를 함께 파는 [풍금소리 들리는 마을]이라는 간판이 보인다. 2층과 3층을 함께 운영하는 곳이다.

정민수와 최미화가 그곳에 도착했을 때가 저녁 7시 40분경이었다. 이미 2층은 자리가 꽉 찼던 탓에 웨이터를 따라 3층으로 올라갔다. 그곳도 이미 자리가 다 찬 것은 마찬가지였지만 웨이터가 한쪽 구석을 마련해 준 덕분에 겨우 자리할 수 있었다.

오늘따라 손님이 더 많은 것은 일주일에 두 번씩 출연해서 풍금을 치는 아가씨를 보기 위해서거나 풍금소리를 듣기 위해서일 것이다. 그것도 아니면 둘 다일 수도 있다.

일찍이 인사동 골목은 시인묵객(詩人墨客) 들이 삼삼오오 모여 문과 예를 주고받는 유일한 놀이터이기도 하다. 이곳 [풍금소리 들리는 마을]은 특히나 더 와글거린다.

정민수와 최미화는 주문한 적색 와인을 코로 흠향하면서 두 눈은 뜨는 듯 감은 듯 눈꼬리가 살짝살짝 움직였지만, 사실은 풍금 소리가 나는 2층 작은 무대 쪽에 눈길이 머물러 있다.

희미한 전등 조명 아래 비치는 풍금 치는 아가씨의 뒷모습이 참으로 아름답다고 생각했다. 살짝 눌러쓴 하얀 리본이 달린 비치룩 와이어챙 검은색 모자 아래로 잘록한 허리까지 길게 늘어뜨린 까만 머릿결은 유난히도 빛났고 붉은색 전등불에 하얀색 블라우스가 더욱 아름다워 보인다. 다시 잔잔하게 흐르는 풍금 선율

엄마야 누나야 강변 살자
뜰에는 반짝이는 금모래 빛
뒷문밖에는 갈잎의 노래
엄마야 누나야 강변 살자

라는 낭만이 있고 꿈이 있는 작은 동산에서 살고 싶은 충동을 느끼기에

충분한 김소월의 시에 곡을 붙인 〈엄마야 누나야〉라는 동요가 아름다운 풍금소리의 선율을 타고 흐르기 시작한다. 어느새 손님들은 이곳저곳에서 콧노래로 흥얼거리기 시작한다. 정민수도 콧소리를 흥얼거리며 두 눈을 감는다. 그리고는 혼자 말투로 중얼거린다.

"참! 아름답군!"

순간 한 손으로는 와인잔을 들고 다른 한 손으로는 턱을 괴고 있던 최미화가 턱을 괸 오른손을 풀며 입꼬리와 눈꼬리를 함께 추어올리며 입을 삐죽거린다.

"누가요? 풍금 소리? 아니면 아가씨?"

정민수는 성의 없이 대답한다.

"둘 다."

최미화가 다시 눈꼬리를 치켜세운다.

"피! 아름답긴 뭘~ 그리고 풍금은 내가 저 아가씨보다 훠~~얼~~씬~ 잘 칠 수 있어요."

"후! 후! 후! 그래요?"

정민수의 건성건성 대답하는 말에 최미화의 목소리가 조금 높아진다.

"철……. 아니! 민수 씨 정말이라고요."

"알았어요."

"정말이라니까요."

이들이 티격태격하는 사이 우레와 같은 박수 소리가 홀 안에 울려 퍼진다.

쫙! 쫙! 쫙!

"우~ 우~ 브라보, 앵콜. 앵콜."

손님들이 일제히 일어나 풍금연주를 마친 후 자리에서 일어나 하얀 리본이 달린 비치룩 와시어챙 검은색 모자를 벗은 상태로 가지런히 인사를 하는 연주자를 향해 우레와 같은 박수를 보낸 것이다.

정민수와 최미화도 얼떨결에 자리에서 일어나 덩달아 박수를 친다. 이때 붉은색 조명이 풍금연주자 아가씨의 얼굴을 잠깐 스치고 지나간다. 그리고는 정민수와 눈빛이 찰라지간에 교환했다가 지나간다. 그 순간 풍금연주자 아가씨도 순간적이나마 움찔하는 모습을 정민수는 놓치지 않는다. 동시에 정민수의 얼굴이 갸웃거리며 놀라는 빛이 살짝 스친다.

"아니? 서, 설마?"

놀라기는 최미화도 마찬가지다. 하지만 자신의 놀라움에 정민수의 중얼거림은 듣지 못했다.

"혹시? 설마?"

이때 다시 열렬한 박수 소리가 들린다.

짝! 짝! 짝!

"앵콜~ 앵콜~ 앵콜." "앵콜~ 앵콜~ 앵콜."

제 4 회

베일 속의 여인, 잠입

그러나 풍금연주자는 다시 한번 공손히 인사를 하고 모자를 살짝 눌러쓴 후 정민수 쪽을 한번 힐끗 쳐다보고는 홀을 빠져나간다. 정민수와 최미화는 동시에 마음이 바빠졌다. 정민수는 행동으로 옮기지 못했으나 최미화는 벌써 계단을 내려가고 있다.

"저, 저기 잠깐 만요."

그러나 풍금을 연주하던 아가씨는 이미 홀을 빠져나가 사라진 후였다. 최미화는 무대에서 조금 떨어진 사장실로 향한다.

"사장님! 조금 전 여기서 풍금 치던 아가씨에 관해서 물어봐도 될까요?"

나이가 지긋한 노(老) 사장은 고개를 절레절레 흔든다.

"우리도 아무것도 몰라요. 이름이 카나리아라는 것밖에는."

"카나리아? 아니 그 외에 다른 이름은 없나요?"

"예! 들어본 적이 없어요. 그리고 그 외는 아는 것이 아무것도 없어요. 그러니 괜히 헛수고하지 말고 즐겁게 있다가 가세요."

"예!"

최미화는 실망을 안은 채 다시 정민수가 앉아 있는 원래의 자리로 가기 위해 계단을 오르며 중얼거린다.

"카나리아? 아니야 틀림없어."

최미화가 되돌아와 자리에 앉자 정민수가 한마디 한다.

"미화 씨! 어딜 다녀오는 거예요?"

"아니에요. 그냥 아까 풍금 치던 아가씨가 궁금해서."

"여기까지 와서 직업의식이 발동한 겁니까?"

"그것보다 아까 그 풍금 치던 아가씨가 제가 아는 분 같아서요."

정민수도 고개를 갸우뚱거리며 술잔을 비운 후 최미화를 향해 잔을 권하며 입을 연다.

"그래요? 실은 나도 그 아가씨가 낯설지가 않고 본 듯해요."

"어디서요."

"찰라지간에 봐서. 글쎄요."

최미화가 잔을 들며 화제를 돌린다.

"사장님……. 아니! 민수 씨! 골치 아픈 일은 나중에 생각하기로 하고 오늘은 마음껏 취해 보자고요."

정민수도 조금 전의 일은 잊은 듯 고개를 끄덕인다.

"그럴까요?"

"네, 나 최미화와 민수 씨의 장래를 위하여~"

"위하여!"

짜~ 잔!

정민수와 최미화가 [풍금 소리 들리는 마을]에서 나온 시각은 대략 10시가 조금 넘은 시간이었다.

적포도주와 양주인 시바스리갈을 함께 마신 탓에 취기가 많이 오른 상태다.

최미화도 거의 같은 양을 마셨는데도 그리 많이 취해 보이지는 않는다. 최미화는 약간 휘청하는 정민수를 붙잡으며 입을 연다.

"민수 씨! 술도 깰 겸 우리 잠시 걸을까요?"

정민수는 고개를 돌려 최미화를 바라본다. 가냘프지만 참 예쁘다는 생각이 든다. 이렇게 연약해 보이는 여인이 일할 때는 초인적인 힘을 발휘하는 것을 보면 참으로 대단하게 느껴진다.

"민수 씨! 왜 말이 없..."

순간 정민수가 자신을 빤히 쳐다보고 있다는 것을 알았다. 최미화의 얼굴이 잠시 붉어졌지만 희미한 가로등 아래서 보일 리가 만무다. 최미화는 정민수의 오른쪽 등을 톡톡톡 친다.

"뭐예요! 민수 씨!"

그제야 정신을 차린 정민수는 겸연쩍은 듯 말을 떠듬거린다.

"아 아닙니다. 미화 씨!"

최미화가 다시 한번 정민수를 톡 쏘아 본다. 물론 악의 찬 표정이 아니라 앙증스러운 모습이다. 길게 늘어뜨려 윤기가 자르르 흐르는 검은 생머리는 최미화의 예쁜 모습을 더욱 돋보이게 한다.

"민수 씨! 걸을 거예요? 말 거예요?"

"거, 걸읍시다."

"좋아요. 진작 그럴 것이지……."

최미화는 정민수 옆으로 바짝 다가붙으며 팔짱을 낀다.

"민수 씨! 팔짱 껴도 되죠?"

정민수도 싫지는 않았다.

"이미 꼈는데요. 뭘~"

"어머! 그러네. 호호호"

이들의 발걸음은 인사동을 벗어나 어느덧 동숭동 마로니에 공원 쪽으로 향하고 있다. 초가을 밤에 부는 바람이 선선한 탓도 있지만, 차츰 통금 시간이 다가오는 탓에 오가는 사람들의 발길도 뜸했다. 젊은 두 남녀가 걷기에는 이보다 더 좋은 곳은 없을 듯싶다. 이런저런 얘기를 주고받는 사이 어느새 마로니에 공원에 도착했다.

마로니에 공원은 경성제대의 전신인 서울대가 있던 곳으로 1975년 관악캠퍼스로 이전한 후 대학생들의 젊음을 표출하는 대학가의 상징이 되었다. 희미한 가로등 아래 작은 벤치가 보인다. 최미화가 정민수에게서 팔짱을 풀며 입을 연다.

"민수 씨! 저기 잠시 앉았다 갈까요?"

정민수도 입가에 미소를 머금으며 고개를 끄덕인다.

"예! 그러지요. 뭐..."

최미화는 정민수에게 자리를 권하며 자신도 정민수 옆에 나란히 앉으면서 입을 연다.

"무슨 남자가 그렇게 무드가 없어요."

"무드?"

"그래요. 무드!"

하긴 10여 년을 교도소 생활했으니 이러한 생활에 익숙지 않은 것은 어쩌면 당연할지도 모른다는 생각이 들자 측은한 마음이 든다. 최미화는 왼쪽 측면에서 비추고 있는 전등불을 바라보며 정민수에게 더욱 바짝 다가가 앉는다. 그리고 정민수의 오른팔을 살짝 끌어다가 팔짱을 끼며 머리를 살며시 어깨에 기댄다. 정민수는 잠시 움찔한다.

그러자 최미화는 더욱 힘 있게 팔을 끌어당기며 입을 연다.

"민수 씨! 이곳은 대학 시절 친구와 같이 젊음을 만끽했던 젊음의 거리인 대학로예요."

그 말에 정민수는 누명만 쓰지 않았다면 이미 10여 년 전에 자신도 이곳에서 마음껏 젊음을 분출했을 것이라는 생각이 들자 욱! 하는 분노와 서러움이 가슴 한복판에서 치밀어 오른다. 정민수의 이러한 마음을 알지도 못하는 듯 최미화는 다음 말을 이어간다.

"민수 씨! 졸업하면서 다음에 이곳에 다시 올 때는 반드시 사랑하는 사람과 찾아오겠다고 다짐을 했어요. 그런데……."

말을 하려다 말고 정민수의 얼굴을 빤히 쳐다본다. 자신의 말이 정민수의 마음에 상처를 주지 않을까 하는 마음이 들었기 때문이다.

아니나 다를까, 정민수는 난감한 표정을 지으며 길게 한숨을 내 쉰다.

"휴! 미안해요. 미화 씨!"

최미화는 마음을 가다듬으며 차분하면서도 담담하게 입을 연다.

"민수 씨가 왜요?"

"내가 미화 씨의 그 사람이 못 되어서요."

"아니에요. 민수 씨! 난 이미 그 소원을 이루었는걸요."

"그게, 무, 무슨 말인가요?"

정민수의 말이 채 끝나기도 전에 최미화는 오른쪽 검지를 정민수의 입술에 갖다 댄다.

"쉿! 그게 바로바로 민수! 아니 철민 씨 바로 당신이에요."

정민수의 얼굴에는 조금 놀라운 기색이 역력하다.

"예엣? 아, 아니! 미화, 우읍……."

정민수는 말을 다 끝맺을 수가 없었다.

최미화가 자신의 입술을 정민수의 입술에 살짝 갖다 대며 말을 막은 것이다. 정민수는 몸을 움찔하며 뒤로 빼려고 했지만 이미 최미화가 두 팔로 정민수를 끌어안는 바람에 쉽지가 않았다.

아니, 그보다 정민수도 뺄 마음이 없었는지도 모른다. 살짝 닿은 입술이지만 부드럽고 감미롭다. 찰랑찰랑 움직이는 긴 머리에서는 오이향 같은 상큼함이 배어났고 고운 복숭화 꽃 얼굴에서는 향긋한 분 내음이 두 콧구멍을 자극 시킨다. 지그시 두 눈을 감은 최미화의 주먹만 한 얼굴이 참으로 아름답다. 정민수는 작은 신음소리와 함께 장탄식을 한다.

"아, 음!"

최미화도 더욱 강하게 정민수의 목덜미를 잡아당겨 끌어안으며 입술에도 힘을 가하며 가벼운 신음소리를 흘린다.

"미, 민수 씨! 아~아~으음!"

정민수도 더이상 반항하지 않고 왼손으로는 최미화의 오른쪽 어깨 쪽을 오른손으로는 왼쪽 허리를 살포시 자신의 넓은 품으로 끌어당긴다. 최미화도 힘껏 정민수를 끌어당기며 와락! 정민수의 품으로 파고든다. 동시에 정민수는 자신의 입안으로 무엇인가 물컹한 것이 파고드는 것을 느꼈다.

순간,

'바~보.'

라는 소녀의 가녀린 음성이 귓전에 크게 들리며 조금 전 풍금 치던 여인의 모습이 또렷이 스치며 지나간다.

'허~엇!'

정민수는 짐짓 정신을 차리며 꿈에서 깨어나듯 최미화를 밀어낸다. 바로 이때,

애~애~ 앵~앵~앵~

하는 야간 통행금지 시간을 알리는 싸이렌 소리가 요란하게 들린다. 최미화도 꿈에서 깨어나듯 깜짝 놀라며 정민수의 품에서 빠져 나온다.

싸이렌 소리와 함께 둘은 거의 동시에 서로를 밀어냈기 때문에 최미화는 정민수가 먼저 밀어낸 사실을 전혀 느끼지 못했다.

"미, 미안해요. 민수 씨!"

이때, 싸이렌 소리와 함께 들려오는 호루라기 소리.

삑, 삑, 삐~익!

정민수와 최미화가 벤치에서 일어났을 때는 이미 세 명의 경찰에게 에워싸인 상태였다. 그중 한 명이 손전등을 이리저리 비추고 다른 한 명은 경례하며 다가온다.

그와 동시에.

"잠시 검문이 있겠습니다."

정민수와 최미화는 움찔한다. 잠시 동안 밀애를 즐기느라 시간이 자정까지 흐른 줄은 몰랐던 것이다. 그러나 마음을 진정시키며 정신을 가다듬는다. 최미화가 선뜻 앞으로 나선다.

"죄송합니다. 야간 취재 나왔다가 그만 시간을 놓쳤습니다."

말을 마친 후 주머니에서 기자증을 꺼내 경찰관에게 내민다.

"아! 한강신문 최미화 기자님이시군요. 연재 시리즈 잘 보고 있습니다."

최미화는 고개를 까딱하며 입을 연다.

"네! 감사합니다. 그럼 이만 가보겠습니다."

그때, 옆에서 손전등을 비추고 있던 까칠하게 생긴 경찰관이 끼어든다.

"최 기자님! 죄송하지만 이분은 누구신지?"

최미화가 간결하게 말꼬리를 싹둑 자른다.

"예. 이분은 제 약혼자입니다."

"아. 예! 잘 알겠습니다. 그렇지만 신원이 파악되면 약혼자분께 야간통행증을 발부해 드리겠습니다."

순간, 최미화의 목소리가 높아진다.

"뭐예요! 제 말을 못 믿겠다는 건가요?"

"물론 최 기자님 말씀 믿지요. 하지만 이것이 우리의 임무이니 협조 부탁드립니다."

최미화가 두 눈을 치켜뜨며 한발 다가서며 대들려고 하자 정민수가 한쪽 팔로 제지하며 한 걸음 앞으로 나선다.

"아! 예… 수고하시는 데 당연히 협조해 드려야지요."

최미화가 불안한 표정을 지으며 다시 나서려 하자 정민수가 슬쩍 눈치를 준다.

"최 기자는 제 약혼녀가 맞습니다. 어떻게 협조해 드릴까요?"

"예! 잘 압니다. 형식적이지만 신분증 좀 보여주시겠습니까?"

"예, 잘 알겠습니다."

그리고는 양복주머니 이곳저곳을 뒤진다.

하지만 나올 리가 없는 것이 당연하다. 흑표가 준비 중인 정민수 가짜 신분증이 나오려면 아직 열흘 가까이 남았기 때문이다. 정민수가 이곳저곳을 뒤지다가 난감하다는 듯이 최미화를 쳐다보며 찡긋한다.

"미화 씨! 내 신분증이……."

"아참! 아까 신문사에 영감(검사)님 한 분이 오셔서 높은 분께 민수 씨를 추천하겠다고 가져갔잖아요."

"하! 하! 아참 그랬지. 내 정신 좀 봐. 이거 죄송하게 되었습니다. 어쩌지요?"

검사가 신분증을 가져갔다는 최미화의 말에 경찰관들은 내심 가슴이 뜨끔하면서 난감해 한다.

"이것 참 곤란한데."

이때 최미화가 경찰관에게 두툼한 봉투 하나를 꺼내서 내민다.

"얼마 안 되지만 고생하시는데 세 분이서 아침에 해장국이라도 한 그릇씩 하세요."

경찰관 한 명이 못이기는 체하며 받아 챙긴다.

"아무리 최 기자님의 약혼자라고 하셔도 신분증이 없으면 서(署)에서 하룻밤 신세 지시는 것 아시지요?"

최미화가 대답한다.

"알지요."

"그럼 형식적이나마 몇 가지만 여쭈어보겠습니다."

이번에도 최미화가 나서려 하자 정민수가 말린다. 여기까지 봐주는데 당당하지 못하면 의심할 것 같아서다.

"예. 말씀하세요."

"감사합니다."

경찰관은 종이와 볼펜을 꺼낸 후 묻기 시작한다.

"이름이?"

"정민수입니다."

"주민등록 번호는 어찌 됩니까?"

정민수는 한 치의 망설임이 없이 대답한다. 비록 아직 신분증은 없지만, 이때를 대비해 정민수의 신상에 대해 철저히 기억해 두었기 때문이다.

"460805-1234567"

"본적은요?"

"충청남도 공주군 **면 **리 185번지입니다."

경찰관은 적은 내용을 가지고 무전기를 이용해 조회해 본 후 입을 연다.

"맞습니다. 확인되었습니다. 가서도 됩니다. 그리고 죄송하게 되었습니다."

정민수는 속으로 안도의 숨을 쉬며 태연하게 말을 이어간다.

"죄송하기는요. 다 나라를 위해 하시는 일인데요."

"감사합니다. 이해해 주서서요."

그리고는 최미화를 바라보며 한마디 한다.

"최 기자님! 다시 한 번 팬으로서 미리 결혼을 축하드립니다. 행복하게 잘 사십시오."

"고맙습니다. 경찰관 아저씨들~"

경찰과 한 명이 둥근 도장에 찍힌 야간통행증을 발부해준다. 그리고 차렷 자세로 거수경례를 한다.

"멸~공."

세 명의 경찰관이 총총히 사라지자 그제야 둘은 그 자리에 털썩 주저앉는다. 아니 주저 앉았다기 보다는 쓰러졌다는 표현이 맞을 듯하다.

온몸에서 힘이 쫘~ 악! 빠져나가 기운이 하나도 없었다. 그러나 그것도 잠시뿐 둘은 서로를 쳐다보며 키득키득 웃는다. 먼저 입을 연 사람은 역시 최미화다.

"이제 어떻게 할 거예요?"

"글쎄? 어떻게 할까?"

"하룻밤 묵어야 할 숙박소를 찾아야 할 것 같아요?"

"숙박소?"

"예."

이렇게 말을 하는 최미화는 자신의 양 볼이 화끈거리는 것을 느꼈다. 이때, 휘~이~잉. 스산한 바람이 불어오는가 싶더니 후드득! 후드득! 내리기 시작하는 가을 밤비가 조금씩 굵어지고 있었지만 둘은 아랑곳하지 않고 내리는 가을비를 일부러 즐기기라도 하는 듯 유유히 어둠 속으로 사라진다.

열흘 후

똑! 똑! 똑!

"들어와"

흑표와 최미화가 함께 사장실로 들어온다.

"형님! 보고 드리겠습니다."

"먼저 앉지."

"예. 형님"

"최 기자님도 앉아요."

"예. 사장님."

흑표와 최미화가 정민수의 맞은편 자리에 앉는다. 정민수는 흑표 쪽으로 고개를 돌린다.

"흑표! 그래 뭘 좀 알아냈나?"

"예! 형님. 그보다 먼저 이거……."

흑표는 지니고 다니는 장지갑에서 신분증을 꺼내 정민수에게 내민다. 주민등록증이다. 드디어 기다리고 기다리던 정민수의 주민등록증이 나온 것이다.

"이상은 없겠지?"

"예. 거의 완벽합니다."

"수고했다. 흑표!"

정민수 다시 입을 연다.

"그래. 다음은?"

"예! 사장님! 김상호 검사는 대학 재학 중에 사법고시를 통과한 재원이라고 알려져 있습니다."

"흑표! 누가 그따위를 알아 오랬나?"

흑표는 머리를 긁적거린다.

"죄송합니다. 형님!"

"계속 해 봐."

"예. 형님! 김상호 검사는 그 당시 재학 중인 여대생을 강제로 혼전 임신을 시켜 결혼하였고 둘 사이에는 일곱 살 난 남자아이가 있습니다."

"그래서?"

"그런데 심한 구타와 여성 편력이 아주 심해서 부인과 아이는 집을 나가 살고 있답니다. 지금은. 다른 여자와 동거 중입니다."

"……."

"처음에는 부인이 이혼해 달라고 애걸복걸하며 매달렸지만 그럴 때마다 돌아오는 것은 구타와 욕설뿐이었답니다."

"이혼을 안 해준 이유는?"

"인생에 오점이 남아 출세에 지장이 있다나 어쩐다나. 그래서 이혼은 절대 못 해준다고 했답니다."

정민수는 피가 거꾸로 솟는 듯한 심한 분노를 느낀다.

"그 부인의 이름은?"

"아직, 그것까지는?"

"그래? 그럼, 아이와 함께 사는 곳은?"

"김상호 검사의 구타를 피해 서울 어느 달동네로 알고 있습니다."

"그럼! 부인의 이름과 사는 곳도 빨리 알아보고……."

"예! 형님! 그리고 한 가지 더……."

정민수는 흑표가 말을 끝내기도 전에 말을 낚아챈다.

"뭔데?"

"노가다 공사현장에서 반장 하던 김상호 검사 아버지가 2선 국회의원 이랍니다."

순간, 정민수의 두 눈에서 불꽃이 튀며 주먹으로 테이블을 내리치며 일어선다.

쾅~

"뭐야? 내 이놈들을 반드시 처단한다."

"혀, 형님!"

정민수는 그제야 분을 삭이며 자리에 앉는다.

"그래! 알았다. 흑표 수고했다. 그만 나가서 하루빨리 알아보고 자금이나 인력 필요하면 종로 불곰에게 도움을 청하도록 하고."

"알겠습니다. 형님."

흑표가 나간 뒤 정민수는 잠시 천정을 바라보며 다시 한 번 굳은 결심을 한다.

"흐! 흐! 흐! 돈을 그렇게 긁어모으더니 결국 그 돈으로 벼슬을 샀단 말이지? 그러나 그렇게 즐길 날도 그리 멀지 않았을 터 실컷 즐겨라. 곧 지옥행 급행열차로 모실 테니……."

이때 최미화의 차분한 음성이 들린다.

"민, 아니, 사장님! 일은 감정으로 처리하시면 안 됩니다. 이성으로 차분하게 풀어가야 합니다."

그제야 정민수는 이성을 되찾은 듯 고개를 끄덕인다.

"그래 그건 최 기자 말이 맞지."

정민수는 최미화를 빤히 바라보며 다시 입을 연다.

"최 기자님! 윤인숙과 정민수 사건은 어떻게 되어 갑니까?"

최미화는 정민수가 자신의 얼굴을 빤히 쳐다보자 얼굴이 화끈거렸지만 애써 참으며 입을 연다.

"네! 당시 윤인숙은 대전에 있는 동화방적에 근무하고 있었어요. 가족 하나 없는 천애 고아로 자랐고 초등학교를 겨우 졸업한 후 곧바로 공장에 취직했어요."

정민수는 가만히 두 눈을 감고 연신 고개를 끄덕인다.

"음."

"공장에서도 일밖에 모르는 착한 아가씨로 기억하고 있었습니다. 그런데 그만."

파멸

이 대목에서는 잠시 말을 멈춘다. 정민수도 한마디 거든다.

"그러니까 납치를 해도 별로 탈이 없을 가족 없는 고아들이 주 대상이었겠군요."

"예!"

"윤인숙이 탈출을 하지 않았다면 영영 드러나지 않았겠지요?"

"예!"

정민수가 입을 굳게 다물며 무거운 신음을 토해낸다.

"음!"

최미화는 무엇인가를 잠시 생각하다가 차분한 음성으로 입을 연다.

"이번 윤인숙 사건 아니 납치 인신매매 사건은 안성기도원과도 연관이 있는 것 같아요"

순간, 정민수는 단 하루도 잊지 않고 있었지만, 숨 가쁘게 달려오느라 잠시 동안 손을 못 쓰고 있던 자신의 어머니와 안성기도원이 이 사건과 관련이 된 것 같다는 최미화의 말에 으드득하고 이빨을 깨문다.

"오히려 잘 됐군!"

"뭐가요?"

"안성기도원."

"아참! 그랬지요. 김 실장님 말에 의하면 사장님의 어머님이 안성기도원에 계신다고 하셨지요?"

정민수는 입술을 깨물며 고개를 끄덕인다.

"그래요."

"사장님! 이번 일은 커질 듯합니다."

"그래도 해야지요. 아참 그건 그렇고 최 기자님 청량리 홍등가는 가 보셨는지요?"

"예! 헌데! 그게 좀."

최미화가 머뭇거리자 정민수가 입을 연다.

"혼자 취재하기가 많이 위험하지요?"

"예, 그래서 이번엔 김 실장님이나 불곰 쪽 사람과 동행하게 해 주셨으면 합니다."

정민수가 고개를 끄덕인다.

"좋아요. 하지만 이번 일에는 내가 직접 최 기자님과 동행할까 하는데 어때요?"

최미화가 화들짝 놀란다.

"네에? 사장님이 직접이요?"

"예. 미화 씨!"

"한데 왜 민수 씨가 직접?"

최미화가 말꼬리를 흐리자 정민수는 힘주어 입을 연다.

"아니, 이번 일은 내가 직접 처리해야 자살한 정민수씨에게 진 마음의 빚을 조금 이나마 갚을 수 있을 것 같아서……."

최미화는 정민수와 동행한다고 생각하니 가슴이 콩닥거린다. 혼잣말처럼 속으로 중얼거린다.

'철민 씨! 고마워!'

그러나 한편으로는 자신은 괜찮지만, 정민수가 위험에 처할까 봐 걱정도 많이 되었다. 최미화가 잠시동안 말이 없자 정민수가 최미화를 쳐다본다.

"아니, 최 기자님 나를 못 믿겠어요?"

최미화는 손을 내젓는다.

"아, 아니에요. 호, 혹시 다칠까 봐요."

"하! 하! 거봐요. 못 믿는 거잖아요."

"알겠어요. 감사해요."

다시 정민수의 표정이 진지해진다.

"음! 언제부터 실행에 옮긴다?"

"사장님! 오늘이 목요일이니 이번 토요일부터 어떨까요? 그쪽의 밤 문화는 토, 일이 가장 화려하고 정보력도 가장 뛰어납니다."

정민수도 조용히 고개를 끄덕인다.

"아! 그래요? 그렇다면 그렇게 합시다. 미화씨!"

최미화는 취재 시 위험할 수도 있다는 생각은 어느새 사라지고 정민수와 함께 갈 수 있다는 생각에 벌써 가슴이 콩닥콩닥 뛰기 시작한다.

'내, 내가 왜 왜, 왜 이러지?'

다음날, 저녁 7시쯤 정민수는 인사동 허름한 골목 2층에 자리한 [풍금소리 들리는 마을] 술집의 문을 열고 들어선다. 오늘은 열흘 전 최미화와 왔을 때랑은 사뭇 다르게 가게 안이 텅텅 비어 있다. 텅텅 빈 2층을 지나 3층으로 올라가서 최미화와 앉았던 자리를 찾아 앉는다. 물론 3층도 한두 군데를 제외하고 손님이 없기는 마찬가지다. 이때 일전에 자리를 안내하던 웨이터가 다가온다.

"저 또 오셨군요."

"절 기억하십니까?"

"아! 그럼요. 전에도 이곳에 앉으셨지요? 사모님과 같이."

"사모님?"

"네!"

정민수는 씨~익 한번 웃고는 웨이터를 쳐다본다.

"그건 그렇고 풍금 치는 아가씨를 좀 만나 볼까 하는데요."

"아! 카나리아 선생님이요?"

"예? 그분 이름이 카나리아입니까?"

"그때, 저희 사장님께서 사모님께 말씀드리는 것 같았습니다."

"그래요?"

"사모님께서 말씀 안 드렸나 봅니다."

"아닙니다."

정민수는 고개를 갸우뚱거리며 속으로 중얼거린다.

"아니 미화 씨는 왜 내게 말하지 않았지? 잊었었나?"

최 기자가 풍금 치는 아가씨에 대해 알아보는 것도 궁금했지만 자신에게 말하지 않은 것 또한 궁금했다.

"한데 그 아가씨는?"

"그날을 마지막으로 나오지 않습니다. 아직 계약 기간이 남았는데."

정민수는 잠시 생각에 잠기다가 다시 웨이터에게 묻는다.

"잠시 이곳 사장님 만나볼 수 있을까요?"

웨이터는 고개를 끄덕인다.

"이쪽으로 따라오십시오."

웨이터의 안내를 받으며 2층으로 따라 내려갔다. 그곳은 작고 아담하게 꾸며진 사장실이다.

손님들로 북적거려야 할 시간임에도 불구하고 홀이 텅텅 빈 탓에 작달

막한 키에 머리가 조금 벗겨지고 작은 안경이 코에 걸린 나이가 60대 초반 정도 되어 보이는 남자가 초저녁부터 사장실을 지키고 있다. 이곳 [풍금 소리 들리는 마을]의 술집 사장인 듯하다. 그는 자리에서 일어나 정민수를 맞이한다.

"어서 오시오. 그런데 나를 찾는 이유가 뭐요?"

사장은 인상을 찌푸리며 퉁명스럽게 입을 연다. 정민수는 옆에 아무렇게나 뒹굴고 있는 나무 의자를 끌어다 앉으며 입을 연다.

"저, 다름이 아니라 풍금 치던 아가씨에 대해 좀 알고자 합니다."

사장은 모른다는 듯 고개를 절레절레 흔든다.

"이름이 카나리아라는 것밖에 아는 게 없어요."

"아니, 그래도 어디서 온 누구인지 어디에 사는지 정도는 알 것 아닙니까?"

"몰라요. 아무것도."

정민수도 조금 짜증 섞인 말투로 입을 연다. 이름, 그것도 가명 외에는 아무것도 모른다는 사장의 말에 짜증이 났던 것이다.

"아무것도 모른다는 게 말이 됩니까? 아! 그리고 그 아가씨 오늘 출연하는 날 아닙니까?"

순간, 사장의 눈에서 빛이 뿜어져 나온다. 화가 잔뜩 난 듯하다.

"손님! 시방 장난쳐부요?"

사장은 화가 난 감정을 이기지 못한 듯 심한 전라도 사투리가 튀어온다. 정민수는 순간적으로 멈칫했지만, 다시 정신을 가다듬는다.

"그게. 무슨 말씀인지?"

"그랑께 우리도 카나리안가 뭔가 하는 아가씨 땜시 망해 부렀다아이요."

"……."

"근디 와 고로코롬 꼬치꼬치 캐묻는다요?"

정민수는 딱히 할 말이 없어 잃어버린 동생이라고 둘러댄다.

"어릴 때 동생을 잃어버렸는데 동생인 듯해서 그러는 겁니다."

"아따, 젊은 양반이 안 됐구만이라."

그제야 사장은 잠시 숨을 고른 후 측은한 듯 조금 부드러운 표정으로 정민수를 한번 쳐다본 후 다시 서울 말씨로 바꾼다.

"그때 손님과 함께 온 애인인지 사모님인지 그분께 말씀드렸습니다. 풍금 치는 아가씨에 대해서는 아는 것이 전혀 없다고요. 이름 그것도 가명이 카나리아라는 것밖에는······. 그리고 늘 리본 달린 검은 모자를 썼고 손님들과 말 섞는 것을 한 번도 못 봤지요. 말 수가 아주 적었어요."

정민수는 사장이 전라도 말과 서울 말씨를 자유자재로 하는 것을 보고 속으로 신기하기도 했지만, 감탄사가 절로 나왔다.

"아! 예. 그런데 계약 기간이 아직 남았다면서 안 나오는 이유는 뭡니까?"

"글쎄. 그게 이상하다는 겁니다. 그 다음 그 다음다음 날도 카나리아가 출현하는 날인데 일전에 손님과 함께 왔던 애인인가 사모님인가 하는 분이 카나리아가 나오기도 전에 일찍 왔었지요. 그리고 잠시 후 카나리아가 도착하자 두 분이 만나서 무슨 말인가 심각하게 주고받는 것 같았어요."

정민수는 자신도 모르게 최미화가 다녀갔다는 사실에 궁금증이 더했다. 그것도 일요일에.

"그, 그래서요."

"그러더니 남은 기간의 계약을 파기하고 위약금을 물은 뒤 둘이서 곧바로 나갔어요."

"으~음."

"그리곤 그것이 끝이었습니다. 아참 카나리아 아가씨의 성씨가 조 씨라고 하는 것을 언뜻 들은 것 같습니다."

'조? 혹시, 그럴리가? 아니야. 분명 본얼굴이었어. 그렇다면…….'

정민수가 고개를 갸우뚱거리며 혼자 중얼거리자 사장이 입을 연다.

"손님! 왜 그러세요? 혹시 잃어버렸다는 동생?"

정민수는 손사래를 친다.

"아, 아닙니다. 잘 알겠습니다. 고맙습니다."

더이상 물어볼 것이 없다고 생각한 정민수가 인사를 하고 막 돌아서려고 하자 사장이 옷깃을 슬쩍 잡아당기며 넌지시 입을 열며 말꼬리를 흐린다.

"이런 말씀 드려도 될는지?"

"무슨 말씀이신지요?"

"그날 위약금은 손님과 함께 왔던 여자분인 사모님이 대신 물어주고 갔어요. 꽤 많은 돈인데…. 하긴 장사 망친 거에 비하면 아무것도 아니지만… ."

"아! 그래요? 잘 알았습니다. 올라가서 술 한잔하고 가겠습니다."

정민수가 술 한잔하고 가겠다는 말에 사장은 사장실을 따라 나오며 깍듯이 인사를 한다. 그리고는 밖에 대기하고 있던 웨이터를 부른다.

"웨이터 김! 손님! 각별히 잘 모시도록."

들어올 때와는 다르게 꽤나 친절하고 공손했다.

"예! 사장님!"

정민수는 웨이터를 따라 3층으로 향하는 계단을 오르며 머리가 복잡해지는 것을 느꼈다.

'왜? 무엇 때문에? 최 기자가 혼자서 왔다 갔을까? 또 위약금은 왜 대신 물어 준거지? 혹시 둘이 아는 사이?'

정민수는 자리에 앉은 후 몸을 잘 가눌 수 없을 정도로 양주 몇 병을 해치웠다.

다음날

토요일인 관계로 오전에 근무를 마친 많은 인파가 거리로 쏟아져 나왔다. 젊은이들은 젊은이들대로 학생들은 학생들대로 나이든 어른들은 어른들대로 한 주간 쌓였던 피로를 저마다 각자의 방법으로 해소하기 위해 극장가, 고고장, 디스코텍, 나이트클럽…….등등으로 또는 선술집이나 대폿집, 국밥집으로 쏟아져 흘러 들어간다.

588이라 불리는 청량리 사창가도 예외는 아니다. 저마다 욕구를 풀기 위해 이곳으로 발길을 옮기는 사람들이 많았다. 특히 토요일 오후부터 일요일이나 공휴일같이 쉬는 날은 낮부터 북적거리기 시작하다가 조금 늦은 오후가 되면 도거리(도떼기)시장처럼 복잡할 정도다.

오후 5시가 조금 넘은 듯한 시간,

서울 동대문 전농동에 위치한 청량리 588 입구로 젊은 남녀 한 쌍이 들어선다. 남자는 검은 중절모를 썼고 여자는 오른쪽 어깨에 조금 무거워 보이는 카메라를 메고 있다. 정민수와 최미화다. 홍등가 입구부터 붉은 조명이 화려하게 수놓고 있다. 최미화가 앞서가고 있다.

"민수 씨! 빨리 와요."

정민수는 빨리 걸으려야 걸을 수가 없다. 온통 보이는 것은 붉은 조명이고 그 아래 술집처럼 생긴 작은 가게는 다닥다닥 붙어있고 입구에는 가슴은 물론 허벅지까지 허옇게 드러내 놓은 채 담배를 입에 물고는 헤픈 웃음을 지으며 지나가는 사람들의 옷을 잡아당긴다. 당연히 정민수에게도 예외는 아니었기 때문이다.

"총각! 이리와. 내가 정신 나가게 서비스해줄게."

"오~옵~빠. 이쪽으로~ 와 ~영계들 많아!"

난생처음 보는 이러한 광경에 윤철민은 어찌할 줄을 모른다.

"놓, 놓으세요."

그러나 윤락여성들은 정민수를 집요하게 따라오며 잡은 옷깃을 서로 놓지 않는다.

"아~이~ 멋진 자기아~왜 그래? 나야."

"놔, 놔요. 이거."

앞서가던 최미화가 시끄러운 소리에 뒤를 돌아본다. 정민수가 따라오지 못하고 실랑이를 하고 있는 것이 보인다. 최미화는 뒤돌아 빠른 걸음으로 다가간다.

"민수 씨! 무슨 일이에요?"

"그…그게."

순간, 주위의 분위기가 싸늘해진다. 그중의 한 윤락 여성이 톡 쏘아붙인다.

"뭐야? 이것들."

옆에 있던 다른 윤락여성이 한 발짝 다가선다.

"아가씨가 이 남자 애인이야?"

최미화가 애인이라는 말에 약간 머뭇거리다가 이내 야무진 표정으로 대답한다.

"그런데요. 왜요?"

순간 윤락여성들의 입에서 이구동성으로 떠들며 머리카락을 잡아 뜯을 듯 대든다.

"야! 이년아! 애인인데 왜 떨어져서 걷고 지랄이야?"

"왜? 왜 이러세요?"

최미화가 몸을 웅크리며 뒤로 물러나자 다른 한 명은 정민수의 뒷머리를 후려친다.

퍽!

"야! 이 새끼야. 확실히 저 년이 니 애인 맞아?"

정민수는 맞은 뒤통수를 만지며 떠듬거린다.

"마, 맞아요. 애, 애인."

이번에는 다른 여성이 정민수의 왼쪽 뒤통수를 내리친다.

퍽! 그리고는 걸차게 욕지거리를 한다.

"야, 이 새끼야! 애인이면 붙어 다녀."

그리고 윤락여성들은 자신의 옷을 툭툭 털며 제각기 한마디씩 한다.

"야! 이년아! 재수 없어 빨리 꺼져."

"너도 꺼져. 이 새끼야! 오늘 재수 옴 붙었네."

최미화와 정민수는 연신 허리를 굽실거린다. 사실 최미화도 윤인숙 사건의 실마리를 찾고자 취재차 이곳을 몇 번 들렀을 뿐 남자와 함께 오기는 처음이다. 그러니 이곳의 성격을 잘 알 리가 없다.

"예. 예."

최미화는 정민수의 손을 끌어당기다시피 하며 급하게 입을 연다.

"민수 씨! 빨리 뛰어요."

"아, 예! 미, 미화 씨."

둘은 뒤도 돌아보지 않고 앞을 보며 달린다. 멀리서 윤락여성들의 깔깔거리며 웃는 웃음소리도 차츰 멀어져 간다. 한참을 걷다 보니 맞잡은 손바닥에서 땀이 끈적거린다. 정민수는 민망한 마음에 손을 빼려고 손에서 힘을 푼다. 그러자 최미화는 더 힘껏 꽉 잡는다.

"왜요? 좋은데."

"그, 게 좀……."

그도 그럴 것이 둘이서 팔을 잡고 걸어가자 밖에서 호객하던 윤락여성들은 하나같이 손가락질을 하며 심한 욕설을 퍼부었기 때문이다. 다만 좋은 것은 이들에게는 더이상 호객행위를 않는다는 것이다.

"이렇게요?"

최미화는 잡았던 손을 놓는 동시에 다시 팔짱을 낀다.

"미화 씨! 그게 그거잖아!"

"호! 호! 호! 그런가?"

최미화가 일방적으로 재잘거리며 한참을 걸었다. 밖으로 내다보이는 집창촌 거리만 어림잡아 70~80m는 족히 되어 보인다. 당연히 그 길 사이사이에는 무수한 좁은 골목들이 거미줄처럼 얽혀 있다. 한 두 사람이 간신이 드나들 정도의 좁은 골목이다. 그 긴 거리를 대략 중간쯤 지나왔을 즈음에 지금까지 지나친 골목보다는 조금 더 넓은 골목이 보인다. 작은 가게 앞에는 가슴살은 물론 허벅지살까지 훤히 들여다보이는 잠자리 날개보다 더 얇은 옷을 입은 여인들이 여전히 호객행위를 하고 있다.

"민수 씨! 이곳이에요."

정민수는 골목 입구에 서서 쭈뼛거린다. 그러자 최미화가 정민수의 오른팔을 잡아당긴다.

"빨리 가요. 이곳은 다 그렇고 그런 곳이에요."

정민수도 용기를 내서 최미화를 따라 발길을 옮긴다. 양쪽으로 즐비한 홍등가를 지나자니 얼굴이 더 화끈거린다. 반라(半裸)의 아가씨들 때문에 어디에 눈길을 두어야 할지 몰랐기 때문이다. 젊은이들부터 나이가 지긋한 중년 남자들이 이곳을 지나자 독수리가 닭을 채가듯 한 명씩 한 명씩 낚아채 간다. 화대 때문인지 간혹 작은 실랑이가 벌어지기도 하지만 금방 타협을 보는 듯 군말 없이 성냥갑만 한 가게 안으로 들어간다. 앞서가던 최미화가 오른쪽 골목으로 들어가며 정민수의 팔을 잡아끈다.

"이쪽이에요. 민수 씨!"

"알았어요."

최미화는 취재차 몇 번 다녀간 탓인지 어지러운 미로에 아주 익숙한 듯하다. 오른쪽 골목으로 들어서자 골목 안이 더 좁다. 한번 들어가면 못 찾아 나올 정도로 거미줄보다 더 얽혀져 있다.

양 벽에는 고대 로마 시대보다도 더 난잡한 도색 그림들이 빽빽이 그려져 있다. 최미화는 다시 왼쪽 골목으로 꺾는다. 그곳으로 조금 더 들어가자 20여 미터 앞에 작은 사거리가 보인다. 그리고 그곳 왼쪽 코너에 담배라고 쓰인 손바닥만 한 가게가 자리 잡고 있다.

가게 앞에는 작은 마루가 있고 그곳에서는 나이가 40대 후반 정도 되어 보이는 여인들 서너 명이 모여 화투를 치고 있다. 포주라고 불리는 일명 팸프들이다.

작은 마루에는 이미 맥주를 마신 듯 빈 병들 몇 개가 어지러이 흩어져 있다. 그중 나이가 서너 살 많아 보이는 여인은 뒤로 물러앉아 화투 치는 것을 구경하고 있다.

최미화가 팸프들을 향해 다가가며 입을 연다.

"안녕하셨어요? 이모……."

파멸

뒤에 앉아 있던 여인이 최미화를 보더니 자리에서 일어나 반긴다.

"왔노? 최 기자. 이게 며칠 만이고?"

"예! 이모. 벌써 열흘은 된 것 같아요."

"하매 그리 됐노?"

최 기자는 마루에 걸터앉으며 이모라는 여인의 어깨를 주무른다.

"벌써라니요?"

팸프이모가 멀뚱히 서 있는 정민수 쪽으로 고개를 돌린다.

"쟈는 누고? 전에 말하던 니 애인이고?"

최미화는 조금 망설인다. 그러다가 얼굴을 살짝 붉히며 입을 연다.

"예! 이모."

팸프이모가 검은색 중절모로 가려진 정민수의 얼굴을 슬쩍 올려다본다.

"우예 이리 잘 생겼노? 헌데 남자가 저리 잘 생기면 못 쓰는 기라."

최미화가 살짝 웃으며 입을 연다.

"왜요? 이모. 잘 생기면 좋지."

"니 몰라서 그렇데이. 사람 세워 놓고 이러면 안 되지만 저리 잘 생기면 나약해서 아무짝에도 쓸모없는 기라. 저래, 저래가 개미 새끼 한 마리 잡겠노?"

정민수가 멋쩍다는 듯이 애꿎은 중절모만 두어 번 벗었다 쓴다. 그러자 팸프이모도 괜한 말을 했다는 듯 최미화를 향해 화제를 바꾼다.

"니는 취잰가 뭔가 하로 온 거겠지만 니 애인은 이런 곳에 오면 안될낀데. 우예 이런 곳에 데불고 왔노?"

"이모도 차~암, 보디가드, 보디가드 몰라요?"

"보디가드? 아! 대신 쌈해주는 사람 아이가? 아이고 마 치아뿌라. 얼라를 데불고 오는 게 낫제. 어찌 저런……. 쯧쯧쯧."

이런저런 말을 주고받는데 화투 치던 여인 중 한 명이 한마디 툭 던진다.

"언니? 기자들하고 친해지면 어떻게 되는지 몰라? 아마도 매향(梅香)이 년도 그래서 행방불명 된 것 같고, 그러니 언니도 조심해!"

그리고는 최미화를 올려다본다.

"시끄럽게 하지 말고 빨리 가! 저 언니 때문에 봐주는 거니까?"

"아이! 왜 그래요? 이모"

최미화는 팸프이모에게 눈짓한다.

"이모! 여기 이모들한테 담배 한 보루씩 돌리세요."

"뭐라카노? 한 보루는 너무 많다 아이가?"

이모라는 여인이 작은 담배 가게로 들어가는 것을 보니 가게도 겸하는 듯하다. 이 말을 들은 화투 치던 여인들이 이구동성으로 입을 연다.

"최 기자 몸조심하거래이. 그리고 궁금한 것 있으면 뭐든지 물어보고."

팸프이모가 화투 치는 여인들에게 담배 한 보루씩을 갖다 주며 최미화를 향해 따라 들어오라는 눈짓을 한다. 최미화는 팸프이모를 따라 손바닥만 한 작은 가게 안으로 따라 들어간다. 정민수도 아무 말 없이 뒤따라 들어간다. 가게 안은 겨우 한 두 명이 드나들 수 있는 공간을 제외하고는 각종 잡화로 꽉 차 있다. 그나마 작은 공간이 비좁기가 그지없다. 방안도 서너 명이 앉을 수 있는 좁은 공간에 가재도구라고는 둥근 1인용 상과 화장을 할 수 있는 경대에 거울이 붙은 것이 전부다. 물론 그 옆에는 때에 찌든 작은 이불이 아무렇게나 널브러져 있다. 또 한쪽 구석으로는 허리를 반쯤 굽혀야 올라갈 수 있는 나무계단이 다락방으로 이어져 있다. 방안에는 팸프이모 여인과 정민수 최미화가 방이 작은 탓에 이마를 맞대듯

파멸

앉아 있다.

"최 기자야! 맥주 한 잔 내오까?"

최미화는 대답 대신 봉투 하나를 앞으로 쓰~욱 내민다.

"이모 맥주는 됐어요, 적지만 이거 용돈이나 하세요."

정민수는 최미화의 취재능력이 정보에 있다는 것을 알았다. 그리고 몇 번 만나지 않았음에도 포주들과 이렇게까지 친하게 지내는 것이 신비롭기까지 했다. 이때 팸프이모가 입을 연다.

"가시나! 내가 졌데이. 그나저나 이거 받아도 괘안나?"

"아이! 이모도 참."

팸프이모가 고개를 끄덕인다.

"고맙데이."

최미화가 화를 돌리며 다시 입을 연다.

"아까 저 이모들이 말한 매향이 이야기부터 해 주세요. 도대체 매향이가 누구예요? 그리고 행방불명 되었다니, 그게 무슨 말이에요?"

"음. 그게 우예 된 건가 하몬…."

"……."

제 5 회
홍등가의 실태, 해체

정민수와 최미화는 팸프의 얘기를 들은 후 가게를 나와 다시 거미줄처럼 이리저리 엉킨 골목을 걷고 있다. 물론 붉은색 커튼으로 가려진 가게 앞에는 거의 벗다시피 한 아가씨들이 다리를 꼬고 앉아서 담배를 피워 물고는 호객행위를 하고 있다. 아가씨들은 최미화와 정민수가 함께 걸어가는 모습이 눈꼴사납다는 듯이 저마다 한마디씩 한다.

"염탐하러 왔나? 꼴값들 떠네."

"글쎄 말이야, 야! 이년아 사내놈 데리고 구경 왔나? 빨리 꺼져. 재수 없어."

이런 말이 들려올 때마다 정민수의 귓불은 빨개졌으나 최미화는 아무렇지도 않은 듯 오히려 그녀들에게 눈웃음 던지곤 한다. 좁은 골목을 조금 더 걸어가서 다시 왼쪽으로 돌자 [향기-香妓]라는 간판이 보인다.

"민수 씨! 아까 이모가 말한 곳이 저기예요."

정민수는 두 주먹을 불끈 쥐며 이빨을 으드득 간다. 팸프이모의 말이 생각났기 때문이다.

-여는 건강해야 살아남는 기라. 병이 나거나 쪼매만 나이가 들어도 폐기처분 되는 기라. 그리고 몇 년 전부터 여자들이 자꾸 없어지는 기라. 뭣

보다도 저~어짝, 골목에 있는 [향기-香妓]라는 색시집에 가보거래이. 그 짝 년들이 많이 없어진다 카더라. -

정민수와 최미화가 향기라는 술집 앞에 도착했지만 다른 가게처럼 호객하는 여자들이 보이지 않는다. 밖에서 안을 들여다볼 수 없도록 분홍색 커튼으로 막아놓은 것은 다른 집과 같았다.

드르륵~

"계세요?"

최미화는 아무렇지도 않은 듯 가게 문을 열고 들어서며 다시 한번 외친다.

"계시냐고요?"

안은 밖에서 봤을 때 휘황찬란한 불빛과 황홀해 보이는 것과 달리 내부의 모습은 사뭇 달랐다. 대여섯 평 남짓한 가게 안에는 몇 안 되는 도구들이 보인다. 가게 안에서는 퀴퀴한 냄새가 심하게 난다. 최미화는 카메라를 꺼낸 후 열심히 셔터를 누른다.

찰~칵! 촤르르~

지금까지 여러 차례 취재를 왔지만 업소 앞에 있는 포주들이나 아가씨들 저지하는 바람에 단 한 번도 업소 안의 모습을 제대로 본 적이 없다. 그곳에는 안마를 받을 수 있도록 미용실 의자를 개조한 등받이가 있는 작은 회전의자와 작은 소파, 그리고 한쪽 벽면에는 한 사람이 겨우 앉아서 씻을 수 있는 욕조가 있고 그곳은 분홍색 커튼으로 대충 가려져 있다. 벽은 온통 도색잡지로 일부러 도배를 한 것처럼 다닥다닥 붙어 있다. 옆으로는 ㄴ자 벽으로 된 손바닥보다 작은 3개의 미닫이 방이 보인다. 그 안쪽에는 2층으로 오르는 나무로 된 계단도 보인다.

"민수 씨! 이모가 말한 곳이 분명 이곳이 맞지요?"

카메라 셔터를 연신 누르면서 하는 최미화의 말에 정민수는 고개를 끄덕이며 떠듬거린다.

"그런 것 같아요."

분명 방 안에서는 소리가 나는데 업소 안에는 아무도 없다. 2층 다락에서도 삐그덕 거리는 소리가 들린다. 한창 일을 치르는 중인지 최미화가 부르는 소리에도 아랑곳하지 않는다. 각방에서 흘러나오는 야릇한 신음 소리와 2층에서 삐거덕삐거덕하는 소리에 정민수는 얼굴이 화끈거려 안절부절못했지만, 최미화는 아무렇지도 않은 듯 이리저리 카메라 셔터를 눌러 댄다.

차르르~ 찰칵!

잠시 시간이 흐르자 맨 앞쪽에 있는 방의 미닫이문이 드르륵 열리며 나이가 지긋해 보이는 중년 남자가 신발을 싣는 둥 마는 둥 하며 재빠르게 업소를 빠져나간다.

'챙피하면 오지나 말 것이지.'

최미화와 정민수가 동시에 위와 같은 생각을 하는 사이에 방안에서 목이 잠긴 듯한 여인의 목소리가 들린다. 거의 옷을 걸치지 않은 반라의 여인이다..

"다음 손님 들어오세요."

정민수는 처음 보는 황당한 모습에 어쩔 줄을 모른다. 다시 한번 여인의 소리가 들린다.

"뭐해? 시간 없어. 오늘 토요일인 것 몰라?"

보통은 한 손님을 받은 후 일이 끝나면 대충이라도 씻은 후에 다음 손님을 받았지만 손님이 많은 바쁜 토요일이나 일요일은 한두 명 더 받은 뒤에 씻기도 한다. 다시 여인의 목소리가 들린다.

"손님 없어?"

최미화가 재빨리 정민수를 대신해 입을 연다.

"혹시 여기 설화(雪花) 언니를 좀 만나 볼까 해서 왔어요."

방 안에 있던 여자는 밖에서 예상하지 못한 여자의 음성이 들리자 화들짝 놀란 듯 방문을 활짝 열어젖힌다.

"뭐? 누구냐? 니 년은?"

말을 하다말고 더욱 깜짝 놀란다. 건장한 사내와 젊은 아가씨가 서 있었기 때문이다. 최미화가 다시 입을 연다.

"저 한강신문 최미화 기자예요."

"아, 그래요. 그런데 여긴 어떻게?"

아까와는 사뭇 다른 표정으로 음성 또한 한층 낮은 목소리다.

"언니! 설화(雪花)라는 아가씨를 찾아왔어요."

순간, 최미화는 방안의 여성이 움찔하는 것을 느꼈다. 그것을 놓칠리가 없는 최미화다.

"언니! 언니가 바로 설화 언니지요?"

방안의 여인이 잠시동안 말이 없자 최미화가 재차 입을 연다.

"설화 언니! 몇 가지만 물어볼까 해서요. 협조 부탁드려요. 언니에게는 아무런 피해가지 않게 할게요."

방안의 여인은 자신이 설화임을 인정한 듯,

"그런데 나 같은 사람을 왜 찾아요?"

최미화가 작은 문지방에 걸터앉았다시피 하며 입을 연다.

"매향 언니를 찾고 싶어서요. 아시지요? 얼마 전에 사라진~"

순간 설화라는 여인이 깜짝 놀라는 표정을 지었다가 다시 평정을 되찾는다.

"나, 난 몰라요? 근데 매향 언니를 왜 여기서 찾아요?"

"언니 그러지 말고 좀 도와줘요."

"글쎄, 얼마 동안 같이 일한 적은 있지만 못 본 지 오래되었어요."

이때 다시 최미화가 봉투 하나를 꺼낸다.

"이거면 사례는 충분할 거예요."

설화는 봉투를 보자 잽싸게 집어넣으며 손을 들어 들어오라는 시늉을 한다.

"이리 좀."

최미화는 뒤에 끌어다 놓은 보릿자루처럼 서 있는 정민수를 향해 찡긋하며 눈치를 준다. 방안은 조금 전 치렀던 일 때문인지 더 고약한 냄새가 난다. 설화는 담배를 하나 입에 물고서 [아리랑]이라는 통 성냥갑에서 성냥개비 하나를 꺼내 치~이~익~ 그은 다음 담배에 불을 붙인다. 그리고 한 모금 후~ 하고 내뿜고는 말을 이어간다.

"서너 시간 전쯤에 기둥서방이 와서 포주 언니를 데리고 나갔는데 올 시간이 다 되어 가요."

"아! 그래요? 몇 가지만 물어보고 얼른 갈게요. 그러니까 언니! 매향 언니에 대해 아는 대로만 말해 주세요."

"들키면 난 죽을 수도 있어요."

"이곳이 그렇게 무서운 곳인가요?"

"말해 뭐해요. 포주들 눈 밖에 나면 쥐도 새도 모르게 없어지곤 해요."

"언니한테 피해 가지 않도록 할 테니 매향 언니에 대해 말해 주세요."

설화는 잠시 생각에 잠긴 듯하다가 이윽고 입을 연다.

"이곳 직업여성들은 시골서 많이 올라와요. 비록 몸은 팔지만, 벌이가 꽤 괜찮다고 소문이 났거든, 그러나 아주 간혹 돈을 버는 별종인 사람도 있지만 대부분 벌기는커녕 잔뜩 빚만 지다 보니 이 바닥을 떠나기는 어려워요. 또 그때는 이미 몸이 만신창이가 되었거든, 설령 떠나려고 마음 먹어도 도망치다가 잡히면 그냥 죽음이야."

이때, 최미화가 끼어든다.

"언니! 그럼 이곳에서 일하는 아가씨들은 모두 자진해서 찾아온 사람들인가요?"

"무슨? 자진해서 온 사람들은 몇 안 되고 대부분 납치당하거나 꼬임에 빠져서 끌려온 사람들이야!! 참으로 불쌍한 사람들이지."

"끌려오다니? 누가 끌고 와요?"

"휴! 이곳은 정말 무서운 곳이야. 조직원들에 의해 납치당한 후 잔인하게 성을 유린당한 뒤에 이곳 사창가 포주들에게 팔아 넘겨진 거지. 나도 스물다섯에 이곳으로 끌려왔어."

듣고 있던 정민수의 얼굴에는 부끄러움이 사라진지 오래인 듯 양미간의 두 눈썹이 송충이처럼 꿈틀거린다. 어느새, 두 주먹에는 잔뜩 힘이 들어가 부르르 떤다. 설화의 말은 계속 이어진다.

"나도 이곳으로 끌려와 밑바닥 생활 6년째인데 이제는 포기했어."

최미화가 안타깝다는 듯 설화의 두 손을 잡는다.

"언니! 무슨 말을 그렇게 해요. 포기하다니요?"

"틀렸어. 이렇게 병든 몸으로 갈 곳은 정해져 있어."

"그건 또 무슨 말 이에요? 언니."

"이곳에서 일하다가 폐병이나 성병에 걸려 쓸모없어지면 행려병자로 꾸며서 안성 어디론가 팔아 버리지요."

최미화도 작은 두 손을 바르르 떤다.

"나쁜 자식들"

"아무 소용없어. 이곳은 저기 높은 놈들과 다 끄나풀이 되어있어서."

"그, 그래서 매향 언니는 어떻게 되었어요?"

"매향 언니? 참 불쌍한 언니지. 3년 전쯤인가 매향 언니와 또 한 명의 아가씨가 납치되어 왔어요. 두 사람 모두 피투성이였어요. 처참하게 얻어맞고 성폭행까지 당했던 거지. 처지가 비슷했던 두 사람은 서로 의지하며 아주 친하게 지냈어."

"그리고요?"

"물론 서로 다른 곳에서 일했고 매향 언니는 나하고 여기서 함께 일했어요."

설화는 반말과 높임말을 함께 썼지만, 최미화는 개의치 않았다.

"그런데요?"

"그런데 매향 언니는 모든 것을 포기하고 이곳 생활에 적응하려고 노력했지만, 함께 끌려왔던 언니는 늘 도망칠 궁리만 했어요. 그러다가 도망치는 데 성공했다고 들었는데 얼마 후에 다시 만신창이가 돼서 잡혀 왔어. 특히 우리 업소에서 일하던 언니들이 많이 행방불명되었어요. 그래서 나도 이 순간이 무척 겁이 나요."

순간 최미화는 자신의 머릿속이 하얘지는 것을 느낀다. 설화의 말은 계속 이어진다.

"그 언니는 얼마 후 다시 도망치다가 붙잡혀서 맞아 죽었어. 그리고 그 시신은 창신동 어디엔가 던져 버려졌다는 소문이 한동안 떠돌았어요."

순간 최미화의 두 눈이 화등잔만 해지며 황급히 끼어든다.

"언니! 그 사람 이름이 뭐예요?"

"초옥(草玉)이야! 말수가 없고 예쁘다고 다들 초옥이라고 불렀어."

"아니? 가명 말고 진짜 이름이요."

설화는 고개를 갸우뚱거린다.

"잘 기억이 안나."

최미화가 설화의 두 팔을 잡아 흔든다.

"아이, 언니, 잘 좀 생각해 봐요."

"글쎄, 소름이 돋아서. 어휴! 그 당시 일은 생각하기도 싫어."

"그래도요."

설화는 잠시 생각을 하는 듯하다가 생각이 잘 안 나는지 말을 떠듬거린다.

"아마, 윤~ 인, 뭐라고 했는데……. 여기서는 본명을 안 불러서 잘 몰라."

다시 최미화가 끼어든다.

"유인……? 윤인숙! 맞지? 언니! 윤인숙?"

설화는 그제야 생각이 난 듯 고개를 끄덕인다.

"응! 그래! 맞는 것 같아. 아니 맞아! 윤인숙."

그리고는 최미화를 빤히 쳐다본다.

"아니! 그런데 그걸 어떻게 알았어요?"

"언니! 내가 누구예요? 기자잖아요."

"어이구! 기자들 참 무섭네."

최미화는 아랑곳하지 않고 다시 다그친다.

"그래서요?"

"맞아 죽었다는 것을 안 매향 언니가 밖으로 알리려고 애를 썼지. 근 1년 동안이나. 그러다가 보름 전쯤인가 취재 나온 [동우일보] 기자에게 쪽지를 건네다가 포주에게 들켰지 뭐야. 그 다음다음 날부터 안 보였지."

"혹시?"

"아니야. 죽이진 않은 것 같고 안성 어디로 팔아넘길 것 같아요. 그 전에 컨테이너 안에 한동안 가두어 놓는다는 얘기는 들었어."

"언니! 그곳이 어디인지 아세요?"

"글쎄! 그곳이 동대문에 있는 낙산(駱山) 돌산마을 어디쯤이라고 들었어. 주위는 맹견(猛犬)들이 지키고 있어서 절대 도망갈 수 없도록 철저하게 지키고 있데요."

아무 말 없이 듣고 있던 정민수가 중절모를 고쳐 쓰면서 으드득 이빨을 간다.

"아마도 매향 언니도 그곳에 갇혀 있을 것 같다고 많이들 생각하지만 무서워서 입도 뻥긋 못하고 있어요."

최미화는 기자 수첩에 하나도 빠짐없이 깨알같이 기록한다.

'그래! 팸프 이모도 무슨 말을 하려다가 겁이 나서 하지 않았던 거야. 그래서 여기를 알려준 거고. 음! 뭔가 큰 음모가 있어. 반드시 밝혀내고야 말거야.'

최미화의 얼굴에는 굳은 결의로 가득 차 있다. 이들이 얘기를 주고받는 사이 옆방에 있는 손님은 물론 다락방에 있던 손님들도 이미 일을 치르고 나간 후였다. 설화는 자신의 오른 손목에 찬 시계를 바라보며 화들짝 놀란다.

"빨리들 가요. 포주언니 올 때 됐어요. 들키면 죽일지도 몰라."

최미화는 일어서려다 말고 설화의 두 손을 꼭 잡는다.

"언니! 힘내세요."

설화는 입가에 웃음기를 띠어 보인다.

"알았어. 기자 언니. 항상 몸조심하고 이곳은 무서운 곳이니 더이상 오지 말고."

"언니! 난 괜찮으니 언니나 조심하세요."

최미화는 옆에서 분을 삭이고 있는 정민수를 향해 눈짓을 준다. 정민수도 알아차렸다는 듯이 일어나며 중절모를 벗으며 인사를 한다.

"그만 일어나겠습니다. 그리고 좋은 정보 감사합니다."

"설화언니! 매향언니 찾으면 반드시 다시 올게요. 그때까지 몸조심하시고요."

"알았어! 고마워! 포주언니 오기 전에 빨리 가."

최미화는 기자 수첩과 카메라를 챙긴 후 정민수의 팔을 잡아끌며 급히 방에서 나와 신발을 찾아 신는다.

바로 그때, 업소 문이 열리며 건장한 청년들 대여섯 명을 앞세우고 팸프로 보이는 40대 후반쯤 되는 여인이 들이닥친다.

드르득 ~ 우당탕탕~

"뭣이라? 매향이 년을 찾아 왔다고라?"

설화는 기겁을 한다.

"어, 언니! 그, 그게 아니라……."

포주 여자는 설화의 머리채를 낚아채기 위해 팔을 뻗으며 독설을 퍼붓는다.

"니 년이 뭣을 안다고 아가릴 털고 지랄이여 지랄이……."

설화는 머리채를 잡히지 않기 위해 정민수 뒤로 후다닥 숨는다. 포주는 정민수를 향해 발악을 한다.

"니 놈들이 뭔디 매향이 년을 찾고 지랄이여."

최미화가 한발 나선다.

"한강신문 최미화 기자예요. 여기서 사라진 매향 언니를 취재하러 왔어요. 협조해 주세요."

그때, 포주 뒤에 서 있던 키는 180cm는 되어 보이고 코가 들창코인 돼지코 사내가 포주를 밀치며 정민수 앞으로 다가선다.

"뭐라고라? 매향이 년을 찾는다고라."

최미화가 다부진 목소리로 외친다.

"그래요! 매향 언니가 이곳에서 사라졌다고 해서요."

앞에 섰던 돼지코 사내가 눈꼬리를 들어 올리며 음흉하게 웃는다.

"흐! 흐! 흐! 뭣이라. 취재고라? 기자 나부랭이 년이 매향이 년을 찾겠다고 이 험악한 곳을 오면 쓰간디?"

최미화는 어디서 용기가 솟아나는지 더욱 힘주어 말한다.

"그래요. 협조하는 것이 좋을 걸요?"

아무래도 어딘가 믿는 구석이 있는듯하다.

"이 쓰브랄 년이, 제삿밥 처먹고 싶어 환장 했구만이라. 지금이라도 사진기와 수첩을 놓고 꺼진다면 살려 줄랑께 퍼뜩 놓고 꺼지랑께."

"그렇게 못한 다면요?"

"못한다고라? 이년이?"

들창코 사내가 솥뚜껑만 한 손바닥으로 최미화의 얼굴을 내려치려고 하자 이미 정민수 뒤에 숨어 있는 설화의 뒤쪽으로 재빠르게 숨으며 비명을 지른다.

"엄마야!"

정민수는 최미화와 설화를 등 뒤로 동시에 보호하며 들창코인 사내 입을 막아선다.

"멈춰! 그리고 길을 터라."

순간 사내는 목을 한껏 뒤로 젖히며 목젖이 보일 정도로 음흉하게 웃는다.

"흐! 흐! 흐! 시방 뭣이 고라? 길을 터라고라?"

"난 두 번 말하지 않는다. 시끄럽게 하고 싶지 않다."

"이런, 싸가지 없는 놈."

들창코 사내는 자신의 말을 다 뱉기도 전에 해머 같은 큰 주먹으로 정민수의 정수리를 향해 내리찍는다. 정민수는 가소롭다는 듯이 그 자리에 선체로 목을 오른쪽으로 살짝 돌려 피하는 동시에 오른손바닥으로 찍어 오는 들창코의 오른 손목을 움켜잡으며 엄지손가락으로는 손목 관절인 태연혈(穴) 누른다.

순간, 들창코는 고통을 못 이기는 듯 오만상을 찡그리며 짧으면서도 심한 고통에 찬 비명을 지른다.

"으윽."

그리고는 뒤로 두어 걸음 물러나며 두 눈알을 부라린다.

"으메! 이 새끼가 감히 나~아를 건드렸으야?"

뒤에 서 있던 대여섯 명의 건달들은 들창코가 짧은 비명을 지르며 자신의 손목을 부여잡고 뒤로 한두 걸음 물러나자 영문도 모르면서 입을 연다.

"무슨 일입니까? 형님!"

"아무 일도 아닌께. 뒤로 빠져 부러."

"알겠습니다. 형님! 근디 이런 애송이 놈과 노닥거릴 시간이 없……."

부하의 말이 채 끝나기도 전에 들창코의 주먹이 부하를 향해 날아든다.

퍽!

"윽."

"아가리 닥치랑께."

들창코는 그렇지 않아도 손목이 아파 부아가 치미는데 뒤에 있던 부하한 명이 깔짝거리자 더 화가 났던것이다. 들창코는 순간적으로 오른손을 갈고리 모양으로 만들고는 정민수의 목젖을 향해 비호같이 낚아채려 한다.

"너, 이새끼. 오늘이 니놈의 제삿날이다."

그러나 정민수는 한번 씨~익! 웃으며 고개를 왼쪽으로 돌려 가볍게 피하면서 오른손으로는 뒤의 있는 설화와 최미화를 왼쪽으로 돌려 낚아채며 그녀들을 보호한다.

들창코는 자신의 공격이 빗나가자 창피함과 분함을 이기지 못해 더욱 발악하며 덤빈다. 장소는 겨우 대여섯 평 남짓 될까 말까 하는 좁은 장소. 정민수는 깡패들의 패거리들이 더 몰려오기 전에 빨리 해치우고자 마음을 먹는다. 그러기 위해서는 풍운무의 하나인 꺾기술인 절관술(絕關術 - 뼈마디인 관절을 꺾어 못쓰게 하는 기술)이 적합하다고 생각했다. 들창코는 씩씩거리며 왼쪽 주먹으로 정민수의 관자놀이를 사정없이 공격해온다.

"어딜."

정민수가 슬쩍 피하며 양손을 번개보다 더 빠르게 움직였다.

동시에, 우두둑.우둑 하는 장작개비 부러지는 소리가 들리는가 싶더니,

"으~아~아~악."

하는 소리와 함께 들창코는 자신의 비명이 천장을 뚫고 하늘로 치솟는 소리보다 더 빠르게 썩은 고목 쓰러지듯 작은 욕조 안으로 고개를 처박으며 나뒹군다. 들창코의 팔목과 팔꿈치 그리고 어깨 관절이 제각각으로 덜렁거린다. 정민수의 순간적인 동작에 세 곳의 관절이 동시에 다 부러진 것이다. 뒤에 있던 네댓 명의 깡패들은 어떤 영문인지 모르고 저마다 입을 연다.

"혀, 형님!."

"닥치고. 빨랑 저 새끼 잡으랑께."

깡패들은 그제야 정민수가 심상치 않은 인물임을 알고는 저마다의 특기대로 한꺼번에 공격해 온다.

"너 이 새끼! 감히 우리 형님을 건드려 부러야."

정민수는 무더기로 달려드는 깡패들을 순식간에 제압하기 위해 손과 발이 전광석화처럼 움직인다.

으드득. 뚜둑!

"으악."

따다닥! 우두~둑!

"헉."

"이~색히… 아~악."

여기저기서 뼈마디 으스러지는 소리와 함께 고통에 찬 비명이 초저녁 맑은 하늘을 뒤덮고 있다. 모두 제압해서 널브러뜨리는데 채 10분도 걸리지 않은 듯하다. 정민수의 얼굴은 핏기가 가시고 분노로 가득 차 있다.

덜렁거리는 팔을 부여잡고 고통스러운 얼굴을 하고 있는 들창코 앞으로 다가간다. 들창코는 다가오는 정민수의 그림자가 마치 지옥에서 온 사자처럼 느껴졌다.

"말해? 여기서 빼돌린 여자들 다 어디 있어?"

"혀, 형님! 모른당께요."

"몰라? 그럼 할 수 없지. 죽어봐야 지옥 맛을 알지."

들창코는 오른팔이 덜렁거리는 탓에 왼팔 하나로 싹싹 빌며 비굴하게 목숨을 구걸한다.

"혀, 형님 한 번만……."

"누가 니놈의 형님이야?"

정민수는 오른손 주먹으로 들창코의 얼굴을 짓이길 요량으로 내리쳐 간다.

"자, 잠깐만 말 하겠구만이라."

정민수는 주위를 쓰~윽 한번 훑어본다. 젊은 깡패들은 하나같이 팔과 다리가 각각 하나씩 부러진 상태로 몰골이 처참하게 변해있다.

포주인 팸프 여자는 한쪽 구석에서 사시나무 떨듯 파르르 떨고 있다. 조금 전까지 몸을 팔던 설화를 비롯한 윤락녀들도 한쪽 구석에 쪼그리고 앉아서 정민수의 눈치만 살핀다. 최미화도 놀라 잠시동안 입을 다물지 못한 것은 마찬가지였다

정민수가 종로과 불곰을 단 수 분 만에 때려눕힌 사실을 흑표를 통해 들었지만 싸움 실력이 이토록 출중할 줄은 몰랐다. 최미화는 밖을 향해 망을 보면서도 처참하게 변한 업소 안의 광경을 연신 찍어댄다.

좌르르~ 찰칵! 정민수는 다시 들창코에게 고개를 돌린다.

파멸

"후! 후! 후! 진작 그럴 것이지. 그래 매향이는 어디 있어? 그리고 이곳 아가씨들을 다 어디로 빼돌리는 거야?"

"그게 저, 동대문……."

"동대문 어디? 빨리 말해."

이때, 밖에서 태산이라도 무너뜨릴 듯한 함성이 차츰차츰 크게 들려오기 시작한다. 최미화가 순간 새파랗게 질린 음성을 다급히 내뱉는다.

"미, 민수씨! 빨리 피해야겠어요. 놈들이 몰려와요."

정민수도 밖을 향해 고개를 돌린다. 저마다 손에는 각기 다른 연장을 소지한 채 숫자를 헤아릴 수 없을 정도의 조직적으로 이루어진 깡패들이 달려오는 것이 보인다. 마치 그 모습은 검은 구름 떼와 같았다.

"아니? 어떻게 알고?"

그것은 한쪽 구석에서 발발 떨던 팸프가 커튼 뒤에 숨겨진 비상벨을 눌러 이곳을 담당하는 조폭들에게 도움을 청했던 것이다. 다급해진 것은 오히려 정민수와 최미화다. 들창코를 향해 다그친다.

"빨리 말해. 어디야?"

아군들이 자신을 구하기 위해 온다는 것을 안 들창코는 태도를 싹! 바꾼다.

"흐흐흐! 애송이 놈, 네놈 같으면 이 상황에서 불긋냐?"

최미화가 다시 외친다.

"다 왔어요. 숫자가 너무 많아요. 중과부적이에요."

정민수는 일어서며 최미화를 향해 다급하게 외친다.

"알았어요. 일단 이곳을 피하고 봅시다."

정민수가 급히 발길을 옮기려 하자 들창코가 그나마 성한 오른팔로 정민수의 왼쪽 발목을 붙잡는다.

"낄! 낄! 낄! 네놈의 모가지는 놓고 가랑께."

그 말이 채 끝나기가 무섭게 수박 깨지는 소리가 들리는 가 싶더니 들창코의 입에서는 검붉은 피가 솟구쳐 나온다.

퍽!

"아아~악!"

정민수의 오른발 검은 구둣발길이 들창코를 향해 날았던 것이다. 최미화는 설화의 손을 잡아끌며 다급히 외친다,

"설화 언니! 빨리 같이 도망가자."

정민수도 한마디 거든다.

"그래요. 같이 가요."

설화는 최미화의 손을 뿌리치며 괜찮다는 듯 웃으며 안전하게 빨리 도망가라는 듯이 손을 앞으로 휘이~휘이~ 내젓는다,

"안 돼. 언니. 같이 가자. 응?."

설화는 대답 대신 씨~익 웃는다. 그사이 깡패무리들이 코앞까지 다가온다. 최미화는 하는 수 없이 설화가 뿌리치는 손을 놓으며 급하게 입을 연다.

"언니. 꼭 살아남아야 해."

최미화는 말을 다 끝맺기도 전에 최민수의 손을 잡고는 반대 골목을 향해 뛰기 시작한다.

와~ 아~아~

"빨리 저 새끼 빨리 잡아."

"미화 씨! 카메라 이리 줘요."

최미화는 잠시 정민수를 올려다본 뒤 무거운 카메라를 정민수 어깨로 건네준다. 한층 가벼워지니 달리기가 수월하다.

"자! 빨리 뛰어요. 민수 씨!"

둘은 바람같이 달아나기 시작한다. 정민수와 최미화가 사창가인 588을 무사히 빠져나와 각각 국밥 한 그릇으로 때운 뒤 세운다방에 들러 커피를 나누고 종로3가 쪽으로 나온 시간이 밤 10시가 조금 넘은 시간이다. 둘이서 팔짱을 끼고 이런저런 얘기를 나누며 천천히 걷고 있을 때 가을바람이 정민수의 검은색 중절모를 살짝 스치는 듯싶더니 후드득! 후드득! 가을비가 떨어지기 시작한다.

"어? 민수 씨! 빗방울이 떨어지네요."

최미화가 하늘을 쳐다보며 하는 말이다.

"그러게요?"

"민수 씨! 오늘은 숙박소로 가자고요."

"숙박소?"

"예!"

"네! 미화씨. 어차피 내일 불곰을 만날 생각이었는데 마침 잘되었네요. 그럼 불곰한테 가서 또 신세를 져야겠어요."

최미화가 눈꼬리를 추켜올리며 두 눈을 흘긴다.

"피~이! 또요? 아무튼, 어디로 가든 빨리 가요. 비가 더 쏟아지기 전에."

"미화 씨! 난 비 맞으며 천천히 걷고 싶은데?"

"전에도 그래서 비를 흠뻑 맞아서 생쥐 꼴이 되었잖아요."

정민수는 조금 미안한 생각이 든다.

얼마 전 대학가에서 최미화와 밤늦도록 데이트를 하다가 경찰들의 검문에 걸렸을 때 서로가 기지를 발휘해 빠져나올 당시도 비가 내렸고 숙박소를 원하던 최미화를 달래서 불곰한테 하룻밤 신세를 진 적이 있다. 이때 최미화가 최민수의 팔을 잡아당긴다.

"빨리 서둘러요. 민수씨!"

"그래도 비를 맞고 싶은데."

최미화는 잡았던 팔을 놓으면서 정민수의 등을 두어 차례 톡톡 치면서 눈을 흘긴다.

"치~잇! 뭐예요? 마음대로 하세요. 난 먼저 갈 테니……."

그리고는 정민수 어깨에 메고 있던 카메라를 뺏은 후 냅다 뛰기 시작한다.

"미안해. 미화 씨! 같이 가요."

다급해진 정민수는 최미화의 뒤를 따라 뛰기 시작한다. 단성사 뒤 왼쪽을 돌아서서 골목으로 20~30m 들어가면 2층 한옥으로 된 깔끔한 요정이 자리하고 있다. 늦은 밤부터 내리기 시작한 비는 밤 11시가 조금 지나자 더욱 굵은 가을 소나기로 변해 내리기 시작한다.

요정 별채 안

상다리가 휘어질 정도의 산해진미가 보기에도 먹음직하게 차려져 있다. 최고급 긴 자개상 양쪽에는 열 명의 건장한 젊은이들이 각각 자리하고 있다. 중간 보스들이다.

자개 상 맨 앞 상석 자리에는 검은색 중절모를 가볍게 눌러쓴 정민수와 최미화가 함께 나란하게 앉아 있다.

왼쪽 맨 앞쪽에는 눈썹이 유난히 붉고 양쪽 구렛나루도 붉게 길게나 있

파멸

는 머리가 유독 큰 사내가 앉아 있다. 불곰이다. 불곰이 고개를 숙이며 입을 연다.

"형님! 그리고 형수님께 인사 올립니다."

함께 앉아 있던 나머지 아홉 명도 뒤따라 고개를 숙인다.

"큰형님! 그리고 형수님! 이 아우들이 인사드립니다."

최미화는 불곰을 비롯하여 중간 보스들이 하나같이 형수라고 하자 얼굴이 화끈거렸지만 뭐라고 말할 수 없을 정도로 기분은 좋았다. 정민수가 오른손을 흔들며 제지한다.

"아! 그만! 그만! 농담은 그만하고 자…."

불곰이 끼어들며 말을 자른다.

"형님! 농담이 아닙니다. 그리고 저희들은 이미 다 알고 있습니다. 그러니 저번처럼 사양하지 마시고 오늘은 꼭 합방하셔야 합니다."

"어허! 불곰! 최 기자 앞에서 못하는 말이 없구나!"

최미화는 입꼬리를 살짝 위로 올리며 서운한 표정을 짓는다.

"민수 씨! 이 뭐 틀린 말도 아닌데 왜 그러세요?"

정민수는 멋쩍은 듯 잠시 머뭇거리다가 입을 연다. 조금 전과는 달리 중후한 음성에 감히 누구도 다가갈 수 없는 위엄이 깔려있다.

"불곰!"

"예! 형님!"

"다 모였겠지?"

"다 모였습니다. 형님!"

사실 두 시간 전쯤에 정민수는 최미화와 빗속을 뚫고 오는 도중에 공중전화를 통해 불곰에게 중간보스들을 급하게 소집하게 했다.

"야! 도끼! 큰형님께서 호출이시다. 모두에게 연락하고 30분 내로 집합한다. 알겠나?"

"잘 알겠습니다. 형님!"

이렇게 불곰의 명령을 받은 중간보스들이 만사를 제쳐놓고 집합을 한 것이다. 다시 정민수의 말이 이어진다.

"불곰! 그리고 아우님들! 내가 어떤 말을 해도 따를 수 있겠나?"

열 명이 한꺼번에 고개를 숙이며 힘차게 대답한다.

"물론입니다. 큰형님! 명령만 내려 주십시오."

정민수는 무엇인가를 단단히 결심한 듯 입을 연다.

"좋다. 그럼 그렇게 알고 지금부터 우리의 계획을 발표하겠다."

그러자, 주위는 조용한 적막감이 흐른다. 최미화가 무거운 분위기를 깬다.

"뭐예요? 민수 씨! 빨리 말하지 않고요."

"음! 불곰 오늘부터 우리 조직을 해체한다."

전혀 예상치 못한 청천벽력 같은 정민수의 말에 불곰을 포함해 모두가 놀라 뒤로 나자빠질 뻔했다. 그 놀라움은 최미화도 마찬가지다.

"혀, 형님 그, 그게 무슨?"

정민수는 가볍게 손을 들어 제지한다.

"아! 그러나 이 조직은 그대로 유지한다."

불곰은 이해할 수 없다는 듯 고개를 갸웃거린다.

"형님! 저희들은 무식해서 무슨 말씀인지 모르겠습니다. 쉽게 말씀해 주십시오. 형님."

"아우들도 알다시피 시대가 많이 바뀌었고 또 앞으로는 더 빠르게 바뀔 것이다. 그리되면 깡패들은 소탕될 것이고 결국 설 곳을 잃을 것이다."

"……."

"아니 설 곳만 잃는 것이 아니라 목숨마저 위태로울 수 있다. 그래서 오늘부로 깡패 조직은 해체한다."

"형님! 그렇다면 주먹으로만 살아온 무식한 저희는 뭘 먹고 삽니까?"

정민수는 대답 대신 불곰을 쳐다본다.

"불곰! 자금은 어떻게 되나?"

"예! 형님, 어떤 일이든 할 수 있을 정도로 넉넉합니다."

한강신문을 창간한 후부터는 종로에서 나오는 자금은 불곰이 관리해 왔다. 정민수는 고개를 끄덕인다.

"음! 됐다. 그럼."

최미화도 의아한 모습으로 정민수를 빤히 쳐다본다.

"불곰! 내일부터 당장 전국에 한강신문 지사 설립에 들어간다. 각 지사 장직은 이곳에 모인 아우들이 지사장직을 맡는다. 그리고 각 지사에는 두 개 이상의 지부를 둔다. 그 지부장직도 조직원들이 맡는다."

불곰이 무릎을 꿇으며 고개를 숙인다.

"형님! 무식해서 저희는 그런 큰일을 할 수 없습니다. 거두어 주십시오. 형님!"

불곰의 말이 끝나자 중간보스들이 한결같이 무릎을 꿇는다.

"거두어 주십시오. 큰형님!"

"시끄럽다. 전국 총책임은 불곰이 맡고 조직관리는 흑표 즉 김 실장이 맡는다. 그리고 모든 행정과 정보 및 편집은 최 기자님이 맡아 주세요."

최미화도 이런 엄청난 일을 자신과는 단 한 마디 상의도 없이 발표하자 조금 서운한 감정이 들었으나 금방 잊는다. 정민수의 말은 계속 이어진다.

"그리고 전국지사가 설립되면 우리 한강신문은 무가지(無價紙)로 전환한다."

이때, 맨 끝에 앉은 중간보스 중 한 명이 궁금한 듯 끼어든다.

"큰형님! 무가지가 뭡니까?"

그러자 옆에 있던 중간보스가 어깨를 툭 친다.

"자슥! 무식하긴…. 꽁짜로 나눠 주는 것을 말하는 기다. 자슥아."

정민수는 빙그레 웃는다.

"그래, 모르는 것은 서로들 배우고…."

그리고는 화제를 돌린다.

"그건 그렇고 지금까지는 우리 신문 인쇄를 외부로 발주를 준 탓에 호외(號外)는 물론 특종을 잡아도 타 신문사에 빼앗기기가 다반사였다. 이번 기회에 인쇄도 직접 찍는다. 불곰은 당장 장소부터 알아보고……."

정민수의 확고한 신념을 알아차린 불곰과 중간보스들은 감히 반대할수 없었다.

"형님! 그럼 당장 인쇄공은?"

"걱정할 것 없다."

정민수는 주머니에서 작은 메모 하나를 꺼내 불곰 앞으로 내민다.

[조영식 전화번호 042 - 12 - 3456]

정민수가 교도소에 수감 되어 있을 당시 탈옥을 도왔던 깜빵장 조영식이다. 당시, 조영식은 위조화폐를 제조하다가 잡혀 온 인쇄 전문공이었다. 지금쯤이면 형기를 다 마치고 나올 시기라는 것을 정민수는 정확히 기억하고 있었던 것이다.

"아마도 조만간에 조영식이 찾아올 것이다. 인쇄팀장으로 앉히고 조영식이 추천하는 자를 인쇄기사로 채용하면 될 거야."

최미화는 조금 전과는 달리 정민수의 철두철미한 계획에 감탄을 금할 수 없었다.

"불곰! 알아듣겠지? 당장 내일부터 신문사 사무실로 출근해서 최 기자님께 신문에 관한 전반적인 세부사항을 아우들과 함께 공부해서 익히도록 해라."

"……."

잠시 동안 대답이 없고 침묵이 흐르자 정민수는 상을 툭툭 친다.

"불곰 왜 대답이 없나?"

그제야 결심을 한 듯 강단 있는 어조로 입을 연다.

"알겠습니다. 형님! 최선을 다해 보겠습니다."

중간 보스들도 일제히 고개를 숙인다.

"최선을 다하겠습니다. 큰형님!"

"그래! 그래야지. 그리고 한 가지 더 이 사업을 할 수 없는 조직원들에게는 이런 암흑생활을 청산할 수 있도록 구멍가게라도 해서 살아갈 수 있게 넉넉히 챙겨 주고……."

불곰은 세세하게 챙겨주는 정민수에게 무한한 존경심이 더해졌다. 물론 그곳에 모인 중간보스들의 마음에도 존경심이 샘물처럼 솟아오른 것은 마찬가지다.

"잘 알겠습니다. 형님!"

"자! 자, 앞에 있는 잔을 들어 건배를 하지. 건배사는 불곰이 선창한다."

"알겠습니다. 형님!"

불곰은 기다렸다는 듯이 벌떡 일어나 잔을 높이 치켜든다.

"자! 제가 선창하겠습니다. 모두 따라 해 주십시오."

잔소리가 길어지자 중간보스들이 일제히 외친다.

"빨리 선창하십시오. 형님!"

"자, 그럼! 오늘 밤 형님과 형수님의 순조로운 합방을 위하여, 건배!"

그러자 작은방이 터져나갈 듯이 소리를 지른다.

"위하여!"

최미화는 기분이 좋아서 큰소리로 따라 했지만, 정민수는 이와는 반대로 모깃소리보다 조금 더 컸을 뿐이다. 불곰이 한마디 거든다.

"형수님! 형님은 여자에 대해서는 쑥맥이니 잘 리드해 주셔야 합니다."

아무리 발랄한 성격의 최미화지만 노골적인 불곰의 말에는 얼굴이 화끈거려 제대로 쳐다볼 수가 없다. 이때, 정민수가 화제를 바꾼다.

"자! 자, 농담들 그만하고 우리들의 새로운 사업을 위해 마음껏 즐기도록 하지."

"예! 형님!"

불곰과 중간보스들은 숱한 생사의 갈림길에서 죽을 고비를 넘기며 아슬아슬한 줄타기로 살아온 자신들의 삶이 영화의 스크린처럼 지나갈 때 아쉬움도 함께 지나갔다.

그러나 이들은 도검(刀劍)이 난무하는 이 지긋지긋한 조직폭력배 생활을 청산하고 새로운 사업으로 인간답게 살아갈 생각을 하니 마음이 들떠 도무지 술이 취하지 않는다.

"건~배!"

"위하여!"

"형님, 그러지 말고 한 잔 하시지요."

"그럴까?"

"형수님도 한 잔 하세요."

"예! 고마워요. 자! 불곰 씨도 한 잔 하세요."

"예? 불곰 씨?"

불곰 씨라는 말에 좌중은 고개를 뒤로 젖히며 웃는다.

"하! 하! 하!"

최미화도 덩달아 웃는다.

"호! 호! 호!"

이렇게 부어라 마셔라 주거니 받거니 웃고 즐기는 사이 밤은 깊을 대로 깊어간다. 그뿐만 아니라 조폭들의 딱딱한 언어와 경직되고 절제된 행동도 어느덧 사업가들이라도 다 된 듯 부드럽고 순화된 언어로 변해있다. 이때, 불곰이 일어나며 왁자지껄하고 시끄러운 분위기를 두 손으로 흔들며 좌중을 진정시킨다.

"자, 자! 잠깐만, 형님과 형수님이 많이 취하신 듯하니 VIP 특별실로 모셔서 두 분을 편히 쉬실 수 있도록 해드리고 우리끼리 계속 더 흥에 더 취해 보는 것이 어떨까요?"

불곰의 말에 나머지 중간보스들도 모두가 환호하며 찬성한다.

짝! 짝! 짝!

"좋습니다. 형님! 대찬성입니다."

"그럼 다 같이 일어나 형님과 형수님을 모십시다."

"예, 형님!"

불곰이 정민수 앞으로 다가간다.

"형님! 저희가 형수님과 함께 VIP 특별실로 모시겠습니다."

정민수는 흥에 취해 술잔을 주고받는 동안에도 검은 중절모만 살짝 삐뚤어졌을 뿐 한 치의 흐트러짐도 없다. 반면에 최미화는 이미 술에 반쯤은 취한 듯 불곰과 그의 부하들이었던 중간보스들과 어울리며 흥에 겨워하고 있다. 정민수는 살짝 삐뚤어진 중절모를 고쳐 쓰며 불곰을 쳐다본다.

"아우님들 성의는 고맙지만, 우리도 여기서 함께 어울리면 어떻겠나?"

"안됩니다. 형님 지난번에도 함께 밤을 지새웠는데 오늘은 그렇게 할 수 없습니다."

"왜들 다 최 기자님과 나를 못 쫓아내서 안달이지?"

"형님! 그걸 몰라서 말씀하시는 겁니까? 특히 형님께서 함께 계시면 저희 아우들이 불편해합니다. 또 형수님도 힘들어 보이고요."

정민수가 빙그레 웃는다.

"왜? 불곰 아우는 편하고?"

불곰을 머리를 긁적인다.

"형님! 사실 저도 많이 불편합니다."

"알았다. 내가 그리 불편하면 먼저 일어나지."

정민수는 조금 비뚤어진 중절모를 살짝 고쳐 쓰며 자리에서 일어난다. 아주 약간 눈에 뜨일 듯 말 듯 비틀거렸지만 누구 하나 눈치를 챌 수 없을 정도의 반듯한 자세다.

"형님과 형수님을 저희가 안내하겠습니다."

정민수는 손을 들어 거절했지만 막무가내다.

"형님! 저희가 모실 수 있는 마지막입니다. 저희가 안내하겠습니다."

불곰의 그 말에 중간보스들도 일제히 일어나 입을 연다.

"그렇게 하도록 허락해 주십시오. 형님!"

정민수는 하는 수 없다는 듯 고개를 끄덕이며 이들의 뒤를 따른다. 최미화의 얼굴에는 수줍음이 가득했지만, 마냥 즐거운 듯 정민수의 팔짱을 끼며 뒤따른다.

제 6 회

인연, 가자, 돌산으로

요정에서 가장 잘 꾸며진 안 채 VIP실

VIP실 안은 다른 방과는 달리 오성급 호텔과 비교될 정도로 화려했다. 다섯 명이라도 잘 수 있는 2인용 침대는 황금색 황토로 되어있고 침대 머리는 한 쌍의 봉황으로 조각되어 있다. 또한, 침상에는 원앙으로 수놓아진 비단 이부자리가 깔려있다. 약간 떨어진 곳에는 3명 정도가 잘 수 있는 1인용 침대가 놓여 있다.

이것 역시 2인용 침대와 마찬가지로 화려했고 이불은 금색은 아니지만 비단으로 된 이불이 깔려있다. 그 옆에는 화강암으로 갈아서 만든 원형 테이블이 있고 의자 역시 최고급 원목으로 되어있다. 그 뒤는 물소 가죽으로 만든 소파에 호피(虎皮)가 길게 드리워져 있다.

화강암으로 깎아 만든 원형 테이블에는 양주인 35년 된 [인버하우스] 위스키가 놓여있다. 양쪽 벽에는 수묵화로 치장되어 있고 벽 아래 구석구석에는 각종 난(蘭)으로 장식되어 있어서 고풍스러움이 더했다. 그뿐만 아니라 천정을 타고 내려와 살짝 살짝씩 흔들어 대는 은은한 샹들리에 불빛은 술기운에 의해 붉어진 최미화의 양 볼을 더 붉은 빛을 띠게 한다. 쭈뼛쭈뼛 하던 두 사람 중 먼저 침묵을 깬 것은 정민수다. 양주가 놓인 테

파멸

이블에 앉으면서 먼저 입을 연 것이다.

"저~어, 미화 씨! 술 한 잔 더 할까요?"

최미화는 조금 전 불곰과 그 아래 중간보스들이 주는 술잔을 여러 번 받아 마신 탓에 얼굴이 발갛게 물든 듯했고 몸까지 약간 휘청거려 보인다.

그러나 정신은 말짱한 듯 의자를 끌어다 정민수와 마주 앉는다.

"그래요. 민수 씨! 한 잔씩만 더 해요."

토도독, 달그락, 쪼르르~륵.

"자, 미화 씨!"

최미화는 정민수가 권하는 칵테일 된 술잔을 받아들고 짠~ 하고 외친 후 입을 연다.

"민수 씨! 고마워요."

"뭐가요?"

"지금 저와 함께 있어 줘서요."

"……."

정민수는 아무 말이 없다. 최미화는 들고 있던 양주 한잔을 단번에 들이킨다.

"민수 씨! 한 잔 더 줘요."

정민수는 약간 걱정스러운 표정을 짓는다.

"미화 씨! 괜찮겠어요."

최미화는 정민수를 쳐다보며 고개를 끄덕인다.

"괜찮아요. 또 좀 취하면 어때요? 민수 씨가 있는데……."

정민수는 아무 말이 없다. 최미화는 다시 한 번 술잔을 한꺼번에 쭈~욱 비운다. 그러자 정민수도 단번에 잔을 비운다. 최미화는 약간 꼬이는 듯한 음성으로 입을 연다.

"미… 미, 민수 씨! 한잔 더 주세요."

"미화 씨! 너무 많이 마신 것 같아요."

"민수 씨! 나… 난, 괜찮아요."

말꼬리를 흐리면서 의자를 끌어 정민수의 왼쪽 옆으로 바짝 다가가 앉는다.

"미, 민수 씨. 뭐 하세요? 한 잔 더 달라니깐."

"알았어요. 미화 씨."

최미화는 정민수가 따라준 잔을 왼손으로 받아 들고 정민수를 빤히 올려다본다.

발그스름한 양 볼을 타고 내려오면 양 볼 아래 볼우물이 적당히 파여 있다. 두 눈동자는 유난히 까맣고 우수에 젖은 듯 촉촉하게 젖어있다. 길게 늘어뜨린 생머리에서 난초향보다 더 짙은 향내음이 정민수의 코끝을 간지럽힌다. 참 아름다운 여인이라 생각했다. 늘 악착같이 아득바득 일만 하던 최미화가 아닌 것 같았다. 순간, 정민수의 가슴이 팔딱거리기 시작한다. 최미화는 정민수의 이러한 심정을 이미 알고 있다는 듯 오른팔로 정민수의 어깨를 감싸며 쓰고 있는 중절모를 살짝 벗겨서 소파 왼쪽으로 가볍게 던진다. 샹들리에 불빛에 비치는 정민수의 얼굴은 준수하지 못해 광채가 나는 듯했지만 어딘지 모르게 우수에 젖어있는 듯했다. 흠이라면 오른쪽 눈 밑에 희미하게 난 상처 자국이 흠이라면 흠이다. 그러나 최미화에게는 이러한 상처가 더 남자다운 멋이라는 생각이 들었다. 그러나 한편으로는 가엾다는 생각도 든다.

'참 불쌍한 사람.'

그리고는 왼손에 들고 있는 술잔을 정민수의 잔과 부딪치며 술을 한 모금 머금는다. 정민수는 자신의 모자를 벗긴 후 빤히 올려다보는 최미화가 부담스러운 듯 가볍게 밀쳐내려고 왼팔을 살짝 뻗는다.

순간, 최미화는 들고 있던 술잔을 내려놓는 것과 동시에 두 팔로 정민수의 목을 힘껏 끌어당긴다.

"미, 미화! 읍!"

그러나 정민수는 더이상 아무 말도 할 수가 없다. 입안으로 최미화가 머금고 있던 위스키 한 모금이 입안으로 밀려들어 온 것이다.

최미화의 혀를 타고 들어온 독한 위스키의 알코올성분은 어느덧 희석된 듯 달콤하게 변해있었다. 정민수도 최미화의 깊은 입맞춤을 받아들인다.

감미롭다. 정민수도 최미화의 이러한 당돌한 행동이 싫지는 않았다. 아니 오히려 기다렸다는 듯 이번에는 정민수가 개미허리 같은 최미화의 허리를 으스러지게 껴안는다. 그리고는 적극적으로 입맞춤을 퍼붓는다.

"아~아~ 미… 민수 씨!"

최미화는 자신의 등이 좁은 의자의 등거리에 걸려 거치적거리자 정민수의 품에서 살짝 빠져나오며 입을 연다.

"자, 잠깐만! 민수 씨! 우리 침대로 가요."

순간,

'바보'

라고 하는 귓전 음이 들리는가 싶더니 찰나에 어린 소녀의 얼굴이 어렴풋이 스치고 지나가는 것이 아닌가? 그뿐만 아니라 [풍금 소리 들리는 마을]에서 풍금을 치던 카나리아의 얼굴이 잠시 스크린처럼 지나간다. 정민수는 지금까지 마셨던 독한 술이 확 깨는 것을 느끼며 최미화를 살짝 밀어낸다.

"미… 미화 씨! 미안해."

"민수 씨! 왜 그러세요?"

"……."

아무 말이 없자 최미화는 정민수의 팔을 잡아끌며 큰 침대로 향한다. 그리고는 이불이 깔린 침대로 먼저 쏙 들어가며 두 팔을 벌린다.

"민수 씨! 이리 오세요."

정민수는 아무 말 없이 최미화가 누워있는 머리맡에 우두커니 서 있다.

"어서요. 민수 씨!"

정민수의 눈앞에는 바보라는 환청과 소녀의 모습, 그리고 카나리아의 모습이 어우러져 아른거린다.

"미안해. 미화 씨."

그리고는 이불을 끌어다 최미화의 어깨까지 덮어준다.

"뭐가요? 뭐가 미안한데요."

"미화 씨! 잘 자요. 난 저기서 잘게요."

그 순간, 최미화도 달아오르던 취기가 확 달아나는 것을 느낀다. 아울러 여자의 자존심마저 짓밟혔다고 생각하니 창피함보다는 분한 마음이 일어난다.

"알았어요."

최미화는 이불을 휘~익 끌어다가 뒤집어쓴다. 그러나 그러한 섭섭한 마음도 잠시뿐,

'착하고 순진하지만 참 가엾은 사람'

정민수는 최미화의 그러한 마음을 아는지 모르는지 겉옷을 입은 채로

파멸

옆 작은 침대에 벌렁 눕는다. 둘은 밤새 뒤척이며 잠을 설친다.

그러나 뒤척이는 두 사람의 마음은 각각 달랐다.

'아! 카나리아.'

'아! 민수 씨.'

다음날 오후

한강신문 사장실

일요일이지만 정민수는 사무실에 나와 누구를 기다리고 있다.

똑! 똑! 똑!

"들어와."

사장실 문을 열고 들어온 사람은 흑표 김 실장이다.

"부르셨습니까? 형님!"

민수는 자리를 권한다.

"앉지."

"예! 형님."

"오늘은 조용히 둘만 얘기 좀 할까 해서."

"그렇지 않아도 형님께 급히 보고할 일이 있습니다."

"사실, 나도 그것 때문에 조용히 보자고 했다."

"그렇다면 이런 자리에 최 기자가 있어야 할 텐데요."

정민수는 가볍게 고개를 가로젓는다.

"아니야. 오늘은 그러고 싶지가 않다. 이따가 술도 한잔하고 싶고."

정민수가 담배를 피워 물자 흑표가 재빨리 라이터 불을 붙인다. 민수는 담뱃불을 붙이며 씨익 웃는다.

"흑표! 이제는 라이터 정도는 나도 켤 수 있다."

흑표는 겸연쩍다는 듯 머리를 긁적거린다.

"예! 형님 버릇이 돼서요."

"아참, 그건 그렇고 어제부로 종로조직 해체된 것 알고 있나?"

"예! 물론입니다. 어젯밤에 불곰 형님한테 연락받았습니다."

"그래! 그럼 그렇게 조직을 재정비하도록 해라."

"잘 알겠습니다. 형님."

정민수가 재떨이에 담뱃재를 툭툭 털며 입을 연다.

"흑표! 먼저 중요 사항부터 보고 해 보거라."

"예! 형님! 종로 불곰 형님이 진행하는 사업계획은 예정대로 착착 진행되고 있어서 특별히 보고 드릴 게 없고……."

"그럼 그 일은 됐고."

"예! 그럼 다음은 김상호 검사 부인에 관해 조사한 부분을 보고하겠습니다."

"음! 애가 딸린 이혼한 부인 말이지?"

"그렇습니다. 형님!"

"으~음."

"김상호 부인의 이름은 조은하."

순간, 정민수는 자신의 머리가 까맣게 되는 것을 느낀다.

"뭐. 뭐라고? 은하……? 조은하라고?"

"예! 형님! 한데 왜 그렇게 놀라십니까? 혹시. 아시는 분이라도?"

흑표의 말에는 아랑곳하지 않고 다그친다.

"살던 곳은?"

"대전 중촌동 판자촌이었습니다."

정민수는 순간 아찔함을 느낀다.

"그. 그래서? 빨리 말해."

"나이는 31세고 전에 말씀드렸듯이 7세 된 아이가 있는데 백혈병으로 누워있답니다. 치료비가 없어서 조은하는 밤낮으로 일을 나가고 있습니다."

정민수는 어금니를 으드득 간다.

"상호는?"

"김상호 검사는 단 한 푼도 대주지 않고 있습니다."

"이 짐승만도 못한 놈."

"또?"

흑표는 말을 하려다가 잠시 멈춘다.

"또 뭐야? 아는 대로 다 말해~"

"밤에 조용한 술집에서 풍금 치는 일로 근근이 목숨은 이어가고 있는 것 같습니다. 당연히 애 병원비는 턱없이 모자라고요."

"풍금 치는 일?"

"예! 형님. 얼마 전까지만 해도 인사동 [풍금 소리 들리는 마을]에서 풍금을 연주했는데 어느 여인이 와서 위약금을 물어 준 뒤 데리고 갔답니다."

순간, 쾅! 하고 테이블을 주먹으로 치며 박차고 일어난다.

"뭐야? [풍금 소리 들리는 마을]?"

"예! 형님!"

"이름은 카나리아 맞지?"

"예, 형님! 헌데, 그걸 어떻게?"

정민수는 그대로 휘청하며 그 자리에 털썩 주저앉는다.

"아! 이, 이럴 수가?"

"형님! 괜찮으십니까?"

정민수는 정신을 가다듬으며 자리를 고쳐 앉으며 입을 연다.

"흑표! 계속하라."

"예! 형님! 지금은 명동에서 풍금 치는 일을 계속하고 있답니다."

"위치는?"

"사보이 호텔 근처 어디라고 했습니다."

"알았다."

"게다가……."

"말해라."

"카나리아라는 여자는 폐농양과 확장성 심근증이라는 병을 함께 앓고 있답니다."

"뭐야? 폐농양과 심근증……?"

"예!"

"내 이놈들을 당장에 ……."

정민수는 두 주먹을 불끈 쥐고 부르르 떤다.

폐농양이란?

폐에 염증이 생겨서 구멍이 뚫려 고름이 생기는 병으로 폐병의 일종이다. 무리한 일로 인한 과도한 스트레스와 영양 결핍이 주원인이며 발견 즉시 항생제 치료를 받아야 한다. 심하면 폐 이식을 받아야 살 수가 있다. 그렇지 않으면 피를 토하며 쓰러지게 되며 결국에는 사망에 이르게 하는 무서운 폐병이다.

파멸

또한, 확장성 심근증이란,

원인을 잘 찾을 수 없지만, 관상동맥질환, 고혈압, 판막질환, 바이러스 등의 병을 유발할 수 있다. 이로 인해 심장 기능이 저하됨으로써 심부전증으로 발전할 수 있고 이른 시일 내에 치료하지 않으면 죽음을 맞이할 수밖에 없는 것이다. 꿈에도 잊지 못하던 카나리아, 즉 조은하, 그 조은하가 폐농양과 확장성 심근증을 앓고 있다니! 정민수 아니 윤철민의 가슴은 천 갈래 만 갈래로 갈기갈기 찢기는 고통이 찾아왔다.

카나리아 아니 조은하

할머니와 함께 승호 자신의 집에서 잠시동안 셋방살이했던 예뻤던 소녀, 조은하.

어린 소녀의 몸으로 방직공장에서 공장 생활을 하면서도 구김살 하나 없었던 정말 아름다웠던 소녀, 조은하.

피곤함에도 불구하고 틈만 나면 승호에게 매달려 공부의 의욕을 불태우던 순박했던 소녀, 조은하.

그러던 어느 날 소녀의 할머니가 아픈 바람에 싸구려 판잣집을 찾아 홀연히 이사를 가버린 우수 어린 까만 두 눈동자를 가진 소녀, 조은하.

이러한 첫사랑의 소녀, 조은하를 단 한 번도 꿈속에서조차 잊을래야 잊을 수 없었던 첫사랑의 소녀, 조은하!

중학교 2학년 시절, 하늘은 드높고 맑다 못해 수정 같은 청명한 가을 어느 날 소녀와 함께 개울가에서 물장구치고 신나게 놀았던 추억과 키다리 코스모스를 배경으로 찍은 흑백사진 한 장을 갈무리 해오다가 교도관에 빼앗기던 날, 바락바락 대들며 싸우던 일이 어제 일처럼 머릿속을 스치며 지나간다. 지금까지 가슴에 품고 살아오면서 오직 살아만 있다면 만날 수 있을 거라는 희망을 가지면서도 가끔은 과연 만날 수 있을까 하는 절망감에 빠지기도 했지만 단 한 번도 희망의 끈을 놓지 않았던 정민수 아니 윤철민 즉 윤승호다.

사실, 윤승호가 김상호 대신 살인의 누명을 쓰고 교도소에 들어가자 돈이 많았던 김상호의 아버지는 윤승호라는 이름이 세상에 살인마로 널리 알려지면 아들인 김상호의 출셋길에 영향을 미칠 것을 염려해 공무원이었던 순진한 윤승호의 아버지를 꼬여 윤철민으로 개명하게 한 것이다. 아니 정확히 말하면 자기 아들이 저질은 범죄 행각이 들통날 것이 두려웠던 것이다. 윤승호는 재판을 받던 도중에 즉 형량도 떨어지기 전에야 비로소 자신의 이름이 윤철민으로 둔갑한 사실과 그 이유를 아버지에게서 들었던 것이다. 그래서 윤승호가 아닌 윤철민이라는 개명된 이름으로 세상을 떠들썩하게 한 희대의 살인마로 알려지게 된 것이다.

윤철민 즉 윤승호.

그가 탈옥을 결심하게 된 동기도 오로지 복수심이었지만, 포기하지 않도록 힘을 불어 넣어준 것은 가슴 깊이 묻어둔 첫사랑의 소녀, 조은하 덕분이다. 이토록 가슴 깊숙이 품고 다녔던 조은하가 이렇게까지 망가져 있다니, 정민수의 가슴은 갈기갈기 찢어져 온 산하에 뿌려지는 듯한 아픔이 찾아 들었다.

'아! 이럴 수가? 어찌 이럴 수가 있단 말인가?'

"무엇을 그리 생각하십니까? 형님."

흑표 김 실장의 목소리에 짐짓 정신을 차린다.

"그래, 카나리아가 그곳에 출연하는 요일은?"

파멸

"매주 화. 목 저녁 7시로 알고 있습니다."

"그 외 일하는 곳은?"

흑표 김 실장은 머리를 긁적거린다.

"그 외는 아직……."

"아참! 카나리아가 사는 곳은?"

"예, 창신동에서 성북동 넘어가는 산 중턱쯤 달동네 중의 달동네에 살고 있습니다."

정민수의 눈에는 살기와 함께 굳은 결의로 꽉 차 있다.

"수고했다. 흑표!"

흑표 김 실장은 고개를 숙여 깍듯이 인사한다.

"흑표! 내일부터는 할 일 더 많아질 것 같다. 오늘은 힘을 축적시키고 단단히 결심하자는 의미로 둘이서 술 한잔하지."

둘은 한강신문사 사무실을 나와 조용한 술집을 찾아 발길을 옮긴다.

다음날 오전 10시쯤, 창신동 중턱을 향해 올라가는 두 사람이 있다. 검은 중절모를 눌러쓴 사람은 정민수이고 그 옆을 수행하듯 따르는 이가 흑표 김 실장이다.

늦가을을 향해 치닫는 아침 바람은 가을 햇살에도 불구하고 제법 쌀쌀하다. 이산 고개를 넘으면 성북동이다. 계단을 밟고 올라가는 것처럼 한 계단 한 계단, 계단 위에 판자로 된 집들이 촘촘히 자리 잡고 있다. 정민수와 흑표는 산 중턱을 지나 거의 꼭대기 가까이쯤 왔을 때 걸음을 멈춘다.

"형님! 주소로 보아 여기쯤인 것 같습니다."

"그렇군!"

정민수는 아래를 내려다본다. 까마득하다. 승용차를 몰고 올라올 수 있는 곳까지 올라와 주차했지만 지금 서 있는 이곳에서 내려다보니 보이는 것이 엄지손톱만 하다. 이곳 사람들은 버스 종점에서부터 이곳까지 줄곧 걸어 다닐 수밖에는 별도리가 없다.

"휴~우, 이런 곳에 은하가 살고 있다니. 그것도 병든 몸으로⋯⋯."

이런저런 생각에 정민수의 가슴은 찢어질 것만 같다.

"저~어, 형님. 카나리아가 도대체 누군데 이토록 찾는 겁니까?"

"흑표! 글쎄! 그것은, 아무튼 시간이 지나면 자연히 알게 될 것이다."

"알겠습니다. 형님!"

정민수가 다시 뒤돌아서며 왼쪽 골목으로 발길을 옮기며 가볍게 입을 연다.

"흑표! 여기 어디쯤 같지 않아?"

앞서가던 흑표가 뒤를 돌아보며 큰소리로 입을 연다.

"형님! 여기인 것 같습니다."

"그래?"

정민수는 빠른 걸음으로 흑표를 향해 다가간다.

"산 52-1, 산 52 -2, 산 52 -3 형님 이 집입니다."

"음! 그래? 맞는군."

초록색 대문에 ㄱ자로 된 낡은 슬레이트집이다. 흑표는 대문을 조심스럽게 두드린다.

쿵! 쿵! 쿵!

"계십니까?"

쾅! 쾅! 쾅!

"아무도 안 계세요?"

그제야 안채로 보이는 곳에서 미닫이문이 드르륵~ 열리며 60대 중반 정도 되어 보이는 허리가 약간 구부정한 할머니 한 분이 나온다. 주인 할머니인 듯하다.

"누, 구굴 찾아 왔슈?"

흑표가 한 발 나서며 입을 연다.

"할머니! 여기에 조은하라는 분이 살고 계시지요?"

할머니는 고개를 갸우뚱하며 모른다는 듯 두 눈을 깜빡거린다.

"조은하? 그런 사람 여기 없어."

"할머니! 잘 좀 생각해 보세요. 다 알고 왔어요."

"다 알고 왔다니? 이봐 젊은이 그럼 이 늙은이가 거짓말 한단 말이유?"

흑표가 무슨 말을 하려고 하자 정민수가 제지한다.

"할머니! 죄송합니다. 카나리아라는 분 찾아왔는데요. 혹시?"

그제야 주인 할머니는 생각이 났다는 듯 고개를 끄덕인다.

"아! 풍금 치는 카나리 새댁?"

"예. 할머니!"

주인 할머니는 맨 끝 방을 가리키며 입을 연다.

"저쪽이라오."

"고맙습니다. 할머니."

"헌데, 어디서 온 젊은이들 이슈?"

정민수와 흑표는 주인 할머니가 일러주는 곳으로 발길을 돌리려다 말고 뒤를 돌아다본다.

"예! 신문사에서 왔습니다. 걱정하지 않으셔도 됩니다."

"그런데 신문사에서 왜 왔슈?"

염려되는지 꼬치꼬치 캐묻는다.

"예! 할머니! 카나리아 분의 아들이 아프다고 해서 도움을 줄까 해서요."

흑표가 둘러댄다.

"들어가 보슈. 애는 불치병이고 에미 되는 사람도 큰 병을 앓고있다니 참 안됐슈. 저렇게 밤낮없이 일만 하니 병이 날 만도 하지. 쯧! 쯧! 쯧!"

"예. 할머니! 고맙습니다."

둘이서 맨 끝 방을 향해 발을 떼어 놓는데 주인 할머니의 말이 귓전을 스치고 지나간다.

"쯧! 쯧! 쯧! 안됐지만 빨리 방을 비워야 할 텐데……."

맨 끝 방뿐만 아니라 모든 방들이 방문은 밖으로 나 있고 방문 앞에는 연탄 아궁이가 있는 쪽방이다. 흑표는 방문 앞에서 문을 두드린다.

톡! 톡! 톡! 그러자 모깃소리만 한 어린아이의 목소리가 들려온다.

"누, 누구냐? 어…… 엄마?"

그 소리를 듣는 순간 정민수의 가슴은 푸른 파도에 잔잔한 모래알이 저 멀리 바다 속 깊숙이 쓸려 흩어지는 것만 같았다. 흑표가 드르륵 문을 열어젖힌다. 방안은 의외로 깨끗했다. 방 윗목 벽에는 작은 선반이 설치되어 있고 그 위에는 노란 냄비를 비롯해 수저통과 도마 등 주방기구라고도 할 수 없는 주방기구 몇 가지가 얹혀있다. 또한, 그곳 방 아랫목에는 작은 담요 위에 바짝 마르고 왜소한 한 남자아이가 창백한 얼굴로 누워있다. 그 아이는 얼굴도 모르는 낯선 자들이 문을 열고 들어오자 놀라 기겁을 하며 몸을 일으키려 하지만 몸이 말을 잘 듣지 않는 듯 선뜻 일어나질 못한다.

"누, 누구세요? 아저씨들은?"

정민수가 자상한 말투로 말을 건넨다.

"얘야! 무서워하지 않아도 돼. 아저씨들은 나쁜 사람들이 아니란다."

그러나 아이는 경계하는 마음을 늦추지 않는다. 그러나 말투에는 여전히 힘이 없다.

"엄마 친구들이야."

"엄마 친구들? 한 번도 들은 적이 없는데요."

"아! 그래? 엄마가 말을 안 했나 보네. 아저씨들이 너를 도우려고 왔거든,"

그제야 경계하는 마음을 조금 늦추는 듯하다.

"피~ 거짓말! 아저씨들이 내 병을 어떻게 고칠 수 있어?"

"아저씨들이 고칠 수는 없지만, 병원 가면 의사 선생님이 고칠 수 있어."

"엄마가 불쌍해. 내 병을 고치려고 일하러 밤에도 나가고 아침에도 나가지만 돈이 모자란데……."

그 말에 정민수는 가슴이 메 말을 이을 수가 없다. 흑표도 울컥하는 마음이 강하게 일었지만, 마음을 진정시키며 말을 건넨다.

"얘야! 몇 살이지?"

"일곱 살"

일곱 살이라는 말에 정민수의 눈에서는 기어코 이슬방울이 맺힌다. 일곱 살이라고 보기에는 너무나 왜소했고 얼굴은 창백한 백지장 같았기 때문이다.

"이름은 어떻게 돼?"

흑표의 말에 아이는 입술을 삐쭉 내민다.

"피! 그것도 몰라? 엄마 친구라면서……."

정민수가 얼른 나선다.

"알고 있지. 그런데 아저씨가 먼저 말하면 꿀밤 줄 거야. 아저씨가 주는 꿀밤 무지 아프다."

"정말? 그렇게 아파?"

"그~어럼! 아저씨한테 꿀밤 맞은 사람은 다 병원에 실려 갔거든, 자 그럼 시작한다. 김~"

정민수가 김~ 하고 뒤끝을 잠시 흐리자 아이는 이미 꿀밤이라도 맞은 듯 오만 인상을 쓰며 이마를 두 손으로 가리며 후다닥 입을 연다.

"기, 김천수요."

"아이고, 이 아저씨가 천수한테 졌네."

"헤! 헤! 헤! 아저씨! 내가 이겼으니까 꿀밤 안 맞아도 되는 거지?"

정민수는 천수의 머리를 쓰다듬는다. 그러나 그의 마음은 한겨울 칼바람에 찔러대는 바늘과도 같았다.

"자! 그럼, 이제 천수는 병원에 가는 거야. 알았지?"

"병원? 엄마가 돈이 없다고 했어. 그리고 엄마도 없는데 어떻게 병원에 가?"

"천수가 병원에 가 있으면 엄마가 돈 가지고 온다고 했어."

"정말?"

"그럼."

"아이 좋아. 그럼 내 병 고칠 수 있는 거야"

"병원 의사 선생님 말씀 잘 듣고 아저씨들과 엄마 말 잘 들으면 빨리 나을 수 있대."

"알았어. 아파도 울지 않고 엄마 말 잘 들을게."

"착하네."

"헤! 헤! 헤!"

정민수와 흑표는 방안에 편지 한 장을 남겨놓고는 천수를 데리고 나와 서울에서 제일 큰 병원인 서울병원에 입원시킨다.

환자: 김천수

나이: 만 6세

병명: 백혈병

보호자: 조은하(母)

정민수와 흑표가 천수를 서울병원에 입원시키고 나오니 오후 3시 가까이 된 시간이다.

"흑표! 천수 치료비는 선불로 충분히 지불 했겠지?"

"예! 형님! 병원 측에서 안 된다는 것을 병원 사무장에게 맡기고 나왔습니다."

정민수는 흑표의 어깨를 툭툭 친다.

"그래! 잘했다. 이따가 5시에 최 기자를 돌산마을 입구에서 조금 올라가면 구멍가게 겸 해장국집이 나온다. 그곳에서 만나기로 했다. 흑표! 미리 가서 찾아보자."

"예. 형님!"

정민수는 흑표가 운전하는 승용차를 타고 서울병원이 있는 혜화동에서 창신동 돌산마을 입구로 향했다. 정민수는 뒷좌석에 앉아 이런저런 생각에 머리가 혼란스럽다.

'최 기자는 왜 은하를 개인적으로 만났을까?'

그러는 사이 어느덧 돌산마을 입구에 도착했다.

"도착했습니다. 형님."

"그래! 수고했다."

마을입구에 차를 주차 시키고 둘은 깎아지른 절벽 왼쪽으로 나 있는 돌산마을 입구를 지나 산 중턱을 향해 올라가고 있다. 산이 온통 화강암으로 되어있고 일본강점기 때 채석을 하기 위해 몇몇 사람들이 모여 마을을 형성해 살면서 자연히 마을이 만들어진 곳이다. 사람들은 이곳을 돌산마을이라 부른다. 또한, 이곳은 범죄를 저지른 범죄자들의 도피 장소로도 이용되곤 했다. 조금 더 올라가자 작은 사거리가 나왔고 왼쪽 코너에는 최 기자가 말한 일반 구멍가게와 겸한 해장 국밥집이 보인다.

"흑표! 저기인 것 같다. 최 기자와 만나기로 한곳이……."

흑표는 가게 문을 드르륵~열며 주인을 부른다.

"계십니까?"

"예! 누구슈?"

허리가 구부정한 육순이 넘어 보이는 할아버지가 방문을 열고 나오며 하는 말이다.

"예. 어르신. 국밥 두 그릇만 말아 주세요."

"알겠네. 젊은 양반들, 헌데 처음 보는 얼굴들인데……."

흑표가 명함을 내밀며 입을 연다.

"예! 어르신, 한강 신문사에서 사람을 좀 찾아볼까 해서 왔어요."

노인은 고개를 끄덕이며 뒤돌아보고 방금 자신이 나온 작은 방 쪽을 돌아보며 외친다.

"이봐, 할멈……. 여기 국밥 두 개만 말아줘."

정민수와 흑표는 두 개밖에 없는 탁자 중 하나를 차지해 앉는다.

가게주인 노인은 서너 개 담은 깍두기 접시와 소금 종지를 식탁에 놓으며 입을 연다.

"그래, 신문사에서 누굴 찾아 여기까지 왔누?"

"저~어, 그게……."

"내 말 안 해도 알지. 그럼 알고말고."

"할아버지 그게 무슨 말씀이신지?"

노인은 대답 대신 좁아터진 한쪽 구석에 자리한 연탄불 아궁이에서 국밥을 끓이고 있는 할머니를 한번 힐끗 쳐다본 후 오른쪽 선반 위에서 잽싸게 소주 한 병을 내린다. 그리고는 입으로 뻥~하는 소리를 내며 병뚜껑을 딴다.

"영감! 또 술이여!"

"허! 허! 허! 인생 뭐 있는감?"

그러는 사이 할머니는 팔팔 끓는 국밥 두 그릇을 가지고 나온다.

"으이그! 지겨워. 이놈의 영감탱이, 평생을 술독에 코를 박고 살고 있으니……."

노인은 할머니의 잔소리가 귀에 딱지가 앉은 듯 더이상 대꾸도 하지 않고 맥주잔에 가득 따른 후 단숨에 벌컥벌컥 들이킨다. 그리고는 때가 꼬질꼬질한 손으로 깍두기 하나를 집으며 입을 연다.

"젊은이들! 한 잔 할란가?"

정민수는 손을 좌우로 가볍게 흔든다.

"아, 아닙니다. 할아버지. 그보다 저……."

주인 노인은 씩 웃으며 고개를 끄덕인다.

"아, 그거? 어떻게 알았냐고?"

"예!"

"감이지. 감(感)! 세상을 너무 오래 산 탓이기도 하고, 그리고 이곳에서는 낯선 이들을 통 볼 수가 없거든……. 형사 나부랭이. 기자 나부랭이. 그리고 잃어버린 마누라나 여동생 또 누나들을 찾아오는 자들뿐이야. 아 참 지난번 언젠가 여기자 한 명이 이곳 깡패들에게 쫓기는 것을 내가 여기에 숨겨 줘서 화를 면했지."

정민수와 흑표는 쫓겼던 여기자가 최미화 기자임을 짐작했다. 주인 노인과 이런저런 말을 주고받는 사이 시간은 어느새 다섯 시를 향해 달려온다. 이때, 드르륵하고 가게 문이 열리며 무거운 카메라를 멘 최미화 기자가 들어온다.

"안 늦었죠?"

"정확하군!"

"기자는 시간이 생명이니까요."

"역시 최 기자님답습니다."

흑표 김 실장 말에 최미화는 목례로 가볍게 답을 하며 가게 안을 둘러본다. 그리고는 술잔을 기울이고 있는 주인 노인을 향해 눈웃음을 친다.

"안녕하세요? 할아버지."

"응? 이게 누구? 그때 그 처자 기자?"

"예! 할아버지. 그때 도와줘서 고마왔어요."

"허! 허! 내가 뭘~ 그나저나 빨리 시집가야지. 내가 좋은 사람 중신해 준다니까."

"아이… 참! 할아버지도, 사귀는 사람이 있다니까요."

파멸

"그놈이 누군지 모르지만 아까운 사람이 있어서 그래."

최미화는 의자를 끌어다 정민수 옆에 앉으며 다시 한번 생글 웃는다.

"할아버지! 말씀만이라도 감사해요."

주인 노인은 이들이 일행임을 눈치채자 더 이상 말을 하지 않고 입을 닫는다. 정민수는 토요일 저녁에 둘이 있었던 일이 생각나자 미안한 마음이 들어 최미화를 똑바로 쳐다보지도 못한 채 입을 연다.

"최 기자님! 누추한 곳이지만 국밥이라도 한 그릇 하고 일을 할까요?"

최미화는 잠깐 정민수를 힐끗 째려보지만, 말투는 상냥하다.

"그래요. 민수씨!"

그리고는 방안을 향해 소리친다.

"이모할머니! 여기도 국밥 한 그릇 말아……."

말이 채 끝나기도 전에 와~ 하는 함성과 함께 요란한 구둣발자국 소리가 다급하게 들려온다.

"저 새끼 잡아! 빨리."

왁자지껄하는 소리에 정민수는 검은색 중절모를 바로잡으면서 가게 문을 연다. 가게 반대쪽 20여m 전방에서 세 명의 건장한 사내들이 10여 명의 사내들에게 쫓기며 달려온다. 뒤쫓아 오는 사내들은 저마다 몽둥이를 들고 있다. 쫓기는 사내 중 한 명은 왼쪽 어깨를 감싸 쥐었고 오른발은 조금 절룩거리는 것 같았다.

이때, 정민수 뒤에서 지켜보던 흑표가 화들짝 놀란다.

"아니? 저 사람은 혁 형사?"

정민수는 뒤를 돌아 흑표를 바라본다.

"혁 형사? 흑표 혹시 아는 사람?"

"예! 정민수의 시신을 처리한 형삽니다."

"오! 그래. 그렇다면 그냥 있을 수 없겠군!"

그러는 사이 쫓기는 세 사람이 어느새 구멍가게 코앞까지 다가온다. 정민수는 순간적으로 밖으로 뛰어나가 세 사람을 동시에 가게 안으로 밀어넣는다.

우당탕~탕!

"빨리! 안으로 피하세요."

"고맙소!"

고맙다는 형사들의 말에도 아랑곳없이 달려오는 10여 명의 사내들 앞을 떡하니 버티고 선다. 건장한 사내들은 힘차게 달려 오다말고 그리 몸집이 크지는 않지만 다부지게 생긴 중절모를 눌러쓴 젊은이가 자신들의 길을 가로막자, 개똥 밟아 미끄러질 때나 웃는 썩은 웃음을 지으며 눈꼬리를 치켜세운다.

"네 놈은 또 뭐냐?"

"알 것 없지. 아니지. 잠시 후면 콩밥 먹을 놈들이 그런 걸 알아서 뭐해?"

"흐! 흐! 흐! 애송이 놈이 말이 많군."

맨 앞에서 주절대며 힘깨나 쓸 것 같은 어깨가 떡 벌어진 사내가 쿵! 콧소리를 내며 정민수의 왼쪽 어깨와 오른쪽 허리를 낚아채려 날렵하게 달려든다. 행동으로 보아 유도로 단련된 듯하다. 정민수는 씨~익! 미소를 날린 후 오행보법(五行步法)으로 가볍게 피한다.

"급하긴."

"어? 피해?"

사내는 자신의 첫수가 빗나가자 약간은 당황한 듯했으나 곧바로 냉정

파멸

함을 되찾는다. 그리고는 이번에는 오른발 구두 뒤축으로 정민수의 왼쪽 어깨 날갯죽지를 향해 빛의 속도로 빠르고 강하게 찍어온다. 맞으면 그 자리에서 즉사할 것 같은 기세다. 그 모습에 걱정이 되었는지 최미화의 걱정스러운 음성이 다급하게 들린다.

"미, 민수 씨. 조심하세요."

그러나 최미화의 이러한 염려 섞인 목소리와는 달리 검은 중절모를 살짝 눌러 쓰고는 최미화의 얼굴을 쓰~윽! 한번 쳐다본다.

"고마워! 미화씨!"

그 말이 끝나기가 무섭게 저녁놀을 집어삼킬 듯한 비명이 듣는 이로 하여금 두 손으로 귀를 막게 한다.

"크~아~악!"

어느 틈엔가 정민수의 왼쪽 손 엄지, 검지, 중지의 세 손가락이 날카로운 송곳 모양으로 바뀌며 사내의 오른쪽 장딴지에 있는 양능천이라는 혈자리를 찍은 것이다. 사내는 고통을 느낄 사이도 없이 온몸이 마비되며 땅바닥에 데구르르 구른다. 주위에 있던 그 누구도 정민수의 행동을 본 자가 없었다. 너무나 찰나였기 때문이다.

깜짝 놀란 것은 몽둥이를 들고 뒤따라오던 사내들뿐만 아니라 몸을 피신하고 있는 형사들 또한 놀란 것은 마찬가지다.

철퍼덕! 우두머리인 듯한 사내가 나자빠지면서 동시에 몽둥이를 들고 있는 사내들 바라보며 오른손을 들어 흔든다. 그러자 기다렸다는 듯이 태산이라도 무너뜨릴 듯한 고함과 함께 무더기로 달려든다.

"와~아~와."

"쳐라!"

순간, 정민수가 양미간을 살짝 찌그러지며 짧고도 강한 외마디를 토해
낸다.

"감히 어딜?"

동시에 몸이 가볍게 허공을 향해 솟구친다. 앞에서 몽둥이를 휘두르며
달려들던 두 명의 어깨를 밟으며 반대편으로 날렵하게 내려선다. 얼마나
가볍게 날았는지 쓰고 있는 중절모가 한 치의 흔들림도 없다. 그와는 달
리 어깨를 밟힌 건장한 사내 두 명은 그 자리에 그대로 엎어지고 고꾸라
진다.

"으~윽!"

"헉!"

날갯죽지 위에 위치한 견정혈을 정확히 찍고 넘어간 것이다. 이 모습을
지켜보던 사내들은 잠시 동안 넋을 잃은 듯 아무런 움직임이 없다. 가게
안에서 혁 형사와 그 일행들도 놀라기는 매한가지였다. 벌린 입을 다물
지를 못한다.

"뭣들 해? 빨리 튀어!"

견정혈을 찍히고 쓰러진 한 명이 소리를 지르자 사내들은 각자 들고 있
던 몽둥이를 버리고 반대편으로 달아나기 시작한다.

그러나 그때,

"어디로 도망가시려고?"

이미 그곳에는 다친 형사 한 명을 제외하고 혁형사와 다른 한 명의 형
사, 그리고 무엇보다도 정민수에게 전수받은 후 어느덧 무술의 달인이 된
흑표가 떡 버티고 있다.

"비켜! 이새, 크윽."

"아~악."

말을 다 잇기도 전에 서너 명의 건장한 사내가 흑표의 발길질에 가을날 떨어지는 낙엽처럼 나뒹군다. 흑표가 선풍비각(旋風飛脚 -바람보다 빠르게 날며 돌려차는 발길질) 술을 선보인 것이다.

"이럴 수가!"

혁 형사는 놀라서 두 눈만 멀뚱거릴 뿐이다.

도망가려는 깡패 일당들에게 주먹을 날리려고 할 찰나에 이미 일당들이 우수수 나가떨어졌기 때문이다. 그러나 짐짓 정신을 차리고 옆에 함께 우두커니 서 있는 다른 형사에게 다그친다.

"박 형사! 뭐해? 빨리 수갑 채워서 치우지 않고."

그제야 박 형사는 움직이기 시작한다.

"예! 반장님!"

이때, 정민수가 나선다.

"잠깐! 이놈들에게 알아볼 게 있으니 이놈들을 제게 맡겨 주시지요."

그러나 혁 형사는 한마디로 거절한다.

"안 됩니다. 법으로 해결해야 합니다. 조금 전 일도 외부로 새어 나가면 골치 아파집니다. 특히 기자들이 냄새라도 맡는다면 ……. 어휴! 골치 무진장 아파요."

최미화는 연신 셔터를 누르면서 비시시 웃는다.

"하! 하! 하! 여기 벌써 기자분이 와 계셨군 그려."

"호! 호! 호! 염려 마세요. 혁 형사님!"

지켜보던 정민수도 그게 좋겠다는 듯 말없이 고개를 끄덕인다. 그러는 사이 깡패 일당들은 피를 흘리던 박 형사와 혁 형사에 의해 굴비 엮이듯 엮여서 저만치 아래로 끌려가고 있는 것이 보인다.

다시 가게 안. 혁 형사는 이곳이 익숙한 듯 이리저리 둘러보다가 이내 방안을 향해 큰소리를 친다.

"이모! 여기 국밥 한 그릇 말아 주시오. 아니 저….."

그러면서 좌중을 둘러본다. 이미 눈치를 챈 듯 정민수는 검은 중절모를 살짝 눌러쓰며 손을 좌우로 흔든다.

"우리 둘은 먹었으니 형사님과 최 기자님 두 분만 드시면 됩니다."

조금 전 최미화는 국밥을 시켰지만, 깡패들이 나타나자 눈치를 챈 주인 할머니가 중단했던 것이다. 소주를 들이켜던 주인 할아버지는 방으로 급히 들어가 밖으로 아예 나오지 않는다. 이때 안에서 할머니의 목소리가 들린다.

"형사 양반. 이제 다 싸웠누?"

"예. 이모."

"내 저런 놈들 땜에 못 살겠다."

"걱정하지 마세요. 이모. 다 청소해 드릴 테니……."

"언제?"

"곧이요."

"알았다. 또 한 번 속아 보지 뭐~어."

그리고는 말이 없다. 그제야 혁 형사는 정민수에게 눈을 돌린다.

"저어, 우리 정식으로 통성명이나 합시다. 자 난 대전경찰서에서 종로경찰서로 파견 나온 강력계 혁석준 반장이오."

그리고는 오른손을 내밀며 악수를 청한다. 정민수는 왼손으로 잠깐 검은 중절모를 벗는 둥 마는 둥 하며 오른손을 내밀어 악수에 응한다.

"정민수라고 합니다."

혁 반장은 고개를 끄덕이며 다시 입을 연다.

"무술 실력이 신기에 가깝던데 하시는 일이 무엇인지 물어봐도 될는지요?"

"예! 이곳저곳 두루 돌아다니며 후배들 무술 지도나 하며 무위도식하는 거렁뱅이 나고나 할까요?"

"핫! 핫! 핫! 거렁뱅이? 그보다 더 호방한 직업이 어디 있겠소?"

혁 반장은 최미화와 흑표를 번갈아 쳐다보며 입을 연다.

"저 두 분이야 취재차 나오셨겠지만 헌데 정민수씨는 이곳에?"

혁 반장의 말이 끝나기도 전에 최미화가 끼어든다.

"위험한 곳을 취재해야 해서 몸값을 아주 비싸게 치르고 샀어요."

"오! 그래요? 말이 되는군. 헌데 아까 보니 김 실장님 혼자서라도 충분할 것 같던데요?"

"차~암나, 반장님은 다다익선도 몰라요?"

"아참! 그렇지. 미안해요. 최 기자님."

그리고는 눈빛이 다시 정민수를 향한다.

"나이는 어찌 되시오?"

그러자 최미화가 눈을 흘기며 다시 끼어든다.

"혁 반장님! 취조하세요? 자꾸 그러면 기사화하겠어요."

그러자 혁 형사는 손바닥을 펴며 저지한다.

"아, 미, 미안해요. 또 직업의식이 발동했네요. 정민수 씨 이해하시오."

정민수는 아무렇지도 않는다는 듯 가벼운 미소를 지어 보인다.

"하! 하! 하! 그렇게 웃으시니 남자인 내가 봐도 반하겠소."

흑표는 이들의 대화에는 아랑곳없이 왜 정민수가 한강신문 대표임을 밝히지 않았을까 하는 의문이 들자 머리가 지끈거린다.

이때, 다시 혁 반장의 음성이 들린다.

"저~어, 김 실장님! 아직도 난 찝찝합니다."

흑표는 그제야 골치 아픈 것에서 벗어나며 번쩍 정신이 든다.

"반장님! 무슨 말씀이신지?"

"아, 그 왜 지난봄에 자살한 윤철민 사건 말이요."

순간, 갑자기 윤철민 사건을 꺼내자 정민수는 가슴이 벌렁거리기 시작한다. 그것은 최미화와 흑표도 같은 마음이다. 그러나 흑표는 마음을 가다듬고 되묻는다.

"그게 왜요?"

"아, 그때 여기 계시는 최 기자님과 김 실장의 말을 믿고 그냥 무연고 시신처리 하지 않았습니까?"

"그러셨지요. 그런데 왜, 연고자라도 나타났어요?"

혁 반장이 흑표를 한번 힐끗 쳐다본다.

"여보시오. 김 실장 누구 죽일 일 있어요?"

이때, 최미화가 끼어든다.

"반장님! 아무 걱정하지 마세요. 제가 사형수 윤철민을 집중적으로 파헤쳤잖아요. 그래서 50회에 걸쳐 연재도 했고요. 취재결과 유서의 필적과 용모는 물론 동일 인물이고 자살 이유는 충분했지요. 좁혀오는 수사망을 피할 수가 없었으니까요."

"어, 그야 그랬지."

이때 흑표가 얼른 화제를 바꾼다.

파멸

"반장님! 앙숙인 비리검사 김상호를 잡기 위해 그런 일을 하셨으니 뒷 조사는 많이 했습니까?"

"아니요. 대전에서 여공들이 자주 빈번하게 납치당해 이곳 청량리. 미 아리, 영등포 등지로 팔려나간다는 제보를 받고 종로서로 파견 왔지요. 특히 납치당한 윤인숙은 처참하게 살해당했지요. 당시 윤인숙은 임신 3 개월이었어요. 아주 악랄한 놈들이야."

흑표가 고개를 끄덕이며 동조를 한다. 그리고는 또다시 화제를 돌린다.

"그나저나 그때 윤철민 사건을 최 기자가 제보한 덕택에 반장님으로 한 계급 특진하셨으니 한턱내야 하지 않을까요."

"물론 이번 사건만 잘 마무리되면 한강신문을 찾아가 한턱낼 작정이야. 하! 하! 하! 순경으로 시작해서 평생 못 달아 볼 말똥(무궁화)도 달아 보 고……."

이번에는 최미화가 혁 반장을 쪼듯 입을 연다.

"그때 그 돈으로 번듯한 집도 장만한 것으로 아는데요? 무엇보다도 따 님의 병도 고쳤고……. "

순간, 혁 반장의 두 눈동자가 분주하게 움직인다.

"어허, 최 기자 큰일 날 소리를……."

최미화가 한 손으로 입을 막으며 까르르 웃는다.

"호! 호! 호! 괜찮아요. 반장님,"

정민수도 다 알고 있다는 듯이 빙그레 웃는다. 그제야 혁 반장은 안도 의 한숨을 내쉬는 듯하다.

"아무튼 고맙기도 하고, 내 평생에 하지 않던 일을 해서 조금은 후회스 럽기도 하고, 그래도 딸이 건강을 회복했으니 잘한 일이겠지?"

최미화 틈을 비집고 끼어든다.

"아니요. 저희가 큰 덕을 봤지요."

"그, 그게 무슨?"

"아이참, 독점기사를 쓸 수 있도록 엠바고를 걸어 줬잖아요. 그래서 저희 한강신문이 불티가 났었잖아요."

"그럼 피장파장인가? 아니지. 상부상조지."

정민수가 정중하게 말을 건넨다.

"혁 형사님께서 위험한 일을 하고 계시니 저도 도와드리겠습니다."

"안돼요. 그건 너무 위험하기도 하고."

"저도 제 몸 하나는 건사할 수 있습니다."

"나야 든든해서 좋지만, 그래도 이건……."

"그럼, 그렇게 하겠습니다. 그리고 혁 형사님을 이제부터 형님으로 모시겠습니다."

"아이구, 무슨 형님씩이나, 그럼 난 아우님이 생긴 거네?"

"예! 형님."

"형님? 하, 하, 하. 그 나쁘진 않구먼, 아우님."

흑표와 최미회가 끼어들며 웃는다.

"하! 하! 두 분 보기 좋습니다."

"호! 호! 호."

최미화와 혁 반장이 해장국을 다 먹을 때까지 기다린 후 이들이 나온 시각은 대략 저녁 8시 전후였다.

돌산마을에서 대략 1.2km 정도 떨어진 낙산중턱에 그리 크지 않은 밭이 있고 밭 아래 구릉진 곳에는 작고 녹슨 컨테이너가 있다. 컨테이너 뒤편에 돌로 된 솥 걸이가 있고 그 옆에는 타다 남은 장작개비들이 이리저리 흩어져 있는 것으로 보아 수시로 누군가가 밥을 지어 먹은 흔적이 역력하다. 그뿐만 아니라 컨테이너 위에는 갖가지 나뭇가지로 덮여 있어서 자세히 살펴보지 않으면 마치 나무 가래가 쌓인 듯 보인다. 컨테이너 옆 작은 소나무 뒤에 사람의 그림자가 어른거리다 사라진다. 정민수와 최미화. 그리고 흑표. 정민수 바로 옆에는 혁 반장과 세 명의 건장한 형사가 몸을 숨긴 것이다. 소위 잠복이라는 것을 하기 위해서다. 늦가을의 산바람은 제법 추웠다. 컨테이너 네 귀퉁이에는 송아지만 한 독일산 개 셰퍼드 네 마리가 컨테이너 내부를 지키고 있다. 아니 지킨다는 표현보다는 개들을 풀어 놓은 듯이 긴 목줄을 이용해 사람이 접근을 절대 할 수 없도록 네 귀퉁이를 어슬렁거리고 있다. 그런데 세 마리는 이미 숨이 끊어진 상태다. 그리고 마지막 남은 한 마리마저 정민수의 수정(手釘-손가락 끝을 송곳 모양으로 만들어 찌르는 풍운무의 필살기)수법에 목덜미가 잡혀 짖지도 못하고 버둥거리다가 이윽고 축 늘어진다. 아니, 개가 짖지 못한 것은 컨테이너가 있는 이곳이 들킬 것을 우려해 누군가가 개들에게 성대 수술을 했던 것이다. 그 덕분에 이곳이 사람들에게 잘 발견되지 않았다.

"악랄한 놈들! 말 못 하는 짐승에게 이런 짓까지 하다니."

누군가의 입에서 흘러나온 말이다. 그러나 한편으로는 표독하기로 유명한 독일산 사냥개를 순식간에 소리도 없이 잠재운 정민수의 놀라운 수법에 혁 반장은 물론 반원들의 놀라움은 기겁을 할 정도였다.

"저럴 수가?"

그러나 최미화는 그리 놀라지 않는 표정으로 두툼한 솜으로 된 점퍼의 깃을 다급하게 올리며 입을 연다.

"혁 반장님! 빨리요."

"알았어요."

그 말이 떨어지기가 무섭게 다른 세 명의 형사들은 권총을 빼들고 날렵한 동작으로 컨테이너 문을 부수고 손전등을 비추며 안으로 들어간다.

우당~ 쿵,쾅!

"꼼짝 마! 움직이면……."

휘~익.

"반장님! 아무도 없습니다."

"허탕이군."

컨테이너 안은 그야말로 코로 숨조차 쉴 수가 없을 정도로 퀴퀴한 냄새가 진동한다. 당연히 전등불은 있을 리 없고 타다만 초와 라면 부스러기. 플라스틱 물통 하나와 석유버너 하나 그리고 군용담요 서너 장이 전부다. 이 광경을 본 이들의 표정은 분노로 일그러진다.

최미화도 치밀어 오르는 분노와는 달리 오만상을 찡그리며 연신 카메라 서터를 눌러 댄다.

"으~ 냄새."

혁 반장이 조용하지만 다급하게 외친다.

"최 기자! 시간 없어. 빨리 끝내요."

"알았어요. 반장님!"

혁 반장이 다시 명령을 내린다.

"각자 위치로."

그러자 모두 소나무 뒤쪽으로 다시 몸을 숨긴다. 최미화도 어느 틈엔가

합류를 하며 조용하게 입을 연다.

"반장님! 과연 이자들이 올까요?"

혁 반장도 추운 듯 두툼한 점퍼의 깃을 오므린다. 정민수를 제외한 모든 사람들은 두툼한 옷들로 무장한 상태다.

"이놈들의 본거지는 알 수가 없고 이곳이 유일하게 드나드는 곳입니다. 지난 토요일에도 여성 두 명이 납치되었습니다."

"음!"

정민수의 입에서 가벼운 신음 소리가 흘러나왔고 눈빛은 분노로 이글거리는 듯 안광이 뻗어 나온다. 혁 반장의 말은 계속 이어진다.

"윤인숙을 납치 살해한 자들의 소행임이 틀림없어요. 그래서 현장 수사하던 중 아까 그 깡패 놈들을 만나서 쫓기게 된 거지요. 이놈들은 얼마나 악독한지 절대로 불지 않아요. 또 놈들은 경찰이 구타하더라도 죽을 정도로 심하게 할 수 없다는 것을 알기에 절대 무서워하지 않지요."

두런두런 말을 주고받는 사이 빗방울이 한두 방울씩 떨어지기 시작한다. 후두득! 후두득! 최미화가 조용히 외친다.

"비가 와요."

정민수는 중절모를 가볍게 만지며 혼자 말투로 중얼거린다.

"이 비가 그치고 나면 무척 추워질 테지."

혁 형사는 다시 말을 이어간다.

"낮에는 놈들이 움직이지 않아요. 그래서 밤에 잠복하는 겁니다. 오늘이 이틀째이니 아마도 나타날 겁니다. 놈들은 아직 자신들의 본거지가 들킨 줄 모르고 있을 테니까요."

이때, 최미화가 여성 특유의 민감함을 동반한 직감으로 오른손 검지를 입술로 갖다 댄다.

"쉿! 누가 오고 있어요."

순간, 일행들은 하던 행동을 멈추고 숨을 죽인다. 산 저 아래로부터 무엇인가가 움직이는 듯한 물체와 무슨 소리가 들릴 듯 말 듯하게 고요한 밤공기를 타고 이어졌다 끊어졌다 하기를 반복한다. 그리더니 끊어지던 소리가 다시 이어지며 차츰차츰 크게 들리기 시작한다.

"쉿! 가만, 저 소리는?"

손으로 귀를 기울이던 혁 형사가 두 귀를 쫑긋 세운다. 이때 다시 들려오는 소리에 최미화도 한마디 거든다.

"여자 목소리 같아요."

그때, 다시 여자의 음성이 또렷이 들린다.

"사, 살려 주세요. 제발."

뒤이어 들리는 젊은 남자의 목소리

"조용히 햇. 여기서 이틀만 조용히 있어. 그러면 죽이진 않을 테니까."

이번에는 입에 재갈을 물렸는지 또렷하지는 않지만 발악발악 악을 쓰는 다른 여인의 목소리가 들린다.

"우~우~ 욱 ~ ㅈㅜ ㄱ여라 . 차ㄹ ㅏ ㄹ~ㅣ ……."

"조용히 하고 빨리 걸어."

철~썩!

"우우 ~ 욱."

이들이 조금 더 가까이 오자 그 광경을 목격할 수가 있었다. 두 명의 여인이 팔이 뒤로 묶인 채 건장하고 키가 장대만 한 여섯 명의 젊은 사내들에 의해 질질 끌려 올라오고 있다. 그중의 한 여인의 입에는 재갈이 물려

있다. 그중 한 명이 입을 연다.

"형님! 개들이 안 보이는 것 같습니다. 형님!"

"야! 다시 한번 살펴봐!"

"알겠습니다. 형님! 아, 개들이 움직입니다. 형님!"

이들의 대화를 들은 흑표가 약간 허리를 구부린 채 컨테이너 앞을 잠시 어슬렁거린 것을 짙은 어두움 탓에 그곳을 지키는 개들로 착각한 것이다.

"그래? 그럼 그렇지. 이곳은 절대 발각될 수가 없지. 혹시 발각되더라도 개 사육장으로 알뿐."

"그렇습니다. 형님!"

"이 년들을 빨리 끌고 가."

조금씩 내리던 늦가을 밤비는 빗방울이 차츰 굵어지더니 조금씩 더 거세지기 시작한다.

"빨리 걸엇."

철~썩.

"짐승만도 못한 놈들."

정민수의 두 주먹에 힘이 들어간다. 그러는 사이 이 사내들이 컨테이너 코앞까지 다가온다.

"어? 형님! 개들이 없어졌습니다."

"뭐야? 이런! 빨리 이 년들 처넣어."

"옛! 형님!"

삐그덕. 쿠~쿵.

"형님! 누구에겐가 노출된 것 같습니다. 문이 다 부서져 있습니다. 형님!"

"뭐라? 어떤 놈들이 감히."

그의 말이 끝나기가 무섭게 혁 반장을 비롯하여 세 명의 형사가 컨테이너와 소나무 사이에서 권총을 빼 들며 급하게 튀어나온다. 동시에 번쩍! 하며 불빛이 빛을 발한다. 최미화가 대형손전등을 괴한 사내들에게 비친 것이다.

"꼼짝 마라! 경찰이닷!"

"이런 젠장!"

"너희들은 완전히 포위됐다. 손에든 무기를 즉시 내려놓는다."

철그렁~ 투둑.

우락부락하게 생긴 괴한 사내들 하나둘씩 손에 든 각종 무기를 내려놓는다.

그 순간, 두 명의 여인은 살았다는 듯 혁 반장 쪽으로 부리나케 달려온다.

"살, 살려 주세요."

"걱정하지 마세요. 빨리 뒤로 빠지세요."

혁 반장은 동료 형사들을 향해 소리친다.

"김 형사! 이놈들을 빨리 엮어서 처넣어!"

"예! 반장님!"

박 형사는 괴한 사내들에게 다가간다.

"모두 손 머리 위로 올려!"

그러나 맨 앞에 있는 우두머리처럼 생긴 사내는 작은 쇠망치를 아직 내려놓지 않고 그대로 들고 있다.

혁 반장은 다시 권총을 고쳐 잡으며 다그친다.

"네 놈은 뭐야? 빨리 내려 낫."

그러나 우두머리 괴한은 자신이 들고 있는 망치를 내려놓는 시늉을 하다가 부하들의 손에 수갑이 채워지기 직전에 부하들을 향해 눈치를 준다. 훤하게 비치는 대형손전등 불에 의해 괴한들은 우두머리의 눈짓을 확연히 볼 수가 있었다. 그러자 괴한은 몸을 옆으로 비틀며 들고 있던 쇠망치를 권총을 들고 있는 혁 형사의 오른 팔목을 향해 힘껏 던지며 고함을 지른다.

휘~이~익.

"쳐랏!"

혁 형사는 반사적으로 몸을 비틀며 방아쇠를 당겼으나 마음뿐이다.

팍!

"윽!"

철커덩.

소리를 내며 쇠망치가 혁 반장의 권총 든 오른 손목을 향해 전광석화처럼 날아가 정확히 강타한 것이다. 권총은 이미 땅바닥에 나뒹군다. 순간, 괴한들에게 쇠고랑을 채우려던 세 명의 형사들도 하나같이 가을바람에 낙엽처럼 나가떨어진다.

퍽!

"으윽!"

권총만 믿고 잠시 방심했던 형사들이 괴한들의 발길질에 남자의 가장 급소인 낭심이 걷어차여 맥없이 고꾸라진 것이다. 괴한들은 들고 있던 떨어진 대형 손전등을 주워들고 형사들을 향해 일제히 비춘다. 최미화가 비추는 손전등과 불빛이 맞부딪히자 서로에게 눈이 부신다. 번쩍~ 버~언쩍.

"야! 빨리."

"예! 형님!"

순간적이고 돌발적인 괴한들의 날렵함에 형사들은 유일한 무기인 총을 빼앗기고 만다. 이미 우두머리 괴한은 일어서려는 혁 반장의 머리를 구둣발로 짓이기며 누른다.

"형사 나부랭이 따위가 감히 우리 일을 방해하려고 들어?"

"그러게 말입니다. 형님!"

나머지 세 명의 형사들도 괴한들 앞에 나가떨어진 채로 수모를 당하고 있다. 그러나 바로 이때,

"형님에게서 당장 떨어져라."

예기치 못하게 순간적으로 형사들이 괴한들에게 당하자 정민수가 중절모를 고쳐 쓰며 급히 나선 것이다. 물론 그 옆에는 흑표도 팔짱을 낀 채 우두커니 서 있다. 그러자 괴한들은 목젖이 보이도록 고개를 젖히며 웃어 댄다.

"하! 하! 네놈들은 경찰은 아닌 것 같은데 형사에게 형님이라."

그때, 괴한 한 명이 기겁을 한다.

"앗! 네놈은?"

우두머리가 놀라는 부하를 향해 다그친다.

"뭔데?"

"저놈이 [향기(香妓)]에서 춘식이 형님과 그 아우들을 반병신 만든 아주 무서운 바로 그놈입니다. 형님!"

"오호라. 그래? 오히려 잘 됐군! 아우들 빚도 되갚을 겸."

"조심하셔야 합니다. 형님!"

말이 끝나기가 무섭게 한 손으로는 부하의 뺨을 때림과 동시에 오른발로는 밟고 있던 혁 반장의 명치를 걷어찬다.

찰싹!

"병신 같은 새끼"

"으~윽!"

퍽!

"악!"

순간, 혁 반장은 저만치 나가 고꾸라진다. 이 모습을 본 나머지 괴한들
도 형사들에게 발길질을 날린다. 퍽~퍽.

"허~윽."

동시에 우두머리의 목소리가 카랑카랑하게 밤하늘을 수놓는다.

"모두 파묻엇!"

괴한들은 땅에 떨어진 각자의 무기를 집어 들고 일부는 힘없이 나가떨
어진 형사들을 향하고 일부는 중절모를 쓰고 있는 정민수와 그 옆에 우두
커니 팔짱을 끼고 있는 흑표를 향해 열 손가락을 호랑이 발톱처럼 날카롭
게 세워 가을 바람보다 더 빠르게 공격해 온다.

순간. 흑표는 옆으로 전행보법(全行步法)을 이용해 슬쩍 피했으나 정
민수의 행동은 이와는 사뭇 달랐다. 중절모를 잠시 고쳐 쓰는가 싶더니
순간적으로 공중제비를 한 후 저만치 나가떨어져 있는 혁 반장 옆에 가
볍게 내려선다. 그러한 동작에도 불구하고 중절모는 한 치의 흐트러짐이
없다. 정민수는 혁 형사를 염려스럽게 바라보며 입을 연다.

"형님! 괜찮습니까?"

혁 형사는 여전히 명치를 부여잡고 괴로운 듯 고통에 찬 얼굴이다.

"으~으, 난 괜찮아! 무서운 놈들이네. 조심해 아우님!"

그와는 다르게 우두머리는 자신의 1차 공격이 빗나가자 화가 날대로나

더욱 씩씩거린다. 그러다가 잠시 진정을 되찾은 듯 허리를 젖히며 웃어 젖힌다.

"흐! 흐! 흐! 형님이라? 내일 신문에 대문짝만하게 나겠군."

-경찰과 깡패의 유착-

그 말이 떨어지기가 무섭게 정민수의 눈에서 빛을 발하며 독수리가 병아리를 낚아채듯 몸을 비스듬히 구부린 채 왼손바닥은 턱을 향하고 오른쪽 다섯 손가락 중 엄지는 구부리고 검지와 중지는 펴고 나머지 두 손가락은 반쯤만 굽힌 채 우두머리의 목젖을 향해 빛보다 빠른 속도로 찔러간다. 전광석화처럼 빠른 정민수의 행동에 당황한 우두머리는 엇! 하는 고무풍선에서 바람 빠지는 소리를 내며 재빠르게 발을 옮겼으나 이미 때늦은 후였다.

퍽.

"으~아~아."

단말마의 비명소리는 가을비가 내리는 밤공기를 타고 어디론가 파묻혀간다. 우두머리는 힘 한번 써보지 못하고 낙엽 위에 시체처럼 나뒹군다. 왼손 장력에 맞은 오른 턱은 이미 빠져서 덜렁거리고 목젖은 뒷목과 맞붙은 듯한 고통에 숨조차 쉴 수가 없다. 풍운무의 하나인 십지쌍장(十指雙掌) 수법에 순식간에 나가떨어진 것이다.

흑표도 어느덧 괴한들을 귀신같은 발차기로 모두 해치웠고 나머지 한 명마저 앞돌려차기 한방으로 모두 제압한다. 괴한들의 입가에는 피가 흘렀지만 어두운 탓에 시커먼 팥죽 같았다.

퍼~벅.

"윽."

지켜보던 형사들도 자신들의 고통도 잊은 채 흑표와 정민수의 싸움 실력에 벌린 입을 다물지 못한다.

"아, 아니. 저럴 수가?"

이때, 연신 이리저리 대형 손전등을 비추던 최미화가 짝! 짝! 짝! 박수를 치며 걸어온다.

"좋았어."

쓰러져 나뒹굴던 형사들도 기운을 차린 듯 조폭들에게 수갑을 채운다. 이 광경을 지켜보던 최미화가 호들갑을 떤다.

"뭐예요! 혁 반장님! 이런 조무래기들한테 당하고, 우리 민수 씨 없었으면 어쩔 뻔했어요?"

혁 반장은 맞은 곳이 아픈 곳보다도 여기자 앞에서 힘 한번 못써보고 당한 것이 창피했다. 그는 머리를 긁적거린다.

"그, 그게 방심한 틈을…… 윽!"

조금 전 우두머리가 던진 쇠망치가 권총을 강타하며 권총 겨눈 손목을 스쳤기에 망정이지 제대로 맞았다면 이미 손목은 부러져 너덜거리고 있을 거라고 생각하자 혁 반장은 몸서리를 친다. 그러나 창피한 듯 아무렇지도 않은 표정으로 동료 형사들을 바라본다.

"박 형사! 괜찮아?"

"예! 조금. 그러나 괜찮습니다. 반장님!"

"빨리 끌고 가."

"예. 반장님!"

이때. 정민수가 한발 나선다.

"잠깐!"

혁 반장이 정민수를 쳐다본다.

"아우님! 무슨 일?"

"형님! 이놈을 제게 맡겨 주시지요."

"이놈들은 납치에 인신매매단이니 중형이 불가피해."

"알고 있습니다. 이놈들은 피를 봐야 합니다. 그러니 제게 맡겨 주세요.
형님 손에는 피를 묻힐 수 없으니까요."

정민수는 혁 반장을 향해 눈을 찡긋한다. 혁 반장도 무엇인가 눈치를
챈 듯 고개를 끄덕인다.

"그럴까? 그럼! 아우님이 처리하시게. 죽이든 살리든."

정민수는 수갑을 채우려던 박 형사를 밀치며 오른손으로는 우두머리
의 인후부를 낚아채고 다른 한 손으로는 쇠망치를 주워든다.

"켁~켁. 크르르."

늑대가 죽음 직전에 울부짖듯 한 소리를 낸다.

"대라. 누구야! 네놈들을 움직이게 하는 놈이? 바른대로 말하면 모가지
는 붙어 있게 하겠다."

우두머리는 잡힌 목젖 때문에 피가 통하지 않아 얼굴이 벌겋게 변하면
서도 눈가에는 음흉한 빛을 띠며 입으로는 썩은 미소를 흘린다.

"크~헥~ 니, 니노옴 가, 같으면 불겠나? 켁."

"그래? 그렇다면 하는 수 없지?"

정민수는 우두머리를 서너 발짝 뒤에 있는 작은 바위 쪽으로 끌고 가며
혹표를 바라본다.

"흑, 아니 저기 김 실장님! 이리 와서 이놈 좀 잡아 주시오. 그리고 최 기자님은 이곳에 불 좀 비춰 주고."

"예!"

"알겠어요."

흑표는 우두머리 괴한을 꼼짝 못 하게 잡고 정민수는 우두머리의 오른손을 바위 위에 올려놓는다. 그리고는 쇠망치를 높이 치켜든다.

"난 두 번 말하지 않는다. 다시 한 번 기회를 주겠다."

우두머리 괴한은 다시 한 번 코웃음을 친다.

"흥! 감히 네놈이 나를 칠 수 있을까? 내일이면 경찰이 깡패와 협잡 했다고 신문에 대문짝만하게 날 텐데……. 과연 그 책임을 네놈이 감당할수 있겠나?"

"그래? 네놈들은 아직 날 잘 모르지? 모두가 당하고 난 후에나 후회하지."

정민수는 들고 있던 쇠망치를 우두머리 괴한의 오른 손등을 향해 힘껏 내리친다.

휘~익. 쾅!

"으~~~아~~~악 ~ 아~악!"

순간, 거무튀튀한 검은 살결이 갈기갈기 찢어져 나가는 고통 소리와 함께 손등이 마른 북어 대가리 부서지듯 으스러지는 것이 최미화가 비치는 손전등 불빛을 타고 선명하게 보인다. 혁 반장을 비롯하여 동료 형사들 뿐만 아니라 굴비 엮이듯 엮인 깡패들조차도 정민수의 잔인함에 소름이 돋아 쥐죽은 듯 조용하다. 물론, 놀라움은 흑표와 최미화도 마찬가지다. 으스러지진 손등으로 인해 우두머리 괴한은 어떤 말로도 표현하기 어려운 고통을 맛봐야 했다.

"으~으~으, 악독한 놈!"

"악독? 네 놈들보다? 흐! 흐! 이건 시작에 불과하지."

정민수는 다시 쇠망치를 높이 치켜든다.

"자! 이젠 이 세상을 하직할 시간이다. 이번엔 네 놈의 머리통이다. 잘 가거라."

정민수는 우두머리의 머리를 향해 쇠망치를 내려쳐 간다.

휘~이~익. 정민수의 잔인함에 모두가 눈을 감는다.

"아~악, 자, 잠깐. 잠깐만요."

순간, 정민수는 자신이 내리쳐 가던 쇠망치가 우두머리의 머리에 닿기 직전에 멈칫하며 멈춘다.

"뭐야? 할 말 있나?"

"예~예. 마, 말씀 드, 드리겠습니다."

"후~후, 진작 그럴 것이지."

정민수는 우두머리를 붙잡고 있는 흑표를 향해 턱으로 까딱한다. 흑표는 우두머리의 으스러진 손을 허리춤에 차고 있던 수건으로 칭칭 동여매 준다. 정민수는 혁 반장을 향해 씨~익! 웃으며 입을 연다.

"가시지요. 형님!"

그제야 혁 반장은 정신을 차린다.

"그, 그럴까?"

그리고는 박 형사를 향해 명령을 내린다.

"이놈들 모두 끌고 가고 여기 두 분 아가씨도 잘 모시도록."

"예! 반장님."

끌려온 두 여인은 이러한 살벌한 광경에 한겨울에 사시나무 떨듯 오들

　　　　　　　　　　　　　　　　　　　　　　　파멸

오들 떨고 있다. 박 형사는 다가가 진정시킨다.

"이제 안심하셔도 됩니다."

그뿐만 아니라 다른 형사들도 어느 정도 고통이 사라진 듯 분주하게 움직이며 깡패들을 다그친다.

"빨리 움직여."

"놔! 이거."

그러는 사이 내리던 가을 밤비도 어느덧 멈추고 밤하늘에 아름다운 별들이 보석처럼 총총히 박히기 시작한다.

그날 새벽, 해가 떠오르기 시작할 때쯤 중절모를 쓴 정민수, 최미화, 흑표, 그리고 혁 반장 이렇게 넷이서 창신동 뒷골목에 자리한 어느 허름한 해장국집에서 나온다. 우두머리 괴한이었던 망치 이팔봉으로부터 이곳 국밥집에서 혁 반장과 정민수의 심문을 통해 자백을 받아 낸 후 그의 오른손 치료를 위해 병원으로 후송한 뒤였다. 혁 반장이 입을 연다.

"망치 말대로라면 대봉(大峯)건설이 어마 무시한 조직 같은데 과연 감당할 수 있을까?"

"형님! 부딪쳐 봐야지요."

혁 반장이 다시 입을 연다.

"망치 이팔봉이 이자의 말을 믿을 수는 있을까?"

이때, 묵묵히 걷던 최미화가 한마디 거든다.

"믿을 수 있을 거예요. 깡패들은 말을 안 하면 안했지 불면 거짓말은 안 하거든요."

"그걸 최 기자가 어떻게 알아?"

"호! 호! 호! 기자의 직감이죠."

사실은 직감이라기보다 민수와 2여 년 동안 생활하면서 조직들의 생리를 잘 알게 된 것일 뿐이다.

　큰 도로가 나오는 동대문 가까이 걸어 나온 일행 중 혁 형사가 먼저 자리를 뜨며 입을 연다.

　"그럼, 아우님! 모레 거기서 보자고!"

　"예, 형님! 들어가십시오."

　혁 형사가 먼저 떠난 후 정민수가 흑표를 바라보며 입을 연다.

　"흑표! 최 기자님과 먼저 들어가지."

　"어디 가시려고요?"

　"글쎄, 혼자 잠시 바람이나 쐴까해서."

　최미화가 끼어든다.

　"저도 같이 갈게요?"

　정민수가 난감한 표정을 짓는다.

　"글세, 그게, 그리고 밤을 꼬박 새워서 피곤할 텐데 들어가서 좀 쉬세요."

　최미화는 눈을 흘기며 입을 삐죽 내민다.

　"흥! 싫다 이거죠? 알았어요. 혼자 잘 해 봐요."

　그리고는 옆에 있는 흑표에게 다가가 팔짱을 낀다.

　"흑표 씨! 우리 가요."

　그리고는 뒤도 돌아보지 않고 흑표가 몰고 온 주차장을 향해 종종걸음으로 사라져간다.

제 7 회

아! 그리운 만남, 피바람의 서곡

이곳은 혜화동 로터리 왼쪽에 자리한 서울병원.

검은 중절모를 눌러쓴 정민수가 이곳에 나타난 시간은 오전 10시경이다. 암 병동인 A동 602호.

아침 시간이라 그런지 간호사들을 비롯하여 의사들의 발걸음도 분주하다. 정민수가 병실 문을 드르륵 열고 들어선다. 그곳에는 어제 오후에 입원을 시킨 카나리아 아니 조은하의 아들 천수가 누워있다. 병상 앞에는 한 여인이 천수의 머리를 쓰다듬고 있다.

비록 뒷모습이지만 하늘하늘한 몸매에 늘씬한 키, 백설보다 더 흰 하얀 원피스에 분홍색 리본이 달린 와이어 챙으로 된 연한 갈색의 둥근 모자를 쓰고 있다. 모자 아래로 흘러내린 진갈색의 긴 생머리는 그녀의 미모를 짐작케 한다. 신발은 검은색 하이힐을 신고 있다. 뒷모습만 보아도 얼마나 아름다울지 짐작하고도 남을 듯하다.

카나리아, 조은하임을 짐작하고도 남았다. 정민수의 심장은 금방이라도 떨어져 나갈 듯 쿵쾅거린다. 이때, 풍금소리보다 더 아름다운 여인의 목소리가 들린다. 그러나 고운 목소리와는 달리 힘이 없다.

"착하지? 우리 천수."

"헤! 헤! 헤! 엄마가 옆에 있어서 너무 좋아!"

"엄마가 그렇게 좋아?"

"그럼! 얼마나 좋은데, 엄마가 없는 밤이 너무 무서워!"

"우리 천수! 그렇게 무서웠어?"

아이의 머리를 쓰다듬는 여인의 오른손이 미미하게 떨린다.

"어젯밤은 우리집이 아니라 더 무서웠어. 엄마! 일 안가면 안 돼?"

"오늘은 안가고 우리 천수하고 같이 있을 거야."

그 말에 아이의 표정은 밝아진 듯 목소리에 힘이 들어간다.

"정말? 아이 좋아 엄마."

그러다가 다시 시무룩해진다.

"계속 안 가면 안 돼? 난, 싫은데."

"왜 이럴까? 착한 우리 천수가."

"피~이. 어제 온 착한 아저씨가 이제부터는 엄마가 일 안 가도 된다고 했어"

두 모자의 대화를 듣고 있는 동안 정민수의 가슴에는 한여름 소나기에 폭포수가 흐르듯이 흘러내린다. 그때, 천수의 눈빛과 정민수의 눈빛이 서로 마주친다. 천수가 비록 작지만 기쁜 목소리로 소리친다.

"아저~씨~이. 아참! 엄마! 어제 그 아저씨 왔어."

그 소리에 분홍색 리본의 갈색 챙모자를 쓴 하얀 원피스의 여인이 뒤를 돌아본다. 그 순간, 정민수의 입에서 아! 하는 장탄식의 가벼운 파열음이 흘러나온다. 변함이 없다. 계란형의 둥근 얼굴에 오똑한 콧날, 유난히 까맣게 빛나던 새까만 두 눈동자. 길게 내린 흑갈색의 생머리. 아니, 늘 정민수가 상상하던 그 모습 그대로다.

파멸

변한 것이라고는 소녀티를 벗어나 늘씬한 키와 복숭앗빛을 띠었던 그때의 얼굴과는 달리 창백해진 얼굴빛뿐이다. 아니 무엇보다도 더 크게 변한 것이 있다면 한 아이의 엄마가 됐다는 것이다.

카나라아, 조은하,

그녀도 돌아서는 순간, 흠칫하며 놀라는 기색이 보인다. 고개를 가볍게 숙여 인사를 한다. 정민수는 중절모를 쓴 채로 고개만 까딱한다. 아니 오히려 자신을 알아볼까 두려워 모자를 조금 더 깊이 눌러 쓴다. 조은하는 마음을 가다듬고 침착한 태도로 입을 연다.

"먼저 우리 아이를 돌봐 주셔서 감사드려요."

아! 이 얼마나 보고 싶고 듣고 싶었던 목소리이었던가? 그러나 조은하의 이 첫마디에 정민수의 마음은 갈가리 찢겨져 나간다. 그러나 애써 침착할 수밖에는 별도리가 없다.

"무슨 말씀을요? 이번 한강 신문사에서 어린이 돕기 운동을 하는데 그 첫 아이로 천수가 선택된 것뿐이니 부담 갖지 않아도 됩니다."

정민수는 아무렇게나 둘러댄다. 사실 한강 신문사를 말하고 싶지 않았으나 어제 천수를 병원에 입원시킬 때 천수 방에다 편지글 써 놓고 왔기 때문에 거짓말은 할 수 없었다.

"좋은 일 하시는군요. 그래도 우리에겐 너무 과분합니다. 천수보다 더 어렵고 힘든 아이도 많을 텐데……."

천사, 천사가 따로 없다. 그토록 보고 싶었고 만나고 싶었던 자신의 바로 코앞에 서 있는 조은하가 바로 천사라는 생각이 든다. 다시 정민수의 가슴 깊숙한 곳에서는 하염없이 눈물만 흐른다.

"아, 네. 그러나 한강 신문사에서 만장일치로 선택한 것이라서……."

이때, 천수가 병상에서 힘겹게 일어나 앉으며 헤벌쭉 한다.

"저! 아저씨! 왔어? 천수는 안 보여?"

정민수는 병상으로 다가가 천수의 머리를 쓰다듬는다.

"그래! 우리 천수 많이 씩씩해졌네."

"헤! 헤! 헤! 아저씨! 우리 엄마 무지 예쁘지? 내가 말했지? 우리 엄마
무지 예쁘다고."

조은하가 천수를 쳐다본다.

"천수야! 왜 이래? 버릇없게."

"피~이. 엄마는 나보고 맨날맨날 버릇없데."

정민수는 조은하가 천수를 다시 나무라려고 하자 말을 얼른 가로챈다.

"버릇없긴, 우리 천수가 이렇게 착하기만 한데."

"그치? 아저씨! 천수 말이 맞지?"

"그럼! 천수 말이 다 맞고말고."

조은하가 화제를 돌린다.

"그렇지 않아도 한강 신문사로 찾아뵈려고 했었는데."

정민수가 말을 받는다.

"천수 어머니! 예고도 없이 불쑥 찾아와서 죄송합니다. 천수는 어떤지요?"

"선생님 덕분에 정밀 검사를 마쳤어요. 결과는 다시 나와 봐야 알 수 있
지만 그게……."

정민수가 말을 자른다.

"천수 회진은 끝났습니까?"

"예! 조금 전에요."

"그럼 잠시 나가서 얘기 좀 할까요?"

그러자 조은하는 천수를 바라본다. 정민수가 한마디 한다.

"우리 천수 착하지?"

"응! 아저씨."

조은하가 천수에게 꿀밤을 주는 시늉을 한다.

"응이 뭐냐? 아저씨께."

천수는 고개를 자라목처럼 집어넣으며 오른손을 들어서 막는 시늉을 한다.

"피! 엄만 ~ 맨~날."

정민수는 이 다정한 모자의 모습에 눈물이 핑~ 돈다.

"저, 천수 어머니 괜찮으시면,"

그제야 천수에게서 눈을 떼며 가볍게 고개를 끄덕인다.

"예! 선생님."

둘은 병실을 나와 암 병동 뒤쪽으로 길게 나 있는 산책길을 걷는다. 잠시 동안 말이 없다. 그러나 두 사람의 마음은 각기 다른 생각에 잠겨있다. 정민수는 조은하의 딱한 사정에 울컥해서 말을 하지 못했지만 조은하는 정민수의 얼굴은 잘 볼 수 없지만 어쩐지 낯설지 않아 마음이 끌렸던 것이다.

'누굴까? 누군데 그때부터 낯설지가 않지?'

그러는 사이 병동 뒤로 길게 난 오솔길이 나왔고 뒤이어 둘이 앉을만한 벤치가 나온다. 늦가을에서 초겨울로 접어드는 시기라 바람은 조금 싸늘했으나 내리쬐는 햇볕으로 인해 담소를 나누기에는 알맞은 날씨인 것 같다.

"천수 어머니! 저쪽에 잠시 앉을까요?"

"예! 선생님!"

벤치에 다소곳이 앉은 조은하의 자태는 옥으로 빚어 탄생한 옥황상제의 딸 같다는 생각이 든다. 단지, 야위고 창백한 얼굴만 아니라면……. 자신의 얼굴을 빤히 쳐다보고 있다는 것을 느낀 조은하는 수줍은 듯 정민수의 얼굴을 쳐다보지 못하고 입을 연다.

"왜요? 선생님! 제 얼굴에 뭐가 묻었어요?"

그제야 정민수는 잠에서 깨어나듯 퍼뜩 정신을 차린다.

"아! 아니, 그게 아니라."

조은하는 먼저 손을 내민다.

"제 이름은 은하! 조은하라고 해요."

은하, 조은하!

정민수는 꿈에서도 잊을 수 없었던 이름을 지금 자신의 바로 눈앞에서 그녀로 부터 직접 듣다니.

그러나 그러한 기쁨도 잠시뿐 가슴 한구석에서는 찢어지는 고통을 맛봐야 했다. 조은하는 정민수가 아무 말이 없자 무안한 듯 내밀었던 손을 거두려고 한다. 그 모습에 다급해진 정민수는 조은하의 손을 얼른 잡으며 가볍게 악수에 응한다. 따뜻하다. 어릴 적 어느 가을에 코스모스가 한창 가을 개울가를 수놓았을 당시 조은하가 손수 싸 온 김밥을 먹여주던 그때의 따스한 손길 그대로다.

'차라리 꿈이라면, 아니, 이 손 그대로 영원히 놓지 않을 수만 있다면…….'

또다시 정민수가 아무 말이 없자 조은하는 손을 스르르 빼려고 한다. 그러자 정민수가 차분하게 입을 연다.

"조은하. 참 예쁜 이름이군요. 저는 정민수라고 합니다."

정민수는 애써 차분한 척하지만 손끝의 미미한 떨림과 음성의 가느다란 떨리는 음의 파장을 조은하는 느낄 수 있었다.

'정민수?'

처음 듣는 이름 -정민수- 아주 생소하다. 중절모를 써서 얼굴 전체는 볼 수 없지만, 곁눈으로 언뜻언뜻 쳐다본 후에야 인사동 [풍금 소리 들리는 마을]에서 찰라지간에 마주친 그 눈빛임을 재확인할 수 있었다. 그러나 조은하는 조금도 내색하지 않는다. 잠시 동안 흐르던 침묵을 먼저 정민수가 깬다.

"천수 어머니! 이제부터 이름을 불러도 되겠습니까?"

"예. 선생님! 저도 그게 더 편합니다."

뛸 듯이 기뻤다. 무척 수줍음을 탔던 탓에 어릴 때도 조은하라는 이름을 입 밖으로 내 불러 본 적이 거의 없다. 그런데 이제 이름은 마음껏 부를 수 있게 된 것이다.

"그럼 그렇게 하겠습니다."

"예!"

"은하 씨! 천수에 대해 의사가 뭐라고 했습니까?"

그 말에 조은하는 울컥한다.

"그, 그게."

"괜찮아요. 은하 씨! 조금 진정하시고 말씀해 보세요."

"천수! 참 불쌍한 아이예요. 만성 백혈병이거든요. 선생님께서 도움을 주셔서 입원할 수 있었어요. 이 은혜를 어떻게 갚아야 할지…."

"은하 씨! 은혜라니요? 그리고 제가 한 것이 아닙니다. 그러니 마음에 부담 갖지 않았으면 합니다. 그건 그렇고 앞으로 어떻게 되는 겁니까?"

"골수 이식을 해야 하는데 천수에게는 형제가 없고 부모와 맞을 확률이

5%도 안 된다고 하는데…….."

조은하의 안타까워하는 마음에 정민수의 심장에는 바늘로 콕콕 찌르는 듯한 고통이 찾아든다. 조은하의 말은 계속 이어진다.

"내일 조직 적합성 항원형 검사가 예약되어 있습니다."

정민수가 말을 받는다.

"은하 씨도 건강이 안 좋으신 것으로 아는데?"

그 말에 조은하는 화들짝 놀란다.

"아니, 선생님께서 그걸 어, 어떻게?"

"죄송합니다. 천수 일로 알아보다가 그렇게 되었습니다."

"휴~우! 선생님께서 이미 알고 계셨군요. 그러나 우리 천수만 살릴 수 있다면 전 어찌 돼도 괜찮아요."

정민수가 다그치듯 입을 연다.

"은하 씨! 어찌 돼도 좋다니요? 그건 안 됩니다."

"그럼 어떻게 해요?"

"천수도 은하씨도 모두 나아야지요."

조은하가 가지런한 치아를 드러내며 입꼬리를 살며시 올린다.

"전 죄 많은 인생입니다. 그러니 그러한 행운은 저에게 가당치 않아요."

"은하 씨! 가당치 않다니요? 반드시 천수도 은하씨도 다 나을 겁니다. 헌데 죄 많은 인생이라니요?"

조은하는 살짝 두 눈을 감았다 뜬다. 그리고 긴 한숨을 내뱉는다.

"그래요. 전 한 사람에게 큰 죄를 지었어요. 평생을 속죄하며 살아도 용서받을 수 없는 아주 큰 죄를 지었거든요."

"잠시만, 은하씨! 그게 무슨 말씀인가요?"

파멸

"네! 전 어릴 적부터 좋아했던 사람이 있었어요."

"아!"

"그 사람은 친구 대신 살인 누명을 쓰고 사형수로 형을 살고 있었지요."

정민수는 그 사람이 자신임을 알자 가슴이 뛰다 못해 큰 망치로 내려치는 듯이 쿵쾅거린다.

"그, 그런데요?"

차분했던 아까와는 달리 정민수의 음성은 가느다랗게 떨린다. 조은하도 선뜻 말을 잇지 못한다.

"그런데 그 사람 지금 이 세상에 없어요."

"사형이 집행되었나 보군요."

"아, 아니에요. 흑! 흑! 전 이제 어쩌면 좋아요."

기어코 조은하는 어깨를 들썩이며 흐느끼기 시작한다. 정민수의 가슴도 찢어질 것만 같았다.

"그, 그 사람은, 흑! 흑! 너무 억울해서 탈옥까지 했어요. 으~흑흑."

"그런데 왜 죽었나요?"

"그, 그게, 으! 흑! 흑."

조은하는 다시 고개를 떨구며 흐느끼기 시작한다.

"흑! 으 흑~흑! 그 사람은 비관해서 스스로 모, 목숨을 끊었어요."

정민수는 함께 옆에 있어도 아무 말도 할 수 없는 자신의 처지가 너무나 원망스럽다.

"왜, 비관해서 목숨을 끊었다고 생각 하시는지요?"

"흑! 흑! 이유가 없잖아요? 죽을 고비를 넘기면서 탈옥까지 해놓고."

"휴~우! 그 사람이 왜 비관을?"

조은하가 마음을 진정시키며 말을 잇는다.

"왜, 왜? 비관 했냐고요?"

"예."

"저 때문일 거예요. 제가 이미 남의 사람이 된 것을 알았을 거예요. 또 아이도 있고요."

정민수는 가슴이 찢어지는 고통을 참느라 입술을 깨문 탓에 입술에서는 어느새 피가 흐르고 있다.

"은, 은하 씨! 은하 씨가 그것을 어떻게 압니까?"

"처음엔 저도 그 사람을 많이 원망했어요. 그런데 그것이 제가 오해하고 있었다는 것을 한강신문에 연재된 걸 보고 직감했어요."

조은하는 다시 어깨를 들먹이기 시작한다.

"으~흐~흐! 흑! 흑. 어, 어쩌면 좋아요? 내가 죽어 그, 흑! 사람이 살아 돌아 올 수만 있다면 배, 백번이라도 죽겠어요."

'은하! 아니야! 그리고 나! 여기 있어. 바로 은하 코앞에, 나 죽지 않았어. 아니 지금은 죽을 수가 없어.'

속으로 터져 나오는 눈물을 주체할 수가 없어 다시 눈물을 집어삼켜야만 했다.

"은하 씨! 힘드시면 말씀하지 않으셔도 됩니다."

조은하가 마음을 조금 진정시키고는 말을 잇는다.

"으~흑! 아니에요. 누구에게도 말 못 했는데 선생님께는 해야겠어요. 들어 주실 거지요?"

정민수는 말을 하면 자신의 감정이 들킬 것 같아서 고개만 끄덕인다.

"고마워요. 선생님!"

'바보. 으~흑. 은하! 이 바보야!'

"그 사람에겐 세상에 둘도 없는 친한 친구 두 명이 있었어요."

"음!"

"그 사람은 참 똑똑했어요. 저는 그 사람 집에서 할머니와 함께 잠시 셋 방살이했어요. 저는 방직공장에 다녔고요. 저보다 한 살 많은 오빠였고 제게 공부를 가르쳤어요. 그 사람이 중학교 2학년 때였지요."

"아! 그런 일이 있었군요. 그래서요?"

"할머니가 아프서서 우리는 싼 집을 찾아 이사할 수밖에 없었어요. 이 사 갈 때 그 사람 어머님이 돈을 많이 보태 줬지요. 부모님은 너무 좋은 분이셨지요. 그 사람은 우리가 이사 간 집 주소를 몰랐지만 저는 그 사람 집 주소를 알고 있었어요."

정민수도 그때 일들이 주마등처럼 스친다. 그러나 단 한마디도 할 수 없는 자신의 입장이 너무나 가슴이 아팠다. 조은하는 다시 말을 잇는다.

"난 그 사람에게 편지를 했지만 돌아온 답장은 딱 두 줄이었어요.

-나 공부해야 돼.
그러니 앞으로 절대 편지하지 마

라는 거였지요. 그러나 그 사람을 잊을 수도 포기할 수가 없어서 거의 매일 편지를 쓰다시피 했지만 한 번도 답장하지 않았어요. 그런데 아니 었어요. 그 사람의 가장 친하다는 친구인 상호란 친구가 중간에서 제 편 지를 가로챘고 그뿐만이 아니라 심지어 달랑 두 줄로 써서 보낸 한 장의 편지마저 상호란 친구가 쓴 가짜였던 거예요. 당연히 전 아무것도 몰랐고요. 그 후 편지를 가로챈 상호가 제가 보낸 주소지로 편지를 하기 시작했어요. 저는 단 한 번도 답장하지 않았지만, 그는 포기하지 않고 끊임없이 했어요."

정민수는 다시 분노가 가슴 저 밑에서부터 끓어오르기 시작한다. 이빨을 으드득 간다.

'상호! 너 이 새끼 반드시 너를 파멸시켜 주마. 기다려라.'

이 말이 목구멍까지 차오른다.

"대학을 가면 그 사람을 만날 수 있다고 생각했지요. 그래서 검정고시를 거쳐 대학에 들어갔지만, 그 사람은 대학교 합격하던 날 불행하게도 그의 친구 한 명과 지나가는 행인 한 명을 죽인 살인자가 되어 복역 중에 있다는 것을 나중에 알았어요. 신문에도 살인자

-윤철민-

으로 나와서 알 수가 없었지요. 원래 그 사람 이름은 윤승호이었는데, 돈이 많았던 상호란 친구 아버지의 꾐에 빠져 승호 아버지가 승호란 이름을 윤철민으로 급히 개명한 후였어요."

정민수는 침통하고 분한 마음을 가라앉히며 신음을 내뱉는다.

"음! 참 나쁜 사람들이군요."

"그런데 제가 대학 1학년 때 상호란 친구가 찾아왔어요. 그때 상호는 3학년이었고 2학년 때 이미 사법고시에 합격한 수재였지요. 하지만 그때까지도 몰랐어요. 윤철민이 윤승호라는 것을요. 그놈이 겁탈하기 전까지는요."

"겁탈이라니요?"

"그놈은 저를 끌고 가서 겁탈했어요."

정민수는 분노의 주먹을 부르르 떤다. 조은하의 말은 계속 이어진다.

"당시 공무원이셨던 승호 아버지를 찾아갔어요. 헌데 아들의 누명을 밝히려고 직장도 그만두고 동분서주하시던 승호 아버지가 의문의 교통사고를 당한 후였어요. 승호 어머니도 행방불명 된 상태였고요. 그때, 비로소 윤철민이 윤승호라는 사실을 알았고요. 그 사실을 알고 난 후부터 저는 자포자기한 상태였지요."

정민수는 자신의 아버지 죽음과 어머니의 행방불명이라는 말에 가슴이 갈기갈기 찢어진다. 또 다른 한편으로는 눈물이 치고 올라온다.

"승호 아버지가 돌아가시고 난 후 저도 승호의 누명을 밝히려고 뛰어들었지만, 상호가 협박에 가까울 정도로 말렸고 결국 그것을 못 하게 저를 겁탈, 강간하기에 이르렀고 그로 인해 아이를 가졌어요. 제가 대학교 2학년 때 천수를 낳으면서 학교를 그만두게 되었고요. 그 후 그의 손아귀에서 벗어날 수가 없었어요. 이때부터 폭언과 폭행이 이어졌지요. 증거는 없었지만, 승호가 누명 썼다는 것을 의심하기 시작했어요. 그러나 불쌍한 우리 천수 때문에 더 이상 아무것도 할 수 없었지요."

정민수는 고개를 끄덕인다.

"음! 천수가 인질이 되었다는 거군요."

"예. 선생님. 그러다가 2년 전쯤에 한강신문에 절찬리에 연재되었던 윤철민 시리즈를 읽고 확신하게 되었어요. 그러나 그때는 이미 10여 년이 흐른 후였지요. 으~흑!"

조은하의 어깨가 다시 들썩이기 시작한다.

"으~흑. 선생님!"

결국, 조은하의 두 눈에서는 눈물이 하염없이 흘러내린다.

"서, 선생님! 나, 난 이, 이제 어떡해요. 으~ 흑~ 흑!"

정민수는 아무 말 없이 겉저고리에서 하얀 손수건을 꺼내 조은하에게 건네준다. 조은하는 하얀 손수건을 건네받으며 정민수를 살짝 올려다본다. 정민수는 얼른 고개를 숙인다. 그러나 조은하의 흐느낌은 여전하다.

"흑! 흑! 서, 선생님. 고, 고마워요."

정민수는 아무 말이 없다. 아니, 할 수가 없다. 그러나 무슨 말이든 해야 한다. 정민수는 조은하의 떨고 있는 어깨를 토닥인다.

"은, 은하 씨! 진정하셔야 합니다. 건강에 해롭습니다."

"선생님! 이제 전 어쩌면 좋아요?"

"은하 씨! 이제부터는 은하 씨 옆에서 제가 돕겠습니다."

"선생님께서요?"

"왜요? 천수 후원자 자격으로 안 될까요?"

"저야 좋지만, 그래도?"

"자! 그럼 그렇게 알겠습니다. 천수가 많이 기다릴 텐데 그만 일어날까요?"

"고, 고마워요. 선생님!"

정민수는 찢어지는 가슴을 달래며 조은하를 부축하며 일어난다. 날씨가 차츰차츰 흐려지더니 결국 솜털 같은 하얀 눈이 내리기 시작한다. 정민수는 조은하를 설득해서 폐농양과 확장성 심근증에 대한 치료를 병행해서 받기로 한다. 단 조은하 자신이 다시 한번 골수 이식에 대한 조직 적합성 항원형 검사를 받는다는 조건이었다.

사실, 일찍이 조은하는 폐농양과 확장성 심근증이라는 사실을 숨긴 채 조직 적합성 항원형 검사에 들어갔으나 들통이 나는 바람에 불가판정을

파멸

받았다. 아니 조금 더 구체적으로 말하면 폐농양과 확장성 심근증으로 인해 불가판정을 받은 것이 아니라 천수와 골수 조식 자체가 맞지 않았던 것이다.

다음날, 정민수도 조은하 몰래 같은 검사를 위해 병원 측에 조혈모세포 혈액채취를 해준 후 흑표와 함께 명동 사보이 호텔 뒤 조은하가 풍금을 치며 일하던 어느 작은 술집으로 향한다. 잠시 휴식을 취하라는 의사의 권유도 뿌리친 채, 시간은 대략 오후 5시

"사장님! 고맙습니다. 이해해 주셔서요. 자, 이 정도면 카나리아의 위약 금과 사례금 또한 충분할 겁니다."

정민수는 탁자 위에 두 개의 봉투를 내민다. 한동안 정민수의 설명을 듣고 난 땅딸막한 50대 초·중반쯤 되어 보이는 남자가 주위를 두리번거 린 후 자신의 테이블 앞에 놓인 두 개의 흰 봉투를 재빨리 집어넣는다. 아 마도 이 술집의 사장인 듯하다.

"뭘요? 카나리아에게 그렇게 딱한 사정이 있는 줄 몰랐습니다. 카나리 아 일은 제가 알아서 둘러대겠습니다. 그러니 패거리들이 오기 전에 빨 리 자리를 피하세요."

정민수는 술집의 생리를 잘 알고 있다는 듯 중절모를 살짝 누르며 일어 선다.

"자, 그럼! 가보겠습니다."

이때, 음흉한 웃음소리와 함께 우당탕탕, 하는 소리가 어우러지며 문이 열면서 서너 명의 건장한 사내들이 들이닥친다.

"흐! 흐! 흐! 누, 누구 마음대로?"

순간, 술집 사장의 표정이 얼음장처럼 변한다.

"그, 게 아니라……. "

그들 중 앞장 서 있던 키가 큰 사내가 입을 연다.

"어이, 바지! 당신은 무슨 큰 착각을 하고 있어. 당신은 사장이 아니라 바지일 뿐이야. 늘 네놈을 지켜보고 있었지. 항상 요주의 인물이었어. 이제 네놈은 이 바닥에서 종을 쳐야겠어."

그리고는 30cm는 족히 되어 보이는 생선회칼을 품에서 꺼낸다.

"우리의 규칙대로 네놈의 오른 손목을 가져가겠다."

술집 주인은 얼굴이 파랗게 질린 표정으로 떠듬거린다.

"이보게! 자, 작두. 한 번만, 눈, 눈감아 주게. 내 돈은 넉넉해 챙겨 주겠네."

"흐! 흐! 흐! 그깟 푼돈으로 우리의 원대한 꿈을 포기하라고?"

사내는 회칼을 휘~익 하고 위로 치켜든다.

"자! 각오는 되어 있겠지?"

술집 사장은 다급해지자 그대로 털썩 무릎을 꿇는다.

"자, 작두. 제발 한 번만 봐 주게."

작두란 사내가 생선회칼로 사장을 향해 찍어 내려갈 즈음에 흑표의 우렁찬 기합 소리가 술집 안 넓은 공간에 쩌렁쩌렁 울려 퍼진다.

"멈췃!"

동시에 생선회칼이 공중 천정을 향해 날아오르는가 싶더니 그대로 테이블에 꽂힌다. 흑표의 번개 같은 발차기가 내려치던 작두의 생선회칼보다 빨랐던 것이다.

"으~윽!"

그제야 작두는 자신의 오른 손목이 부러진 것을 알았다.

"네놈들은 누, 누구냐?"

흑표가 종로 바닥을 휘어잡고 있었지만 광장 쪽이 주 무대였기에 이런 조무래기들이 정민수는 물론 흑표의 얼굴조차 단 한 번도 본 적이 없었다.

이때,

"물러나라."

우렁찬 목소리와 함께 몸집이 태산같이 큰 사내가 두 명의 건장한 사내를 대동하고 술집 문을 들어선다. 수염을 비롯해 머리카락까지 온통 붉은 털로 된 사내다. 종로의 불곰이다. 불곰은 정민수 앞에 90도로 허리를 굽힌다.

"형님! 불곰이 인사 올립니다."

그리고는 오른 팔목을 부여잡고 고통스러워하는 작두란 자를 내려다본다.

"네놈이 작두란 놈이냐?"

순간, 작두와 그 일행은 반사적으로 무릎을 꿇는다.

"형님! 죽여주십시오. 형님!"

"형님? 감히 네놈들이 큰형님의 명을 어겨?"

불곰은 솥뚜껑보다도 더 큰 손바닥으로 꿇어앉은 작두의 볼을 내려친다.

철~퍽!

"아~악!"

작두의 이빨 서너 개가 허공으로 튄다. 정민수가 조직을 해산시키면서 불곰에게 조직원들에게 먹고살 길을 터주라고 했다. 불곰은 한강신문과 함께 하길 원하지 않는 조직원들에게는 일정 금액을 주어 어둠의 세계에서 발을 끊게 했다. 그러나 일부 조직원들은 그 버릇을 버리지 못하고 이곳저곳을 돌며 삥을 뜯고 다녔던 것이다. 이러한 양아치들을 소탕하기 위해 저녁이 되면 불곰은 자신의 옛 지역구인 종로와 명동 일대를 순찰하면서 자신의 조직원들을 잡아들였다.

작두와 그 일행도 반대 세력들의 눈을 피해 가며 자신들의 세력을 키우려고 야심을 품고 있었다. 불곰이 작두를 향해 다시 발길질하려고 하자 정민수가 오른손을 들어 말린다.

"불곰, 그만하지."

그제야 불곰은 행동을 멈추고 넙죽 목례를 한다.

"죄송합니다. 형님!"

정민수는 다시 자리에 앉으며 불곰을 쳐다본다.

"불곰! 한강신문 일은 어찌 되어가나?"

"예, 형님! 전국지부와 지사결성은 거의 다 되었습니다."

"그래? 수고했다. 자! 어디 가서 한잔하지?"

"예! 형님! 오랜만에 제가 모시겠습니다."

불곰은 꿇어앉은 작두 일행을 바라본다.

"가라! 다시 한 번 양아치 짓을 하는 것이 발각되면 그때는 목숨이다."

작두 일행은 다시 넙죽 고개를 숙인다.

"예, 형님! 앞으로 바르게 살겠습니다."

"가라."

그날 저녁 정민수와 흑표 그리고 불곰 일행은 자리를 옮겨 편하게 밤이 새도록 술자리를 가졌다.

이틀 후 오후 3시경 한강신문 사장실,

정민수는 여전히 검은색 중절모를 눌러쓰고 회전의자에 앉아 무엇인가를 골똘히 생각하고 있다. 이때, 노크 소리가 들린다.

똑! 똑! 똑!

"들어오세요."

흑표 김 실장이다.

"흑표! 앉거라."

"예! 형님!"

흑표는 가볍게 목례를 한 후 소파에 앉는다. 정민수도 회전의자에서 내려와 흑표와 마주한다.

"흑표! 알아본 것은 어찌 되었나?"

"예! 안성에 계신 어머니 모실 집은 충남 유구 봉수산 기슭에 거의 다 완공되어 갑니다. 부실 공사가 될 가능성이 있는 1월부터 2월까지는 공사를 쉬고 양생이 가능한 3월부터 공사를 재개하면 3월 말쯤이면 완공이 될 것 같습니다."

"모시고 오는데 법적 하자는 없겠지?"

"예! 제가 어머니의 법적 보호자로 한 달 후면 등재될 수 있답니다. 법적 절차가 생각보다 그리 어렵지 않았습니다. 그런데 이상합니다."

"뭐가?"

"하루 종일 '승호'란 이름만 부른답니다."

"그래?"

"그러니 한시가 급합니다. 건강이 걱정됩니다. 안되면 때려 부수고 모셔오면 됩니다."

"으~음."

정민수는 어머니를 생각할 때 가슴이 미어지지만 애써 태연한 척한다.

"그래? 흑표! 수고 했다."

"그리고 또?"

흑표는 잠시 쭈뼛쭈뼛 망설인다.

"괜찮다. 말해라."

"카나리아는 적합하지 않답니다."

짐작은 하고 있었지만, 실망이 컸다. 정민수는 힘없이 입을 연다.

"그럴 테지. 그럼 나는?"

"형님은 적합하답니다."

순간, 정민수는 자신의 귀를 의심한다. 아무 연관도 없는 일반인과는 몇만 분의 일의 확률이라고 하지 않았던가? 정민수는 기쁨을 감추지 못하고 흑표를 와락 끌어안는다.

"흑표! 이런 좋은 일에 왜 뜸을 들여? 잘 됐다. 잘된 일이야."

"잘된 일이긴 하지만 형님께서 잘못될까 봐 걱정스럽습니다."

"그런 염려는 하지 마라. 설령 잘못된다 하더라도 어린 생명은 살리고 봐야 하지 않겠나?"

"그래도 형님……."

흑표가 말꼬리를 흐리자 정민수가 흑표의 어깨를 툭툭 친다.

"염려 마라. 다 잘 될 거야. 아무튼 고생 많았다. 카나리아에게는 기증자가 나타났다고만 하고 철저히 비밀에 부치도록."

"예! 알겠습니다."

"그럼 수술 날짜는?"

"먼저 형님의 서약을 받은 후 강력한 항암제로 전처치 후에 이루어진다

파멸

고 합니다. 빨라도 약 3주 정도는 걸린다고 합니다."

정민수는 연신 고개를 끄덕인다.

"카나리아가 실망하지 않도록 빨리 이 기쁜 소식을 알리거라. 그리고 천수 수술이 끝나면 폐농양과 확장성 심근증 치료를 받을 수 있도록 빨리 조치를 취하라."

"알겠습니다. 형님! 그럼 나가보겠습니다."

"그래! 수고했다 흑표."

흑표는 일어나 고개를 숙인 뒤 뒷걸음질 친다. 정민수는 갑자기 무슨 생각이 났는지 막 나가려는 흑표를 불러 세운다.

"잠깐!"

"예! 형님!"

"한강신문 전국지사 지부 결성은 어떻게 되어가나?"

"거의 다 되었습니다. 마무리작업만 남았습니다."

"공장과 윤전기사는?"

"형님 말씀대로 조영식과 그의 깜빵 동기들을 채용했습니다."

"월급은 꼬박꼬박 제때 넉넉히 챙겨 주거라. 더는 암흑세계에 발 들여 놓지 않게."

"알고 있습니다. 형님!"

"흑표 너만 믿는다. 그만 나가 보거라."

"예! 형님! 그럼."

흑표는 문을 살짝 밀고 사장실을 빠져나간다. 정민수는 두 눈을 지그시 감고는 깊은 생각에 빠진다.

같은 날 오후 5시경 서울중앙지방검찰청.

이곳은 종로, 중구, 강남구 등지에서 발생하는 굵직굵직한 사건들을 주로 다룬다.

제1 부장검사실,

한 사내가 검사실 안을 서성이고 있다. 비록 뒷모습이지만 훤칠한 키에 말끔한 외모로 보아 한눈에 봐도 호남형임을 알 수 있다. 한 손으로 턱을 어루만지며 무엇인가를 골똘히 생각하는 듯하다. 왼쪽으로 두어 발자국 움직이자 앞에는 대형 책상 앞에 놓인 명패가 보인다. 검은색 바탕에 최고급 자개로 검사 로고와 이름을 음각으로 새긴 최고급 명패다. 그가 돌아선다. 짙은 눈썹에 이목구비가 뚜렷하다. 그러나 눈꼬리가 위로 살짝 찢어진 것으로 보아 음흉스러워 보이기도 한다. 탈옥수 윤철민 사건을 해결하기 위해 대전지방검찰청에서 가장 유능하다는 김상호 검사를 부장검사로 승진시켜 서울중앙지방검찰청에서 합동수사본부장을 맡게 했다. 김상호는 큰 포부의 밑그림을 그렸다. 윤철민 사건만 처리하면 곧바로 차장검사로 승진 되는 것은 따놓은 당상이었기 때문이다. 그러나 쫓기던 윤철민이 계룡산에서 자살하는 바람에 모든 것이 수포로 돌아간 것이다. 하지만 2년이 지나도록 김상호는 포기하지 않았다. 아무리 생각해도 윤철민이 자살할 이유가 없다고 생각했다.

'음! 아니야. 그놈이 자살할 이유가 없어. 첫째는 죽음을 무릅쓰고 탈옥한 놈이 쉽게 자살할 이유가 없고, 둘째는 부산으로 가서 밀항을 계획한 놈이 계룡산에서 자살한 것도 이상하고 무엇보다도 누명 쓰고 감방에 들어간 놈인데 나를 그냥 두고 자살을 택할 리는 더더욱 없지…….'

이때, 똑! 똑! 똑!

"들어와."

검사실 입구에서 일을 보는 검찰사무직 사무장이다.

"종로경찰서 혁 반장 왔습니다."

"들여보내."

동시에 종로경찰서 강력계 형사반장인 혁 반장이 들어선다.

"영감님! 혁 형삽니다."

"어떻게 된 거야?"

늘 당하는 일이지만 혁 반장은 김상호를 만날 때마다 두 주먹을 불끈 쥔다. 나이가 20여 년이나 차이나 아들뻘이나 마찬가지인 김상호가 항상 반말하는 것이 속을 부글부글 끓게 한다. 대부분 검사들이 그랬지만 김상호 검사는 유독 심하다.

"그게 저……."

혁 반장이 조금 머뭇거리자 조인트가 날아온다. 픽!

"억!"

악연, 악연도 이런 악연이 없다. 대전서부터 이곳까지 악연 중의 악연이다.

"야! 혁 반장! 이미 다 종결된 사건인 청량리 588 윤인숙 사건을 왜 들추고 그래?"

"그 사건에는 뒤를 봐주는 세력이 있습니다."

"있긴 뭐가 있어? 너 당장 옷 벗고 싶어? 그리고 너! 그날 밤 조폭들고 한패가 되어 선량한 시민들에게 폭력을 휘둘렀다며?"

"영감님! 그게 무슨?"

"며칠 전 야심한 밤에 낙산 아래서 무고한 시민들을 두들겨 팼다며? 그

사실이 신문에 알려지면 어떻게 되는지 몰라서 그래?"

컨테이너 사건을 두고 하는 말인 듯하다.

"아닙니다. 인신매매단을 검거한 것뿐입니다."

"누가 그걸 몰라? 그런데 그 과정에서 왜 조폭들과 결탁해서 그놈들을 체포하느냐 말이야."

"그게 아니라."

"야! 혁 형사 너 감히 누구 앞에서 변명이야."

혁 반장은 김상호를 노려보며 두 주먹을 불끈 쥐고 부르르 떤다.

'이 새끼야! 넌 부모도 없냐?'

그러나 이 말은 감히 밖으로 내뱉을 수 없는 말이다. 하늘 같은 검찰이니.

"야! 뭘 쳐다봐? 쳐다보면 어쩔 건데? 눈깔아."

혁 반장은 다시 마음을 추스를 수밖에 없었다. 다시 김상호의 말이 이어진다. 조금 전과는 달리 말투가 조금 누그러진 상태다.

"혁 반장! 이상하지 않아?"

"영감님! 무슨 말씀인지?"

"2년 전에 자살한 윤철민 말인데, 자살할 이유가 없잖아?"

"영감님! 그 사건이야말로 일찍이 종결된 사건입니다."

"아니야! 그렇게 쉽게 죽을 리가 없어. 혁 반장! 그때 확실하게 윤철민 신원을 확인했나?"

"예. 영감님!"

"지문 조회도 확실히 했고?"

혁 반장은 잠시 가슴이 뜨끔했다. 그러나 최미화 기자가 거짓으로 말했을 리가 없다. 그럴 이유도 없을 것이다.

"그렇습니다. 영감님."

"내가 부른 이유는 자살한 윤철민의 주검이 확실한 것이었나, 해서 부른 거야. 확실히 잘 처리했다고 하니 이번 조폭 연류설은 묻어 두겠다."

혁 반장은 건성으로 대답한다.

"확실합니다. 영감님."

김상호는 자신의 자리로 가서 앉으며 고급 양담배 한 개비를 피어 문다.

"그래? 믿어도 되겠지? 그럼 나가봐."

혁 형사의 머리가 재빠르게 돌아간다.

'윤철민의 죽음에 저렇게 민감한 것을 보면 네놈과도 무슨 관련이 있어.'

바로 그때, 사무장이 김상호 검사 앞으로 온 등기 한 통을 놓고 나간다. 김상호는 자신의 자리에서 담배를 피워 문 채로 등기 봉투를 찢는다. 동시에, 김상호의 얼굴이 백지장처럼 하얘지며 피어 물었던 담배가 힘없이 뚝 떨어진다. 자신도 모르게 입술이 파르르 떨렸기 때문이다. 이러한 모습을 놓칠 리 없는 혁 반장이다.

'흐! 흐! 흐! 확실히 네놈이 뭔가 숨기는 것이 있어. 아직은 물증이 없지만 내 반드시 밝혀내고야 말겠다. 이 비리검사 새끼야. 후! 후!'

혁 반장이 김상호의 심중을 찔러본다.

"영감님! 혹시 무슨 언짢은 내용이라도?"

그제야 정신을 차린 듯 두 팔을 내젓는다.

"아, 아니요. 혀, 혁 반장님. 그만 나가 보시요."

아까 쌍스러운 말투와는 전혀 딴판이다. 뭔가 불안하고 애써 감출일이 있을 때 일어나는 심리적인 변화다. 사건 현장에서 산전수전을 다 겪은 형사로써 모를 리가 없는 혁 반장이다.

"영감님! 그럼."

혁 반장은 비웃듯 오른쪽 입꼬리를 올리며 쾅~ 하고 문을 박차고 나간다.

김상호에게-

난 당신의 비밀을 알고 있어. 한강신문에 총 50회에 걸쳐 절찬리에 연재되었던 윤철민의 누명, 탈옥 그리고 자살 사건을 잘 알고 있겠지? 그 윤철민이라는 사형수가 누명을 쓰고 10년 동안 옥살이를 한 윤승호라는 사실을 김상호 당신은 누구보다도 잘 알고 있을 거야. 아…. 물론 연재에서는 당신이라고 직접적으로 밝히고 있지는 않지만 S. H가 당신이라는 것을 나는 알고 있지. 아니 나보다도 당신이 더 잘 알고 있을 거야.

그럼 왜 직접 이름을 밝히지 않았냐고? 그야 차츰 알게 되겠지. 개, 돼지만도 못한 놈들! 너의 추악한 비밀을 감추기 위해 순진하고 세상 물정도 모르고 오직 자식의 누명을 벗기기 위해 동분서주하던 윤승호의 아버지를 당신의 애비가 꾀여 이름을 윤철민으로 바꾸게 했지.

당신의 죄상이 만천하에 드러날까 두려워서였지. 덕분에 한강신문 연재에서는 윤철민이 윤승호라는 것을 알지 못해서 윤철민으로 연재를 했지. 아니 알지 못한 것이 아니라 제보자가 제보하지 않았을 뿐이야. 당신이 무덤까지 가져가고자 한 이 비밀을……. 헌데 어쩌나? 자살한 윤철민 아니 윤승호의 비밀을 내가 알고 있으니, 하! 하! 하! 알다시피 난 지금 당신에게 협박하고 있는 거야. 이 글을 읽는 순간 당신은 이미 죽은 목숨임을 잊지 마라. 김상호! 크! 핫! 핫! 핫!

아참 저세상으로 갈 놈들의 순서는 알려 주지. 그래야 도리일 것 같아서, 그러나 죽을 날을 피한다면 죽음은 면해주지. 약속하마. 그러니 아래

암호를 풀고 그날을 잘 피하도록……

아래

4-1 c10 f5h, No.-30

4-2 h1b g3h, A.t-37

4-3 b3 f7, A.t-22

4-4 b30 b5e, A.t-13

You will surely be killed by the killer G.N

(너는 킬러 G.N에 의해 반드시 죽임을 당할 것이다.)

-끝까지 간다.-

등기로 온 편지글은 이렇게 끝이 맺어 있었다.

그리고 등기 봉투 안에는 곱게 접힌 또 다른 한 장의 종이가 있다. 그러나 김상호는 공포감 질려 그것을 보지 못했다. 김상호는 등골이 오싹해지는 것을 느낀다. 10년이 지난 그때의 일을 어제 일처럼 기억하고 있다니 공포감이 스며든다. 이일은 자신의 일이라 수사를 착수할 수도 없다. 이러한 약점을 잘 아는 누군가임이 틀림없다.

김상호가 잠시 정신을 차리고, 무엇인가를 골똘히 생각하며 자리에서 일어나 사무실 안을 분주하게 서성인다.

'(너는 반드시 킬러 G.N에 의해 죽임을 당할 것이다.)

그렇다면 G.N이 누구란 말인가? 도대체…….'

김상호는 잠시 서성이던 것을 멈추고 다시 자리에 털썩 주저앉는다. 그리고 온몸을 부들부들 떨며 두 손으로 머리를 쥐어짜 흔들며 괴로워한다.

'윤철민 아니 승호의 비밀을 아는 놈이 누구란 말이야? 그때 사고 나던 날 그날 밤의 일을 아는 사람은 나와 승호밖에는 없다. 그의 아버지는 윤철민이 승호라는 사실을 입 밖에 내지 않았다. 억울함을 호소할 때쯤 교통사고로 죽었다. 한강신문 연재에 의하면 승호는 부산으로 가기 위해 식장산으로 도망 중이었는데 어떻게 계룡산에서 자살했지? 둘 중 하나는 거짓말이 분명해. 승호가 죽지 않았든지, 한강신문 연재가 거짓이었든지, 그러나 모두가 사실이라도 윤철민 아니, 승호가 스스로 목숨을 끊을 리는 없어.'

김상호가 두려움에 떨며 고통스러워할 때 적막을 깨고 검은색 전화기 벨 소리가 요란하게 울린다.

따~르~르~릉 따~르~릉~ 따~릉~

오늘따라 전화벨 소리가 유난히 크게 들린다. 김상호는 급하게 수화기를 든다.

"강력계 김상호 부장검삽니다."

그러나 상대 쪽에서 아무런 반응이 없이 잠시 침묵이 흐른다.

"여보세요? 말씀하세요."

그제야 들려오는 괴기스런 음성.

"흐! 흐! 흐! 김상호! 지금쯤이면 편지 잘 읽어 보았겠지? 헌데, 뭘 그리 골똘히 생각하나?"

순간, 김상호의 등줄기에서는 식은땀이 송골송골 맺혀 송충이처럼 기어다닌다.

"누, 누구야? 당신은?"

"흐! 흐! 흐! 지옥에서 온 죽음의 사자라고나 할까? 그런데 접힌 나머지

파멸

두 장은 안 본 모양이군."

　김상호는 직감적으로 불길한 공포가 엄습해오는 것을 느끼며 부들부들 떨리는 손으로 봉투 안에 접힌 나머지 종이 두 장을 꺼낸다. 한강신문에 연재되었던 윤철민의 이야기 중 제45회 [누명]편이다.

　사건사고 [이 사람] 이 사람이 살아온 길.

　윤철민 편 제45회 – 누명.

　윤철민은 아래의 사건에 의해 누명을 쓰게 된다.

　-아래-

　10년 전 그날은 대한민국 최고의 명문대인 한국대학교 최종합격자 발표 날이었다. 오후 4시쯤 발표가 난다는 소식에…….

　상략

　…….

　중략.

　…….

　하략.

　…….

　이리하여 윤철민은 억울한 누명을 쓰게 된다.

　46회로 계속.

　연재 최미화 기자.

다 읽고 난 김상호의 얼굴은 새파랗게 질려 하얗게 변했고 입술을 파르르 떤다. 김상호는 메이저 신문도 아닐뿐더러 한낱 찌라시 같은 한강신문에 연재되는 것 따위를 건성건성 건너뛰며 읽은 적은 있으나 위의 내용은 본 적이 없다. 아니, 본 적이 없다기보다는 윤철민과 얽힌 자신의 사건이 물 위로 떠 오르리라고는 생각조차 하지 않았다. 연재 시리즈에도 김상호라는 이름이 아니라 자신만이 알 수 있는 이니셜인 S.H로만 되어 있어 남들이 알아볼 리가 만무했기 때문이다. 윤철민이 탈옥하자, 이러한 사실이 새어 나갈까 봐 김상호의 걱정은 이만저만이 아니었다. 그래서 윤철민을 하루라도 빨리 잡아들이기 위해 혈안이 되어있었다.

그러던 차에 윤철민을 직접 잡아들이지는 못해 승진에는 차질을 빚었으나 차선책으로 천만다행으로 윤철민이 자살을 해준 것이다. 이제는 두 다리를 뻗고 편안히 잠을 잘 수 있으리라 생각했는데 다시 태산 같은 걱정거리가 생긴 것이다. 아니 이제는 걱정을 떠나 목숨까지 위태로워지는 것을 직감했다.

"당신 누구냐? 감히 대한민국 검찰을 협박해?"

"흐! 흐! 흐! 대한민국 검찰? 그렇지, 김상호 당신은 대한민국 검찰이지. 아니, 아니지. 대한민국 썩은 영감일 뿐이지. 네놈들을 영감이라 부른다지? 그리고 협박? 협박이라. 흐! 흐! 흐!"

"도대체 당신 누구냐?"

"흐! 흐! 흐! 윤철민 아니 윤승호가 어찌 식장산으로 도망가다가 느닷없이 계룡산에서 죽었을까 하고 의심하고 있는 당신의 마음을 아주 잘 알고 있는 유일한 사람이지."

김상호는 책상을 꽝! 하고 치면서 일어난다.

"도, 도대체 누구냐? 넌?"

"아! 흥분하면 지는 게임이야. 그러니 흥분하지 마라. 그리고 잊지 마라. 윤승호는 이미 죽었지만 죽음의 사자로 환생했음을을, 그러니 기다리고 있거라."

"건방진 놈, 대한민국 검찰을 우습게 알아?"

"후! 후! 후! 한없이 불쌍한 놈! 이만 끊어야겠군."

"자, 잠깐만, 우, 우리 잠시 만나서 이야기 하……."

딸깍!

김상호의 말이 채 끝나기도 전에 수화기 내려놓는 소리가 들린다.

"자, 자, 잠깐만!"

그러나 이미 끊어진 수화기에서 대답이 들려오기는 만무다. 김상호의 온몸은 두려움으로 인해 식은땀으로 목욕을 한 듯 흥건히 젖어있다.

다음날 오전 10시경 한강신문 회의실.

정민수는 여전히 검은색 중절모를 쓴 채로 흑표, 최미화, 그리고 박 기자 등 간부들 회의를 마치고 자리에서 일어난다.

"자! 모두들 수고해 주세요."

"예. 사장님!"

모두 각자 자리에서 일어나 가볍게 인사를 한 후 밖으로 나간다.

"김 실장도 수고해줘요."

"예! 사장님! 그럼 이따가 보고 드리겠습니다."

김 실장인 흑표도 가볍게 목례를 한 후 문을 열고 나간다. 흑표는 전체 회의를 할 때나 여러 직원이 있을 때는 정민수에게 꼬박꼬박 사장이라는 존칭을 썼지만, 최미화와 정민수 이렇게 셋이서 있을 때는 옛날 버릇을 버리지 못하고 형님이라고 불렀다. 정민수와 단둘이 남은 최미화는 밖으로 나가다 말고 정민수를 쳐다본다.

"사장님! 아니 민수씨 오늘 저녁 술 한 잔 어때요? 내가 한 잔 살게요."

정민수는 난감한 표정을 짓는다.

"미화 씨! 오늘은 혼자 있고 싶어요. 다음에 내가 살게요."

최미화는 두 눈을 치켜세운다.

"민수 씨! 요즘 왜 자꾸 날 피하는 거죠?"

"피하다니요."

"그래요? 그렇다면 내 눈 똑바로 보고 얘기해요."

"그, 그게……."

"흥! 됐어요."

최미화는 회의실 문을 쾅! 하고 박차고 나간다. 정민수는 미안한 생각이 든다. 그렇다 하더라도 그전과는 달리 자꾸만 서먹서먹해지는 것을 느끼게 되는 것은 어쩔 수가 없다. 조은하를 만난 뒤로는 특히 더했다. 아직 최미화의 화장품 냄새가 채 가시지 않은 사무실 안을 서성인다.

이때, 밖에서 경리실 김양의 목소리가 들린다.

"취재 나가시고 지금 안 계시는데요."

"그렇다면 사장님이라도 좀……."

누군가 들릴까 말까 하는 가느다란 음성이 멈추자 김양이 회의실 문을 두드린 후 들어온다.

"사장님! 누가 뵙자고 하는데요."

정민수는 여전히 회의실 안을 서성이면서 고개를 끄덕인다.

"그래요? 그럼 먼저 내 방으로 모셔요. 아, 참 그리고 따뜻한 커피도 두 잔만 준비해 줘요."

"예. 사장님!"

정민수는 골똘히 생각하던 것을 잠시 멈추고 이윽고 회의실을 문을 열고 나선다. 그리고 회의실 맞은편에 있는 사장실 문을 열고 들어선다. 사장실 소파에 등을 지고 앉아 있던 가냘픈 몸매에 우유색 챙모자에 분홍색 리본을 단 여인이 다소곳이 앉아 있다가 문을 열고 들어오는 인기척에 뒤를 돌아본다.

아! 은하, 조은하! 정민수는 조은하의 모습을 보는 순간 심장이 얼어 숨을 쉴 수가 없다. 창백한 얼굴은 그대로지만 여전히 곱고 아름답다. 챙모자 아래 하얀 원피스 위로 길게 늘어뜨린 진한 흑갈색 생머리에서는 여전히 오이향보다 더 상큼한 싱그러운 향이 배어 나온다. 놀라운 마음은 조은하도 마찬가지다.

"아, 아니? 은하 씨가 어쩐……."

"미, 민수 씨가 여기 사장님?"

갑작스러운 만남에 둘의 입에서 동시에 나온 말이다. 정민수는 조은하 앞에 앉는다. 모자를 조금 더 눌러 쓰고는 조은하를 빤히 쳐다본다. 무어라 표현할 수 없을 정도의 아름다운 자태다.

이때, 김 양은 따뜻한 커피 두 잔을 두 손으로 곱게 받쳐 들고 들어와 공손히 놓고 나간다.

"자! 은하 씨! 드시면서."

"예. 민수 씨! 고마워요."

찻잔을 잡기 위해 내민 조은하의 백옥 같은 하얀 손, 섬섬옥수가 따로 없다. 꼭 잡고 놓고 싶지가 않다. 그러나 그럴 수 없는 자신이 밉고 서글 프다. 정민수는 마음을 진정시키며 떨리는 음성으로 입을 연다.

"은하 씨! 은하 씨가 어쩐 일로 여길……."

정민수의 떨림과는 달리 조은하의 음성은 차분하다.

"왜 말씀 안 하셨어요? 민수 씨가 한강신문 대표라는 것을요."

"그보다 천수 상태는 어떤지요?"

"덕분에 많이 좋아졌어요. 그리고 또 기쁜 소식은 익명의 골수 기증자 가 나타났어요."

"아! 그래요? 그것참 아주 잘됐네요."

"네! 엄마인 제가 맞았으면 좋았을 텐데, 저는 적합지가 않데요. 우리 천수를 살려 주신 그분을 꼭 만나고 싶은데, 휴! 익명으로 하셨으니……."

찻잔을 잡은 정민수의 오른손이 미미하게 떨린다.

"고마운 분이군요. 수술 날짜는 언제 잡혔습니까?"

"다음달 10일이니 3주 정도 남았어요. 그런데 민수씨 제 물음에 대답 안 하신 것 아시죠?"

"죄송하게 되었습니다. 지금은 제가 한강신문 대표지만 잠시 후면 떠날 몸이라 말씀드리지 않았습니다."

그 말을 하고 나자 정민수의 가슴에는 눈물이 여름철 내리는 장맛비처 럼 하염없이 쏟아져 내린다. 정민수의 속마음을 알 길 없는 조은하는 다 시 빤히 쳐다본다.

"민수 씨 그게 무슨 말씀인지?"

"네. 낙엽 같은 인생이라 태워지기 전에 떠나야 할까 해서요."

조은하가 오른손으로는 찻잔을 놓으면서 왼손으로는 입을 막으며 웃는다.

"까르르르! 민수 씬 농담도 참 잘하시네요."

섬섬옥수 사이사이로 언뜻언뜻 보이는 가지런한 미백의 치아가 어쩌면 저렇게 아름다울 수 있을까라는 생각을 한다.

"민수 씨! 제 얼굴에 뭐가 묻었어요?"

"아, 아닙니다. 은하 씨!"

"민수 씨! 궁금한 것이 있어요."

"뭔데요? 은하 씨!"

그토록 부르고 싶었고 보고 싶었던 조은하, 정민수는 한 번이라도 더 이름을 부르고 싶어서 말끝마다 이름을 부른다.

"민수 씨는 왜 항상 모자를 쓰고 있지요? 민수 씨 눈동자를 보면 정말 멋지고 아주 잘생긴 미남의 신사일 텐데."

순간, 정민수는 움찔한다.

"민수 씨가 병원에 오셨을 때 척 알아봤어요. 인사동[풍금소리 들리는 마을] 3층에서 얼핏 마주친 그 눈빛이라는 것을요. 그런데 꼭 어디선가 본 듯이 낯이 익어요."

'그래. 은하, 나야 승호.'

그러나 애써 태연한 척한다.

"하! 하! 하! 그럴 리가요? 저는 그때 처음 봤는데요."

조은하는 고개를 가볍게 가로 젓는다.

"아니에요. 분명 어디선가 봤어요. 그러니 모자 한번 벗어 보세요."

"안 돼요. 모자를 벗으면 그 자리에서 죽는 병에 걸렸어요."

조은하가 눈꼬리를 치켜세운다.

"피~이! 거짓말. 누굴 바보라 알아요? 세상에 그런 병이 어디 있어요."

"하! 하! 하! 그래요?"

"호! 호! 호! 그럼요."

그리곤 서로 잠시 동안 빤히 쳐다보자 잠깐의 침묵이 흐른다. 이때, 정민수가 먼저 입을 연다.

"은하 씨! 은하 씨가 이곳에 온 이유를 물어봐도 될까요?"

그제야 조은하도 경직된 몸을 풀며 고개를 끄덕인다.

"최미화 기자를 만나러 왔어요."

정민수는 조은하의 말에 적잖게 놀란다.

"최 기자님을요?"

"예! 사실, 최 기자와 저는 잘 아는 사이예요. 놀라셨죠?"

정민수는 아까와는 차원이 다르게 화들짝 놀란다.

"예~에? 은하 씨가 어떻게?"

"대학교를 함께 다녔어요."

"아! 그러셨군요."

태연한 대답이지만 정민수의 속에서는 전율이 흘렀다. 조은하의 말은 계속 이어진다.

"전 고입, 대입 검정고시를 통해 대학에 들어갔어요. 같은 학과에서 최미화를 만났어요. 제가 한 살 많았지만, 때론 언니로 때론 친구로 아주 친했지요. 대학 2학년 때 그 사람에게 끌려가 임신하는 바람에 학교를 그만두었지요."

정민수는 두 주먹을 불끈 쥐며 부르르 떤다. 어금니에서는 으드득 소리가 난다.

"그 사람 정말 나쁜 사람이군요."

"죄송해요. 민수씨! 그 얘긴 하고 싶지 않았는데 그만."

"아닙니다. 저야 괜찮지만."

조은하는 다시 말을 잇는다.

"이 모든 내용은 미화도 다 알고 있어요."

"음! 그랬군요. 그런데 최 기자가 이곳에서 일하는 것을 어떻게 알았습니까?"

"제가 학교를 그만둔 후, 미화를 한 번도 만나지 못했어요. 아니 그보다 까맣게 잊고 있었죠. 한강신문에 기획시리즈로 윤철민이 연재되기 전까지는, 그때까지도 처음에는 설마설마했어요. 그러던 어느 날, 민수씨와 미화가 제가 일하던 인사동 [풍금 소리 들리는 마을]에 나타났던 거예요."

정민수는 연신 고개를 끄덕이며 듣고 있다.

"다음날 미화가 [풍금 소리 들리는 마을]로 찾아왔어요. 그리고 사장한테 그 많은 위약금을 변상해 주고는 이곳에 제발 부탁이니 나오지 말아 달라고 통사정을 했어요. 그것도 큰 목돈까지 얹어서 쥐여 주면서……. 우리 불쌍한 천수 때문에 거절할 수가 없었어요. 그 돈으로 당분간 민수를 치료할 수 있었거든요."

"은하 씨! 최 기자가 왜 그랬을까요?"

이 부분이 정민수가 가장 궁금한 부분이라 급하게 물은 것이다.

"글쎄! 저도 그게 궁금해요. 아마도?"

조은하가 말꼬리를 흐리자 정민수는 조급해진다.

"아마도 뭡니까? 은하 씨! 혹시 집히는 것이라도 있습니까? 은하 씨! 말해보세요. 은하 씨!"

조은하가 고개를 들어 빤히 쳐다본다. 반사적으로 정민수는 고개를 떨어뜨린다.

"아니? 민수 씨 답지 않게 왜 그렇게 조급해 하세요?"

"제가 그랬습니까? 죄송합니다. 은하 씨!"

"호! 호! 호! 죄송하실 것까지야."

"그래서 뭐 좀 잡히는 것이 있습니까? 은하 씨!"

"아마도 민수 씨와 저를 만나지 못하게 하려고 한 것이 아닐까요?"

정민수의 가슴이 뜨끔하다. 조은하와 최미화가 아주 절친했던 사이이니 윤철민을 승호로 대입시킬 수도 있었을 것이다. 윤철민을 승호로 대입하면 어쩌면 윤철민이 승호 일거라는 추측이 가능하다. 최미화는 윤철민의 개명하기 전의 이름을 모른다. 처음부터 개명된 것 자체를 모른다. 다만 윤철민에서 정민수로 개명된 것만 알고 있을 뿐이다. 정민수가 한동안 말이 없자 조은하가 입을 연다.

"왜요? 민수 씨! 충격 받았어요? 호!호!호! 농담이에요 농담."

그제야 정민수는 짐짓 정신을 차린다.

"그, 그게 아니라, 아참, 그 일 때문에 최 기자를 찾아오셨는지요?"

그제야 둘은 다시 진지하게 대화를 이어간다.

"실은 이곳 한강신문 최미화 기자를 만나면 천수의 목숨을 살려 줄 골수 기증자를 알 수 있을까 해서요. 그분에게 감사하다는 인사라도 해야 하잖아요."

"은하 씨! 그건 아무리 기자라도 알 수 없을 겁니다. 전혀 모르게 익명으로 했을 테니."

"그럼 어떻게 해요? 그분께 너무 고맙고 미안해서."

"은하 씨! 천수가 병상에서 일어나 건강을 되찾으면 그분도 흐뭇한 보람을 느낄 겁니다. 항상 어디선가 지켜볼 겁니다. 천수의 건강한 모습을……."

"그야 당연히 그러시겠지요. 마음이 천사 같은 분이시니, 그래도 무슨 보답이라도 해야 할 텐데요."

"은하 씨! 보답이라니요? 그분도 그것을 당연히 원치 않을 겁니다."

"그래서 그분께 더 미안해요."

정민수가 화제를 돌린다.

"은하 씨! 은하 씨도 빨리 수술 받으셔야 될 텐데요."

"예. 우리 천수 수술 후에나 생각하기로 했어요."

"잘 됐군요. 은하 씨! 그런데 약속은 꼭 지키셔야합니다."

"그게, 무슨?"

"은하 씨! 폐농양 수술해서 꼭 낫겠다는 약속 잊지는 않으셨을 테지요?"

"아! 난 또, 그야 당연히 민수 씨 무서워서라도 지킬 거예요."

"은하 씨! 약속하실 수 있어요?"

"그럼요. 자 약속!"

조은하는 폐농양보다도 확장성 심근증에 대해서는 잘 모르고 있는듯하다. 심장 기증자가 있고 그 심장을 이식받아야 완치될 수 있는 병이라는 것을, 조은하는 유난히 하얗고 긴 오른쪽 새끼손가락을 내민다. 정민수는 잠시 주춤한다. 조은하의 털끝이라도 잡아 보고 싶었는데 그 순간이 온 것이다. 그러나 얼른 손을 내밀지 못한다. 어릴 적 야외에서 물장구치며 새끼손가락을 걸며 한 약속이 생각난 것이다. 조은하가 잠시 흐르던 정적을 깬다.

"민수 씨! 빨리요."

정민수는 새끼손가락을 내밀며 입을 연다.

"은하 씨! 고맙습니다."

약속으로 건 새끼손가락이지만 놓고 싶지 않다. 아니 잡을 수만 있다면 영원히 잡고 싶다.

"고맙긴 제가 고맙죠."

정민수도 가볍게 고개를 끄덕인다. 조은하는 거의 다 식어가는 커피잔을 입술로 가져가며 입을 연다.

"아참! 민수 씨! 그거 알아요?"

"뭔데요? 은하 씨!"

"민수 씬 대화할 때 상대방 이름을 늘 그렇게 많이 불러요? 말끝마다 은하 씨! 은하 씨! 은하 이름 닳아 없어지겠어요."

정민수는 겸연쩍다는 듯 머리를 긁적인다.

"제가 그랬습니까? 은하 씨"

"호! 호! 호! 거봐요 또."

그러나 정민수의 속마음은

'그래! 이 바보야 난 은하 네 이름을 닳아 없어질 때까지 불러도 모자랄 것 같다고.'

"민수 씨! 왜 말이 없어요? 왜요? 들켜서 창피해요?"

"예! 창피해요. 은하 씨!"

"까짓것 빌려 드릴게요. 아니 그냥 아주 드릴게요. 가지세요. 은하 이름."

'그래. 갖고 싶다. 정말로 너를……'

"민수 씨! 언제가 민수 씨 멋진 모습 볼 날이 있겠지요?"

"글쎄요. 제가 모자를 벗으면 죽는 병에 걸려서……."

파멸

"흥! 또 그 소리."

"하! 하! 하! 정말입니다."

"까르르르. 농담도 참."

정민수는 하는 일 없이 이런저런 생각에 싸여있는 사이 어느덧 토요일
이 다가왔다. 아니 그사이 서울병원에 입원해 있는 천수를 만나러 두 번
병문안을 다녀온 적은 있다. 사실, 조은하를 보기 위해서이기도 했다. 조
은하는 명동에서 풍금치던 일을 그만두고 천수의 병간호에만 온통 마음
을 쏟는다.

토요일 오후 5시경,

서울 명동 사보이 호텔 뒤쪽에 위치한 [유정]이라는 간판이 보이는 요
정을 향해 네 사람이 빠른 발걸음으로 걸어가는 모습이 보인다. 검은색
중절모를 눌러쓴 정민수와 흑표 그리고 대형 카메라를 어깨에 걸쳐 멘 최
미화다. 다른 한 명은 강력계 팀장인 혁 반장이다.

요정 입구까지 왔지만 고요하다. 경계하는 자들도 보이지 않는다. 정민
수가 입을 연다.

"형님! 너무 조용합니다."

"아마도 극비에 회동하는 자리라 대가리들만 모일 테지. 그러니 외부로
알려지지 않을 수밖에."

정민수 바로 앞에서 앞서가던 최미화가 한마디 한다.

"혁 반장님! 대가리가 뭐예요. 대가리가. 그것도 숙녀 앞에서."

"하! 하! 최 기자님도 숙녀인가? 내가 아는 최 기자는 섬머슴인데, 선머
슴이 아니면 이런 무서운 곳에 동행할 리가 없잖아?"

"뭐예욧?"

몇 마디의 농담을 주고받는 사이 요정 입구에 다다른다. 요정의 문은 굳게 닫혀있고 그곳에는 아래로 길게

-오늘은 손님을 받지 않습니다.-

라는 문구가 적혀 있다.

"음! 역시 치밀한 놈들이군."

정민수가 중얼거리듯 말을 뱉으며 굳게 닫힌 요정의 문을 힘차게 두드린다. 쾅! 쾅! 쾅! 아무 인기척이 없다. 다시 한 번 문을 두드린다. 쿵쾅! 쿵쾅! 역시 아무런 대답이 없다. 정민수는 흑표를 향해 눈짓을 준다. 그러자 알았다는 듯이 고개를 끄덕이며 막 담을 뛰어넘으려는 순간 삐거덕! 하는 소리와 함께 문이 열린다. 정민수의 한쪽 발이 땅에 닿기도 전에

"잠깐! 오늘은 영업하지 않습니다."

라는 말과 함께 안에서 두 명의 건장한 사내가 밖으로 뛰어나온다. 혹시나 하는 마음으로 건장한 두 명의 사내가 문안에서 보초를 서고 있었던 것이다.

"비켜. 네놈들 같은 조무래기와는 말 섞을 시간이 없다."

그 옆에 섰던 거대한 몸집의 사내가 오른손을 올려 내려칠 기세로 정민수를 향해 한 걸음 다가서며 호통을 친다.

"뭐라카노? 이 자슥이……. 너 죽고 싶……. 컥."

사내는 말도 다 끝내기 전에 백 년 묵은 살쾡이가 마지막 숨을 거두는 듯한 비명과 함께 그대로 앞으로 팍! 고꾸라진다. 동시에 옆에 있던 나머

지 한 명도 단말마의 비명을 토해낸다. 정민수가 오른쪽 손날을 이용한 간수술(看手術)이 눈으로 볼 수 없을 정도의 빠른 속도로 목젖 바로 아래 있는 치명타 중의 치명타인 천돌혈(天突穴)을 누른 것이다. 때를 같이 하여 흑표도 구두 뒤축으로 나머지 한 명의 왼쪽 날갯죽지를 찍어 그 자리에서 실신시켜 버린다.

정민수는 중절모를 다시 살짝 고쳐 쓰며 혁 형사를 바라본다.

"형님! 경찰병력은요?"

혁 반장은 정민수와 흑표의 번개 같은 솜씨에 할 말을 잊는다. 그러다가 더듬거리며 입을 연다.

"아우님 말대로 30분 후, 그러니까 5시 30분에 출동하기로 했네."

"잘하셨습니다. 형님! 자, 들어가시지요."

"그럴까?"

그러나 요정 밖과는 사뭇 다르게 안은 살벌하리만큼 군데군데 젊고 힘깨나 쓸 수 있을 듯한 건장한 사내들이 두 명씩 배치되어 있다.

"누구냐?"

"비켜!"

퍽!

"큭."

추풍낙엽이라는 말은 이럴 때 사용하는 말인 듯하다. 건장하고 우람한 사내들이 정민수의 찹(chop)기술과 찌르기 손기술에 하나같이 비명조차 제대로 지르지 못하고 고꾸라진다. 단골손님들조차도 알 수 없을 듯한 곳에 자리 잡은 깊숙한 밀실이지만 그곳까지 다가가는 데는 채 5분이 걸리지 않은 듯하다.

계단 대여섯 개 위 즉 반 층 정도의 높이에 위치한 요정의 깊숙한 밀실 안, 우하하고 고풍스럽다. 초겨울로 접어들 시기인지라 오후 5시라 해도 어둑어둑하다. 아니 초겨울이라 어둡다기보다는 검은색 커튼으로 사방을 가리고 있어서 더 어두웠다. 은은하게 흐르는 샹들리에 불빛은 밀실의 모든 소품들을 더욱 고급스럽게 한다.

밀실 한가운데는 최고급 자개상이 가로로 길게 놓여 있다. 자개장 양옆으로는 각각 두 명씩 모두 네 명의 건장한 사내들이 검정색 정장 차림으로 앉아 있다. 그들 앞에는 국화향이 은은히 흐르는 국엽차(菊葉茶)가 가지런히 놓여 있다. 그 맨 앞에는 건장한 사내들의 보스인 듯한 60 전후로 보이는 초로(初老)의 중년인이 앉아 있다. 그의 뒤로는 금방이라도 살아서 나풀거릴 듯한 수묵화로 된 병풍이 드리워져 고급스러움을 더한다. 중년인의 키는 작고 몸은 왜소하다. 턱은 뾰족하고 입술은 아주 얇아 없는듯하고 턱의 길이도 유난히 짧았다. 눈 또한 보통사람보다 작아 뱁새눈을 연상케 한다. 왜소한 체구의 보스가 입을 연다.

"노파심에서 하는 말이지만 확실히 오늘의 이 회동은 밖으로 절대 새어나가지 않았겠지?"

그러자, 그의 바로 코앞에 앉은 사내가 앉은 채로 고개를 90도로 굽히며 대답한다.

"염려 마십시오. 의원님!"

의원이라는 자는 흐뭇한 표정을 짓다 말고 별안간 인상을 찌푸리며 식탁을 탁! 친다.

"당연히 그래야지. 그건 그렇고 이번 물건은 형사들에게 뺏겼다지?"

"죄송합니다. 의원님!"

파멸

"못난 놈들! 일을 어떻게 처리했기에, 그나저나 놈들이 이곳까지는 냄새를 맡지 못했겠지?"

"예! 의원님!"

"지금까지 한 번도 실패한 적이 없기에 이번 한 번은 그냥 넘어가는 거야. 다음에 한 번 더 이런 일 생기면 목이 열 개라도 각오해야 할 거다."

"명심하겠습니다. 의원님!"

"이번 일이 우리 대봉의 명운이 달렸다. 그리고 이번 일을 끝으로 우리 대봉건설은 새로운 사업으로 탈바꿈한다. 아참 물건은 몇 개나 되나?"

"미친년 제외하고 6명입니다."

순간, 의원은 사내의 따귀를 힘 있게 갈긴다.

찰싹!

"건방진 놈!"

뺨을 맞은 사내는 얼굴을 비비며 다시 입을 연다.

"죄송합니다. 의원님 여섯 개입니다."

"안성창고에 잘 보관되어 있겠지?"

"그렇습니다. 의원님."

"알았다. 오늘 극비회의는 이것으로 마친다. 즐겁게 마시도록."

"고맙습니다. 의원님!"

의원이 두둑한 봉투를 툭! 던진 후 자리를 털고 일어나는 순간,

휘~익. 우당탕탕!

"윽!"

검은 물체 날아 들어와 고통에 찬 비명을 지르며 의원 앞에 고꾸라지며 처박힌다.

"하! 하! 하! 누구 마음대로 회의를 끝내나?"

이들의 극비회동을 안전하게 보호하기 위해 문밖에서 지키고 있던 건장한 두 명의 사내 중 한 명은 이미 고꾸라져 엎어져 있고 다른 한 명이 의원이란 자의 코앞으로 던져진 것이다. 순간 이들의 당황함은 이만저만이 아니었다. 의원은 뱁새처럼 찢어진 두 눈을 치켜뜨며 얄팍한 입술을 움직인다.

"뭐야? 이 새끼들은? 그리고 감히 여기가 어딘 줄 알고?"

그리고는 네 명 중 아까 연신 고개를 조아리던 두목 같은 사내를 쳐다본다.

"야. 이 새끼야! 오늘의 극비회동이 어떻게 새어 나간 거야."

"죄송합니다. 의원님. 망치 이팔봉이 나불거릴 리도 없는데……."

이때, 팔짱을 끼고 문 앞에 서 있던 두 명의 건장한 사내 중 검은색 중절모를 쓴 한 명의 사내가 입을 연다.

"하! 하! 하! 그게 뭐가 그리 중요해? 오늘 여기서 두 명은 죽어야 할 운명인 것을……."

검은색 바바리에 중절모를 살짝 눌러쓴 정민수다. 그 옆에는 흑표, 그 바로 뒤에는 최미화와 혁 반장이 나란히 서 있다. 두목으로 보이는 사내가 두 눈알을 부라린다.

"건방진 자식! 네놈이 여기에 어찌 들어왔건 네놈이야말로 이곳 이 자리에 묻히게 해 주마."

그리고는 두 손을 치켜들고 공격할 자세를 취한다. 그러자 정민수가 팔을 내저으며 저지하고 나선다.

"아. 잠깐!"

"뭐야? 이 새끼야!"

"후! 후! 후! 그래도 네놈과 저기 국민의 고혈을 빨아먹고 사는 밤 살쾡이처럼 생긴 국회의원 나리께서도 죽는 이유는 알고 죽어야 염라대왕께 네놈들의 죄목을 고하기가 쉬울 테지."

그리고 도둑 살쾡이처럼 생긴 국회의원이라는 작자를 쳐다본다.

"국회의원 나리, 아니, 그 잘난 아들을 둔 상호 아버지. 평생을 막노동판에서 십장으로 피도 눈물도 없이 임금을 착취하더니 기어이 돈으로 벼슬을 샀군."

그랬다. 여기 있는 국회의원은 상호, 즉 검사인 김상호 아버지인 김인석이었다. 정민수는 학창시절 가끔 친구인 상호네 집에 놀러 갈 때면 상호 아버지를 볼 기회가 있었다. 늘 공사판으로 나돌며 가정은 등한시했으나 2대 독자인 상호만큼은 끔찍이 생각했다. 정민수는 상호 아버지의 이러한 행동이 그리 새삼스럽지가 않았다. 이미 제보를 통해 어느 정도 알고 있었기 때문이다. 상호 아버지인 김인석은 대봉건설의 실제적 주인이며 연고가 불분명한 여성들을 납치 강간 후 윤락가로 팔아넘겼으며 병이 들어 쓸모가 없어지면 다시 행려병자로 둔갑시켜 나랏돈을 타 먹거나 장기를 팔아 돈을 챙기는 깡패 조직의 뒤를 봐주는 실질적인 대부(代父)였다. 김인석은 새파랗게 젊은 사내가 자신의 과거를 들추어내자 내심 당황한다. 어느 정도 신분세탁을 했기 때문에 자신의 과거를 아는 사람은 별로 없다.

"하! 하! 뭔가 잘못 알고 왔군. 국회의원은 맞지만, 김상호 검사와는 아무런 관계도 아니지."

"곧 죽을 놈이 자식새끼는 챙기는군."

"흐! 흐! 건방진 놈!"

그리고는 사내들을 쳐다본다. 검은 양복을 입은 건장한 사내들은 이미 일어나서 싸울 태세를 취하고 있다.

"뭣들 해? 빨리 저놈 처리하지 않고……?"

"예! 의원님."

두목으로 보이는 사내가 두 눈을 치켜뜨며 고함을 지른다.

"빨리 저놈들 모조리 잡아."

그와 동시에 세 명의 사내들이 일제히 정민수와 흑표를 향해 달려든다. 정민수는 팔짱을 낀 채로 몸을 슬쩍 빼며 피한다. 반면에 흑표는 눈꼬리를 위로 추켜올리며 공격해 오는 사내들을 맞받아친다.

"어딜 감히!"

흑표는 정민수를 향해 달려오던 사내의 왼쪽 관자놀이를 오른발 앞돌려차기로 정확히 걷어찬다.

픽!

"윽!"

비명과 함께 한 명이 뒤로 나가떨어진다. 그러자 두목으로 보이는 사내가 태산만 한 큰 덩치와는 달리 비호같이 달려든다. 흑표는 다른 한 명을 공격하다 말고 두목이 공격해 오자 엇! 하는 소리를 내며 뒤로 주춤 물러난다. 그러나 흑표가 물러나는 속도보다 두목이 달려드는 속도가 더 빨랐던 탓에 오른쪽 팔과 왼쪽 어깨를 잡히고 만다. 순간, 흑표는 자신의 몸이 허공으로 붕~ 하고 뜨는 것을 느꼈다. 그와 동시에 쿵! 하는 소리와 함께 몸이 벽에 부딪히며 그대로 바닥으로 떨어진다.

"으윽!"

흑표는 일어나다 말고 털썩 주저앉는다. 왼쪽 발목이 부러진 것이다. 찰라, 정민수는 날카로운 눈빛을 발하며 검은색 중절모를 살짝 고쳐 쓰고는 허공을 향해 날아오른다. 그와 동시에 두목의 목이 뒤로 꺾이며 입에서는 참을 수 없는 비명소리와 함께 검붉은 피가 분수처럼 뿜어져 나온다.

퍽!

"으아~악!"

정민수는 자신의 오른쪽 팔꿈치로 두목의 머리 중앙인 정수리를 내리찍으며 슬개술(膝蓋術 - 무릎을 이용한 풍운무의 기술 중 하나 죽일 마음이 있을 때만 사용하는 아주 무서운 기술)을 이용 급소 중의 급소인 천돌혈(天突穴)을 내리찍은 것이다.

주위에 서 있던 일행들과 건장한 사내들, 그리고 조금 전까지 큰소리를 치던 김인석, 이들은 정민수의 인정사정없이 펼치는 거침없는 무서운 살수(殺手)에 온몸이 얼어붙어 옴짝달싹할 수가 없다. 두목은 이미 숨을 거두었는지 아무런 기척이 없다. 정민수는 주위를 한번 쓰~윽! 둘러본다. 감히 누구 하나 나서는 이가 없다. 정민수는 쓰러진 두목 앞으로 다가간다.

"네 놈의 숨통은 정확히 3분 후에 끊어질 거야. 그러니 아직은 내 목소리를 들을 수 있겠지.

"가서 네놈의 죄악을 염라대왕께 세세히 전해라. 그동안의 악행을……. 국개(犬) 놈과 짜고 가난하고 불쌍한 여인들을 납치, 강간, 인신매매 그것도 모자라 심지어 살인 후 장기까지 팔아? 임신 3개월 된 여인 윤인숙이 그토록 살려 달라 빌었건만 잔인하게 살해한 것은 물론, 그녀와 잘살아 보기 위해 발버둥 쳤던 동거남까지 자살케 한 죄, 네놈은 목숨이 열 개라도 모자랄 놈이지. 가거라. 지옥으로……."

정민수는 말을 마침과 함께 반대로 돌아간 두목의 머리통을 되돌려 놓는다. 울컥. 툭. 두목은 입에서 검붉은 피를 한 모금 더 토해내며 고개를 툭! 떨어뜨린다. 정확히 3분 뒤였다. 검사인 김상호 아버지인 김인석은 바들바들 떨며 떨리는 음성으로 입을 연다.

"뭣들 해? 저놈 잡지 않고."

그제야 정신을 차린 죽은 두목의 부하들은 고함을 지르며 저마다 병기를 꺼내 들고 정민수를 향해 달려든다.

"야잇! 죽어랏!"

그러나 정민수는 콧방귀만 날 릴뿐 추호도 흐트러짐이 없다.

"흥! 불쌍한 날파리들, 감히 어딜?"

퍽!

"크~윽!"

쩽그렁. 털썩!

앞에서 30cm 정도 되는 시퍼렇게 날 선 생선 회칼을 들고 달려들던 사내가 힘없이 칼을 떨어뜨리며 맥없이 나가떨어진다. 정민수의 비수(匕手)같은 손날이 공격해오던 사내의 목덜미를 정확히 가격한 것이다. 이때 바깥에서는 요란한 사이렌 소리가 들리기 시작한다.

애~ 애~ 앵~

삐뽀~ 삐뽀~ 삐뽀~

5시 30분이 되자 경찰병력이 들이닥친 것이다. 순간. 옆에서 바들바들 떨고 있던 김인석이 품 안에서 무엇인가를 꺼내 든다. 권총이다.

탕!

"모두 꼼짝 마!"

그리고는 모두가 주춤하는 사이 뒷벽에 드리워져 있던 병풍을 걷어치우고는 쏜살같이 사라진다. 그곳은 벽이 아니라 비상구였던 것이다. 급해진 것은 혁 형사다.

"김인석 거기서!"

혁 형사는 깡패들에게 수갑을 채워 문기둥에 굴비 엮듯 서로서로 엮어놓고는 경찰 들이들이 닥치기 전에 최미화와 함께 뒤를 쫓기 시작한다.

"아우님! 아우님도 김 실장과 함께 이 자리를 피하게! 이 사실이 알려지면 모두에게 좋을 리가 없어. 그럼 다음에 보자고."라는 말을 남기며 어깨를 툭! 친 후 김인석의 뒤를 추격하기 시작한다. 정민수도 흑표를 둘러업고 이들이 사라진 곳으로 사라진다.

그 사건이 있고 난 뒤 대봉건설(사실은 조폭단체)의 조직은 와해되었다고 봐도 무방했다. 그날 저녁 정민수에게 일격을 당해 현장에서 숨을 거둔 대봉조직의 두목이던 백산(白山) 문방호가 죽고 대봉건설의 중요 직책을 맡았던 부두목들이 경찰에 의해 줄줄이 체포되자 내상을 크게 입은 대봉건설은 주저앉을 수밖에 없었다. 이후 일주일이 지난 12월 초순쯤의 일요일 아침에 한강신문에서 세 번째 호외지가 전국적으로 배포된다. 이틀에 한 번씩 세 번에 걸쳐 전국적으로 호외지를 배포했다. 정민수가 이때를 대비해 전국 지사를 서둘렀던 것이다. 불곰은 책임을 지고 단시일에 전국에 조직망을 형성한 것이다.

〈호외 -특종 단독보도 -제3호〉

-국회의원 김인석과 조직폭력배와 유착 관계를 폭로하다.-라는 머리글이 대문짝만한 크기의 타이틀로 시작된다.

국회의원 김인석은 그간 조직폭력배들이 운영하는 대봉건설의 뒤를 봐 주면서 그들로부터 엄청난 자금을 제공받은 것으로 취재결과 드러났습니다. 대봉건설이 하는 일은 건설과는 무관한 부녀자를 납치, 강간 후 청량리 등 각지의 윤락가로 팔아넘겼으며 말을 듣지 않거나 반항하는 아녀자들에게는 살인도 서슴지 않았습니다. 얼마 전 세상을 떠들썩하게 한 윤인숙 납치, 살인 사건도 이들의 소행으로 드러났습니다.

중략.

…….

죽음을 무릅쓰고 잠입 취재한 한강신문의 최미화 기자의 제보를 받은 종로경찰서 강력반은 이들을 검거하는 과정에서 심하게 반항하던 대봉건설 두목인 백산 문방호가 경찰과 격렬하게 저항하다가 현장에서 스스로 목숨을 끊었습니다. 한편 대봉건설의 뒤를 봐주며 실질적인 주인행세를 하던 국회의원인 민사당의 김인석 의원은 권총을 뽑아들고 비밀통로를 통해 어둠속으로 감쪽같이 사라졌습니다. 경찰은 불법무기를 소지할 정도로 막강한 권력을 지닌 이들의 유착관계가 민사당과 관련이 있다고 보고 있습니다. 경찰은 김인석 의원을 전국에 수배령을 내린 후 뒤를 쫓고 있습니다. 이에 대해 민사당은 강하게 반발했습니다.

하략.

…….

-심층취재 최미화 기자

같은 날 오후 10시경 서울중앙지방검찰청 김상호 부장검사실

희미한 전등불 아래에 두 명의 남자가 마주 보고 있다. 나이가 든 키가

작은 초로(初老)의 남자는 하루아침에 쫓기는 신세로 전락한 국회의원 김인석 즉 김상호 아버지다. 어제의 화려했던 모습은 어디 가고 남루한 차림에 초췌한 모습이다. 그와는 반대로 키가 큰 남자는 김상호 검사 즉 김인석의 아들이다. 위험을 느낀 김인석이 김상호의 차를 타고 검찰청으로 들어온 것이다. 등잔 밑이 어둡다고 했던가? 이곳이 가장 안전하다고 생각한 것이다. 김인석의 왼손에는 특종을 다룬 한강신문의 호외지가 쥐어져 있다. 김인석은 김상호를 올려다보며 따귀를 후려친다.

철~썩!

"야! 이 놈아! 일을 어떻게 처리한 거야? 이 애비 죽이려고 그래?"

"아버지! 그게……."

"뭐야? 무슨 말을 하려고 그래?"

그리고는 호외지를 김상호 코앞에 내민다.

"일을 어떻게 하기에 나를 곤경에 빠지게 해?"

김상호가 맞은 곳이 아픈지 볼을 만지며 입을 연다.

"그게 왜 제 잘못이에요? 아버지가 깡패 놈들 뒤를 봐줘서 그런 거지요."

순간 김인석의 눈꼬리가 하늘 높은 줄 모르고 치켜 올라간다.

"뭐야? 야! 이 새끼야! 진작 승호 놈인가 철민인가 하는 놈을 사형시켰으면 이런 곤란한 일은 없잖아."

"그걸 제가 어떻게 해요? 법무부 장관 소관인데."

"그만한 힘도 없어?"

"아버진 검사면 뭐든 다 되는 줄 알아요? 그리고 또 저와 아버지 눈엣가시였던 철민이는 이미 자살했잖아요?"

"니 두 눈으로 시신 확인하고 신원조회도 확실히 해 봤나?"

"예! 아버지."

김상호는 얼떨결에 거짓 대답을 한다. 김인식은 무엇인가를 골똘히 생각한 후 좌우로 고개를 흔든다.

"아니야? 어렵게 탈옥한 놈이 그렇게 쉽게 목숨을 끊을 리 없어. 그리고 ……."

"아버지 뭐 좀 짚이는 것이 있습니까?"

"우리 비밀은 너와 나밖에 모르는데 손금 보듯 알고 있단 말이야. 특히 그놈의 이글거리는 눈빛이 마음에 걸려."

사실 김상호도 이런 모든 부분이 마음에 걸렸다. 하지만 내색하지 않았다.

"설마요?"

"아니야. 분명 뭔가 있어. 대한민국 최고의 싸움꾼인 백산 문방호를 단 일격에 즉사시킨 것도 그렇고……."

"아버지 그럼? 백산이 스스로 자살한 것이 아니란 말입니까?"

"그래. 어릴 적 네놈과 놀 때 가끔 보여주던 무술이었어."

"아버지 그 말을 왜 지금에야 하세요?"

"야! 이 새끼야! 이 애비가 도망 다니느라 언제 말할 시간이 있었나? 그나저나 경찰 놈들이 백산 시신을 자살한 것으로 처리한 것은 아주 잘한 일이야."

김상호가 끼어든다.

"백산이 죽임을 당한 것이 알려지면 경찰 놈들도 난감해지니 그것을 덮으려고 그랬을 테지요."

김인석이 고개를 끄덕인다.

"그놈과 형사가 함께 들이닥친 걸 보면 한패인 것이 틀림없어."

"그럼 그 형사 놈을 족쳐볼까요?"

김인석은 순간 김상호를 올려다보며 다시 한번 뺨을 때린다.

찰~싹!

"이 바보 머저리 같은 놈아. 검사란 놈이 어찌 그리, 쯧쯧쯧."

"……."

"윤철민이란 놈이 태산을 죽였다고 해봐라. 난 완전히 살아날 길이 없어. 그건 너도 마찬가지야. 그러니 넌 그놈을 암암리에 처리해."

김상호도 그놈이 승호란 생각이 들었다. 김상호는 어제 배달되어 온 등기 한 장을 내민다.

"아버지! 이것 좀 보세요."

"뭔데, 그래?"

봉투 속에 든 달랑 메모지 한 장. 지난번에 받은 것과 같은 내용이다. 다른 것이 있다면 4-1에 ×표시와 제거라는 내용이 추가된 것뿐이다.

추신:

4-1   c10   f5h   No-30(× - 제거)

4-2   h1b   g3h   A.t-37

4-3   b3   f7   A.t-22

4-4   b30   b5e   A.t-13

You will surely be killed by the killer G.N.

(너는 킬러 G.N에 의해 반드시 죽임을 당할 것이다.)

-끝까지 간다.-

김상호가 입을 연다.

"아버지 이게 무슨 뜻일까요?"

김인석이 빤히 쳐다본다.

"평생 노가다 판에서 잔뼈가 굵은 까막눈인 내가 뭘 알아?"

"……."

"그래? 김 검사! 너도 모르겠어?"

"예! 아버지. 저도 영~"

"이런, 한심한, 아참 너도 알지?"

"……."

"일본 강점기에 너희 할아버지는 전라도 정읍에서 아주 잘 나가던 고등계 형사였지. 그때 악착같이 돈을 긁어모았지. 그러나 해방되던 해 마을 청년들에 의해 맞아 죽었지. 어린 내가 두 눈으로 똑똑히 보았다. 그 후 난 대전으로 도망을 와서 물불 가리지 않고 악착같이 돈을 모았다. 친일파라는 꼬리표를 떼어내려면 권력밖에 없어. 그 돈으로 호적도 바꿀 수 있었다. 그뿐만 아니라 널 검사로 만들었고 난 칠일파가 득실득실한 민주사회당에 들어가서 돈으로 권력을 손에 잡았지."

"그런데 왜 하필이면 민사당에 ……."

"흐! 흐! 그건 그 당에 가장 악랄하고 악질적인 친일파가 많으면서도 신분을 세탁하기 위해 친일파 청산을 가장 강하게 외치고 있거든……. 그건 그렇고 넌 반드시 그 암호 풀고 처리해."

"예, 아버지."

"아참, 그리고 그 년이 다시 말썽부리지는 않겠지?"

"애 때문에 잠잠합니다. 애는 백혈병에 걸려있고요."

"절대 손톱만큼이라도 인정을 베풀면 안 돼. 그럼 넌 죽게 돼 있어. 또 한 가지 안성에 있는 그놈 애미도 빨리 처리하고. 아니, 내가 처리하마. 불쌍해서 지금껏 살려 뒀는데 화근이 될 것 같다."

"예, 아버지. 하지만 천수의 병은 고쳐줘야 하지 않을까요? 아버지 핏줄인데."

순간, 김인석의 눈꼬리가 올라가며 따귀를 올려친다.

철썩!

"뭐야? 야! 이놈아! 그 새끼가 니놈의 자식이 인지 아닌지 어떻게 알아? 그리고 네놈을 하나도 닮지 않았어."

김상호는 벌게진 뺨을 만지며 입을 연다.

"그래도 아버지."

그러자 김인식은 다시 한번 고함친다.

"그래도 이놈이? 그리고 이런 일은 한 푼어치도 정에 이끌리면 니놈과 이 애비는 파멸이라는 것을 명심해."

김상호도 가만히 생각해보니 천수가 자가 자식이라고는 하지만 전혀 자신과 닮지 않은 것 같았다. 이때, 김인식이 다시 소리를 버럭 지른다.

"김 검사! 딴생각 말고 빨리 차나 대기시켜."

이들의 대화는 어마어마하고 무시무시하게 끝이 났다.

종로경찰서 강력1팀.

혁 형사는 자리에서 일어나 박 형사를 부른다.

"박 형사! 뭘 좀 알아냈나?"

"예! 반장님! 민사당 김인석 의원은 대봉건설을, 아들인 김상호 검사는 김인석 의원의 뒤를 봐주고 있었습니다."

"그래? 내 이 새끼들 그럴 줄 알았어. 반드시 내가 네놈들을 잡는다. 후! 후! 그리고 다른 낌새는 없나?"

"예! 그게."

"뭔데? 말해."

"윤철민 자살에 대해 무척 예민한 것 같습니다."

"음! 뭔가 있어. 윤철민 죽음과 김상호 이 자식과의 관계에 대해 다시 한번 알아봐."

"반장님 괜찮을까요? 그때 윤철민 신원을 확인하지 않고 화장한 것이 마음에 걸립니다."

"실은 나도 좀 찝찝해. 하지만 한강신문에서 거짓말할 이유가 없잖아?"

"그건 그렇지만, 윤철민의 억울한 죽음과 김상호 검사와 연관이 되어있다면?"

순간, 혁 형사는 자신의 무릎을 탁! 친다.

"그렇지! 그럴 수 있어. 그렇다면 김상호가 한강신문의 표적이 될 수 있어. 일전에 윤철민의 일대기를 다룬 연재도 그렇고 지금 연속으로 뿌려대는 호외지도 그렇고, 왜 진작 그 생각을 못했지?"

혁 형사는 고개를 연신 끄덕이며 박 형사와 김 형사에게 잇달아 지시를 내린다.

"이봐! 박 형사는 계속 김상호 이 자식에 대해 알아보고 김 형사는 한강신문에 관해 알아보고 보고하도록."

"예! 반장님!"

"예! 반장님! 잘 알겠습니다."

"아참 차 순경!"

날렵하게 생긴 여경이 자리에서 일어나며 대답한다.

"예! 반장님!"

"한강신문 스크랩 해놓은 것 있지? 윤철민 연재 시리즈 중에 [누명 편]
좀 찾아와 봐."

"예! 반장님!"

혁 반장은 자신의 자리에서 차 순경이 가져온 한강신문 윤철민 연재 시
리즈 중 [누명 편]을 펼친다.

제 8 회

누명, 피바람 1

[연재 시리즈 제45회 -누명]

-10년 전 그날은 대한민국 최고의 명문대인 한국대학교는 최종합격자를 발표하는 날이다. 오후 4시쯤 발표가 난다는 소식에 윤철민과 그의 단짝이었던 친구 두 명과 함께 윤철민의 집에서 잡음이 심하게 나는 진공 라디오에 온 신경을 기울이고 있다.

잠시 후,

"야호!"

"합격이다."

"축하한다."

"그래 너도 축하해."

셋은 누가 먼저라 할 것도 없이 마당으로 뛰어나와 서로가 서로를 얼싸 안는다.

"오늘은 금요일이니, 다음 주 월요일에 합격통지서 받으러 가는 것이 어떨까?"

"그래 그게 좋겠다."

윤철민과 친구들은 온 세상을 다 얻은 듯 기뻤다. 그도 그럴 것이 대한민국에서 최고의 명문대학교인 한국대에 3총사가 모두 합격을 했으니…….

"자! 그럼 자축하는 의미에서 술 한 잔 어떨까?"

공부도 1등을 놓치지 않았지만 가끔은 일탈도 해서 선생님으로부터 꾸중을 들었던 친구가 던진 말에 셋은 서로 얼굴을 쳐다보다가 이심전심으로 의기투합이 된다.

"좋아. 좋아."

아침부터 매섭게 불어대던 칼날 같은 북풍은 늦은 오후로 접어들자 차츰 누그러지기 시작한다.

대전천 천변(川邊)

홍등가처럼 붉게 새어 나오는 불빛은 주위를 대낮처럼 밝혔다. 이곳이 바로 대전의 유명한 명소 중의 하나인 포장마차촌이다. 윤철민을 비롯해 3총사는 이곳에서 소주 한 잔씩을 주거니 받거니 했다.

이들뿐만 아니라 대학교 합격을 한 이들은 축하주를, 낙방한 이들은 위로주를 마시기 위해 다른 날에 비해 유난히 북적거린다.

"브라보!"

짜~잔. 술잔 부딪치는 소리가 경쾌하게 들린다. 그러나 공부만 하던 모범생들이라 한두 잔만 들어가도 쏴르르 하며 취기가 온다. 다만, 가끔씩 일탈을 했던 친구만 정신이 말짱하다. 바람이 잠잠해지자 함박눈이 내리기 시작한다.

"누, 눈이다. 하늘도 우리를 축복하는 것 같다. 자! 자! 우리 나가서 한잔 더 할까?"

"난, 더, 더 이상 못 하겠어."

"나, 나도 토, 토할 것 같아."

"짜~식들! 남자가 그 정도로 뭘 그래?"

"우 욱!"

"눈까지 우리를 축복해 주는데, 자 그러지 말고 저 다리 위에 가서 찬바람 쐬고 나면 좀 괜찮을 거야. 그리고 한잔 더 하는 거야."

셋은 포장마차촌과 약간 떨어진 대전천을 가로지르는 다리 위로 향한다. 내리는 눈과 찬바람이 얼굴에 맞닿으니 술이 확! 깨는 것 같았다. 자정이면 통행 금지가 있는 터라 다리 위는 어느새 인적이 끊긴 듯 조용하다. 윤철민은 맞은편 다리 위에서 두 팔을 벌려 불어오는 바람을 시원하게 맞고 있다. 이때,

"야! 윤철민! 통행금지 되기 전에 한 잔 더 해야지?"

윤철민은 그 말에는 아랑곳하지 않고 고개를 두리번거리며 입을 연다.

"처음 마시는 술이라 힘이 들어. 아! 그러나 기분은 좋다."

"그래? 짜~식, 그래도 곧, 잘 마시던데?"

"아참, S.H는……?"

"글쎄? 조금 전까지 옆에 있었는데."

"야! 어디서 토하나 본데?"

둘을 각자 흩어져 찾기 시작한다.

한편 S.H는 눈과 찬바람에 잠시 취기가 깨는 듯하더니 갑자기 술기운이 확 올라와 속이 부글부글 끓어 참을 수가 없어서 다리에서 조금 떨어진 곳에서 앙상하게 변해가는 플라타너스 나무를 붙들고 쪼그리고 앉아서 꾸웩! 꾸웩! 토하고 있다.-

……

파멸

혁 형사는 여기까지 읽고는 잠시 숨을 고르기 위해 담배 하나를 피워 물며 피식하고 웃는다.

'후! 후!, 너와 니, 애비도 이제 끝났어. 핫! 하! 하! S.H. 그다음 머리글자는 K. 그러니까 Kim. 흐! 흐! 김상호.'

같은 시각, 서울병원 보호자실에서도 한강신문에 연재되었던 연재 시리즈 윤철민의 누명 편을 눈물을 훔치며 읽고 있는 여인이 있다.

"흑! 흑! 홀~ 쩍."

울먹임과는 달리 늘씬한 키에 호리호리한 몸매, 그리고 챙모자 아래로 길게 늘어뜨린 흑갈색의 생머리에 연한 연분홍 원피스에 긴 검은색 가죽 코트를 입은 30대 초반의 여인이다. 천수 엄마인 조은하다. 천수는 강력한 항암치료를 잘 견뎌 낸 후 지금은 무균실에서 치료 중이다. 5일 정도만 더 견뎌내면 수술에 들어간다.

조은하는 거의 매일 이곳에서 지낸다. 하루 한 번 밖에 천수를 볼 수 없지만, 이곳을 잠시도 떠나지 않는다. 천수를 보기 위해서는 무균샤워를 하고 무균가운과 장갑, 마스크, 모자까지 착용하고 난 후에야 그것도 비닐 막을 사이에 두고 겨우 볼 수 있다. 그러나 그것이 조은하에게는 일과 중 가장 큰 즐거움이다. 오늘은 보호실에서 어릴 적 승호와 한강신문의 대표인 정민수를 머릿속에 번갈아 떠올려 보며 지나간 한강신문을 가져다가 윤철민의 누명 편을 다시 한번 읽는 중이다. 대학 2학년 때 김상호에게 강간을 당하기 전까지만 해도 온통 승호 생각으로 꽉 차 있었지만, 강간을 당한 후로는 차츰 승호 생각에서 멀어져갔다. 아니 정확히 말해서는 천수가 태어난 이후부터다. 생각한들 별수 없을뿐더러 살인을 한 살인수로 사형수로 복역 중이라는 사실을 김상호를 통해 들은 이후는 더 더욱 생각에서 지워져 갔다.

그후, 처음 한강신문에 연재될 때는 승호 이야기인 줄을 알면서 읽었지만 큰 자극이 되지 않았다. 그러나 마지막 50회를 접하면서 승호가 누명을 쓴 것을 안 것이다. 그 후 몇 번이고 누명 편을 읽고 또 읽었다.

"바보! 바보 같은 사람. 흐! 흑."

자신을 원망하고 세상을 떠났을 승호에게 너무나 미안할 뿐만 아니라 자신을 버리고 세상을 등진 승호가 그립다 못해 미워지기까지 한다. 오늘은 유난히 승호의 억울한 죽음과 검은색 중절모 푹 눌러쓴 정민수의 모습이 머리에서 떠나지를 않는다. 조은하는 하얀 손수건으로 눈물을 찍으며 계속 읽어 내려간다.

툭! 툭! 툭!

"야! S.H! 괜찮아?"

"으~응! 괜찮아. 아, 아니, 죽을 것 같아."

"바보 같은 자식 겨우 술 서너 잔에?"

"야! 너는 가끔 수업 땡땡이치고 술 마시러 다녔잖아."

"뭐? 그래서? 그래도 난 공부 항상 1~2등 했어."

S.H는 토하다 말고 고개를 들어 등을 토닥이는 친구를 바라본다.

"공부만 잘하면 모범생이냐?"

S.H의 등을 두드리던 친구가 비아냥거리듯 입을 연다.

"바보 같은 자식. 나약해 빠져가지고, 그리고 니가 나한테 모범생 운운할 자격이 있어?"

파멸

"뭐야? 너."

S.H는 은근히 부아가 치밀어 올랐다. 그렇지 않아도 처음 마시는 술이라 속이 거북해서 죽을 지경인데 옆에서 염장을 지르니 당연히 부아가 치밀어 오를 수밖에.

S.H는 입안으로 손가락을 집어넣고는 우~웩! 하고 친구의 얼굴을 향해본의 아니게 토사물을 발사했다. 물론, 일부러 한 것은 아니지만 토하고 나니 편해진 속도 속이지만 토사물을 뒤집어쓴 친구의 얼굴을 보니 미안하기도 하지만 한편으로는 고소한 생각도 들었다. 친구는 갑자기 오물을 뒤집어쓰자 화가 머리끝까지 치솟았다.

"미쳤나? 이 새끼가."

"미, 미안해!"

퍽!

"으~윽."

S.H의 사과 말이 채 끝나기도 전에 친구의 발길질에 그 자리에서 그만 고꾸라지고 만다.

"이 병신 같은 새끼가?"

"뭐? 벼, 병신?"

"그래. 철민이가 너를 감싸주는 것도 싫고 또 무식한 네 아버지 돈 백믿고 설치는 것은 더 싫어. 야비한 새끼."

S.H는 고꾸라진 채로 무섭게 친구를 노려본다.

"뭐? 야비해? 내가?"

"그래 난 너처럼 야비한 놈을 가장 경멸한다."

"경멸?"

"그래 경멸. 내가 모를 줄 알았지?"

"뭘?"

"니가 철민이 여자친구의 편지를 가로챘잖아. 아니지, 정확히 말하면 여자친구를 가로챈 것이지. 아니야?"

순간, S.H의 눈에서 살기가 뻗었다가 사라진다.

"지금이라도 이 사실을 철민이한테 말하면 어떻게 될까?"

"니, 니가, 그걸 어떻게?"

"너는 야비하고 음흉하고 친구를 배반한 아주 치사하고 더러운 놈이야. 후! 후! 후! 이 사실을 당장."

친구가 S.H를 발로 툭 차며 일어서려 하자 S.H는 마음이 다급해진다. 친구의 다리를 잡고 늘어진다.

"제, 발 그것만은……?"

"이것 놔. 이 야비한 새끼야."

친구가 다시 한번 S.H를 발로 밀어내며 뒤로 돌아서려고 하자 S.H의 두 눈이 뒤집힌다. 이것저것 생각할 겨를이 없다. 지금 이 큰 비밀을 어떻게 알았는지는 중요하지 않다. 어떻게든 철민이한테 알려지는 것은 막아야 한다. 왼쪽으로 고개를 돌리자 깨진 벽돌이 눈에 들어온다.

그 순간, 취했던 순간도 토하던 순간도 다 잊은 채 초인적인 힘으로 친구의 두 다리를 끌어당겨 바닥에 내동댕이친 후 벽돌로 친구의 얼굴을 내려친다.

"이 새끼야! 죽어,"

퍽!

"아~아~악."

밤공기를 타고 울려 퍼지는 비명소리는 다리 위에 있던 철민이의 귀에도 들린다. 철민이가 비명을 듣고 달려왔을 때는 둘의 상황이 이미 매우 급하게 돌아가고 있었다. S.H가 친구를 다시 벽돌로 내려치려고 할 때 철민이는 S.H를 밀쳐 내려고 몸을 날린다.

"안 돼."

그러나 S.H는 이미 벽돌로 친구의 얼굴을 내려친 후였다.

픽!

"아아~악!"

철민이는 순간적으로 몸을 날려 친구를 막았으나 이미 때가 늦은 뒤였다. 아래에 깔린 친구가 벽돌로 얼굴을 맞는 것과 동시에 비명을 지르며 깨진 유리병이 잡히자 무턱대고 찌른 것에 철민의 오른쪽 눈 아래를 찍은 것이다.

"으~악."

피가 뚝! 뚝! 뚝! 떨어지는 것에도 불구하고 철민은 친구를 좌우로 흔든다.

"야! 임마! 정신 차려."

그러나 이미 축 처진 친구는 두개골이 파괴된 듯 아무 말이 없다. 이때, 다시 한 번 둔탁한 소리와 함께 날카로운 비명소리가 들린다.

픽~픽!

"아~아~악! 사람 살려."

이번에는 여인의 비명소리다. 이곳을 지나던 여인이 S.H가 사람을 살해하는 광경을 목격한 것이다. 그것을 본 S.H가 소리치며 도망가는 여인의 뒷덜미를 낚아채는 동시에 벽돌로 머리를 내려친 것이다.

여인은 비명만 남긴 채 풀썩 쓰러지며 두 다리를 파르르 떤다. 다음 순간, 밤공기를 타고 호루라기 소리가 다급하게 들려온다.

삐~이~익. 호루루르~ 삑익!

순간적으로 정신을 번쩍 차린 S.H가 철민을 향해 소리친다.

"야! 빨, 빨리 도망쳐."

그리고는 어디론가 향해 어둠 속으로 쏜살같이 사라진다. 철민은 당황해서 어찌할 바를 모른다. 차츰 호루라기 소리가 가까워지며 발소리도 다급하게 들려온다.

삐~이~익!

"저놈 잡아라."

아무리 생각해도 별 뾰족한 수가 없다. 철민이도 쓰러진 친구를 뒤로하고 슬슬 도망치기 시작한다.

"난, 난 아니야. 친구야! 너도 잘 알지?"

그러나 철민은 얼마 못 가서 잡히고 만다.

하략.

- 연재 최미화 기자 -

누명편을 다 읽고 난 후 조은하는 다시 닭똥 같은 눈물을 뚝뚝 떨어뜨린다.

"흑흑, 바보 같은 사람! 죽긴 왜 죽어. 나 같은 사람도 모질고 질긴 목숨 이어가고 있는데."

그러다가 어느 한순간, 조은하의 눈물 젖은 두 눈동자가 불빛에 반짝 빛난다.

'아무래도 이상해. 철민 아니 승호가 일부러 자살할 리가 없잖아! 그리

파멸

고 수기가 직접 경험한 것처럼 너무나 생생해. 만약 이니셜 S.H에 Kim을 추가한다면? 상호김? 설마?"

생각이 여기에 미치자 조은하는 자신의 뒷머리를 큰 둔기로 얻어맞은 듯한 심한 충격을 받는다.

한편, 이런 일이 벌어지고 있는 사이 흑표는 신설동에서 미아리 쪽으로 향하는 사거리 방향에 있는 별로 크지 않은 민 정형외과에서 골절된 발목 석고붕대(깁스)를 하고 치료 중이다.

"하하, 흑표! 실력이 고작 그 정도였더냐?"

"원! 형님도, 제가 방심한 틈을 타서."

"내가 누누이 말했듯이 경적필패라 하지 않았나? 호랑이도 토끼를 잡을 때 최선을 다하는 법이라고."

"형님! 그만하시지요? 아흔다섯 번만 더 들으면 백번입니다."

"그래, 알겠다. 그러나 양약(良藥)은 고구(苦口)나 이어병(利於炳)이요. (좋은약은 입에 쓰나 병에 좋고)"

흑표가 정민수의 말을 또 자른다.

"충언(忠言)은 역이(逆耳)나 이어행(利於行)이라. (좋은 말은 귀에 거슬리나 행동하는데 이롭다) 이 말도 구십 번만 더 들으면 백번입니다."

정민수는 검은색 중절모를 살짝 고쳐 쓰고는 침상에 걸터앉으며 다시 입을 연다.

"하! 하! 하! 알면서 행치 않으면 무슨 소용이 있으리오."

"그만하쇼. 형님! 형님 유식한 것 다 알고 있습니다."

이때, 이들의 담소를 시기라도 하듯 최미화가 병실 문을 밀고 들어온다.

"두 분이 무슨 말을 그렇게 재미있게 하세요?"

흑표가 병상에서 몸을 반쯤 일으키며 입을 연다.

"아니, 최 기자님?"

"그냥 누워 계세요. 김 실장님. 그런데 좀 어떠세요?"

"보다시피 다 나았습니다."

"피~이, 다 낫긴 무슨? 그날 우리 민수 씨 없었으면 어쩔 뻔했어요."

"하! 하! 형님 안 계셨으면 그런 곳에 아예 가지도 않았지요. 그랬다면 이렇게 다칠리도 없고."

이때, 정민수가 끼어든다.

"아니? 미화 씨는 이곳을 어떻게 알고?"

최미화는 정민수를 향해 눈꼬리를 치켜뜬다.

"흥! 제가 기자라는 사실을 잠시 잊었나 보죠?"

"그, 그게 아, 아니라."

"아니긴 뭐가 아니에요? 이렇게 꼭꼭 숨으면 못 찾을 줄 알았어요?"

사실, 그날 일격을 당해 발목이 골절되는 부상을 입은 흑표를 들쳐 메고 급히 사건 현장을 빠져나온 후 민 정형외과에서 치료 겸 쉬는 중이라 아무 곳에도 연락하지 않은 것이다. 정민수가 다시 떠듬거린다.

"미화 씨! 그게 연락할 틈도 없고 또."

최미화는 조금 전보다 더 눈꼬리를 치켜 올리며 입을 삐죽거린다.

"또 뭐예요? 연락할 방법이 없었다고요?"

정민수가 모깃소리만 한 크기로 대답한다.

"예! 미, 미화 씨."

최미화는 자신이 다그치는 말에 싸움할 때와는 달리 안절부절못하는 정민수의 모습이 귀엽기까지 하다. 그러나 내색하지 않고 오히려 더 화가 난 표정을 지으며 입을 연다.

"뭐예요! 그럼 이 병원에는 전화기도 없단 말이에요?"

정민수와 흑표는 몰아붙이는 최미화의 말에 할 말이 없었다.

"저도 사지(死地)에서 겨우 빠져나왔는데 민수 씬 제가 걱정도 안 됐어요? 아니, 보고 싶지도 않았어요?"

"휴! 미안해요. 미화 씨!"

"미안하면 저녁에 술 한 잔 사줘요."

그 말에 흑표의 눈치를 보며 당황한다.

"그, 그건……."

최미화는 오른손 주먹을 쥐고 정민수를 때리는 시늉을 한다.

"그 봐요!"

그때 흑표의 웃는 소리가 들린다.

"하! 하! 여기서 사랑싸움하지 마시고 나가서 두 분이 맛있는 것 드세요."

그제야 최미화는 흑표에게 미한 듯 주먹을 거두어들인다.

"흑, 아니 김 실장님 죄송해요"

"아참, 그나저나 두 분 언제 국수 먹여 주실 건가요?"

흑표의 말에 정민수는 얼굴이 화끈거리는 것을 느꼈으나 최미화는 아무렇지도 않은 듯 입을 연다.

"글쎄 말이에요. 저는 당장 먹고 싶은데 민수씨는 싫은가 봐요."

"아! 그래요? 형수님! 그럼 제가 당장 사드릴게요."

"예? 그리고 형수님? 호! 호! 호! 실장님도 참."

"아참! 제가 그만 실수를."

최미화는 손사래를 치며 웃는다.

"아, 아니에요. 듣기 싫지 않은데요. 뭘!"

"하, 하, 그럼 다행이고요."

최미화는 정민수를 올려다보며 다시 입을 삐쭉한다.

"김 실장님 말씀 들었죠? 민수씨!"

정민수는 아무 대답이 없다. 그러나 최미화와 흑표는 무엇이 그리 즐거운지 깔깔대며 웃는다.

"호! 호! 호!"

"하! 하! 하!"

오늘은 천수가 골수 이식을 수술받는 날이다. 천수는 무균실에서 골수 공여자의 골수를 기다리고 있다. 천수는 무균실에서 잘 참아내며 견디고 있지만 보호자인 조은하는 대기실에서 안절부절못하며 머리에 한 손을 얹은 채 서성거린다.

이때, 요란한 엠블란스 소리와 흰 가운을 입은 병원 관계자들이 분주하게 움직이는 모습이 보인다. 조은하는 무엇이 잘못되어가는 듯한 불안감에 휩싸인다. 간호사가 급히 다가온다.

"천수 어머니! 왔어요."

"그래요? 아! 감사합니다. 고맙습니다. 쿨룩! 간호사님. 흑 흑. 이제 우리 천수는 살 수 있는 거지요?"

조은하는 간호사를 와락 끌어안는다. 간호사도 기쁨의 눈물을 흘린다.

"1차 관문은 통과했으니 최선을 다해 살려내야지요."

조은하는 다시 흐느끼며 운다.

"고맙습니다. 하나님! 아니 그분께 감사하다는 말씀 꼭 전해 주세요. 그리고 우리 천수도 잘 키우겠다고……."

"네! 그렇게 할게요. 천수 어머니!"

그 소식을 알려 주고는 급히 사라진다. 조은하는 믿지도 않는 하나님을 찾으며 고마워한다. 조마조마하게 마음을 졸이고 기다린 것은 골수 공여자가 보내주는 골수였던 것이다. 골수 기증을 약속하고 서약을 해 놓고도 아니 골수 채취 당일에도 기증을 취소하거나 소식이 끊기는 경우도 자주 있기 때문이다. 그렇게 되면 강력한 항암제로 전 처치를 하고 기다리는 환자는 모든 치료방법을 잃고 100% 사망한다. 그래서 채집한 골수가 병원에 도착하기 전까지는 안심할 수가 없는 것이다. 조은하는 다시 한 번 기증자에게 감사드리며 닭똥같이 흐르는 눈물을 하얀 손수건으로 연신 찍어낸다. 지금쯤 수술을 받고 있을 천수를 생각하니 그 항암의 고통을 참아준 아들의 대견함에 다시 눈물이 흐른다. 사실 골수 수술은 수혈받듯이 동맥에다 주삿바늘을 꽂아 주입하기 때문에 수술이라고는 할 수 없다. 보호자 대기실에서 기다리는 4~5시간이 이렇게 길 줄은 몰랐다. 그뿐만 아니라 온종일 물 한 모금 마시지 않았는데도 시장하지도 않았다.

어느덧, 시간은 흘러 오후 5시가 막 지나고 있다. 겨울인지라 밖은 이미 땅거미가 끼이기 시작한다.

"천수 어머니! 천수 시술은 잘 끝났습니다. 그 녀석 아주 의젓합니다. 지금까지 그 어려운 항암치료도 잘 참아냈고요."

"고맙습니다. 선생님!"

조은하는 두 손을 모으고 담당 의사에게 연신 고맙다고 인사를 한다.

"제게 고맙다고 하실 필요는 없습니다. 천수가 잘 참아준 덕분이기도 하지만 특히 기증자분께 감사해야겠지요. 기증 의사가 있어도 환자와 서로 맞을 확률이 희박해서 평생 기증하지 못하는 경우도 허다합니다. 그렇게 보면 천수는 아주 복 받은 아이지요. 맞는 분이 그것도 한 달 만에 나타났으니."

"당연히 그분께는 무어라 말할 수 없는 큰 은혜를 입었지요."

"저 천수 어머니! 지금부터가 고비입니다."

순간, 조은하의 가슴은 철렁 내려앉는다. 혹시나 하는 마음이 강하게 들었기 때문이다. 그런 마음을 아는 듯 담당 의사는 조은하를 바라보며 안심을 시킨다.

"아! 그렇게 염려하시지 않아도 됩니다. 당연히 천수가 잘 이겨낼 겁니다."

"예! 선생님."

"즉, 이후 나타나는 숙주반응이나 거부반응 때문입니다. 하지만 그것 또한 천수가 잘 이겨 내리라 봅니다."

"정말 감사합니다. 선생님!"

조은하는 이후도 담당 의사에게 주의사항 등 한참 동안 설명을 더 들은 후 문을 열고 나왔다. 이름도 얼굴도 모르는 사람에 의해 천수가 새 생명을 얻었다고 생각하니 눈물이 핑 돌았다. 조은하는 쌔근쌔근 잠을 자고 있는 천수의 모습을 잠시동안 바라보고는 병원 밖으로 나온다. 겨울바람이 시원하게 코끝을 스치며 지나간다. 허전한 마음이 든다. 병원 입구 쪽을 한동안 쳐다본다. 손님을 태운 택시가 병원으로 들어올 때마다 두 귀를 더욱 쫑긋 세운다.

누구를 기다리는 걸까? 챙모자 안으로 살짝살짝 보이는 새까만 두 눈동자는 더없이 아름답다. 그 아름다운 두 눈동자에서 진주 같은 영롱한 이슬방울이 간간히 맺혀서 떨어지곤 한다. 아까와는 달리 춥다. 조은하가 다시 보호자 대기실로 가기 위해 돌아서서 서너 발자국 떼어 놓았을 때다. 누군가가 자신의 어깨에 두툼한 바바리코트를 걸쳐 준다. 그리고 곧바로 들리는 낯익은 반가운 음성,

"은하 씨! 추운데 왜 나와 계세요?"

조은하는 뒤돌아보지 않아도 안다. 정민수의 음성이라는 것을.

조은하는 지금까지 밖에서 정민수를 기다리고 있었던 것이다. 천수를 보기 위해 자주 병원을 들락거리던 정민수가 천수의 수술이 오늘인 것을 알고 있는데도 불구하고 3일 전부터 연락도 없고 오늘도 모습을 나타내지 않자 섭섭했다. 아니 정확히 말하면 천수를 핑계로 보고 싶었다.

"고마워요. 헌데 미, 민수 씨가 어쩐 일이예요?"

조은하가 고개를 돌려 검은색 중절모를 쓴 정민수를 어깨너머로 살짝 올려다보며 한 말이다. 정민수 역시 다시 한 번 감탄한다.

아! 역시 아름답다. 미켈란젤로가 살아 돌아온다 해도 이렇게 조각할 수는 없을 것이다. 아니 조물주가 다시 빚어낸다 해도 다시는 이처럼 아름답게 빚지 못할 것이다.

"은하 씨! 오늘이 천수 수술 하는 날이잖아요. 늦어서 미안해요."

"잊지 않고 있었군요?"

"잊다니요? 제가 어찌 잊겠습니까?"

"며칠간 보이지 않았잖아요."

조은하의 말투에는 조금의 원망과 서운함이 서려 있었다. 그러는 사이 둘은 자연스럽게 지난번에 앉았던 벤치에 다다른다.

"은하 씨 춥지 않으면 잠시 앉을까요?"

"예! 헌데 민수 씨는 대단한 재주가 있나 봐요."

"은하 씨! 그게 무슨?"

"조금 전까지는 추웠는데 민수 씨가 오니 추위가 저만치 달아났잖아요."

"하! 하! 은하 씨도 농담을 하실 줄 아세요?"

"민수 씨! 농담 아니에요. 정말이에요."

정민수는 평생 동안 쳐다봐도 부족할 조은하의 얼굴을 한 번 더 쳐다보며 벤치에 앉으며 입을 연다.

"은하 씨 천수는 수술 잘 되었… 헉."

그순간, 의자가 삐거덕 소리를 내며 기우뚱하는 바람에 정민수의 몸이 쓰러질 듯 휘청거린다. 화들짝 놀란 조은하가 재빠르게 손을 내밀어 정민수의 오른손을 잡아 끌어당긴다.

"괜찮아요? 민수 씨?"

"……."

부드럽다. 이 손 놓고 싶지가 않다. 영원토록. 정민수는 자신의 허리가 뜨끔했지만 그리 큰 통증은 느끼지 못했다. 사실, 정민수는 4일 전에 대한민국에서 가장 큰 병원인 한성병원에서 2일간은 과립구집락촉진인자 주사를 맞은 후 어제는 골수 채집을 위해 입원을 한 것이다. 그리고 오늘 아침 일찍부터 척추마취를 한 뒤 3시간 동안 척추에서 골수를 뽑아냈다. 내일 퇴원하라는 의사의 만류도 뿌리치고 잠시 안정을 취하고는 이곳으로 부랴부랴 온 것이다. 그 때문에 며칠간 조은하에게 찾아오지 못했다. 그것을 알 리가 없는 조은하는 은근히 매일매일 정민수를 기다렸으나 오늘까지 소식이 없자 서운했던 것이다. 정민수는 피식! 하고 웃는다.

"은하 씨! 은하 씨 아니었으면 큰일 날 뻔했습니다. 생명의 은인입니다.

고맙습니다."

조은하는 잡았던 손을 놓으며 눈을 살짝 흘긴다.

"뭐예요. 놀릴 거예요?"

정민수가 말을 이으며 뒤를 살짝 흐린다.

"은하 씨! 그나저나 저……."

조은하가 알았다는 듯이 말을 받는다.

"예! 수술 잘되었데요. 민수 씨! 이제 우리 천수 살 수 있데요. 고마워
요. 민수 씨!"

"은하 씨! 제가 뭘 한 것이 있다고요?"

"민수 씨가 애쓰고 힘써주신 덕분이잖아요. 물론 기증해 주신분이 누군
지는 모르지만, 그분께는 더할 나위 없고요."

"은하 씨! 아무튼, 큰 다행입니다. 이제 은하 씨만 약속 지키시면 됩니다."

"또, 그 소리인가요?"

"그럼요. 은하 씨! 전에 이 자리에서 저와 손가락 걸며 약속하신 폐농양
당연히 나으셔야지요."

조은하는 잠시 동안 정민수를 물끄러미 쳐다본다.

'참 멋있다. 저 사람 정민수, 저 사람이 승호라면…….'

생각이 여기에 미치자 조은하의 가슴은 천 갈래 만 갈래 찢어지는 듯하
다. 설움이 다시 가슴 한복판을 치고 올라온다. 눈에는 잠시 이슬이 맺혔
다가 사라진다. 정민수가 빤히 쳐다보는 조은하를 향해 입을 연다.

"은하 씨! 왜요? 약속 어기실 건가요?"

순간, 조은하는 퍼뜩 정신을 차린다.

"아, 알았어요. 민수 씨 무서워서라도 꼭 약속을 지킬게요."

"은하 씨! 당연히 그러셔야지요."

"고마워요. 민수 씨!"

"은하 씨! 제가 뭘요?"

"다요. 전부다요."

정민수는 일어나며 손을 내밀어 조은하를 부축한다.

"은하 씨! 이제 천수 면회 시간이 다 되었네요."

"아니, 그것을 민수 씨가 어떻게 아세요?"

"하! 하! 은하 씨! 미리 다 알아봤지요."

조은하는 정민수의 어깨를 토옥! 친다.

'밉지만 좋은 사람.'

하늘에서 작은 눈송이가 나폴나폴 춤을 추며 내린다. 조은하가 두 팔을 벌리며 환호성을 지른다.

"민수 씨! 눈이 와요. 함박눈이……. 하늘도 천수와 우리들을 축복하나 봐요."

"그런가 봅니다. 은하 씨."

"지난번에는 새끼 눈만 살짝 흩날리더니……."

"은하 씨! 새끼 눈?"

"예! 민수 씨! 애기눈이요."

"은하 씨도 차~암! 표현도 예쁘네요."

"호! 호! 호! 그렇죠? 예쁘지요?"

"하! 하! 하! 그래요. 예뻐요. 은하 씨!"

그러는 사이에 함박눈은 소복소복 쌓여만 간다. 목화솜보다 더 하얀 함박눈이…….

파멸

쌔~ 애~앵!

1월 중순에 북쪽에서 불어오는 면도날처럼 날카로운 칼바람은 온 천지 사방을 얼어붙게 하기에 충분하다. 이곳은 경기도 안성에서 일죽 방면으로 조금 가다 보면 왼쪽에 보개면으로 들어가는 도로포장이 안 된 신작로가 나온다. 그 길을 따라 몇 개의 마을을 지나 대략 30여 리 들어가면 왼쪽 골짜기로 들어가는 길이 길게 나 있다. 보개산으로 들어가는 입구다. 산길을 따라 2시간쯤 걸어 올라가면 아늑한 분지에 자리 잡은 크고 작은 건물들이 보인다. 건물 이곳저곳에서 드문드문 불빛이 비치기 시작한다. 산에 올라올 때 살갗을 파고들던 삭풍과는 달리 바람이 잠을 자는 듯 잠잠하다. 오후 5시가 조금 더 지난 듯한데 산속의 어둠은 일찍 찾아오는 탓인지 금방 어두워진다. 이곳으로 사람의 그림자가 올라온다. 검은 중절모를 쓴 정민수와 흑표, 그리고 전보다는 조금 더 가벼워 보이는 작은 카메라를 왼쪽 어깨로 비스듬히 걸친 최미화다. 흑표가 먼저 입을 연다.

"형님! 혁 형사님한테 연락도 하지 않고 왔는데 괜찮을까요?"

"흑표 신경 쓰지 마라. 연락하면 틀림없이 경찰병력이 투입될 거고 그리되면 일을 하는데 오히려 거추장스러울 뿐이다."

최미화가 끼워든다.

"민수 씨! 대한민국은 엄연한 법치국가예요. 저번처럼 그런 불상사를 일으키면 안 돼요. 그때는 그나마 혁 반장이 있어서 겨우 무마되었지만……."

저번 사건이란 대봉건설 오야봉을 일격에 즉사시킨 사건을 두고 말하는 것이다. 정민수가 말을 돌린다.

"흑표! 공사는 재개 했겠지?"

"예! 형님 말씀대로 공사를 다시 시작했지만, 부실공사가 걱정됩니다."

"그러니 철저히 감시하고 또 인부들 품삯 아끼지 말고 넉넉히 챙겨 주고……."

"예, 형님! 부실공사가 되지 않도록 최선을 다하겠습니다."

이들이 말은 나누는 사이 철대문이 쇠창살처럼 된 아주 큰 입구 앞에 다다랐다. 담벼락은 약 2m 정도 되어 보이는 꽤 높은 담장이다. 그 안으로는 길게 뻗은 잔디길이 50여m 나 있었지만, 겨울인 탓에 누렇게 퇴색되어 있다. 잔디길 양쪽으로는 가로등이 훤하게 밝혀 있어 대낮처럼 밝았다. 밖에서 바라보는 전경은 아주 행복하고 평화로워 보이는 동화 속에 나오는 궁전 같다는 생각이 든다. 문은 굳게 잠겨 있다. 철거덕! 철거렁! 흑표가 쇠창살 문을 앞뒤로 흔들어본다. 아무런 기척이 없다.

"형님! 제가 들어가서 열겠습니다."

그리고 막 담을 뛰어넘으려고 무릎을 굽히는 찰라, 안으로부터 괴기스런 음성이 들려온다.

"흐! 흐! 흐! 뭘, 그렇게까지? 우리가 도와주지."

철거렁! 쇠창살 철대문이 열리며 우락부락하게 생긴 다섯 명의 건장한 사내들이 문을 열고 나온다. 그중 두 명은 송아지보다 큰 독일산 맹견인 셰퍼드를 앞세우고 있다. 셰퍼드는 금방이라도 물어뜯을 듯 두 눈을 희번덕거리며 허연 이빨을 드러내면서 으르릉거린다. 그중 눈 아래로 칼자국이 길게 난 사내 한 발짝 앞으로 나선다.

"웬 놈들이냐? 감히 여기가 어디라고? 신성한 하나님의 전(殿)에……."

흑표의 날카로운 음성이 들린다.

"하나님의 전? 하! 하! 하! 곧 네놈들의 무덤이 될 전이겠지?"

순간, 앞에 나섰던 칼자국 난 사내의 얼굴에 핏기가 싸~악 가시며 입가에는 음흉한 웃음을 짓는다.

"흐! 흐! 흐! 스스로 죽음을 자초하는구나. 건방진 놈들, 그럼 어디 이것부터 견뎌 보시지."

그리고는 송아지만한 두 마리의 셰퍼드를 바라본다.

"가랏."

하는 명령과 함께 두 마리의 맹견이 컹! 하는 소리를 내며 흑표와 정민수의 목을 물어 단번에 즉사시킬 기세로 날아오른다. 흑표는 측면보법을 이용해 피하며 왼손 손등으로 맹견의 머리를 내려쳐 간다.

그러나 의도와는 달리 흑표의 입에서 가벼운 신음이 흘러나온다. 흑표가 공격하는 속도보다 맹견의 속도가 더 빨랐던 것이다. 허연 이빨을 드러내며 공격해오는 것은 아슬아슬하게 피했으나 맹견의 날카로운 오른쪽 뒷발톱이 왼쪽 목을 스치고 지나간 것이다. 쓰라리다. 순간, 흑표의 두 눈빛이 반짝 빛난다. 반면에 정민수는 왼손으로 최미화를 자신의 등 뒤로 끌어당겨서 보호함과 동시에 자신의 목을 향해 날아오른 다른 한 마리의 맹견의 목을 오른손가락 세 개로 찌르며 오른발 구두 앞굽으로는 셰퍼드의 배를 차 올린다.

그러자 맹견은 크킁~ 컥! 하는 소리와 함께 허공으로 붕 떠오르더니 10여 미터는 날아가 떨어진다. 맹견의 목에서는 피가 분수처럼 쏟아져 나왔고 배는 길게 갈라져 내장이 삐져나오며 그 자리에서 서너번 바둥거리다가 이윽고 축 늘어진다. 즉사한 것이다. 즉, 풍운무의 필살 비기인 삼지일족도(三指一足刀) 비술을 선보인 것이다.

"하! 하! 하! 이런 하찮은 미물을….."

지켜보던 괴한들의 놀라움은 이만저만이 아니다. 이때쯤 흑표도 맹견을 즉사시키고는 맹견의 머리를 밟고 서 있다. 괴한들의 놀라움도 잠시, 그중 먼저 얼굴에 칼자국 난 사내가 음흉스럽게 입을 연다.

"감히 여기가 어디라고?"

그리고 품에서 무엇인가를 꺼내는가 싶더니 팔을 비틀며 바람같이 흑표를 향해 찔러간다. 흑표는 엇! 하며 개의 머리통을 툭 찬 후, 승천무 보법 중 하나인 화영보법(花影步法)을 이용해 느린 듯 빠른 듯한 보법으로 쓰~ 슥! 하며 피한다.

"이 새끼가? 감히 피해?"

동시에 뒤를 돌아보며 큰 소리로 소리친다.

"뭣들 해? 빨리 저놈들 처치하지 않고?"

그러자 사내들은 우~우~ 하면서 무더기로 달려든다.

"후! 후! 잘 됐군! 귀찮은 종자들……."

말을 마침과 동시에, 흑표의 오른발이 허공을 가른다.

휘~익! 퍼~벅! 픽!

"우~욱."

"크~윽."

순간적인 동작에 두 명의 사내가 바람 앞에 낙엽처럼 나가떨어진다. 부러진 발목을 치료 한지가 겨우 한 달 조금 더 지났는데 흑표의 날렵함은 변함이 없다. 나가떨어진 사내 하나가 호루라기를 요란하게 불어 댄다.

호르르르! 호르륵~ 삑 ~ 삑!

그러자 전각 안 곳곳에서 불이 켜지기 시작한다. 나머지 세 명의 사내는 이미 전의를 상실한 듯 보였으나 동료의 호루라기 소리에 힘을 얻은 듯 기압을 넣으며 달려든다.

파멸

"이얍, 죽어랏!"

"어딜."

팍!

"윽."

정민수는 자신을 향해 달려드는 두 명의 사내를 손날치기로 간단히 처리한다. 그사이 나머지 한 명도 흑표에 의해 저만치 나가떨어진 후다.

"흑표! 서둘러."

"예! 형님."

이들 셋은 정면에 [하나님의 殿]이라는 현판이 이 걸린 방향으로 빠르게 걸어 들어간다. 길게 난 잔디밭을 반쯤 이상을 걸어갔을 때, 호루라기 소리를 들은 사내들이 안으로부터 무더기로 나타난다. 대략 30여 명은 족히 되어 보인다. 그들의 손에는 저마다 무기가 들려 있다.

와~ 아~ 와글~ 와글~

그들은 정민수 일행을 빙~둘러싼다. 그중에 키가 2m쯤 되어 보이며 팔이 유난히 길어 보이는 사내가 팔짱을 낀 채 음침한 음성을 토해낸다.

"으! 흐! 흐! 흐! 웬 놈들이 감히 하나님 전을 더럽히느냐?"

그러나 그 말에는 아랑곳하지 않고 정민수는 검은색 중절모를 살짝 눌러 쓰며 옆에 있는 최미화 기자를 바라본다.

"미화 씨! 어떤 일이 있어도 내 뒤에 꼭 붙어 있어야 해요."

위급한 상황과는 달리 최미화는 입꼬리를 올리며 웃는다. 이러한 상황에서도 자신을 걱정해 주는 정민수가 고마움은 물론 자신의 작은 가슴까지 콩닥거리게 했기 때문이다.

"아, 알았어요. 민수 씨!"

이때, 흑표의 웃는 소리가 초저녁 밤하늘에 우렁차게 울려 퍼진다.

"핫! 핫! 핫! 이곳은 네놈들이 묻히기에 아주 안성맞춤이군!"

"으! 흐! 흐! 죽고 싶어서 안달 났군. 이곳에 들어온 사람은 봤지만 나간 사람은 아직까지 한 놈도 없었지. 네놈들도 매한가지일 뿐."

그리고는 뒤를 한 번 쓰~윽 둘러보며 입을 연다.

"뭣들 해? 저놈들 좀 주물러 주지 않고?"

그러자 십여 명 정도가 괴성을 지르며 달려든다.

"훙! 어딜. "

흑표는 콧방귀를 날리며 두 발이 어지럽게 허공을 가른다.

동시에 쏟아지는 비명!

퍼벅~ 퍽!

"으아악!" "크악!"

건장한 사내들은 흑표의 현란한 발기술에 손 한번 제대로 못 쓰고 나뒹굴기에 바쁘다. 정민수는 교도소에서 자신이 직접 흑표에게 풍운무를 전수했지만 타고난 싸움꾼임을 알자 혀를 내두른다. 팔짱을 끼고 있던 인간 기중기를 연상케 하는 사내가 다시 고함을 지른다.

"모두 죽엿."

그러자 나머지 30명 쯤 되어 보이는 사내들이 저마다 무기를 들고 달려든다. 그중 한 명이 손도끼를 들고 정민수를 향해 바람같이 공격해 온다.

"어딜! 감히."

순간, 사내는 눈알이 빠져나가는 고통을 느끼며 앞으로 썩은 나무토막처럼 고꾸라진다.

"어훅."

정민수는 왼 손목에 찬 시계를 쳐다본 후 일갈을 터뜨리며 허공을 박차고 오른다.

"너희들 같은 조무래기와는 노닥거릴 시간 없다."

그리고는 최미화와 가장 가까이 있는 사내들의 어깨를 밟으며 날기 시작한다. 정민수가 지나가자 그곳에서 망치나. 손도끼 그리고 낫 등을 휘두르던 사내들이 짧은 비명과 함께 가을날 수숫단 쓰러지듯 힘없이 나가떨어지기 시작한다.

"윽."

"아~악."

정민수가 사내들 어깨나 등을 타고 날며 정확히 그들의 혈도를 찍은 것이다. 혈도술(穴道術: 氣가 흐르는 길을 찍어 잠깐 동안 기절시키거나 움직이지 못하게 하는 술법으로써 點穴法 이라고도 한다.)은 적에게 치명상을 입히지 않고 잠시 기절이나 움직일 수 없게 하는 의학적 무술로써 풍운무의 비술(秘術) 중 단연 최고의 비술인 것이다. 추풍낙엽처럼 쓰러지는 모습을 본 2m쯤 되어 보이는 거구의 사내가 입이 벌어진 채 다물지를 못한다. 지금까지 싸움꾼으로 살아온 자신이지만 이런 싸움꾼 아니 이런 무술은 본 적도 들은 적도 없기 때문이다. 흑표도 부지런히 발길질을 하다말고 말로만 듣던 정민수의 점혈 수법에 넋을 놓고 멀거니 쳐다만 볼뿐이다. 그러는 사이 어느덧 싸움은 끝나고 거구의 사내만 남아있다. 사내는 덩치에 맞지 않게 사시나무 떨듯 떨고 있다. 정민수가 입을 연다.

"말하라. 교주가 있는 곳을. 그럼 목숨은 부지하게 해 주마."

거구의 사내는 뒤로 두어 걸음 물려서며 더듬거린다.

"나, 나, 난, 나는 모른다."

"그래? 그럼 할 수 없지?"

정민수는 흑표를 바라보며 입을 연다.

"흑표! 처리하라."

"예! 형님!"

흑표의 대답이 끝나기가 무섭게 초저녁 밤하늘에 비명의 메아리가 울려 퍼진다. 거구의 사내는 당하기 전 말을 하지 않은 것에 대하여 뼈저리게 후회하며 염라대왕을 만나러 가는 중이다. 정민수 일행이 30여 명의 사내를 처리한 후 20m쯤 전진하자 2층 높이 정도 위에 [하나님의 전(殿)]이라는 현판이 보인다. 순간, 정민수의 두 눈빛이 이글거린다.

"파렴치한 놈들!"

몸을 허공으로 몸을 솟구친다.

퍽! 와장 창창~

동시에, 용무늬로 된 현판이 산산조각이 난다.

"흑표! 빨리!"

"예! 형님!"

최미화도 전문 기자답게 이리저리 셔터를 누르면서 건물 안으로 들어간다. 건물 안은 깨끗하지만, 왠지 모르게 섬뜩함이 느껴진다. 그곳에도 역시 건장한 사내들이 서너 명씩 짝을 지어 보초를 서듯 빈틈없이 서 있다. 왼쪽과 오른쪽으로 보도가 길게 나 있다.

"흐! 흐! 흐! 용케도 살아서 여기까지 온 것을 보니 보통 놈들이 아니군! 그러나 누구 하나 여기서 살아서 돌아간 놈들이 없지. 모두 푸줏간 생고기로 팔려갔거든, 으흐흐흐!"

정민수는 아랑곳하지 않고 검은색 중절모를 고쳐 쓰며 최미화를 바라본다. 건장한 사내들이 즐비해 있는데도 최미화는 아무렇지도 않은 듯 작은 카메라를 연신 눌러 댄다.

"미화 씨! 이쪽이 틀림없지?"

"예! 민수 씨 입수한 설계도면에 의하면 틀림없어요."

어깨가 떡 벌어진 사내는 자신의 말이 무시당하자 씩씩거리기 시작한다.

"이 새끼들이, 금방 죽을 놈들이 말이 말 같지 않나?"

말은 그렇게 하지만 쉽게 덤비질 못한다. 비록 졸개들이라고는 하지만 밖에서 30여 명을 한꺼번에 그것도 단시간에 해치우는 모습을 보았기 때문이다. 정민수가 왼쪽 복도로 한걸음 떼어놓자 사내들이 길게 늘어서며 당연히 앞을 막는다.

"비켜라. 지금부터 앞을 막는 놈에게는 관용을 베풀지 않는다."

"건방진 놈. 이곳이 네놈 안방인 줄 아나?"

그리고는 뒤를 돌아보며 입을 연다.

"뭣들 해? 빨리 저놈들의 살과 뼈를 분리하지 않고……?"

"예! 형님!"

그리고는 한 명의 후리후리한 사내가 옆구리에 차고 있던 긴 장검을 을 뽑는다.

츄~아~앙.

"엇!"

흑표는 약간 긴장했으나 정민수는 전혀 미동조차 하지 않는다.

"오늘이 네놈들 제삿날이다."

말이 떨어지기가 무섭게 큰 고함소리를 내며 긴 장검으로 바람을 가르며 쏜살같이 달려든다.

"이얍! 가거랏!"

휘~익~ 휙~휙. 흑표는 머리를 숙이며 다급히 피했고 최미화는 정민수 뒤로 재빠르게 숨는다. 그러나 정민수는 한 치의 요동도 없다가 순간적으로 최미화를 감싸 보호하며 긴 장검을 휘두르며 달려드는 사내의 칼끝을 피하는 동시에 번개보다 빠른 동작으로 사내의 왼쪽 관자놀이를 오른발 뒤축으로 내려찍는다.

퍽!

"크~윽."

쿵!

그것으로 끝이다.

"빨리 죽여버렷."

다급한 음성이 들리는가 싶더니 사내들이 각자의 연장을 가지고 무더기로 달려든다.

"불쌍한 하루살이 인생들."

흑표의 발길질과 정민수의 날렵한 몸놀림에 사내들은 서리 맞은 낙엽처럼 나뒹군다. 최미화는 그 와중에도 연신 셔터를 눌러 댄다.

퍼~벅 퍽!

"캑, 크~악."

연장과 무기들도 이들에게는 크게 쓸모가 없었다. 그러나 무더기로 덤벼드는 사내들에게 흑표는 약간 밀리듯 보인다. 그때 정민수는 자신 앞에 있는 연장을 든 사내 열 명 정도를 순식간에 해치우고 흑표에게 쇠망치를 들고 달려드는 사내와 쌍절봉을 휘두르며 달려드는 사내를 향해 몸을 솟구친다.

휘~익! 순간, 둔탁한 소리와 함께 고막을 찢는 듯한 비명소리가 함께 어우러져 들린다.

퍽! 퍼~벅!

"아~악!"

"크~윽!"

정민수가 두 발을 가위처럼 벌리며 두 명의 백회혈(百會穴 : 머리 중앙 정수리) 을 정확히 내려찍은 것이다. 열댓 명을 해치우는 데 채 몇 분이 걸리지 않았다. 조금 전 부하들에게 명령하던 우두머리 사내도 정민수의 발길질 한 방으로 이빨이 다 빠진 체 입에서는 팥죽 같은 검붉은 피가 꾸역꾸역 나온다. 흑표가 그의 고개를 쳐들며 입을 연다.

"말해? 네놈들의 교주 놈이 있는 곳을."

최미화가 대신 대답한다.

"차~암! 이놈들이 말하겠어요?"

정민수도 검은색 중절모를 살짝 고쳐 쓰며 고개를 끄덕인다.

"자! 서두르자."

이들은 왼쪽으로 난 긴 복도를 따라 한참을 들어간다. 거의 끝부분에 아래로 향하는 계단이 있다. 최미화가 입을 연다.

"지하 2층 오른쪽인 것 같아요."

타다닥, 타닥. 셋은 요란한 구둣발 소리를 내며 아래 계단으로 내려간다. 건물이 높은 탓에 지하로 내려가는 계단이 유난히 많다.

지하 1층을 지나 지하 2층으로 내려가는 계단 곳곳에는 건장한 사내들이 경비를 서 있다가 이들을 보고는 화들짝 놀란다.

"네, 놈들은 누, 누구?"

"알 것 없다. 비켜!"

퍽!

"아~악."

뚜두두두~

"웬 놈들이냐?"

"귀찮다."

푹!

"크~윽."

보초를 서고 있던 건장한 사내들이 현관 복도에서 조금 전 일어난 사건을 알지 못한 이유는 깊숙한 지하 2층 탓이기도 하지만 흑표와 정민수가 순간적으로 해치웠기 때문에 더 알 수가 없었다. 하긴 그보다 지금까지 그곳을 통과한 자들이 전혀 없었던 것이다. 젊은 사내들은 정민수와 흑표를 막고자 안간힘을 쓰지만, 호랑이 앞에 토끼 꼴이다.

"민수씨! 이쪽!"

정민수와 흑표 사이에 있던 최미화가 오른쪽을 가리킨다. 군데군데서 복병들이 뛰어나온다.

퍽!

"크악."

"철저하군."

그러나 이들의 행보에는 한 치의 거리낌도 없다. 조금 더 들어가자 다시 오른쪽 왼쪽 두 갈래로 나누어진다. 그 앞에는 쇠창살이 가로막고 있고 두 명의 괴한이 보초를 서고 있다.

"웬 놈들이냐? 감히 여기가 어디?"

말을 다 끝내기도 전에 한명의 괴한이 앞으로 고꾸라진다.

"큭!"

털썩.

함께 경계를 섰던 한 명의 괴한이 30cm 정도 되는 칼로 동료의 옆구리를 찌른 것이다. 흑표가 매수한 프락치였던 것이다. 그는 급하다는 듯 빨리 오라고 손짓을 한다.

"형님! 이쪽으로."

흑표는 알았다는 듯이 고개를 끄덕인다.

"수고했다. 짝귀!"

철그렁. 기~기~깅~

짝귀는 지니고 있던 열쇠로 대형 자물통을 열고 들어선다.

"형님! 됐습니다. 빨리."

이들은 재빠르게 안다는 암호로 된 노크를 한다.

똑~ 또독~또도독~ 똑! 똑! 그러자 안에서 황금색 문을 열고 산만한 거구의 사내 두 명이 급히 나온다.

"짝귀 형님! 엇! 네놈들은 누구냐? 이곳은 대주님이 계시는 전(殿)인……."

그 말이 끝나기가 무섭게 흑표의 특기인 선풍각(旋風脚)에 의해 한 명이 그대로 쓰러진다.

"엇!"

기겁을 한 나머지 한 명마저 고무풍선에서 바람 빠지는 소리가 들리는가 싶더니 비명 한번 지르지 못하고 풀썩! 쓰러진다. 안으로 들어가니 정민수의 눈빛이 반짝 빛난다.

"홍! 하나님의 전?"

정민수는 그 자리에서 뛰어오르며 현판을 산산 조각낸다.

뽀~각! 와장창! 우두둑!

짝귀는 정민수의 전광석화 같은 행동에 탄성을 자아낸다. 안으로 들어서자 4~5m 앞에 또 다른 황금색 문이 나온다. 쾅! 하고 발로 부수며 들어간다. 안은 그야말로 휘황찬란하다. 은은하게 비치는 홍색 등은 물론 갖가지 고급 장식품으로 치장되어 있다. 값을 알 수 없을 정도의 고서화가 벽에 걸려 있고 청자와 백자들로 장식되어 있다. 그 앞에는 대형 스크린이 영화관을 방불케 한다. 대형 소파 뒤 양쪽에는 방문이 보인다. 정민수가 그중 오른쪽 방문을 택해 발로 부수고 들어간다.

쾅! 우당탕!

"누, 누구냐? 네놈들은?"

방안, 아니 밀실의 광경은 그야말로 목불인견(目不忍見), 차마 눈 뜨고 볼 수가 없다. 60대 중반쯤 되어 보이는 노인이 속옷 차림으로 황금색 침대에서 거의 다 벗은 듯한 두 명의 여인과 서로 뒤엉켜 나뒹굴고 있다가 밀실 문이 열리는 소리에 반사적으로 몸을 일으켰다.

"알 것 없다. 오늘이 문창재 네놈의 제삿날이 될 테니."

"건방진 놈들, 감히 여기가 어디라고 하나님 전을 더럽히느냐?"

순간, 정민수의 목젖이 보일 정도로 웃어젖힌다.

"으! 핫! 핫! 핫! 하나님의 전?"

그러다가 어느 순간 웃음을 뚝 멈추더니 검은색 중절모 아래로 날카롭게 쏘아본다.

"너 같은 놈이 살아서 무엇 하리. 가거라. 지옥으로……."

문창재는 당황하는 빛이 역력하다. 그도 그럴 것이 비상벨을 눌렀지만 아무도 나타나지 않았던 것이다.

"흐! 흐! 흐! 구원자를 부르나 보군. 하지만 어쩌지? 이미 모두 황천길로 가는 중이니, 아참 네놈한테는 전지전능한 하나님이 있지. 아니, 아니지. 네놈이 곧 하나님이지. 그러니 어디 여기서 스스로 나가 보시지. 이 사이비 교주 새끼, 불쌍하고 힘없는 여자들을 잡아다가 윤락가로 팔아먹고 그것도 모자라 힘없고 병들면 죽여서 장기 매매까지, 또 꽃다운 젊은 여자들에게는 마약을 먹인 후 네놈의 그 늙은 몸뚱이에 욕정을 채워? 그러고도 살기를 바라지는 않겠지?"

그러고 보니 정민수 말대로 여기에 있는 두 여인은 이미 마약에 취한 듯 두 눈은 욕정으로 이글거리고 온몸은 흐느적거렸고 입가에는 침을 질질 흘리고 있다. 마약에 취한 탓에 이러한 위급한 상황에서도 두 여인은 사이비 교주 문창재에게 달려든다.

"아~이! 교주님! 빨리, 어떻게…… 좀……."

이곳저곳을 향해 열심히 카메라 셔터를 눌러 대던 최미화는 두 여인의 교태스러운 자태와 사이비 교주 문창재의 벌거벗은 모습을 보고 있자니 천하의 최미화도 얼굴이 화끈거려 정면으로 쳐다보지를 못한다. 정민수는 아랑곳없이 늙은 사이비 교주인 문창재의 아랫도리를 걷어찬다.

퍽!

"으아~악."

대장이 파열되는 듯한 괴성을 지르며 바닥에 데구루루 구른다.

"대라. 백순희이라는 분이 어디 있는지?"

정민수의 입에서 백순희라는 이름이 나오자 기겁을 한다.

"도대체 네놈은 누구냐?"

"흐! 흐! 흐! 알 필요 없다고 했을 텐데."

"모, 모른다."

"그래? 그럼 하는 수 없지."

정민수의 발길이 교주인 문창재의 머리를 향해 뻗어간다.

쉬~이~익!

"자, 잠깐만, 아는 대로 말할 테니 살려만 주시오."

정민수는 뻗던 발을 거두어들인다.

"사실, 이곳의 실세는 국회의원 김인석이오."

정민수가 이미 짐작으로 알고 있었지만 직접 말을 들으니 눈에서 분노의 빛이 뿜어 나온다.

"말해, 백순희라는 분은?"

"복도 끝에서 왼쪽으로 동굴이 있소. 그곳에 갇혀 있소. 백순희라는 여자는 발작을 자주 일으켜 오른쪽 독방에 있소."

짝귀도 납치된 여인들이 갇혀 있는 곳은 알았지만 백순희라는 여인이 갇힌 곳은 알아내지를 못했다. 다만 백순희라는 여인은 승호라는 말만 되풀이한다는 것만 알았다.

"그래. 알았다. 가는 길 고통스럽지 않도록 한 번에 갈 수 있게 은총을 베풀어 주마"

"죽을죄를 졌습니다. 살려 주시오. 제발~"

"죽을죄를 졌으면 죽어야지."

정민수는 흑표를 향해 턱으로 지시한다.

"알겠습니다. 형님!"

그러는 사이 최미화는 전라(全裸)에 가까운 두 명의 여인에게 옷을 입혀준다. 여인들도 마약 기운에서 차츰 깨어나는 듯 자신들의 노출된 몸을 가린다. 최미화는 두 명의 여인을 부축하며 짝귀와 흑표의 뒤를 따른다. 흑표와 최미화가 뒤를 돌아 서너 발자국 떼어놓았을 때쯤 심장이 찢어져 나가는 듯한 고통에 찬 비명소리가 지하 전체에 메아리쳐 울려 퍼진다.

"크~아~악."

이로써 수많은 여자들을 살인, 겁탈, 인신매매를 일삼던 사이비 교주 문창재는 정민수의 간단한 살수(煞手)에 의해 다시 돌아올 수 없는 먼길을 떠났다. 최미화는 정민수의 잔인함에 작은 탄성을 토해 낸다.

"아!"

사이비 교주 문창재의 말대로 복도 끝에 도달하자 단단한 벽으로 되어 있다. 짝귀는 다시 벽을 때린다.

쿠궁~쿵쿵! 쿠구궁! 잠시 후, 인기척이 들리며 꾹~욱~ 스위치 누르는 소리가 난다. 육중한 벽이 움직이기 시작하더니 180도로 열린다.

"짝귀 형님! 엇?"

"비켯!"

퍽.

"악."

"큭."

흑표의 이단 앞돌려 발차기에 두 명이 비명 한번 못 지르고 앞으로 처박힌다. 두 명을 처치하고 왼쪽으로 향하자 이곳 역시 쇠창살로 막고 있는 석굴 입구가 나온다. 그곳 역시 건장한 사내 두 명이 지키고 있었으나 맥 한번 못 추고 나가떨어진다. 짝귀는 떨어진 열쇠로 어른 머리통만 한 자물통을 연다.

"흑표 형님! 여깁니다."

"그래. 고생했다. 짝귀!"

안은 바깥과는 달리 어두컴컴할 뿐 아니라 퀴퀴한 냄새가 코를 찌른다. 이곳저곳에서 신음소리가 난다.

"으 ~으."

"사, 살려 줘요."

정민수는 동공을 넓혀 허공을 쳐다본다. 백열전등이 보인다.

팟. 희미한 전등불에 비치는 처참한 광경에 최미화와 흑표는 기겁을 한다.

"아, 아니 이럴 수가?"

"세상에, 이 천벌을 받을 놈들!"

철장 안에는 다섯 명의 젊은 여인들이 머리를 풀어헤친 채 비참한 몰골로 쓰러져 신음하고 있다. 전국 곳곳에서 납치해 온 여인들을 먼저 낙산으로 끌고 가서, 결혼한 여인들은 낙산 컨테이너에서 겁간한 후 윤락가로, 결혼하지 않은 아가씨들은 이곳 안성에서 사이비 교주 문창재에게 성(性)을 유린당한 뒤에 윤락가로, 그러다가 윤락가에서 말썽을 피우면 다시 끌고 와서 생매장하거나 장기를 적출해 팔기도 했다. 그러면서도 전혀 죄의식이 없었다. 정민수는 마음을 추스른 후 입을 연다.

"여러분! 모두 정신 차리세요. 여러분들을 구하러 왔습니다. 빨리 이곳에서 나가야 합니다."

그러자 힘없이 흐느적거리던 철창 안 여인들의 눈빛에 희망이 보인다.

"정말인가요? 정말 우, 우리가 살아서 나갈 수 있어요?"

"예! 그러니 빨리빨리 서두르세요."

최미화도 여인들의 비참한 몰골을 카메라에 몇 장담은 후 급하게 쇠창살 안으로 들어가서 여인들을 부축한다.

"혹시 여기 매향 언니라고 있어요?"

한 여인이 쿨룩쿨룩하다가 고개를 들어 최미화를 바라본다.

"왜, 왜 그래요?"

"설화 언니 얘기 듣고 매향 언니를 구하려고 왔어요."

"아! 설화! 쿨룩~."

"언니! 언니가 매향 언니가 맞죠?"

여인은 힘없이 고개를 끄덕인다.

"언니! 매향 언니! 빨리 가요."

그녀는 고개를 가로젓는다.

"쿠~울 룩! 누, 누군지 고마워요. 그러나 난 이미 틀린 몸이에요."

"매향 언니 무슨 소릴 하는 거예요? 자! 빨리요."

최미화는 병든 매향 언니를 어깨에 둘러메고 나머지 여인들을 잡아끈다. 짝귀도 여인들을 구출하기 시작한다.

이때, 좀 더 깊은 곳 오른쪽에서 다급한 소리가 들려온다.

"형님! 찾았습니다."

정민수는 단번에 뛰어간다. 그곳에는 한두 사람이 겨우 움직일 수 있을 듯한 공간에 칠십은 되어 보이는 여인이 헝클어진 하얀 머리카락을 풀어헤친 채 멀뚱멀뚱 천정만 바라보고 있다. 그러다가는 가끔씩 히죽히죽 웃기도 하고 무슨 공포에 질린 듯 두 손을 모아 빌기도 한다.

"형님! 여깁니다."

흑표는 짝귀로부터 건네받은 열쇠뭉치로 이것저것으로 맞춰 보지만 열쇠가 잘 맞지 않는다.

"흑표! 빨리."

철거덕!

"됐습니다. 형님!"

"스, 승호야! 우리 승호. 승호 좀 찾아주세요."

정민수는 기가 막힌다. 그러다가 정민수와 눈이 마주친다. 순간, 여인은 찬 마룻바닥에 납작 엎드린다. 그리고는 싹싹 빈다.

"자, 잘못했어요. 때리지 마세요. 제발요."

정민수는 하늘이 무너지는 듯했다. 이제 겨우 나이 56세인데 칠십이 넘은 노인이 다되어 있었다. 정민수의 가슴은 갈기갈기 찢어지고 몸은 천길 낭떠러지로 한없이 곤두박질친다.

"형님! 승호가 누구인지 늘 저렇게 승호란 이름만 부른답니다."

안에 있는 여인이 자신의 어머니임을 단번에 알 수 있었다. 꿈에서도 못 잊을 어머니를 어찌 몰라볼 수가 있겠는가? 정민수는 한 발로 뛰어 들어가 풀썩 쓰러지며 여인을 끌어안는다.

"으! 흐! 흑! 흑! 어머니. 흑! 흑! 저 왔어요. 흑흑. 저 승호가 왔단 말입니다. 어, 어머니. 으흑흑."

순간, 흑표는 깜짝 놀란다. 최미화는 얼마 전부터 어렴풋이 의심하고 있었지만 흑표는 전혀 눈치를 못 챘다.

"사, 살려주세요. 때리지 마세요. 조금 있으면 승호 우…… 리 승호 곧오, 올 거예요. 제, 발 때리지 마세요."

"으! 흑! 흑! 어머니! 저예요. 저, 저 승호라고요. 어머니 어쩌다가 이렇게 되셨어요. 으! 흐! 흑! 흑! 흑."

여인은 잠시 정신이 돌아온 듯 고개를 든다. 헝클어진 머리에 얼굴에서는 땟물이 흘렀지만 참 아름답고 고운 중년 여인임을 한눈에 봐도 알 수 있다.

"승호?"

"예! 어머니. 제가 승호예요. 어머니 아들 승호! 으흑흑흑."

여인은 떨리는 손을 겨우 내밀어 정민수의 검은색 중절모를 벗겨낸다. 아! 이 얼마나 보고 싶고 애타게 그리워하던 두 사람의 상봉인가? 여인은 승호의 얼굴을 어루만진다. 눈에서는 닭똥보다 더 굵은 눈물이 주르르 흐른다.

"승호? 네가 내 새끼 승호란 말이지?"

"예! 어머니! 당신의 아들 승호예요. 어머니! 으흑흑!"

"어디보자. 내 새끼. 죽지 않고 살아있었구나."

"으흐, 흐흑흑! 어머니."

승호 어머니는 승호를 끌어안으며 오열을 토한다.

"으흐흐 흑흑! 승호! 그래, 내 아들 승호, 승호가 맞구나! 어디보자 내 아들! 엉엉엉! 이 무심한 놈아! 왜 이제야 에미를 보러 오느냐? 이놈아! 흑흑흑!"

이때 흑표의 음성이 들린다.

"형님! 어머니 모시고 빨리 이곳을 빠져나가야 합니다."

그제야 정신을 차린 정민수가 여인에게 등을 들이대며 입을 연다.

"어머니, 빨리 이곳을 나가야 해요. 제등에 업히세요."

순간, 승호 어머니인 백순희는 기겁을 한다.

"잘못했어요. 사, 살려 주세요. 저 우리 아들 승호 승호를 찾아 주세요."

정민수를 향해 두 손으로 싹싹 빈다. 정민수의 가슴은 갈가리 찢어지고 또 찢어진다. 정민수는 아무 말 없이 바닥에 놓인 검은색 중절모를 쓰면서 눈물만 흘릴 뿐이다.

"으! 흐! 흑, 흑! 흑."

그러다가 어느 한순간 두 눈에서 살인적인 눈빛이 흘러나온다. 그리고는 어머니를 등에 업는다.

"내 이놈들 반드시 쳐 죽이리라. 김상호 네놈이 제삿날도 얼마 남지 않았다. 약속된 그 날 반드시 죽인다."

이때 짝귀의 음성이 들린다.

"형님들! 빨리 오세요. 놈들이 와요."

짝귀가 산골짜기로 통하는 비밀 통로로 갇혔던 여인들을 이끌면서 급하게 소리친 것이다. 흑표도 정민수를 쳐다보며 급하게 입을 연다.

"형님! 빨리요."

정민수는 무슨 생각을 했는지 강경한 태도로 입을 연다.

"흑표! 어머니 모시고 최 기자와 함께 먼저 나가라. 난 저놈들을 처리하고 가겠다."

"안됩니다. 형님! 아마도 저놈들은 총기까지 가지고 온 놈들입니다. 그리되면 아무리 형님이라도 살아날 수 없습니다. 만에 하나 형님이 잘못되면 이 원수는 누가 갚습니까?"

최미화도 매향을 부축한 채 거든다.

"그래요. 민수 씨! 그렇게 되면 여기까지 온 것이 모두 허사가 돼요. 그러니 우선 이곳을 빠져나가야 해요."

이때 다시 짝귀의 다급한 소리가 들리는 듯하더니, 와~ 하는 소리와 함께 구둣발 소리가 어지럽게 들려온다.

파멸

"저기 있다. 잡아라."

"형님! 빨리."

정민수는 자신의 어머니를, 흑표는 최미화로부터 매향을 건네받아 등에 업고 지하 감옥에서 나오자마자 왼쪽으로 꺾어 짝귀가 가는 곳을 향하여 달려간다.

"빨리 저놈들 잡아. 못 잡으면 우리 모두 죽는다."

대략 20여m쯤 달리자 두 갈래 길이 나온다. 병든 여인들을 데리고 빠져 오다 보니 빨리 달릴 수가 없다. 앞서가던 짝귀가 고함을 지른다.

"형님들 다 왔습니다. 빨리 오세요."

짝귀는 오른쪽으로 꺾어 5~6m 더 나아간 벽 뒤에 숨겨진 스위치 하나를 누르자 기기깅! 하는 소리와 함께 육중한 철문 하나가 열린다.

쌔~ 애~생. 밖이다. 겨울밤에 부는 바람이라 무척 차갑다. 이미 해가 저문 지 오래인 듯 주변을 분간하기조차 어려울 정도로 어둡다. 온통 소나무로 둘러싸인 깊은 산속이다. 짝귀는 부축하고 데리고 왔던 여인 두 명을 먼저 밀어 넣는다.

"형님들! 빨리."

다급해진 이들은 병든 여인들부터 밖으로 내보낸다. 정민수 어머니까지 내보내고 최미화가 막 빠져나가려 할 때 총소리와 함께 웃음소리가 들린다.

탕!

"꼼짝 마! 흐흐흐! 이 쥐새끼 같은 놈들 잘도 빠져나왔겠다."

순간, 일행은 얼음이 된다. 정면에서도 괴한들이 나타난 것이다. 이때, 뒤쫓던 놈들까지 다가온다. 이거야말로 진퇴양난이다. 총을 든 건장한 사내가 앞으로 한발 한발 다가온다.

"짝귀 형님, 아니지 이젠. 어이! 짝귀 네놈이 배반할 줄은 아무도 몰랐지. 등잔 밑이 어둡다더니, 배반의 대가는 각오 되어있겠지?"

짝귀가 입을 연다.

"난 아무래도 좋다. 그러나 불쌍한 이 여자들에게는 손대지 마라."

"곧 죽을 놈이, 남 걱정은? 잘 가거라."

탕!

"윽."

짝귀가 왼쪽 가슴에 총을 맞고 쓰러진다. 검붉은 피가 분수처럼 뿜어져 나온다. 흑표가 급히 다가간다.

"안 돼! 짝귀! 죽으면 안 돼. 이 일 끝나면 고향에 가서 어머니 모시고 조용히 살기로 했잖아."

"흐흐흐! 자~알들 논다. 네놈도 뒤따라가게 해주지."

순간, 정민수의 두 눈이 반짝 빛을 발한다. 그러자 괴한은 총구를 흑표에게서 정민수에게로 돌린다.

"아~아! 참아. 네놈이 아무리 빠르다한들 총알만큼은 아니겠지?"

정민수는 두 주먹을 부르르 떤다. 이때 짝귀의 입에서 검붉은 피가 쏟아져 나온다.

"형님들! 그, 그동안 고, 고마웠습니다. 우~욱! 잠시나마 사, 사람 되게 해줘서 왈칵."

연신 피가 쏟아져 나온다.

"짝귀! 말하지 마라."

짝귀는 씨~익! 하고 웃는다.

파멸

"저, 저는 평생을 이렇게 살아왔습니다. 우! 우~ 욱! 이제 만분의 일 만큼이나마 소, 속죄를 한 것 같아서 펴, 편하게 떠납니다. 나머지는 저세상에 가서 그, 그분들에게 속죄 하겠… 왈칵!"

말을 다 끝맺지도 못한 채 고개를 옆으로 푹 떨어뜨린다. 짝귀는 스물일곱 살의 나이로 그렇게 한 많은 인생을 살고 갔다. 짝귀가 아니었다면 이곳까지 오지도 못했을 것이다.

흑표는 두 눈을 부릅뜨고 간 짝귀 두 눈을 감겨 준다.

"자! 이제 멋진 송별식을 마쳤으면 뒤따라가야지?"

괴한은 흑표에게 총구를 겨누다 말고 최미화 쪽으로 향한다.

"아니지? 저년의 카메라가 이 일을 들추어냈으니 저년의 머리통부터 박살을 내야지."

최미화는 이미 겁에 질려 입술이 파랗게 변해있다. 괴한은 최미화를 향해 힘껏 방아쇠를 잡아당긴다.

"흐! 흐! 흐! 잘 가거라."

탕!

"안 돼!"

순간, 정민수는 고함과 함께 최미화와 흑표를 동시에 문밖으로 밀쳐내며 허공으로 몸을 솟구친다. 그러나 다시 총소리와 함께 비명이 들린다.

탕! 탕!

"으~아~악!" "악!"

털썩!

정민수가 앞에서 날아오는 총탄은 용케도 피하며 품에서 죽침(竹針)을 뽑아 괴한의 인후부에다 정확히 꽂아 즉사시켰으나 뒤에서 날아온 총탄

에 왼쪽 어깨를 맞아 그 자리에 풀썩 쓰러진 것이다. 최미화는 정민수의
비명에 울부짖는다.

"안 돼! 안 돼! 민수 씨! 으흐흑! 나 때문에, 안 돼! 아~아악, 흑흑, 안돼.
민수 씨."

최미화는 정민수에게 돌아가려고 안간힘을 썼지만, 정민수의 어머니
를 업은 흑표에 의해 여인들과 함께 끌려가다시피 소나무가 우거진 겨울
산을 미끄러지듯 내려간다. 뒤를 쫓아오던 괴한들의 소리도 조금씩 멀어
지는 듯하다. 가끔씩 불어대는 칼바람은 얼굴을 도려낼 듯이 날카롭다.

쌔애~앵~. 휘~이~잉.

제 9 회

배반, 첫사랑

서울중앙지방검찰청 제1 부장검사실

김상호는 읽고 있던 신문을 우악스럽게 구기며 책상을 쾅~ 하고 내리치며 자리를 박차고 일어나다 말고 조금 전에 도착한 등기 봉투를 부들부들 떨리는 손으로 뜯는다.

아래

4-1   c10   f5h.   No. -30(× - 제거)

4-2   h1b   g3h.   A. t -37(× - 제거)

4-3   b3   f7.   A. t -22

4-4   b30   b5e.   A. t -13

You will surely be killed by the killer G. N

(너는 반드시 킬러 G. N에 의해 죽임을 당할 것이다.)

-끝까지 간다.-

"이 새끼가 정말!"

한강신문이 연일 특종을 쏟아내고 있었다. 모든 기사는 자신과 민사당 국회의원인 자신의 아버지 김인석의 기사로 도배를 하고 있다.

　-경기도 안성기도원 사이비 교주 문창재 살해-철천지원수에 대한 복수극
　-납치된 여성들의 극적인 구조-

　내용은 부녀자 납치 강간설, 인신매매설, 살인 및 사체유기설 등등. 이 모든 사실은 아버지인 김인석에게 뒤집어씌울 수 있을지 모르지만 10년 전 일어난 살인 사건은 어찌해 볼 도리가 없다.

　이것만 해도 골치가 지끈거리는데 큰 사건이 있을 때마다 협박성 등기가 오는 바람에 온몸이 오그라들 판이다. 한강신문은 정민수가 전국적으로 만들어놓은 자사 및 지부라는 거미줄 같은 조직에 의해 이미 메이저급 신문으로 급부상하고 있다. 김상호의 얼굴과 목덜미에는 분노로 인한 시뻘건 핏발이 지렁이처럼 꿈틀거린다.

　"사무장! 혁 형사는 왜 안 오는 거야?"

　"몸이 피곤해서 못 오겠답니다."

　"뭐야? 형사 따위가 감히 내 명을 어겨?"

　그러다가 잠시 분을 삭이며 이성을 되찾는다.

　'날렵한 놈이 정민수라고 했지? 그래 아버지 말에 의하면 정민수의 무술이 승호의 어린 시절의 그것과 비슷하다고 했어.'

　김상호는 사무실을 왔다 갔다 하며 골똘히 생각에 잠긴다.

　'아니야! 그럴 리가 없어. 승호는 이미 죽었어. 그런데 그날의 일을 너무 소상하게 알고 있단 말이야. 그리고 무엇보다도 죽지 않고 지옥에서 환생했다고 한 부분이 마음에 걸려.'

김상호는 다시 사무장을 부른다.

"사무장! 천수에게 공여한 골수 기증자가 누군가 알아봤나?"

"병원의 기밀 사항이라 그게 아직."

"뭐야? 수단과 방법을 가리지 말고 알아보라고 했잖아."

"알겠습니다."

"그리고 김인석 의원은?"

"여기 다녀간 후 소식을 알 수 없습니다."

"알았어. 나가봐."

"예."

문을 열고 막 나가려는 사무장을 불러 세운다.

"아참! 이봐! 사무장, 한강신문 폐간시키고 최미환가 뭔가 하는 년 어떻게 됐어?"

"그게 좀."

"뭐야? 또, 잔말 말고 빨리 죄목을 만들란 말이야."

"알겠습니다."

사무장은 문을 쾅~ 닫고 나오며 중얼거린다.

'벼~엉~신! 제 놈의 운명이 어찌 되어 가는지도 모르고. 후! 후!'

이곳은 마장동에 위치한 어둡고 허름한 어느 푸줏간,

퍽!

"윽!"

푸줏간 안에 돼지를 잡아 걸어놓는 긴 쇠 걸이에 한 사내가 웃통이 벗겨진 채로 양팔이 위로 묶여 있다. 왼쪽 어깨와 겨드랑 사이로 긴 붕대로 감겨있다. 붕대 위로는 핏물이 시뻘겋게 물들어 있다. 구릿빛 근육은 가히 남자들이 봐도 부러워할 몸매다. 등과 허리 쪽에는 채찍으로 맞은 자국이 뱀처럼 꿈틀거렸고 몽둥이로 맞은 곳은 시퍼렇게 멍들어 있다. 정민수다. 그 반대편에서는 주인인지 점원인지 알 수 없는 젊은 사내는 열심히 고깃살과 뼈의 해체 작업에 열중이다. 반면에 두 명의 건장한 사내는 채찍과 몽둥이를 번갈아 가며 정민수의 온몸을 사정없이 내리친다.

휘리~릭! 쫘~악! 퍼~억!

"윽."

정민수는 이를 악물고 참아보지만, 고통을 이기지 못해 작은 비명소리가 이빨 사이로 새어 나온다. 정민수의 두 눈에서 살광(煞光)이 뻗어 나온다.

"뭘 봐? 노려보면 어쩔 건데?"

퍽!

"욱!"

"흐! 흐! 흐! 그렇게 날뛰더니 꼴좋구나!"

다시 몽둥이를 들어내려 치려고 할 찰나,

"그만."

라는 소리와 함께 푸줏간 문이 열리며 여섯 명의 건장한 남자들이 들어온다. 덥수룩한 얼굴에 키가 그리 크지 않은 60대 초반쯤 되어 보이는 사람은 다름 아닌 김상호 검사의 아버지 되는 김인석 의원이다. 한동안 피해 다니느라 얼굴은 꾀죄죄하고 핼쑥했지만, 눈빛만은 빛을 발하고 있다. 바바리코트 깃을 한껏 치켜세우고 양손은 주머니 깊이 찔러 넣고 있었다. 하지만 오른쪽 주머니 속이 꿈틀거리는 것으로 보아 무기를 소지하고 있다는 것을 직감할 수 있다. 그 뒤에는 낯익은 얼굴인 불곰과 흑표가 따라 들어온다.

김인석이 분을 참을 수 없다는 이빨을 으드득 갈며 입을 연다.

"또 네놈이냐? 그래. 맞아. 승호, 역시 네놈은 자살하지 않았어. 왼쪽 눈 밑에 난 상처를 빼면 어릴 적 모습이 그대로 있군. 넌 실수하고 있는 거야. 네놈이 저지른 살인의 대가를 네놈이 져야지. 왜 우리 부자(父子)를 괴롭히는 거야. 이 새끼야!"

정민수의 눈에서 다시 살광이 뻗어 나왔다. 사라진다.

"으! 핫! 핫! 핫!"

김인석이 다시 입을 연다.

"웃어? 곧 죽을 놈이, 그래, 마음껏 웃어라. 잠시 후면 네놈도 이곳 푸줏간 고기 신세가 될 테니."

정민수가 피~식하고 웃는다.

"흐흐! 이제 보니 납치하고 살해한 여자들은 이곳에서 처리했군."

"그래. 맞아. 일부는 갈아서 동물 사료용으로 들어갔지. 아니지 그전에 먼저 우리 민사당 총재께서 시식하셨지."

"악랄한 놈들!"

"악랄? 그래 맞아 악랄해야 이 세상을 살아갈 수 있지? 네놈처럼 말이야."

"이제 날 어쩔 테냐?"

"걱정하지 마라. 조용히 보내 줄 테니."

"좋다. 이왕 죽을 몸. 한 가지 물어보겠다."

"뭐냐? 말해라. 곧 죽을 놈이니 소원을 들어주겠다."

"왜 우리 아버지를 죽였나?"

순간 김인석이 흠칫한다.

"알고 있었다니 말해 주지."

"……."

"순진한 너의 애비가 처음 네놈의 이름을 개명할 때까지는 나를 믿더니 나중에는 의심하더라고."

"내 이름을 개명한 이유가 뭐냐?"

"흐! 흐! 순진한 사람은 속이기가 쉽지. 처음부터 네놈의 아버지와 네 에미는 네놈이 살인했다고 믿지 않았지. 난 네놈의 아버지를 찾아가서 개명해야만 승호라는 사실을 숨길 수 있고 과실치사로 인한 집행유예를 받을 수 있다고 속였지. 그래야 네놈이 세상 살아가는데 지장이 없을 거라고, 당연히 변호사도 내가 선임해 준다고 했지. 물론, 그것은 우리 상호를 살리기 위해서였고."

정민수의 눈에서 다시 불꽃이 튄다.

"이 악랄한 놈! 네놈은 죽어서 지옥도 못 갈 놈이다."

"흐! 흐! 금방 죽을 놈이 잘도 지껄이는구나!"

김인석은 담배를 피워 물고는 계속 말을 이어간다.

"그런데 일이 생긴 거지. 상호가 대학 1학년이 된 은한가 하는 년이 네놈의 애비를 만나보고 온 후 태도가 돌변하기 시작한 거야. 그리곤 상호를 의심하기 시작했지. 그래서 죽인 거야. 알고 보면 네 애비의 잘못이지."

철그렁~ 철그렁~ 정 민수의 분노에 찬 발악으로 쇠사슬이 끊어질 듯 철그렁거린다.

"으~아~아~아~ 짐승만도 못한 새끼야."

"아. 진정하라고. 아참 그리고 은하라는 년은 차마 죽일 수 없어서 애를

파멸

하나 낳게 했지. 인질로 잡아 놓기는 그게 안성맞춤이거든, 그리고 애 이름이 천수지? 아마?"

"으~아~악~악! 이 쳐 죽일 놈."

김인석은 왼손 검지로 정민수의 오른쪽 가슴을 콕콕 찌르며 말한다.

"뭐? 내가? 정신 차려. 죽을 놈은 내가 아니라 바로 네놈이야."

"이 개새끼! 김인석. 그리고 김상호! 네놈들을 지옥 끝까지라도 쫓아가서 쳐 죽일 것이다. 기다려라."

"후후후! 최후의 발악을 하는군!"

그리고 불곰과 흑표를 번갈아 본 후 오른손 주머니에서 권총을 꺼내 든다. 그러자 불곰이 황급히 저지하며 다급히 입을 연다.

"의원님! 저런 놈 한 명을 처리하기 위해 의원님의 손에 더러운 피를 묻힐 수 없습니다. 그리고 이곳에서의 총성은 위험합니다. 그러니 저희가 처리하겠습니다."

김인석이 입가에 음흉한 웃음을 흘리며 고개를 끄덕이며 권총을 다시 집어넣는다.

"흐흐흐! 그럴까? 그래 저런 놈 하나 처리하기 위해 내 성스러운 손에 더러운 피를 묻힐 수 없지. 자, 불곰! 이제 너희들이 충성심을 보일 때다."

그 말이 떨어지기가 무섭게 흑표와 불곰이 김인석에게 고개를 90도로 굽힌다. 불곰이 흑표에게 명령한다.

"흑표! 처리해라."

"예! 형님!"

흑표는 불곰에게 90도로 인사를 한 후 품에서 30cm가 될까 말까 하는 시퍼렇게 날이 선 육포 뜨는 칼을 꺼낸다. 정민수가 흑표와 불곰을 번갈아 쳐다본다.

"흑표! 불곰! 하! 하! 하! 감히 나를 배반해! 네놈들도 어쩔 수 없는 깡패 놈들일 뿐이야."

그러자 뒤에 있던 불곰이 먼저 음흉한 웃음을 흘린다.

"흐! 흐! 흐! 난 네놈 때문에 모든 것을 잃었다. 오늘날을 손꼽아 기다렸다. 자 우리를 원망 말고 우리를 쉽게 믿은 너 자신을 원망하며 편히 가거라."

흑표도 음흉한 웃음을 띠며 한 발 한 발 다가온다.

"흐! 흐! 흐! 흑표, 너마져?"

그리고는 허공을 향해 크게 한 번 웃는다.

"으! 핫! 핫! 핫!"

김인석은 정민수의 웃음소리에 움찔하며 흑표에게 다그친다.

"저놈이 미쳤나? 빨리 처리해."

불곰은 무엇이 불안한지 김인석이 눈치채지 못하게 자신의 손에 찬 시계를 연신 쳐다본다. 흑표도 잠지 주춤하는가 싶더니 정민수의 왼쪽 등을 와락 끌어당겨 몸을 밀착시키면서 오른손에 든 긴 칼로 왼쪽 옆구리를 힘껏 찌른다.

"잘 가거라."

푹~ 욱!

"우~욱."

동시에, 정민수의 입안으로 무엇인가 딱딱하고 가느다란 무엇인가가 들어온다. 정민수는 정신을 번쩍 차리며 딱딱한 물건을 혀 밑으로 재빠르게 감춘다. 그리고는 고개를 푹 떨군다. 그제야 김인석은 안심한 듯 크게 웃으며 손뼉을 치면서 다가온다.

파멸

"하! 하! 하! 짝! 짝! 짝! 네놈도 별수 없구나!"

불곰은 이마에서 구슬땀을 흘리며 시계만 처다본다. 김인석이 푸줏간 안을 들여다보며 소리를 지른다.

"야! 도끼! 확실히 담갔는지 확인해 봐."

반대편에서 고기 해체작업을 하던 사내가 굽실거리며 다가온다.

"예! 의원님!"

도끼는 급히 다가와 피가 사정없이 흘러나오는 정민수 옆구리를 벌려 치명상을 입혔는지를 살펴본다.

"의원님! 이 정도면 확실하게. 자, 잠깐……."

불곰의 이마에서는 식은땀이 비 오듯 흘러내리지만, 김인석은 전혀 눈치를 채지 못한다. 김인석은 여전히 권총을 주머니에 넣은 채 여차하면 방아쇠를 당길 자세다. 김인석이 급히 말을 받는다.

"도끼? 무슨 일이야?"

"저….."

도끼가 무슨 말인가를 막 하려고 할 때 밖에서 요란한 호루라기 소리가 들린다.

호르륵! 삐~이익~삑삑! 망을 보던 사내 한 명이 다급히 소리친다.

"의원님! 경찰들이 이쪽으로 와요. 빨리 피해야겠어요."

"뭐야! 이런! 경찰들이 어떻게 알았지?"

반면에 불곰은 이마에서 흐르는 식은땀을 닦으며 안도의 숨을 쉬는 것 같았다.

"도끼! 확실하게 자상을 입혔을 테지."

도끼는 연신 고개를 끄덕인다.

"네! 의원님 저 부위면 완전히 폐를 관통했습니다.

"그럼 확인 사살도 필요 없겠지?"

"예! 그리고 지금은 총을 사용하면 안 됩니다. 그대로 놔둬도 10분을 채 못 넘길 겁니다.

이때 다시 호루라기 소리가 들린다.

"의원님 경찰 놈들이 다 왔습니다."

"빨리 뒷문으로 피해라. 그리고 도끼 넌 이놈을 냉동고에 처넣었다가 해체해서 잘 처리하도록."

"예! 의원님!"

김인석과 이 일행들은 뒷문 비상구를 향해 총총히 사라진다. 도끼는 정민수의 두 팔을 묶은 단단한 줄을 자른 후 급히 대형 냉동고로 옮긴다.

철커덩! 그리고는 정민수를 냉동고에 집어 던진다.

휘~익.

"불쌍한 놈! 내 원망은 마라."

쾅! 냉동고는 돼지 열 마리 정도는 거뜬히 넣고도 남을 듯하다. 정민수는 엄청난 한기를 느끼며 가물가물 꺼져가는 정신을 차린다.

"으~으~으."

정민수는 바지를 찢어 왼쪽 옆구리를 대충 감는다. 영하 30도가 되는 듯한 냉동고에 옆구리의 피는 굳어있다. 그제야 혀 아래 딱딱한 것이 느껴진다. 정민수는 꺼낸다. 열쇠다.

'후! 후! 짜식들. 그럼 그렇지. 배반한 것이 아니었어. 그러고 보면 천하의 칼잡이인 흑표의 칼솜씨가 아직 녹슬지 않았어. 흐흐흐.'

정민수는 냉동고 안에서 갈고리처럼 걸린 잠금쇠 틈으로 난 구멍으로 열쇠를 집어넣는다. 두어 번 하니 무엇인가 걸린다.

딸끄닥~딸깍. 냉동고 문을 어렵사리 열고 나온다. 정민수의 얼굴은 온통 눈사람처럼 하얗게 변해 있었고 머리카락에는 고드름이 주렁주렁하다. 겨울이라 하지만 냉동고 밖은 그야말로 천국보다 따뜻하다. 정민수는 심호흡을 크게 한다. 냉동고에서 나오자 다시 옆구리에서 피가 흐르기 시작한다. 그러나 정민수는 아랑곳하지 않고 돼지를 열심히 해체하고 있는 도끼에게 다가간다.

"네 놈이 도끼란 놈이냐?"

순간, 도끼는 기겁하며 한발 뒤로 물러난다.

"아, 아니? 어떻게 냉동고에서? 안에서는 절대 열 수가 없는데?"

"후! 후! 후! 모르는군. 내가 불사조란 사실을, 하긴 너 같은 애송이가 어찌 알겠나?"

정민수는 웃통을 벗은 채로 도끼를 향해 한발 한발 다가간다.

"가, 가까이 오, 오지 마."

도끼는 순간적으로 머리를 굴린다.

'내 예상대로 흑표란 자가 저놈의 장기를 비켜 찔렀어. 저놈들은 배반한 것이 아니야. 저놈을 살리려고 배반한 척 한 거야.'

"도끼! 금방 분해될 놈이 무슨 잔머리를 굴리지?"

순간, 도끼는 조금 전까지 돼지의 뼈와 살을 해체하던 손도끼를 번개같이 집어 든다.

"네놈이 아무리 대단하다고 한들 지금은 큰 중상을 입은 몸이니 내가 굳이 겁낼 필요는 없겠지?"

"흐! 흐! 흐! 불쌍한 놈. 네놈이 지금까지 많은 사람을 해체했으니 네놈

의 오른 손목은 내가 가져가마. 그러니 네놈 스스로 네놈의 손목을 바치
면 냉동고 신세는 면하게 해주마."

정민수의 말이 끝나기도 전에 도끼는 돼지 뼈를 바르던 대형 도마 위를
비호같이 뛰어넘으며 정민수의 정수리를 향해 내려찍는다.

휘~익.

"죽어랏."

"불쌍한 놈. 그렇게 죽고 싶다면……. 이얍!"

순간, 기합 소리와 함께 그 자리에서 허공으로 180도로 회전하며 찍어
내리던 도끼의 오른 팔목을 앞발로 힘껏 걷어찬다. 작은 손도끼는 천정
을 향해 날아오른다. 도끼는 자신의 팔목이 부러지는 아픔을 느끼며 고
통스러운 비명을 지른다.

퍽!

"으윽!"

도끼의 고통스러운 비명소리에도 아랑곳없이 정민수의 입에서 쇳소리
가 울린다.

"가거랏."

그리고는 허공에서 내려오는 손도끼를 향해 다시 한 번 허공을 한 바퀴
돌며 걷어찬다.

동시에 돼지가 죽을 때나 들릴 듯한 비명소리가 푸줏간에 울려 퍼진다.
그것으로 끝이었다. 정민수의 발길질에 허공에서 떨어지던 손도끼가 허
공에서 두어 바퀴 도는가 싶더니 그대로 날아가 자신의 가슴팍 정중앙인
명치에 깊이 박힌다. 자신이 한 몸처럼 사용하던 손도끼에 의해 도끼는
그 자리에서 즉사한 것이다. 정민수는 도끼의 옷을 벗겨 대충 걸친 뒤 조

금 전에 자신이 갇혔던 냉동고에 도끼를 아무렇게나 집어 던지고는 푸줏간 뒷문을 이용해 비틀비틀 몇 발짝 걸어 나오다 심한 출혈과 탈진으로 인해 결국 쓰러지고 만다.

한편, 김인석 일당은 정민수를 해치우고 푸줏간에서 그리 멀리 떨어지지 않은 곳에 주차한 주차장까지 걸어온 뒤 기사가 열어주는 승용차 뒷좌석에 오르다 말고 불곰과 흑표를 바라보며 흐뭇한 표정을 짓는다.

"수고했어. 네놈들의 충성심을 믿겠다."

"감사합니다. 의원님."

김인석은 돈뭉치를 꺼내 불곰 앞에 던진다.

"그래 가봐."

그리고는 어깨를 한두 번 툭툭 친 뒤 늘어서 있는 나머지 깡패 중 한 명에게 눈짓을 한 후 승용차에 오른다.

"하하! 하여튼 깡패 놈들은 돈 앞에서는 어쩔 수 없지. 하하!"

그리고는 승용차 문을 쾅~하고 닫고는 어디론가 사라진다. 불곰은 김인식을 향해 90도로 허리를 굽혀 인사를 한 후 흑표를 향해 입을 연다.

"흑표! 가자."

"예! 형님!"

불곰과 흑표가 발길을 돌리려고 하자 조금 전 김인석과 눈길을 주고받던 사내가 가로막고 나선다.

"독자적인 행동은 안 됩니다."

"뭐야? 네놈들이 우릴 감시라도 하겠다는 거야?"

"……."

"비켜! 급히 갈 데가 있다."

"그렇게는 안 됩니다. 혹시, 푸줏?"

"건방진 새끼!"

흑표는 솥뚜껑보다 큰 손으로 후려갈겼으나 그는 슬쩍 피하며 웃는다.

"흐! 흐! 내 생각이 맞았어. 김인석 의원과 나는 보는 눈이 달라."

그리고는 옆에 있는 사내들에게 눈짓을 준다. 그러자 다섯 명은 자신의 품 안에서 각기 다른 연장을 꺼내 든다.

"푸줏간에 가봐야 이미 동태가 되었을 텐데, 괜한 헛수고 하지 마시고 우리 일이나 협조해라."

불곰이 한마디 한다.

"감히 내가 누구인 줄 알고? 건방진 놈들."

"흐! 흐! 흐! 누구긴 이빨 빠진 불곰이지. 난 네놈들의 속셈을 꿰뚫고 있었지. 흐! 흐! 내가 미리 고발하지 않은 것은 네놈들의 가죽을 벗겨 의원님께 바쳐서 더 큰 신뢰를 얻기 위함이었지. 이제 네놈들도 숨을 쉴 수 있는 마지막 일뿐이지."

그리고는 연장을 들고 있는 사내들에게 눈길을 준다.

"뭣들 해?"

그러자 기다렸다는 듯이 비호같이 달려든다.

"홍! 가소로운 것들."

불곰은 맨 앞장에서 달려드는 한 명의 정강이를 구두 뒤축으로 찍어 두 동강 내는 것과 동시에 목 뒷덜미를 잡아 허공으로 던진다.

휘~이~익!

"크~아~악."

털~썩!

창자가 끊어지는 듯한 비명소리가 허공을 가르는가 싶더니 맨바닥으로 나가떨어진다. 그 후 그는 일어날 줄 모른다. 한쪽에서는 바람보다 빠른 흑표의 발놀림에 사내들의 칼바람도 허공을 가르는 칼춤에 불과하다. 모두를 해치운 시간은 불과 수분에 지나지 않았다.

"흑표 시간 없다. 빨리."

"예! 형님!"

둘은 오던 길을 되돌아서 비호같이 내달리기 시작한다.

서울병원 응급실.

애~애~앵~

삐~뽀 ~ 삐~뽀.

"이 간호사! 빨리빨리 서둘러."

"예. 선생님."

엠블란스에 실려 온 환자 한 명이 의료진에 의해 응급실로 옮겨지고 있다. 옆에서는 낯익은 얼굴인 불곰과 흑표가 근심스러운 표정으로 의료진과 함께 분주하게 움직인다.

"선생님! 괜찮겠지요?"

"글쎄요. 워낙 출혈이 심해서, 아무튼 최선을 다해 보겠습니다."

"꼭 살려내야 합니다."

응급실로 실려 간 응급환자는 다름 아닌 정민수다. 흑표와 불곰이 김인석 일당인 깡패들을 순식간에 물리치고 푸줏간을 향해 달려갔을 때는 이미 푸줏간은 쑥대밭이 되어있었다. 돼지, 소의 가죽과 뼈를 바르던 도끼는 자신이 휘두르던 손도끼가 자신의 명치에 깊이 박힌 채 두 눈을 부릅 뜨고 비참한 몰골로 처참하게 죽어 냉동고 안에 처박혀 있었다. 그곳 비상구인 뒷문 뒷결에서 가슴을 부여안고 쓰러진 정민수를 발견한 것이다.

"형님! 여깁니다."

"흑표! 빨리 응급차 불러라."

이렇게 정민수는 간신히 목숨을 구한 채 서울병원 응급실로 실려 온 것이다. 불곰과 흑표는 응급환자 보호자 실에서 서성거린다. 잠시 침묵이 흐른다. 일일이 여삼추라는 말이 이때를 두고 한 말이 아닌가 싶다. 이때, 최미화가 급히 뛰어 들어온다.

"어, 어떻게 되었어요? 우리 민수씬 ……."

자나 깨나 정민수의 소식을 기다리던 최미화가 흑표의 연락을 받자마자 정민수의 어머니가 입원한 정신병원에서 이쪽으로 급히 달려온 것이다.

"조금 전에 응급조치를 받고 잠들었습니다."

"민수 씨를 좀 볼 수 없어요?"

흑표는 머리를 가로 흔든다.

"면회가 하루에 두 번밖에 안 된답니다."

"그럼?"

"오늘은 끝났고 내일 10시에 가능해요."

"휴!"

최미화는 두 손을 가지런히 모으고는 두 눈을 꼭 감은 채 무릎을 꿇는다. 정민수를 위해 기도를 하는 모습이 애처로워 보인다. 흑표가 불곰의 옆구리를 꾹 찌른다.

"형님! 사랑이란 것이 저렇게 아픈 건가요?"

100kg이 넘는 거구의 불곰이 피식하며 웃는다.

"사랑 한 번 안 해본 내가 알겠나? 네 놈이 알겠나?"

"하긴……."

다음날 10시 응급실,

"민수 씨! 정신 들어요? 나야. 미화. 나 알아보겠어?"

"형님! 접니다. 불곰입니다. 흑표도 옆에 있고요."

정민수는 온몸에 붕대를 감은 채 주위를 쓰~윽! 둘러보며 놀라는 기색을 띤다.

"미, 미화 씨! 어떻게 된 건가요? 그리고 여긴 어디?"

최미화가 정민수의 입을 막는다.

"쉿! 민수 씨! 말하지 말아요. 힘들어!"

"난 할 일이 많은 사람이야. 이렇게 누워있을 시간이 없어."

정민수는 일어나다 말고 오만상을 찌푸린다.

"으~윽."

깊이 입은 자상을 꿰맨 자리와 총알이 스친 어깨의 상처가 그냥 놔두지 않았기 때문이다.

"거봐요. 그냥 누워 있으라니깐."

정민수는 하는 수 없다는 듯 최미화의 부축을 받으며 다시 눕는다.

"흑표! 어떻게 된 일이야? 또 어머니는 어찌 됐고?"

"예! 형님 그게, 그리고 어머님은 병원에서 치료 중입니다."

그리고는 최미화를 바라본다. 최미화는 알았다는 듯이 고개를 끄덕인다.

"민수 씨! 아무 걱정하지 마세요. 어머니는 지금 빠르게 회복하고 있어요. 병원 환경이 좋으니 몸 상태도 날로 좋아지는 것 같아요."

정민수는 최미화의 두 손을 꼭 잡는다.

"고마워요. 미화 씨!"

따뜻하다. 최미화는 정민수의 두 손을 영영 놓고 싶지 않다. 그러나 자꾸만 불안한 마음이 든다.

"민수 씨! 그런 말 말아요. 우리가 남인가 뭐."

정민수는 고개를 끄덕이며 빙그레 웃는다.

"불곰! 대체 어찌 된 일이냐?"

불곰이 90도로 허리를 굽히며 입을 연다.

"죄송했습니다. 형님!"

"뭐가?"

"형님을 구하기 위해서는 어쩔 수 없었습니다. 용서해 주십시오."

흑표가 눈치를 살피며 슬쩍 거든다.

"그래서 잠시 배신하는 척했습니다."

"하! 하! 난 또 그런 줄도 모르고 정말로 배반한 줄 알았지. 하하…. 윽."

그날, 그러니까 정민수와 흑표 그리고 최미화가 안성기도원을 습격하던 날, 언제 어느 때 정민수에게 위험이 닥쳐올지 몰라 불곰은 조직원을 그림자처럼 붙여놓았다. 그러던 차에 불곰은 조직원에게 정민수 일행이 안성기도원을 습격한다는 보고를 받은 것이다.

"빨리 움직여."

"예! 형님!"

이미 안성기도원 주위의 위치는 물론 산세와 지형을 미리 익힌 불곰이 부하 조직원 2명과 함께 골짜기 길로 급히 올라가던 중에 흑표 일행을 만

파멸

났던 것이다. 불곰은 조직원들에게 흑표 일행을 산 아래로 안전하게 안내하도록 명령한 후 즉시 기도원 안으로 들어갔다.

그러나 이미 그때는 상황 끝나있었다. 안은 아수라장이 되어 있었고 사이비 교주란 자는 가슴에 긴 칼이 꽂혀 죽어 있었다. 그 후 흑표와 만난 불곰은 정민수를 구해기 위한 묘책을 짜내야만 했다.

"최 기자님! 김인석이 있는 곳을 좀 알아봐 주세요. 급합니다."

"알았어요."

최미화는 정신과 치료를 받고 있는 정민수 어머니의 곁을 잠시도 떠나지 않고 수발했다. 그러다가 불곰과 흑표의 부탁을 받은 것이다. 이렇게 최미화를 통해 김인석의 거처를 알아낸 후 잠시 그들의 수하로 들어간 것이다.

"의원님! 그놈과 저희는 철천지원수입니다. 저희를 받아주십시오."

"너희 같은 깡패 놈들을 어떻게 믿지?"

흑표와 불곰은 스스로 새끼손가락을 깨물어 혈서를 써서 충성맹세를 보였다.

"좋아! 믿어보지."

"의원님 보는 앞에서 놈을 즉사시키겠습니다."

그렇게 해서 정민수가 있는 곳을 알게 되었고 납치한 사람 중 쓸모없거나 반항하는 자들은 죽인 후 냉동고로 옮긴다는 사실을 알고는 열쇠공을 매수해 바늘보다 조금 큰 만능열쇠를 구해 혀 밑에 감추게 되었던 것이다.

흑표는 불곰에게 푸줏간에 도착하면 당장 때려 부수고 정민수를 구하자고 한다. 불곰은 고개를 가로젓는다.

"안 돼. 그건!"

"왜요? 형님!"

"김인석은 총을 가지고 있어. 우리가 죽는 것은 괜찮지만 불리하다고 생각되는 순간 형님을 쏠 거야."

흑표도 고개를 끄덕인다.

"흑표! 그날 호루라기 부는 가짜 경찰 놈들 실수하지 않도록 잘 닦달해 놓도록 해라."

"염려 마십시오. 형님!"

그렇게 해서 정민수가 납치당한 6일 만에 어렵게 아슬아슬하게 구해낸 것이다.

"면회시간 끝났습니다. 응급실은 면회가 한 분밖에 안 되는데 오늘은 특별히 해드렸어요."

불곰과 흑표는 덩치에 맞지 않게 간호사에게 연신 굽신거린다.

"예! 알겠습니다. 간호사님!"

건강하고 다부진 몸 상태 덕분에 정민수의 상처는 급속히 아물어간다.

쾅!

"내 이 새끼를 당장 때려죽이겠어."

잔뜩 화가 난 얼굴로 분을 이기지 못하고 앉았던 자리를 박차고 일어난 사람은 다름 아닌 김상호 부장검사다. 조금 전 차장검사에게 불려가 당한 수모에 분이 풀리지 않은 모습이다.

"야! 김 부장 어찌 된 일이야! 온통 한강신문 호외가 당신과 당신 아버지 기사로 도배를 하고 있잖아. 몇 날 며칠을……."

"차장님! 그건 오해입니다. 누가 우리 부자를 모함하고 있는 겁니다."

"모함? 미쳤다고 한강신문에서 매일같이 호외로 네놈들의 모함 기사를 써."

"차장님! 네놈들이라니요? 말씀 삼가하세요."

그 말에 차장검사의 눈꼬리가 하늘 높은 줄 모르게 치켜 올라간다.

"뭐? 너 죽고 싶어 환장했어? 지금 상황이 어떻게 돌아가는지 알아? 네놈의 아버지 김인석 곧 잡혀 들어올 거야. 까불지 마. 이사건 한 달 안에 해결 못 하면 옷 벗는 것은 물론 콩밥 먹을 줄 알아."

김상호는 조금 전의 수모가 생각난 듯 얼굴이 붉으락푸르락하며 부르르 떤다. 다시 한번 책상을 쾅! 하며 내리친다.

"그래. 윤철민이 이 새끼 죽지 않았어."

김상호는 밖을 향해 소리친다.

"어이, 사무장, 혁 반장 빨리 불러들이라니까 뭐 하고 있어?"

"지금 다른 일로 바빠서 나중에 찾아뵙겠답니다."

"이 새끼들이, 정말 미쳤나."

반면에 혁 반장은 자리에 앉아서 두 다리를 올려놓고 한가하게 휘파람을 휘~휘~하며 불고 있다. 이때 밖에 나갔던 박 형사가 급히 뛰어 들어온다. 그제야 혁 형사는 발을 슬쩍 내려놓는다.

"그래! 어찌 됐나?"

"반장님! 김상호 검사 학적부 역 추적 결과가 나왔습니다."

"그래? 고생했어. 말해봐!"

"예상대로 윤철민과 김상호는 고교 동기동창입니다. 윤철민의 개명 전 이름은 윤승호입니다. 개명 직후 윤승호라는 이름은 어디에도 없습니다. 김상호가 이를 완벽하게 파기한 겁니다. 당연히 윤승호는 누명을 쓴 거고요."

"하! 하! 김상호! 역시 내 예감이 맞았어. 헌데 박 형사 한강신문 연재에는 왜 윤승호라는 이름이 단 한 번도 안 나왔을까?"

"음! 글쎄요? 그것은 제보자가 윤철민이 윤승호라는 사실을 모르지 않았을까요?"

"박 형사! 무슨 소리야? 윤철민이 윤승호라면서⋯⋯."

"아참! 제가 정신이 없어서⋯⋯."

"한데! 말이야! 한강신문에 윤철민이 자살한 후에도 계속 제보하는 자가 누굴까? 박 형사 뭐 짐작 가는 것이라도 있어?"

박 형사는 고개를 절레절레 흔든다.

"윤철민이 살아있을 때는 탈옥 후 제보를 자신이 직접 했다고 할 수 있지만, 자살 후에는 과연 누굴까요? 한강신문 호외 기사를 보면 계속 김상호를 협박하고 그의 아버지 뒤를 쫓는 것 같은데, 혹시 그렇다면?"

순간, 혁 형사의 두 눈이 반짝하고 빛난다.

"그래? 그거야. 하하하! 윤철민은 죽지 않았어."

"예? 아니. 그게 무슨?"

혁 형사가 박 형사의 어깨를 툭! 친다.

"박 형사! 수고했어. 우리가 윤철민의 시신을 확인하지 않은 질책은 달게 받겠지만 적어도 윤철민의 억울한 누명은 벗을 수 있잖아."

그제야 박 형사도 고개를 끄덕인다.

"박 형사는 당시에 계룡산에서 자살한 사람과 윤철민의 관계를 계속 파보고. 아참, 그리고 김상호 검사도 계속 주시하고."

"알겠습니다. 그럼 나가보겠습니다."

파멸

"응! 그래. 수고 좀 해줘."

이때 김 형사가 문을 열고 들어온다.

"반장님! 다녀왔습니다."

"그래! 어떻게 됐나?"

"한강신문 최미화 기자는 윤철민이 탈옥해서 인질로 잡혀 있다가 풀려난 후 그길로 한강신문을 발행했습니다. 전직은 교사였고요."

"그래서?"

"평생의 꿈이 교사였고 또 최 기자 부모님도 딸이 선생이 되는 것이 최고의 보람이었는데 신문사를 창간한 것도 이상하고요. 그것도 견뎌내기 힘든 여성의 몸으로……."

"계속해 봐!"

"무엇보다도 김상호 검사의 처로 되어있는 조은하와 같은 대학을 다녔습니다. 조은하는 대학 2학년 때 김상호를 만난 후 학교를 그만뒀습니다."

"이유는?"

"김상호의 애를 가졌기 때문입니다. 그러나 그 후 조은하를 버렸고 지금은 아무도 모르게 새로운 여자와 동거하고 있습니다."

"더러운 자식."

"그보다도……."

"뭔데?"

"윤철민이 죽은 후 느닷없이 정민수라는 자가 나타나 계속 최미화를 돕고 있는 것 같습니다."

혁 형사는 김 형사의 말을 들으며 골똘히 생각에 잠긴다.

"음! 정민수 아우라. 그래 김상호, 정민수, 최미화, 조은하 이들에게 뭔
가 있어."

김 형사가 다시 입을 연다.

"반장님! 김상호 검사가 반장님을 많이 찾는 것 같은데 안 가보셔도 돼
요?"

"하! 하! 그 자식 인생도 참 불쌍하군. 마지막 타들어 가는 촛불 같은 인
생이니……. 김 형사! 나가서 계속 수고 좀 해줘."

"예! 반장님!"

김 형사는 종종걸음으로 밖으로 나간다. 혁 반장은 다시 책상 위로 다
리를 꼬아 올리며 자리에 앉는다.

바로 그때,

쾅~ 우당탕탕! 강력계 1팀의 문을 박차고 들어오는 이가 있다. 부장검
사 김상호다.

"이봐! 혁 형사 어디 있어?"

혁 반장은 귀를 파다 말고 인상을 우그러뜨리며 일어선다.

"어이쿠! 귀하신 양반께서 어인 일로 이곳까지?"

말이 채 끝나기도 전에 오른손으로 따귀를 내려치며 달려든다.

"뭐~어? 양반? 이 새끼가 뭘 잘못 처먹었나?"

척! 혁 형사는 김상호가 내려치는 팔을 잡으며 비아냥거린다.

"아! 귀하신 양반이 참아야지. 왜 이러실까?"

김상호는 잡힌 팔을 뿌리치며 씩씩거린다.

"너, 이 새끼 몇 번이나 호출했는데 왜 안 올라와? 그리고 안성기도원
살인 사건, 대봉건설 자살사건, 푸줏간 살인 사건은 왜 하나도 해결 못

해? 도망간 놈들을 빨리 잡아들여야 할 것 아니야!"

순간, 혁 형사는 김상호의 멱살을 강하게 움켜잡는다.

캑!

"이봐! 그 잘난 김상호 검사 나리, 잡아들일 사람은 그들이 아니라, 네놈과 네 애비라는 생각이 드는데, 하! 하! 하!"

김상호는 가슴이 뜨끔했다. 그러나 애써 태연한척한다.

"이, 이 새끼가 정말 미쳤나? 이, 이것 못 놔? 캑~캑! 너 당장 옷 벗고 싶어?"

"흐! 흐! 흐! 옷 벗을 놈은 내가 아니고 네놈이라는 것을 네놈이 더 잘 알 테지? 아니지. 네놈은 옷을 벗을 게 아니라 감옥에서 평생을 썩을 놈이지. 친구인 윤승호에게 살인누명을 되짚어 씌운 이 살인자 새끼."

"혁 반장! 무, 무슨 말 하는 거야?"

"혁 반장? 자식뻘 되는 놈이 건방지게 하늘 높은 줄 모르고 날뛰더니 꼴 좋구나. 난 너의 모든 비밀을 다 알고 있지? 아니 한강신문의 연재의 주인공이 바로 너였어."

"이봐. 캐~객, 혁 형사 이 손 놓고 얘기하지? 그리고 한강신문에 연재된 살인자는 윤철민이야. 난 윤승호가 누군지도 몰라."

그제야 혁 형사는 잡았던 멱살을 풀며 고개를 가로젓는다.

"천만에! 윤철민은 네놈의 범죄를 숨기기 위해 개명한 윤승호의 다른 이름이지. S.H란 이니셜도 네놈의 이름이고. 하! 하! 하! 이제 네놈도 끝이야."

김상호가 음흉스럽게 웃는다.

"흐! 흐! 혁 형사! 넌 내가 검사란 사실을 잊었나 보군. 증거도 없지만 설사 그것이 사실이라 해도 윤철민 사건은 이미 죽어서 종결된 사건임을 모르나 보군."

"김상호! 아직 공소시효가 남아있다."

"흐! 흐! 흐! 그 정도쯤은 내 손에서 얼마든지 해결할 수 있지."

"하하하! 과연 그럴까? 이제 네놈의 증거만 확보하면 되겠군."

"증거?"

"그래! 증거."

"혁 형사님! 일단 오늘 저녁에 나 좀 봅시다."

"혁 형사님? 하! 하! 급하긴 많이 급한가 보군. 그러나 어쩐다? 난 김상호 당신 두 손에 수갑 채울 때나 볼 것 같은데, 핫! 핫! 핫!"

혁 형사는 문을 열고 밖으로 나간다. 김상호는 두 주먹을 불끈 쥐며 이빨을 으드득 간다. 그러나 마음과는 달리 몸은 다급해진다.

"안돼! 막아야 돼!"

라고 중얼거리며 혁 형사가 나간 곳으로 문을 박차고 나간다.

그런 일이 있고 난 며칠 뒤 퇴근 무렵, 오후가 지나서 부터 후드득후드득 내리기 시작하던 겨울비가 시간이 지날수록 주룩주룩 내리기 시작한다.

대학가 어느 허름한 주점 안,

흔들리는 백열등 아래 두 여인이 마주 보고 앉아있다. 우유색 챙모자를 쓰고 긴 머리를 아래로 길게 늘어뜨리고 앉아있는 천사처럼 아름다운 여인은 조은하다. 그 앞에는 짧은 커트 머리를 한 최미화가 마주 앉아있다. 최미화가 입을 연다.

"은하 언니! 어쩐 일이야? 사무실로 전화를 다 하고, 조금만 늦었으면 전화 못 받을 뻔했어."

조은하가 미백의 하얀 이를 살짝 드러내 웃어 보이며 입을 연다.

"그래? 무척 바쁘신 몸이니 만날 수가 있어야지. 그리고 보면 난 오늘 천하의 최 기자를 만날 수 있는 행운을 잡았네."

"호! 호! 언니도 차~암. 언니! 근데 이 집은 10년 전이나 지금이나 변한 것이 없네. 30촉 백열등, 흙벽지, 그리고 젊은 청춘들이 지나간 무수한 낙서들, 혹시 언니하고 함께 쓴 낙서도 아직 남아있을까?"

"얘는? 설마? 그게 언제 적 낙서인데."

이때, 50대 정도 되어 보이는 나이가 지긋한 중년 여인이 주문한 안주와 뚝배기에 담은 막걸리를 가져오며 반갑게 맞이한다.

"느거들은 아직도 붙어 댕기노?"

조은하와 최미화는 고개를 들어 반색한다.

"이모! 이모는 아직도 여기 있어요?"

"하모, 내 이 나이에 어디서 뭘 하겠노? 빈대떡집이나 해야제."

최미화는 화끈한 성격답게 일어나 주인 여자를 와락 끌어안는다.

"이모! 보고 싶었어요."

"내도 보고 싶었데이. 느거들이 얼마나 유난을 떨었노? 친자매보다 더 친했다 아이가."

주인 여자는 다시 고개를 조은하한테로 돌린다.

"은하 니는 더 이뻐졌데이. 졸업한 후 안보이가 얼마나 섭섭했는 줄 아나? 딴 아들은 졸업 후에도 가끔 찾아오는데, 은하 니는 졸업 이전부터 안 보이던데?"

조은하도 일어선 채로 여인의 두 손을 꼭 잡는다.

"이모 죄송해요. 그동안 일이 좀 있었어요."

최미화가 콧소리를 낸다.

"이모! 그래서 왔잖아. 그때도 비 오는 날은 은하 언니하고 항상 같이 왔지?"

"그래! 맞데이. 비 오는 날은 더 자주 왔제. 오늘은 실컷 먹거래이. 내 느거들한테 돈 받겠나? 아참 느거들도 지금은 애기 엄마가 다 됐을 낀데, 느거들이라고 하면 안 되겠제? 그라모 뭐라고 불러야 하노?"

"이모! 그냥 부르던 대로 부르면 돼요. 이모는 우리들의 영원한 이모니까."

"그래? 그래도 되겠노? 암튼 고맙데이. 오늘은 코가 삐뚤어지게 묵어라."

50대 주인 여자는 김치전과 파전 등 전 종류와 막걸리 뚝배기를 놓고 다시 주방으로 들어간다.

둘은 다시 마주 보고 앉는다. 최미화가 찌그러진 노란 양재기 잔에 술을 쪼르르 따른다.

"언니! 옛날 생각하면서 한잔할까? 겨울비도 포근하게 오는데."

"그래!"

최미화는 짠~ 하며 잔을 부딪치며 벌컥벌컥 마신다. 반면에 조은하는 잔을 입에 대고 두어 모금 마신 후 내려놓는다.

"미화는 여전하네."

"언니! 난 기자 생활하면서 늘은 것은 술뿐이야."

그 말에 조은하는 까르르 웃는다.

"넌 처음부터 술을 잘 마셨잖아. 하긴 못하는 것보다는 잘하는 것이 낫지. 그건 그렇고 오늘 보자고 한 것은 다름이 아니고."

최미화는 조은하가 머뭇거리자 답답하다는 듯이 재촉한다.

파멸

"답답해. 언니! 어른 말해봐."

조은하는 진지한 표정을 지으며 고개를 끄덕인다.

"실은 미화에게 두 가지를 물어 보러왔어."

"언니! 그게 뭔데?"

"그래 말할게. 하나는 누가 우리 천수에게 골수를 기증한 건지? 그리고 두 번째는 그때는 경향이 없어서 물어보지 못했는데 인사동 [풍금소리 들리는 마을]에 왜 나오지 못하게 극구 말렸는지?"

최미화는 내심 화들짝 놀란다. 그저 안부나 물으러 온 것으로 알았지 이렇게 중대한 일로 온 줄은 몰랐기 때문이다.

"우리 천수에게 골수를 기증한 분이 누군지 미화 넌 알고 있지?"

최미화는 아무리 태연한척해도 말은 약간 떠듬거린다.

"모, 몰라. 언니! 내, 내가 그걸 어떻게 알겠어?"

조은하는 애원하다시피 한다.

"은하야! 그러지 말고 좀 알려 줘. 응? 내가 이렇게 부탁할게. 불쌍한 우리 천수를 살려준 은인인데 고맙다는 인사 정도는 해야 하잖아. 응? 제발~"

"언니는 참, 나, 난 모, 모른다니까."

조은하는 고개를 절레절레 흔든다.

"아니야! 미화 너는 알고 있어."

"정말 몰라."

말을 하다말고 최미화는 잠시동안 무엇인가를 골똘히 생각한다. 그리고는 곧 굳은 결의에 찬 표정으로 입을 연다.

"언니! 그럼 먼저 그 사람에 대해서 말해줘."

"그 사람이라니? 그리고 무슨 말?"

"언니가 지금까지 못 잊고 있는 그 첫사랑."

"얘는? 다 끝난 지나간 일인데 새삼스럽게 무슨……."

"그래도."

"그리고 그 사람은 이미 이 세상 사람이 아니야."

"그게 무슨?"

조은하는 잠시 호흡을 가다듬은 후 계속 말을 이어간다.

"휴! 미화야! 내가 10년 전 캠퍼스에서 얘기할 때 그 사람 이름 말하지 않았지?"

"응! 언니."

"또 누명을 썼다고는 했지만, 누명 씌운 그 사람 친구 이름도 말하지 않았지?"

"응! 내가 그렇게 물어도 그 사람 이름과 그 사람 친구의 이름을 말해 주지 않았잖아. 그래서?"

"미화야! 놀라지 마. 너도 잘 아는 사람이야."

순간 최미화의 손이 보일 듯 말 듯 미미하게 떨리기 시작한다. 자신의 추측이 자꾸만 빗나가지 않을 듯해서 불안하기 그지없다. 제발 자신의 추측이 빗나가길 바라며 재촉한다.

"계속해 봐. 언니! 내가 아는 사람이라니? 그럴 리가 없잖아."

조은하는 잠시 다시 한 번 숨을 고른다.

"미화야! 네가 한강신문에서 탈옥수 윤철민 시리즈를 다루었지?"

"응! 언니."

조은하의 두 눈에 이슬이 맺힌다.

"끝내 누명을 벗지 못하고 스스로 목숨을 끊은 바로 윤철민, 아니 다시 말하면 윤승호 그 사람이야."

순간, 투둑! 쨍그랑~

최미화의 왼손에 들려진 찌그러진 양은 술잔이 식탁에 떨어지며 시멘트 바닥으로 떨어진 것이다.

"미화야! 왜 그래? 괜찮아?"

최미화는 자신이 생각했던 추측이 조은하의 입을 통해 직접 듣자 둔기로 심하게 뒷머리를 얻어맞은 듯한 충격을 받았던 것이다.

"응! 괜찮아. 언니! 계속해 봐"

조은하는 두 눈에 글썽거리는 눈물을 하얀 손수건을 꺼내 찍은 후 두 눈을 가만히 감는다. 그리고는 가슴에 깊이 박힌 이야기를 꺼낸다.

17~8여 년 전 어느 봄날,

내가 할머니와 함께 승호네 아래채로 이사를 간 건 18년 전쯤일 거야. 승호가 중학교 2학년이었고 새 학기가 시작된 지 두 어 달 지난 5월의 어느 토요일이었어. 승호네 아래채는 성냥갑만 했지. 손바닥만 한 방문을 열고 나오면 너비가 두 뼘이나 될까 말까 한 시커먼 마루가 있고 그 아래는 댓돌이 놓여 있는 그러한 방인데 두어 발짝 걸어서 돌면 겨우 연탄불 한 장 피울 수 있고 그 위에 솥단지 한 개 걸칠 수 있는 아궁이 하나가 전부인, 부엌이라고 부르기도 거북스러운 아주 작은 아래채였지만 깔끔했어. 할머니와 나는 작은 손수레에 싣고 온 몇 안 되는 가재도구를 나르고 있었어.

"은하야! 조심해라."

찬장보다 작은 옷장을 방으로 들이기 위해 마루에 먼저 올라선 할머니,

내가 많이 걱정스러웠나 봐.

"예에! 그런데 하, 할머니. 너 너무 무거워요."

학교를 마치고 대문을 막 들어서던 승호가 잠시 멈칫하더니 책가방을 아무렇게나 내던지고 재빠르게 내 곁으로 다가가 두 팔로 버팀목처럼 해서 작은 옷장을 받쳐 들었어. 생각보다 무거웠는지 끙끙거리는 모습이 참 우스웠지.

"휴! 고마워."

그제야 안도의 한숨을 길게 내뿜으며 승호를 바라볼 수 있었어.

순간! 승호가 무척 놀라는 모습이었어. 나중에 안 일이지만 내 아름다움에 심장이 멎는 것 같았다나 어쨌다나. 최미화가 듣다 말고 입을 삐쭉거린다. 그러다가 이내 인정하는 듯,

"하긴, 언니가 예쁘긴 예쁘지. 여자인 나도 반할 정도인데."

조은하도 싫지는 않은 듯 빙긋 웃고는 다시 이야기를 이어간다. 그냥 예쁘다는 말밖에는 할 수가 없었데.

이목구비가 또렷하고 오똑한 콧날에다가 특히, 무엇이든지 빨아들일 듯한 새까만 내 두 눈동자는 무어라 표현할 수조차 없었대. 그래서 그런지 승호의 얼굴은 홍당무처럼 빨갛게 달아올랐어. 그뿐 아니라 봄바람이 살랑살랑 불어오는 탓에 내 긴 생머리가 승호의 코끝에 살짝살짝 닿을 때마다 승호의 가슴은 갓 잡아 올린 숭어떼 보다도 더 팔딱팔딱 뛰는 것 같았어. 사실 나도 싫지는 않았고, 내가 좀 짓궂게 물어봤어.

"피~이! 무슨 애가 말이 없니?"

승호는 그 말에 귓불까지 빨개지면서 급히 현관으로 사라지더라, 그리고는 현관문은 부서질 정도로 꽝하고 닫는 소리가 들렸어. 나는 웃음을

파멸

참을 수가 없어서 까르르하고 웃었지. 다음날은 일요일이라 늦잠을 자는지 승호 엄마가 승호를 부르는 소리가 들렸어.

"승호야! 아침밥 먹자."

그런데 밥을 먹기는커녕 현관문을 열고 살금살금 기어 나왔어. 마치 도둑고양이처럼. 최미화가 궁금한 듯 다시 끼어든다.

"왜?"

배가 아팠었나 봐. 화장실을 가기 위해서는 우리 아래채 앞을 지나야 하거든, 아랫배를 움켜잡고 주위를 두리번두리번 살피다가 화장실을 향해 도둑고양이처럼 몸을 낮추어 살금살금 가다가 우리 방 앞을 지날 때는 후다닥 내달리더라고. 그리고 시원하게 볼일을 본 듯 현관을 향해 다시 냅다 뛰는 거야. 아마도 내가 보고 있는 줄 몰랐겠지. 나는 크게 소리를 질렀어.

"얘! 도둑고양이처럼 뭐하니?"

"허~헉."

나는 승호가 놀라서 까무러치는 줄 알았어.

"그, 그게."

"호! 호! 호!"

그렇게 막 놀려 먹은 지도 대략 한 달 반이 지난 것 같았어. 그날도 토요일이었던 같아. 승호가 학교 도서관에서 공부하다가 해가 뉘엿뉘엿 질 때쯤,

강나루 건너서 밀 밭길을
구름에 달 가듯이 가는 나그네

길은 외줄기 남도 삼 백 리

술 익은 마을마다 타는 저녁놀

구름에 달 가듯이 가는 나그네

승호가 박목월 시인의 나그네라는 시를 암송하며 대문을 박차고 막 집으로 들어설 때였어.

"얘! 나하고 얘기 좀 해."

내가 부르는 소리에 승호는 화들짝 놀라 뒤로 자빠질 듯 휘청 그렸어. 내가 집에 있을 줄은 꿈에도 생각지 못했던 거지.

"으웅! 그, 그래"

내가 이사 오고 난 후 승호와 나는 거의 마주치지 않았어. 승호가 아침 저녁으로 화장실 갈 때만 살쾡이처럼 조심스럽게 다녔고 그 외에는 집 안에서 나오지 않았기 때문에 마주칠 리가 거의 없었어. 그런데 그날 나와 딱 마주친 거지. 내가 손짓을 하자 주춤주춤 다가왔어. 사실 다가온 곳이라 해봐야 손바닥만 한 마루일 뿐이지만…… 승호는 내 얼굴을 차마 똑바로 바라볼 수가 없었던지 고개를 숙인 채 천천히 다가왔어.

"얘 무슨 남자가 그렇게 수줍음을 타니?"

"……."

"호! 호! 호! 여기 좀 앉아봐봐."

승호는 내 얼굴을 빤히 쳐다 볼뿐 아무 말이 없었어. 난 승호에게 물었지.

"얘! 내 얼굴에 뭐가 묻었니?"

승호는 그제야 짐짓 정신을 차리며 머리를 긁적였어.

"아, 아니."

"뭐냐? 그럼."

난 단풍잎 같은 내 작은 예쁜 손으로 가볍게 주먹을 쥐고는 때리는 시늉을 했어.

"그럼 빨리 이쪽으로 앉아봐."

"아 알았어."

말을 더듬거리며 내가 권하는 대로 내가 걸터앉아있는 바로 옆에 다가가 앉았어.

"얘 부탁할 게 있어서 그래. 고개 좀 들어봐."

그제야 비로소 어렵게 고개를 들며 콩닥거리는 가슴을 들키지 않으려는 듯 애써 머리를 긁적이며 마루에 걸터앉았지.

"그, 그런데 부, 부탁할게 뭐 뭔데?"

나는 승호 옆으로 조금 더 바짝 다가앉으며 승호의 얼굴을 빤히 올려다봤어. 정말 참 잘 생겼더라. 이목구비도 뚜렷하고.

"얘 너 공부 잘한다며?"

"그, 게."

"피~이! 너희 엄마한테 들어서 다 알고 있다 뭐."

"……."

"그래서 말인데 나 공부 좀 가르쳐줄래?"

"내, 내가 어떻게?"

순간, 나는 두 눈꼬리를 이마를 향해 치켜 올렸지.

"흥! 공부만 잘하면 다야? 그깟 공부 좀 잘한다고 빼기는."

"그, 그게 아니고."

"치! 아니긴 뭐가 아닌데."

내 당돌함에 당황하는 것 같더라. 승호는 다시 머리를 긁적이며 말을 떠듬거렸어.

"아, 알았어. 내, 내가 할 수 있는 일이면 해볼게."

"호호호! 진작 그렇게 나올 것이지"

"내가 어, 어떻게 하면 되는데?"

"사, 사실은……."

난 조금 전과는 달리 진지하게 말했어.

"나 학교 안 다녀. 아니 안 다니는 게 아니고 중학교 못 갔어."

난 차분한 음성으로 말했어.

"나도 남들처럼 공부가 하고 싶어. 그래서 이렇게 부탁하는 거야."

승호는 고개를 갸웃거리며 물었어.

"왜 학교를 안 다니는데?"

순간 나는 다시 한 번 눈초리를 치켜세웠어. 화가 났던 거지.

"안 다니는 게 아니고 못 갔다고 했잖아."

"미 미안해."

이제 막 뒷산으로 넘어가는 붉게 타는 저녁 하늘을 바라보는 내 새까만 두 눈동자에 눈물이 살짝 고였었지. 사실 그때는 조금 서러웠거든.

"초등학교 3학년 때 엄마 아빠 두 분 다 하늘나라로 가셨어. 그래서 할머니와 단둘이 사는 거야."

"그, 래? 몰랐어."

"그래서 중학교도 못 가고 방직공장에서 일하고 있어."

"그럼 입고 다니는 교복은 뭔데?"

파멸

"아! 그거? 교복 아니야. 공장에서 입는 작업복이야."

내가 가끔 입고 드나들던 방직공장 여공들의 작업복을 중학교 교복으로 착각했던 거지.

"참 그 얘긴 그만하고, 나 공부 좀 가르쳐 줘 틈나는 대로."

승호의 머릿속은 무척이나 어지럽고 복잡하게 돌아가고 있는 것 같았어. 이때다 싶어 나는 톡 쏘아붙였지.

"해줄 거야? 말 거야?"

생각할 여유조차 주지 않았지.

"흥! 싫으면 그만둬. 자존심 상해가며 말했는데."

"아, 아니야. 하, 할게."

승호는 다급한 나머지 앞뒤 가릴 새도 없이 대답했어. 환하게 웃으며 승호의 오른팔을 와락 끌어당기며 팔짱을 꼈어.

"저, 정말? 고마워."

"……."

"그럼 언제부터 할까? 당장 내일부터?"

"그, 글쎄."

"내일 일요일이라 출근 안 하는데 당장 내일부터 하자 응 응?"

얼굴을 빤히 올려다보면서 다그치자 승호는 떠밀리듯 대답을 했어.

"그, 그래, 알았어."

"아이 좋아라. 고마워."

난 두 손바닥을 짝짝짝 거리며 좋아했어.

"참 너한테 고백할 게 있어."

"뭐, 뭔데?"

"호! 호! 호! 화내지 않기로 약속?"

그리고는 새끼손가락을 내밀었어. 승호가 머뭇거리기에 난 오른손을 끌어다가 새끼손가락을 펼쳐 억지로 약속을 했어.

"자 약속했어. 알았지?"

"고백할 게 뭔데?"

난 두 손을 가지런히 모아서 소라껍데기처럼 만들어 승호의 귀에 대고 가만히 속삭였어.

"사실은 내가 너보다 한 살 적다. 학교 다니면 중학교 1학년이야."

승호는 조금 놀라는 듯했지만 그리 대수롭지는 않게 여기는 것 같았어. 또래의 아이가 공장에 다닌다는 사실에 더 많이 놀라는 것 같았거든, 아니 그보다도 조금 전과는 달리 나와 그냥 그저 같이 마주하고 있는 것만으로도 기쁜 듯 싱글벙글했어.

"그래? 난 또 뭐라고."

"괜찮아? 그냥 막 이름 불러도 괜찮아?"

"응."

"애! 오빠인 네가 손해일 텐데?"

"이미 반말하고 있는데 뭘!."

그 말에 난 한 손으로 입을 막으며 까르르 웃었고 승호도 씨~익 하고 미소를 지었었지.

"오호! 웃으니까 보기보다 잘 생겼는데."

"까불래?"

승호가 한 손을 치켜세워 때리는 시늉을 하는데

"메~에롱! 나 잡아봐라."

하면서 얼른 일어나 앞마당 쪽으로 내뺐지 뭐! 승호도 재빠르게 일어나 덩달아 뒤쫓아 왔지만 날 못 잡지는 못했어.

"거기 서."

다음날부터 우리는 간장 종지만 한 마루에 걸터앉아 공부를 시작했어. 하면 할수록 공부하는 것이 재미있었어. 그래서 쉬는 날이거나 공장일이 조금 일찍 끝나는 날이면 잠시도 놀 시간을 주지 않고 승호를 불러냈지. 아마 그때 승호가 사다 준 계몽소설인 심훈의 상록수를 읽고 난 후부터 더욱 열심히 했던 것 같아. 그래서 그런지 시간이 흐를수록 질문 수위도 많아지고 높아졌어. 다만, 수학 공부할 때는 인상을 쓰곤 했지만, 영어공부를 할 때면 무척 흥미로웠고 신기했거든,

"얘 이건 어려운데, 안 풀면 안 되겠니?"

"안 돼."

"아! 참! 재미있는 영어부터 하면 안 될까?"

"안 돼."

"으응~ 제에발."

이렇게 앙탈을 부리기까지 했지만 통하지 않았어. 그래도 그런 내 모습이 승호도 싫지는 않았나 봐. 승호 엄마는 둘이서 열심히 공부하는 것을 보고 흐뭇해하며 먹을 것도 자주 내오곤 했어. 인정 많았던 분이지. 학교 진학도 못 한 내가 할머니와 단둘이 사는 것을 보면서 내심 안타까워했던 모양이야.

그렇게 몇 개월이 지나자 선선한 바람이 불어오는 가을로 접어들었어. 어느덧 중학교 1학년 과정을 끝낼 정도의 수준으로 올라왔어.

"얘 내일 오래간만에 야외로 나갈까?"

"어쩐 일이야? 틈만 나면 공부밖에 모르던 애가?"

"그동안 많이 달려왔잖아."

"……."

"또 내일은 일요일이고 월요일은 우리 회사 창립기념이라 쉬는 날이야."

승호는 잠시 생각에 빠진 듯하다가 머리를 긁적거리며 떠듬거렸어.

"그 근데 말이야!"

"뭔데? 빨리 말해봐."

"그, 그게 말이야."

"으이그! 속 터져."

난 답답해서 작은 주먹으로 내 가슴을 서너 번 치기도 했어.

"알았어. 말할게."

"……."

"내 친구 상호와 또 상호 친구 명수 이렇게 넷이 같이 가면 안 될까?"

이렇게 말하는 거야

"뭐, 뭐라고? 안 돼 절대로."

"어떡하지? 네 자랑을 많이 했는데."

자랑이라는 말에 내 표정이 약간 누그러지기는 했지만,

"자랑? 뭘? 그리고 상호가 누군데?"

"상호는 내 둘도 없는 친군데 늘 네 자랑을 많이 했었어."

"뭐라고 자랑했는데?"

"무진장 이쁘고 똑똑하다고 막 자랑을 했더니 놀러 가게 되면 같이 가자고 해서."

이쁘다는 말에 기분이 나쁘진 않았어.

"음! 하, 하긴 내가 좀 이쁘긴 하지."

승호는 다시 한 번 내 옆모습을 빤히 쳐다보더라고, 내가 이쁘긴 이뻤나 봐.

최미화가 궁금한 듯 끼어든다.

"그래서 뭐라고 했는데?"

난 단호하게 잘라 말했어.

"안 돼, 내일은."

"왜? 상호가 알면 섭섭해할 텐데."

순간 난 고개를 획 돌려 승호를 째려봤어. 흠칫 놀라는 것 같더라. 내가 날카롭게 쏘아붙였지.

"말 안 하면 되잖아."

"그, 그렇지만."

난 자리에서 벌떡 일어나며 다시 한 번 톡 쏘아붙였어.

"흥! 난 너와 단둘이만 가고 싶단 말이야. 이 바보야."

사실, 승호도 나와 단둘이서 가고 싶었을 거야. 수줍어서 말을 못했을 거야. 나도 생각했어. 얼마 후면 겨울 방학이 이고 겨울방학이 지나면 더이상 승호와 단둘이 소풍 갈 일은 없을 것 같은 예감이 들었거든, 승호는 중학생이 된 후부터 방학이 되면 아버지를 따라 계룡산에서 보름씩 있다가 온다고 했어. 뭐~계룡산 중턱 토굴에서 생활하시는 백발 할아버지께 무예를 배우기 위해서였지. 승호 아버지는 공무원이시지만 우리나라 전통무예에 관심이 많아서 그곳까지 승호를 데리고 거기서 수련을 시켰던 거래.

"승호야! 네 몸 하나는 네가 지킬 수 있어야 한다. 그러기 위해서는 풍운무(風雲舞)보다 더 좋은 전통무예는 없는 것 같다."

"예. 아버지."

승호도 배우면 배울수록 신기하다고 생각했었데. 그러나 내가 이사 온 후로는 가기가 싫어하는 모습이 역력했어. 지난 여름방학 때도 계룡산에서 수련하느라고 나를 보름간 볼 수 없어서 애가 탔던 것 모양이야.

"무슨 말 좀 해봐."

그제야 승호도 정신을 차리고 모깃소리만 한 소리로 진심을 얘기했어.

"사 사실은 나 나도 은하 너와 단둘이 가고 싶어."

"저, 정말?"

"으~ 응."

"진작 그럴 것이지. 좋아 오늘은 용서 해주지."

나는 승호에게 작지만 예쁜 내 새끼손가락을 내밀며 말했지.

"자! 약속."

그제야 승호도 피식하고 웃었어.

"그, 그래 약속."

다음날, 우리는 작은 도시를 빠져나와 가을바람에 코스모스가 하늘거리는 작은 개울가를 걸었어. 일요일이라 그런지 가을의 정취를 즐기려는 듯 꽤 많은 사람들이 코스모스로 길게 이어진 개천 변을 걷고 있었어. 우리는 걷다가 납작한 바위를 발견했지. 바위라고 하기엔 작아 보이지만 우리 둘이서 마주 앉기엔 충분했어.

"저기 앉을까?"

우리 둘의 입에서 동시에 나온 말이야. 우리 서로를 쳐다보며 까르르, 키득키득 웃었어. 바위에 나란히 걸터앉아 유리알보다도 더 투명한 개울물에 두 발을 담그고 찰방찰방 열심히 물장구를 치며 놀았어. 백옥보다 더 희고 더 매끈한 내 종아리를 보며 승호는 어쩔 줄 몰라 했지.

"얘! 뭘 그렇게 넋을 놓고 보고 있니?"

그제야 정신이 번쩍 드는지 떠듬거렸어.

"아, 아니야. 아, 아무것도."

"피! 아무것도 아니라면서 얼굴은 왜 빤히 쳐다보는데. 창피하게."

승호가 머리를 긁적이며 빈정거릴 줄도 알던데.

"크! 은하 너도 창피한 것을 아니?"

순간, 내가 두 눈을 흘기며 승호의 등을 찰싹 때림과 동시에 엉덩이를 발로 툭~ 찼어.

"뭐라고? 너 지금 말 다 했어?"

앗! 뿔사! 내 말이 채 끝나기도 전에 승호가 억! 하며 이끼 긴 바위에서 미끄러져 개울가로 첨벙하고 빠져 버렸지.

이때 턱을 괴고 듣고 있던 최미화가 한마디 한다.

"호! 호! 호! 언니가 너무했네?"

"내가?"

"웅! 그래. 언니 잘났어. 정말. 그런데 재미는 있네. 그래서 어떻게 됐어?"

나는 그 모습이 너무 우스워 까르르 웃었어.

"호! 호! 호! 그게 바로 예쁜 나를 놀린 죄야."

"……."

"어때? 물맛이?"

"……."

"엄살 부리지 말고 빨리 올라오시지."

"……."

그런데 아무 말이 없이 오른쪽 어깨를 주무르며 서 있었어.

"왜, 왜 그래? 괘, 괜찮아?"

승호가 다시 바위에 걸터앉으며 고통스러운 인상을 짓더라고.

"으~응! 괜찮아."

"그런데 표정이 왜 그래?"

나는 걱정이 돼서 바짝 다가가면서 물었어.

"어디 좀 봐봐."

승호가 오른쪽 어깨에서 손을 떼며 아무렇지도 않다는 듯 손사래를 쳤
지만, 걱정됐어.

"괘, 괜찮대도."

"그럼 어디 좀 보자고."

나는 승호의 오른쪽 어깨로 손을 가져가다 말고 깜짝 놀랐어.

"어머, 이게 뭐야? 피! 피잖아."

아까 승호가 미끄러져 물가로 넘어질 때 뾰족한 돌부리에 부딪히면서
오른쪽 어깨 아래 날개 죽지에 길게 상처가 났던 거야.

"어머! 많이 다쳤네."

조금 전까지는 몰랐는데 물에서 올라오자 하얀 티셔츠 위로 제법 많은
피가 배어 나왔어.

"괜찮아."

"괜찮긴! 이쪽으로 대봐."

난 승호의 오른쪽 어깨를 확 잡아당겼지.

"이런! 맙소사. 많이 다쳤네."

승호가 말할 틈도 주지 않고 승호의 옷을 걷어 올리면서.

"그냥 좀 가만히 있어."

하며 승호의 등을 가볍게 찰싹찰싹 때렸어. 난 재빠른 동작으로 개울둑으로 가서 억센 쑥을 뜯어와 돌로 정성스럽게 빻았어. 그리곤 곱게 빻은 쑥을 상처 난 곳에 붙이려다 말고 한마디 했지.

"애! 나중에 많은 사람을 구하려나 봐."

"그, 그게 무슨 말이야."

"호! 호! 호! 상처가 십자가로 길게 났어. 십자가는 예수님이라고 그러던데?"

"뭐냐? 놀리고 있어."

"피! 아니면 말고."

난 빠른 손놀림으로 쑥을 뜯어서 곱게 빻은 후 상처에 대며 늘 가지고 다니던 하얀 손수건을 꺼내서 상처 난 부위를 감싸며 정성스럽게 동여매 줬어. 승호는 매우 아팠는지 오만상을 찌푸렸어.

"앗! 따가워."

"참아. 쫌, 남자가 이 정도로 뭘 그래."

"으~으~으!"

승호의 상처를 싸매주고 정성스럽게 싸 온 도시락 열었어.

"자! 김밥 먹고 나면 금방 다 나을 거야."

맛있게 보이는 김밥, 맛깔스러운 김치와 고추 멸치볶음을 보자 승호는 조금 전 아픔도 잊은 채 바짝 다가와 앉더라.

"아! 맛있겠다. 그런데 이 김밥 누가 만들었어? 할머니?"

"아, 아니, 새벽부터 밥하고 시금치 볶아서 내가 직접 만들었는데."

"우아~ 저 정말?"

"그럼. 이래 봐도 내가 김밥을 얼마나 잘 만드는데."

난 나무젓가락으로 김밥 하나를 집어 들고는

"아~ 해봐 내가 먹여 줄게."

라고 말하자 승호는 기겁하며 뒤로 물러나며 손사래를 쳤어.

"왜, 왜그래. 차 창피하게. 내가 알아서 먹을게."

그때 난 살짝 기분이 상했어.

"피! 내가 창피하다 이거지?"

"아, 아니. 그, 그게 아니고."

"그럼 왜 안 먹는데?"

승호는 하는 수 없다는 듯이 말했어.

"아, 알았어. 얼른 줘."

그 말에 난 집어 들고 있던 김밥 한 덩이를 승호의 입에 쏘옥 넣어주었어.

"호! 호! 호! 어때 맛있어?"

"으응 아직 먹지 않았지만 맛있을 것 같아."

"무슨 대답이 그러니?"

"그래! 맛있어."

"그래? 그럼 우리가 어른이 되어도 맛있게 해줄게. 나와 약속만 해주면."

"어떻게 하면 되는데?"

"알고 싶으면 약속부터 해!"

난 다시 오른쪽 새끼손가락을 내밀었어.

"뭔데?"

"피~이. 아니면 말고."

승호는 다급한 듯 말을 더듬거렸어.

"아, 아니야! 하, 할게."

"당연히 그럴 것이지."

승호는 백옥 같은 내 새끼손가락에 자신의 손가락을 걸었어. 난 볼우물이 옴폭 패이도록 배시시 웃었어. 가을빛에 비치는 내 얼굴이 그때 무척 아름다웠을 거야.

"우리 떨어져 있어도 항상 함께하는 거야. 알았지?"

"떨어져 있는데 어떻게 같이 있어?"

"이 바보야! 떨어져 있어도 늘 서로 생각 하자는 뜻이야."

승호는 그제야 알아들었다는 듯이 머리를 긁적였어.

"아, 그래? 알았어. 그렇게 할게."

"고마워!"

"헤! 헤! 헤! 뭘!."

"얘! 약속 꼭 지켜야 해!"

우리는 그렇게 물장구도 치며 하늘을 날아다니는 왕 고추잠자리며 코스모스와 들국화가 만개한 가을의 정취를 마음껏 만끽하다가 해가 서쪽 하늘에 노루 꼬리만큼 걸릴 때쯤 집으로 돌아왔어. 물론 승호가 준비해 간 흑백카메라에 아름다운 전경을 마음껏 담고서 말이야.

그날 이후, 우리는 아무 일 없었다는 듯이 여느 때와 마찬가지로 공부에 여념이 없었어. 아마 그렇게 달포가 지난 어느 날 저녁이었을 거야 난 저녁을 먹은 후 잠시 바람 쐬러 밖으로 나왔었지.

그때 승호네 세 식구도 저녁을 먹는 것 같았어.

"와! 내가 가장 좋아하는 굴비다."

승호 엄마는 그 말에는 아랑곳하지 않고 약간 근심스러운 말투로 입을 열더라.

"여보! 내일 아랫방 할머니 이사 가는데, 너무 딱하고 안됐어요."

순간, 승호가 충견을 받았는지 숟가락 떨어지는 소리가 쨍그랑하고 났어. 난 승호의 마음을 읽을 수 있었지.

'이, 이사라니? 내게 한마디 말도 없이. 그것도 내일.'

라고 말이야.

매일같이 공부했지만 내가 전혀 내색하지 않았던 거지. 물론 내 마음도 찢어지는 것 같았어. 승호와 정말 헤어지기 싫었거든, 하지만 어쩔 수 없었어. 이때, 승호 아버지의 음성이 들리더라고.

"그래서 어떡하면 좋겠소?"

"할머니가 아프시다더니 보증금을 더 내려서 이사 가야 한다네요."

승호 엄마는 잠시 머뭇머뭇하다가 다시 말을 이어갔어.

"그, 그래서 말인데요? 우리가 조금 더 보태주면 어떨까 해서요."

승호 아버지는 잠시 생각에 잠기는 듯하더니 고개를 끄덕이는 그림자가 보였어.

"당신 마음이 그렇다면 그렇게 해요."

승호 엄마가 승호 아버지 앞으로 바짝 다가앉으며 살며시 두 손을 잡는 그림자가 보였어. 그때, 난 엄마 아빠가 있는 승호가 정말 부러웠어.

최미화가 막걸리 한 잔을 쭉 들이켠 후 다시 한번 끼어든다.

"언니! 정말 승호 부모들은 좋은 분들 같네."

"그렇지? 나도 그렇게 생각해."

이때, 승호 엄마의 목소리가 들렸어.

"전 당신의 늘 이런 마음이 좋아요."

"원 당신도. 당신의 마음은 어떻고?"

"그나저나 어린 은하가 안됐어요. 우리 승호와 꽤나 잘 지냈는데."

승호 엄마와 아버지는 무척 안타까워하셨지. 또한 승호의 마음도 내 마음 같았을 거야. 내 마음이 숯처럼 까맣게 타들어 갔으니까.

다음날은 아침부터 시끌시끌했어. 그 소리에 승호가 현관문을 살짝 열고 빠끔히 내다보데. 승호 아버지는 아침 일찍부터 우리 이삿짐을 작은 리어카에 실어 꼼꼼하게 챙겨주고 있었지. 하긴 이삿짐이라 해봐야 손수레 한 대에도 다 차지 않을 정도의 가재도구 몇몇이 전부였지만 승호 아버지는 일꾼 한 명을 사서 이사 갈 집까지 잘 옮겨달라고 부탁을 하더라고. 난 할머니와 몇 번을 이사 다녔지만 그런 분은 처음이었어. 대문 밖에 대기하고 일꾼은 짐 실은 리어카를 막 끌고 가기 시작했고 나와 할머니는 승호 아버지께 고맙다고 인사를 하고는 대문을 나섰지. 그때 승호의 마음은 바쁠 대로 바쁜 듯. 세수도 하는 둥 마는 둥 하고, 정리 안 된 책가방을 재빠르게 집어 들더라. 사실, 나도 내 마음이 아니었어. 더 이상 승호를 못 볼 것 같아서 발만 동동 굴릴 뿐 어떻게 해볼 도리가 없었지.

"승호야! 웬 학교를 벌써가니? 밥도 먹지 않고."

"예! 배 안 고파요."

"원 녀석도."

승호 엄마는 걱정스러운 듯 불렀으나 승호는 대문을 박차고 나와 쌩~ 하고 냅다 뛰기 오기 시작했어.

그사이 우리의 이삿짐을 실은 리어카는 벌써 집에서 조금 떨어진 언덕을 올라가고 있었어. 나와 할머니가 리어카를 뒤에서 힘겹게 밀고 있었지만, 자꾸 뒤로 밀리는 것 같았어.

또, 할머니가 천식이 심해 기침을 할 때마다 손수레에 실은 짐들이 흔들리며 금방이라도 쓰러질 것 같았어.

"쿨~룩, 쿨~룩."

그때 갑자기 손수레가 가벼워지는 것을 느꼈어. 승호가 어느새 재빨리 달려가 리어카를 힘껏 밀고 있었던 거야.

덜커덩~ 소리를 내며 조금 손쉽게 언덕을 올라갈 수 있었어.

"고마워."

난 이마에 흐르는 구슬 같은 땀을 닦으며 고맙다는 말을 했지만, 승호는 아무 말도 하지 않았어. 아마도 삐졌었나 봐. 그렇게 한참을 가다 보니 세 갈래 길이 나왔어. 왼쪽으로 들어가는 길은 흙먼지가 날리는 비포장 자갈길이었어. 좁은 비포장 자갈길 저 끝에는 시커먼 기름 판자로 얼기설기 엮은 집들이 보였어.

또 판자촌 저 뒤편 왼쪽에는 야트막한 야산이 보이고 오른쪽에는 높은 담장으로 이루어진 거대한 건물이 있고 군데군데에는 담장보다 훨씬 높은 망대와 망루가 보였어. 나중에 알고 보니 그 망루가 교도소였던 거야. 그곳은 비포장도로와 포장된 도로를 경계로 작은 신호등이 있었던 것으로 기억나. 잠시, 신호대기를 하던 우리는 파란불로 바뀌자 다시 리어카를 끌고 움직이기 시작했어. 승호도 뒤에서 리어카를 밀면서 함께 신호등을 건너 따라오려고 할 때 내가 제지하며 말렸어.

"애! 안 돼! 학교 늦어. 그리고 또 교복 더러워지면 어떻게 하려고."

그 말에 승호는 흠칫하고 멈춰서더라. 사실 난 그때 조금 섭섭했어. 물론, 승호도 지각 결석 아랑곳하지 않고 따라오고 싶었을 거야.

그렇게 머뭇거리는 사이 리어카는 어느덧 신호등 있는 건널목을 건너 비포장 자갈길로 접어들었지. 승호는 안절부절 어쩔 줄 몰라 하며 발을 동동 구르는 것 같았어. 아마 차츰 멀어져가는 내 뒷모습을 바라볼 수밖에 없는 승호 자신도 자신이 한없이 미웠을 거야. 조금 전까지 잘 굴러가던 리어카 바퀴가 비포장 자갈길에 들어서자, 또 안 굴러가는 거야. 난 승호가 좀 더 밀어줬으면 하고 많이 바랬었어. 난 한두 발짝씩 옮길 때마다 뒤를 돌아다 봤어. 눈물이 자꾸 흐르더라. 다시는 못 볼 것 같고, 뒤를 돌아보니 승호도 한 손으로는 눈물을 훔치고 다른 한 손으로는 팔을 힘들게 흔드는 것이 보였어. 그러자 조금씩 흐르던 눈물이 왈칵왈칵 쏟아지기 시작했어. 난 한 손을 들어 흔들며 승호를 향해 울음 섞인 목소리로 소리쳤어.

"흑~흑! 승호 오빠! 그동안 정말 고,마웠어. 엉엉."

"오빠?"

라고 되묻는 한 소리가 가느다랗게 들려왔어. 물론 승호의 가느다란 울음소리와 함께. 그날이 내가 승호에게 처음으로 오빠라고 부른 날이야. 아니 처음이자 마지막 날이야. 난 다시 울면서 소리쳤어.

"흑흑, 승호 오빠! 이사 가서 편…… 지 할게."

"……."

"승호 오빠! 보고 싶을 거야! 그것도 아주 많이."

순간, 난 아차 하는 생각이 들었어. 내가 다니는 방직공장 회사 이름도 새로 이사 가는 집 주소도 알려 주지 못했어. 난 승호를 잊을 수가 없어. 어리지만 사랑했거든. 지금 생각하니 후회가 막심해. 승호가 자신의 교복 안주머니에서 그때 가을날 찍은 흑백사진 한 장을 자주 꺼내 내게 보여주던 생각이 많이 나곤 해.

최미회가 다시 막걸리 한잔을 쭉 들이키면서 입을 연다.

"언니 두 사람 사랑 참 예뻤네. 그치?"

"웅! 근데 마음이 많이 아파."

승호가 쑥스러워할 때마다 난 놀렸었지. 바보, 바보 같다고. 아마 승호도 내가 바보 같다고 한 소리를 듣고 있을 거야. 그게 사랑의 힘이잖아. 잘 들어봐. 전국학생백일장에 승호의 출품작이며 자작시(自作詩)인 [풍선]이라는 시야. 난 승호가 생각날 때마다 이 시를 암송하곤 해.

풍선

윤승호

사랑의 마음 한 아름 안고
구름 위로 띄어본다

내 모습
쉽게 찾을 수 있게

하얀 풍선에
내 얼굴 그려서…….

'승호 오빠! 오빠도 나 같으면 좋겠어.'

파멸

제 10 회
피바람 2, 절규

다 듣고 난 최미화는 자신이 연재했던 부분과 조은하가 이야기하는 부분이 약간은 달랐지만 대부분 일맥상통한다는 것을 느끼며 머리가 어지럽기 시작한다.

"언니! 설마 그 소년이……?"

조은하는 길게 한숨을 내쉰다.

"그래. 맞아 네가 한강신문에 연재한 그 사람이야. 승호, 아니 윤철민."

순간, 투둑 ~쨍그랑~

최미화는 자신의 왼손에 들려진 찌그러진 양은 막걸리 술잔을 다시 한번 떨어뜨린다.

"미화야! 왜그래? 괜찮아?"

"웅! 언니. 괜찮아."

이미 안성기도원에서 백 순희 여사와 정민수의 상봉 때 정민수가 승호란 사실은 알았지만 조은하와의 관계를 정확히는 몰랐던 것이다. 그러나 조은하의 입을 통해 승호, 즉 정민수와의 관계를 직접 전해 듣자 뒷머리를 둔기로 심하게 얻어맞은 것보다 더 심한 충격을 받았다. 최미화는 혼잣말로 중얼거린다.

'그래, 이제야 확실해 졌어. 민수씨가 그래서 날 피했던 거야.'

이때 다시 조은하의 음성이 들려온다.

"거봐, 얘기 듣고 나면 너도 아는 사람일 거라고 했지? 놀랐지?"

"응! 언니."

최미화는 다시 한번 길게 한숨을 내쉰다. 밖은 여전히 겨울비가 추적추적 내린다.

"언니! 고생했어. 꿋꿋하게 견뎌 줘서 고마워!"

이야기하는 동안 조은하의 두 눈에서는 눈물이 밖에 내리는 비처럼 흘러내리기도 했다.

"미화야! 난 이제 어떻게 하면 좋니? 그 사람은 끝내 누명을 벗지 못하고 스스로 목숨을 끊고 가버렸으니 이제는 그 어디에서도 용서를 구할 수 없으니."

그 말에 최미화의 마음 한구석에서 무엇인가 꿈틀거리며 올라오기 시작한다. 사실은 인사동 [풍금소리 들리는 마을]에서 처음 눈이 마주쳤을 때 조은하가 흠칫하는 것을 느꼈다. 그러나 그것은 자신 때문이 아니라 옆에 함께 있던 정민수 때문이라는 것을 직감적으로 알았던 것이다. 그때부터 조은하가 늘 잊지 못했던 사람이 정민수가 아니었을까 생각했지만 설마! 라는 생각도 한 것은 사실이다. 맞다면 이러한 기구한 운명조차 비켜 가길 간절히 원했던 것이었을 것이다.

이때, 다시 조은하가 입을 연다.

"미화야! 한강신문에 저렇게 세세하게 제보한 사람이 누구야? 사건이 나던 날 목격자도 없었을 테고 있다고 해도 10년도 더 지난 사건을 자세하게 제보하는 것도 그렇고."

파멸

최미화도 잠시 두 눈을 감았다가 뜨며 이내 무엇인가를 결심한 듯 입을 연다.

"그보다 언~니! 천수에게 골수를 기증한 사람이 그 사람이야."

"애는, 그 사람이라니? 그게 무슨 소리니?"

"언니! 천수에게 골수를 기증한 사람이 윤철민 아니 승호 그 사람이라고."

"정신 차려! 승호라니? 그것도 이 세상에 죽고 없는 사람이 어떻게?"

"아니야! 언니! 승호는 죽지 않았어."

쿵! 조은하는 머리를 무엇으로 심하게 얻어맞은 듯한 충격을 받으며 넘어질 듯 비틀거린다.

"언니! 은하 언니, 정신 차려."

조은하는 오른손으로 이마를 짚으며 겨우 입을 연다.

"괜찮아! 계속해봐!"

"언니! 정말 괜찮겠어?"

조은하는 잠시 정신을 가다듬은 후 겨우 몸을 가눈다.

"그게 뭔 소리야? 자세히 얘기 해봐"

"그래 할게. 언니! 그 사람은 누명을 벗기 위해 아니 복수를 하기 위해서 자살로 위장한 거야. 그 사람이 천수에게 골수를 기증한 거고."

조은하의 입술을 새파랗게 변했고 온몸은 파르르 떤다.

"언니! 괜찮아?"

"계, 계속해 봐. 그리고 그 사람 지금 어디 있어? 만나야겠어."

"언니! 괜찮겠어?"

"웅! 괜찮아. 미화야 부탁이야. 지금 당장 만나게 해줘."

"언니! 언니야말로 잘 아는 사람이야."

그 말에 조은하는 심한 전율을 느낀다.

"그, 그게 무슨?"

"언니! 놀라지마. 그 사람이 바로 정민수야."

"뭐라고? 정민수씨? 그 사람이 승호라고?"

"웅! 언니 맞아."

끝내 조은하는 몸을 가누지 못하고 비틀 쓰러진다.

"언니! 괜찮아? 정신 차려."

"조은하는 다시 식탁을 잡고 일어서며 의자에 앉는다.

"괘, 괜찮아. 그래. 그 눈동자 항상 볼 때마다 낯설지가 않았어. 그래서 모자를 벗지 않는 거고. 그렇다면 그 사람은 나를 알고 있다는 거잖아. 이렇게 앉아있을 수 없어 만나야겠어. 헌데 어디 있어? 그 사람."

"언니! 진정해. 민수씨가 지금 언니의 상황을 알고 있는지는 모르지만, 그때 어릴 때의 은하 언니를 지금까지 못 잊고 있는 것만은 확실해."

"아~"

정말 가련한 여인은 오히려 최미화일지도 모른다. 최미화의 마음은 천 갈래 만 갈래 찢어지는 것만 같았다. 자신이 가장 사랑하는 사람이 자신과 가장 친한 언니의 첫사랑이었다니. 정말 운명의 신이 있기는 있다는 말인가? 조은하는 어느새 옷을 고쳐 입고 자리에서 일어난다. 그리고는 허름한 막걸리 주점을 나가려고 미닫이문을 드르륵하고 연다.

바로 이때, 검은 양복의 건장한 사내 다섯 명이 들이닥친다.

"누구? 윽!"

건장한 사내들은 조은하와 최미화의 입을 장갑 낀 손으로 틀어막으며 사정없이 끌고 간다.

파멸

"조용히 입 다물고 따라와"

"이모. 악!"

이들은 이렇게 겨울비가 내리는 저녁에 검은 양복의 괴한들에게 납치당한다.

다음 날 아침.

따르르릉~ 한강신문사로 한 통의 전화가 걸려온다.

"여보세요? 편집실 김해란 입니다."

"……."

"여보세요? 말씀하세요."

그제야 중년 남성의 목소리가 수화기를 타고 음침하게 들려온다.

"흐! 흐! 흐! 너희 사장 정민수 바꿔!"

"누구신데?"

"알 것 없고 바꾸라면 바꿔!"

김해란은 송화기를 막으며 얼굴을 찡그린다. 그리고는 사장실 문을 두드린다.

"사장님! 전화 왔습니다."

정민수는 자리에서 일어나다 말고 다시 앉는다.

"예! 돌려주세요."

"예! 사장님!"

딸깍!

"여보세요. 전화 바꿨습니다."

수화기를 타고 건너오는 음침한 음성!

"흐! 흐! 흐! 정민수! 아니, 자살한 윤철민, 아니지. 그것도 아니지. 네놈은 김 검사 친구 윤승호."

정민수는 화들짝 놀란다. 자신이 윤승호라는 사실은 최미화와 흑표도 안성기도원에서 자신의 어머니를 구하기 전까지는 몰랐다. 아마도 김상호라면 추측이 가능할 수도 있을 것이다.

"당신, 누, 누구야? 아침부터 무슨 헛소릴 지껄이는 거야?"

"헛소리? 흐! 흐! 흐! 잠시 후면 헛소리인지 아닌지 알게 되겠지."

"잡소리 집어치우고 용건부터 말해."

"그래. 그렇지. 용건부터 말해야겠지. 최 기자와 조은하 이 두 년을 살리고 싶으면 이곳으로 와야 할 거야. 그것도 네놈 혼자만 말이야. 경찰에 알리면 재미없을 거야."

"나더러 네놈의 말을 믿으란 말이냐?"

"믿고 안 믿고는 네놈의 자유지만 이 목소리 듣고도 믿지 않을 수 있을까?"

이어서 들려오는 여인의 다급한 목소리.

"미, 민수 씨, 오면 저, 절대 안 돼요."

"이년이."

찰싹!

"악!"

겁에 질린 최미화의 목소리다. 정민수는 다급해진다.

"그만해! 나 혼자 간다."

"미, 민수 씨 안돼요."

"미화 씨! 은하는? 그리고 놈들이 누군지 알겠어요?"

"은하 언니는 옆에 있어요. 그리고 김상호 아버지 패거리들 같아요. 아악!"

수화기를 빼앗는 소리와 함께 최미화의 비명이 들린다. 그리고 다시 남자의 웅성거리는 소리가 들리는가 싶더니 이번엔 조은하의 목소리가 들린다.

"미, 민수 씨! 미안해요. 우리 천수 잘 부탁해요. 미안해요. 민수 씨."

정민수는 온몸의 피가 거꾸로 솟아오르는 것을 느낀다.

"은하 씨! 내가 구하러 갈게요. 어떤 일이 있어도 미화씨와 함께 잘 버텨야 해요."

"오지 말아요. 오면 죽어요. 난 괜찮아요. 다만 미화가……. 미… 아악!"

정민수의 두 눈에서 피눈물이 흐른다,

"은하 씨! 걱정하지 말아요. 제가 구해드릴 테니."

다시 지친 듯한 조은하의 음성이 들린다.

"민수 씨! 그보다 부르고 싶은 이름이 있어요."

"뭘……."

말이 채 끝나기도 전에 다시 전화기를 낚아채는 소리가 들린다.

"잘들 논다. 네놈들이 이수일과 심순애냐? 아니면 이몽룡과 춘향이냐? 흐! 흐!"

"그래! 가마, 갈 때까지 털끝 하나라도 건드리면 모조리 죽인다."

"아직도 상황 판단이 안 되나? 죽을 놈은 우리가 아니고 바로 네놈이야!"

"그렇지 않아도 오늘이 네놈들 제삿날인데 위치를 파악하지 못했거든, 장소를 말해라."

"진작 그럴 것이지. 강릉 경포대로 와라. 다시 말하지만, 경찰이 조금이라도 낌새를 채는 날이면 재미없어."

딸깍! 그리고는 곧바로 전화기를 끊는다.

"이봐! 이봐!!"

타닥~ 타다다닥!

전화기를 아무리 두드려보지만 아무 반응이 없다.

"김상호 너 이 새끼. 그리고 네놈의 애비 김인석 이 두 놈은 반드시 없애 줄 테니 기다려라."

정민수는 두 주먹을 부르르 떨며 이를 빠드득 간다. 언제부터인가 옆에서 근심스러운 표정으로 이 상황을 지켜보던 흑표의 어깨를 두드린다.

"흑표. 걱정하지 마라. 오늘은 나 혼자 간다."

"안 됩니다. 형님! 놈들은 극악무도한 놈들입니다. 저도 함께 가겠습니다."

"짜~아 식! 의리하고는. 하지만 안 돼! 넌 남아서 할 일이 많다. 먼저 어머니가 기거할 집 잘 마무리하고 천수 퇴원하면 어머니 집에다 모셔다 놓고."

"형님! 그것은 이 일을 처리한 후에 해도 됩니다."

"흑표! 넌 더는 이 일에 연루되면 안 돼. 그동안 고마웠다. 뒤를 잘 부탁한다. 간다."

정민수는 검은색 중절모를 살짝 눌러쓴 후 양복 안주머니에 갈무리한 엽전 크기만 한 표창 두 개를 다시 한 번 점검한 후 뒤도 돌아보지 않고 한강신문사를 빠져나간다.

"형님!"

종로경찰서 강력 1팀 실.

혁 반장이 팀원들과 오전 회의를 하고 있다.

"그래 김 형사부터 보고해봐."

"예! 팀장님! 팀장님 추측대로 자살한 윤철민과 감상호 검사와는 친구 지간이 맞습니다. 당시 학교생활기록부를 기록한 고등학교 담임이었던 선생님을 만나본 결과 윤철민에게 죽임을 당한 친구와 이렇게 셋은 전교 1~3등을 다투던 둘도 없는 단짝들이었으면서 라이벌 관계였답니다. 우리나라 최고 명문인 한국대학교 법대에 셋이 나란히 합격하기도 했고요. 그리고 윤철민이 수감 당시의 사진을 보여주자 윤철민이 아니라 승호라고 했습니다."

혁 반장은 의미심장한 미소를 짓는다.

"모자 쓴 정민수 사진은 보여 줬나?"

"예! 헌데 모자를 써서 잘 모르겠답니다. 키는 그때보다 조금 크거나 비슷하다고 했습니다.

"그래? 계속해 봐."

"개미 새끼 한 마리도 못 죽이는 승호가 절대 그럴 리가 없다고 했습니다. 특히 한강신문에 연재된 것을 읽어 본 후로는 누구에겐가 누명을 쓴 것이 확실하다고 확신했습니다."

혁 반장은 고개를 끄덕인다.

"그래. 그럴 테지."

혁 반장은 박 형사에게로 고개 돌린다.

"다음은 박 형사 얘기해봐!"

"예! 팀장님! 알아본 결과 윤인숙이 죽고 난 후 그녀의 동거남은 행방불명되었고 그자의 이름이 정민수랍니다."

순간, 혁 반장의 눈꼬리가 쫙! 하고 올라간다.

"정민수? 그럼 민수 그 아우가 그 사람이라는 거지? 이럴수가."

"저도 그게 이상합니다."

"계속해 봐."

"알아본 결과 정민수와 나이는 비슷하지만, 생김새는 영 다릅니다."

"음!"

"정민수의 사진을 본 사람들은 하나같이 중절모 때문에 얼굴은 잘 모르지만, 키와 체형이 매우 다르다고 진술했습니다."

혁 반장은 연신 고개를 끄덕인다.

"그럴테지. 그리고?"

"그리고 윤철민이 자살 후 얼마 되지 않아서 공주군 **면에서 누군가가 말소된 정민수라는 사람의 주민등록증을 발급해갔답니다. 그것도 업무가 끝난 후 김 주사라는 자가 당직일 때 당직실에 와서."

"인상착의는?"

중절모를 쓴 사람과 그의 수행인 같은 젊은 사람이 돈 가방을 가지고 와서 매수했답니다. 그래서 개인 기록부에 무인(손도장)도 찍었고요. 그 후 김 주사는 경찰서 기간병을 포섭해서 정민수 진짜 개인기록부과 바꿔치기까지 했고요."

"음! 그래 그거였어. 그놈이 그놈이야."

김 형사가 화들짝 놀란다.

"팀장님! 설마?"

"그래 맞아, 윤철민은 죽지 않았고, 윤철민이 정민수야. 아니, 정확히 말하면 윤승호지. 그 당시 계룡산에서 자살한 사람이 윤인숙의 동거남인 정민수인 거지."

박 형사가 맞장구를 친다.

"그러네요. 그런데 당시 신원조회 안 한 책임은 어쩌지요?"

"전에도 말했듯이 윤철민 아니 윤승호의 억울한 누명과 죽음은 면했잖아."

"그건 그렇지만."

"모든 책임은 내가 진다. 이제 김상호 이 새끼 잡는 일만 남았다. 정민수 아니 윤승호가, 김상호를 잡기 전에 우리가 먼저 잡아야 한다. 김 형사는 김상호에 대한 증거수집에 들어가고……."

이때, 전화벨 소리가 요란하게 울린다. 혁 반장이 급하게 받는다.

"여보세요."

송화기를 타고 들려오는 급한 목소리는 흑표의 음성이다.

"혁 반장님! 저 흑표 김 실장입니다."

"이 시간에 김 실장이 무슨 일로?

"……."

"……."

"예? 김 실장님! 알려 주셔서 감사합니다. 곧 출발하겠습니다."

그리고는 박 형사와 혁 형사를 부른다.

"빨리! 서둘러! 정민수가 일을 저지르기 전에 우리가 먼저 찾아야 돼! 아마, 이 사실을 김상호도 알고 있을 거야. 그놈들이 먼저 도착하면 정민수 목숨은 끝장이야."

박 형사와 김 형사가 서두르는 동안 혁 반장은 여경인 김 순경에게 지시를 내린다.

"김 순경! 아마도 정민수는 구리 쪽으로 빠져나갈 거야. 그러니 구리 경찰서 기동반 민경사에게 연락해서 검문검색 철저히 하도록 부탁하고……."

"예! 팀장님!"

한편, 제1 강력계 김상호 부장 검사실.

김상호는 자신의 자리에 앉아 눈을 감았다가 떴다 하며 연달아 줄담배만 피우고 있다.

뻑~뻑!

"푸~후!"

그러다가 자신의 머리를 쥐어 뜯으며 일어났다가 앉기를 여러번 반복한다. 애꿎은 담배만 연달아 피운 탓에 재떨이에는 담배꽁초가 작은 산을 이루고 있다. 그러다가 무슨 생각이 났는지 책상을 탁~치며 일어난다.

"그래! 이 새끼가 던진 암호가 풀렸어."

김상호는 일전에 등기로 배달되어온 암호가 적힌 편지글을 풀기 위해 몇 날 며칠을 끙끙거렸다. 자신도 어렴풋이나마 윤철민이 자살하지 않았을 것으로 생각하고 있었고 그가 윤승호라는 것도 미루어 짐작하고 있었다. 아니 윤승호라는 것은 진작 생각하고 있었지만, 윤철민이 자살하는 바람에 앓던 이가 쑥! 빠진 듯 홀가분했다. 그러나 살아 있을 듯한 윤승호가 자신의 목숨을 노리고 있다고 생각하자 하루하루가 공포스러워 숨을 쉬기조차 힘들었다. 그뿐만 아니라 윗선 검사들도 눈치를 챈 듯했고 특히나 혁 반장과 그 팀원 형사들은 확실히 알고 있는 듯 자신의 뒤를 캐고 있어서 불안하기 짝이 없다.

김상호는 등기로 온 편지글을 다시 한 번 들여다본다.

아래

4-1   c10   f5h.   No.-30(× - 제거)

4-2   h1b   g3h.   A.t -37(× - 제거)

4-3 b3 f7. A.t -22

4-4 b30 b5e. A.t -13

You will surely be killed by the killer G.N

(너는 반드시 킬러 G.N에 의해 죽임을 당할 것이다.)

-끝까지 간다.-

김상호는 편지글이 등기로 올 때마다 한동안 머리를 쥐어짜며 이 암호 내용을 풀기위해 안간힘을 썼지만, 머리만 지끈거릴 뿐 풀지를 못했다. 오늘도 당연히 해답을 찾기 위해 머리를 굴리고 있다.

순간,

"그래 이거였어. 이거야."

김상호는 지난해 달력을 가져와 빠르게 넘긴다..

"그래. No는 November의 약어로 11월, 그러니까 11월 30일이 대봉건설 백산 문방호가 살해된 날이고, 4-1은 4명 중 한 명을 없앤다는 의미고, 앞에 알파벳은 한글의 자음이고 숫자는 한글의 모음이고, 뒤의 A.t는 After의 약자가 틀림없군.

그러니까, 4-2는 안성기도원 문창재가 살해된 날이고, 이것은 백산 문방호를 죽이고 난 37일 이후이고, 4-3의 b는 ㄴ이고 3은 ㅕ이니 즉, 녀자 (字)이고 f는 ㅂ이고 7은 ㅜ이니 즉, 부자(字)가 되니 결국 부(父), 그러니까 아버지를 해하려고 한 날이 22일 이후이고, 4-4는 같은 풀이 방법으로 보면 네놈이라고 했으니 나겠군.

하! 하! 하! 그러나 이 암호를 해독한 이상 호락호락 넘어갈 나 김상호가 아니지. 아참!"

김상호는 급히 달력을 들여다본다. 2월 6일.

'그렇다면 오늘이다. 안 돼! 아버지가 위험하다.'

이때, 전화벨 소리가 요란하게 울린다.

따르르릉~ 따르르릉~ 급히 수화기를 집어 든다.

"여보세요? 강력계 김상호 부장검삽니다."

수화기를 타고 들려오는 음성은 김상호 검사 자신의 아버지 김인석의 목소리다.

"상호냐? 이제 걱정하지 마라. 오늘 내가 그놈을 처리하마."

"아버지! 안 돼요. 빨리 피하세요. 곧 그놈이 아버지 계신 곳을 찾아갈 겁니다."

"무슨 소리야? 아버지가 그놈을 이리로 불렀다."

"예에? 왜요? 왜 그랬어요?"

"왜긴, 네놈 두 발 뻗고 편하게 자게 해 주려고 그랬다."

"아버지! 그놈이 오늘 아버지를 해치는 날로 정해 놓았어요. 그러니 반드시 아버지를 찾아갈 거예요."

"그래? 오히려 잘 됐구나. 내겐 낚싯밥이 있거든."

"아버지! 그게 무슨 말씀이세요."

"두고 보면 안다. 이 애비가 네놈 두 팔 뻗고 자게 해주마. 이만 끊는다."

"아, 아버지. 빨리 피하셔야 해요. 아버진 절대 그놈을 상대할 수 없어요."

"흐! 흐! 흐! 못난 놈! 걱정하지 말고 넌 굿이나 보고 떡이나 먹거라."

딸각.

"안, 안돼요. 아버지 피……."

투닥~ 타다닥. 뚜 우~ 뚜우~ 뚜우~

더이상 말이 없다. 김상호도 급히 권총을 X자로 찬 후 사무실을 빠져나와 어디론가 빠른 속도로 차를 몰기 시작한다.

부우~우~아~아~앙~

정민수는 손수 차를 몰고 동대문 시장 쪽으로 향한다. 시장에 들러 할머니가 다소곳이 앉아있는 듯한 인형을 구입한 후 흰 머리카락의 가발을 씌운다. 그리고 아이 손바닥보다 작은 일본산 소형녹음기를 목걸이처럼 목에 걸어 놓는다. 그다음으로는 이불로 덮은 후 다시 출발한다. 누가 밖에서 본다면 병든 80대 할머니로 보인다. 서울과 경계가 되는 구리쯤 왔을 때 검문검색을 하기 위해 바리케이드를 치고 있는 경찰 병력이 보인다.

"이런! 어느 틈에 냄새를 맡았지?"

허리에 거총을 한 경찰관 한 명이 다가와 거수경례를 한다.

"잠시 검문이 있겠습니다. 면허증과 주민등록증 두 개 다 보여주십시오."

"알겠습니다. 두 개나요?"

"죄송합니다. 상부의 명령입니다."

정민수는 애써 태연한 척하며 가방을 뒤지며 신분증을 찾는다.

"그런데 무슨 일이 있나요?"

"그냥 검문검색을 강화하라는 지시를 받았습니다."

정민수는 두 개의 신분증을 꺼낸 후 주민등록증을 먼저 내민다.

"여기 있습니다."

주민등록증을 받아든 경찰관이 무전을 친다.

칙~ 칙칙!

"신원조회 부탁한다. 오버!"

치직 ~칙~

"말하라. 오버~"

"이름 정민수 주민등록번호는 주민등록번호: 460705—1*****

본적: 충청남도 공주군 **면 **리 185번지

주소: 충청남도 대전시 **동 15번지. 오버."

칙~치지칙~

"이상 없다. 오버."

경찰관은 다시 입을 연다.

"맞습니다만 규정상 면허증도 좀."

"예! 여기…….""

물론 면허증도 가짜다. 면허증을 받아든 경찰관이 다시 무전을 친다

치직 ~칙~

"말하라. 오버~"

칙~ 칙칙!

"다시 한번 신원조회 부탁한다. 오버!"

치직 ~칙~

"말하라. 오버~"

"면허번호는 x …"

아! 정민수는 절망했다. 이제는 그대로 액셀을 밟으면서 이 바리케이드를 뚫을 수밖에는 별도리가 없다. 액셀을 막 밟으려고 할 찰라. 뒷좌석에서 쿨룩~쿨룩~하는 늙은이의 기침 소리가 들린다. 경찰관이 면허번호를 말하려다 말고 묻는다.

"뒷좌석에는 누가 탔습니까?"

이때 다시 쿨룩~하는 소리가 난다.

"예! 제 노모가 탔습니다. 지금 임종하러 가는 중입니다. 한시가 급합니다."

경찰관이 화들짝 놀란다.

"아! 그렇습니까? 아, 그럼 됐습니다. 위독하신 것 같으니 빨리 가십시오."

경찰관은 면허조회를 포기하고 가짜 면허증을 정민수에게 돌려준다.

"예! 감사합니다. 그럼."

정민수가 차를 막 출발시키려 할 때 경찰관이 다시 정민수를 불러 세운다.

"잠깐만요."

순간, 정민수의 가슴이 다시 한번 철렁 내려앉는다. 그러나 침착하게 대답한다.

"또! 무슨?"

"본적이 공주고 사는 곳이 대전인데 어찌 이 길로 갑니까?"

"예! 아버지께서 요양차 강원도에 계십니다. 지금 아버지께서 노심초사 어머님을 기다리고 계십니다."

경찰은 다시 부동자세를 취한 후 거수경례를 취한다.

"빨리 댁으로 가서서 어머니 좋은 곳으로 잘 모십시오."

정민수도 고개를 끄덕한 후 엑세레이트를 힘차게 밟는다.

부~아~앙~ 정민수는 길게 안도의 한숨을 내쉰다.

"휴~우!"

사실, 위조한 주민등록증과 같이 면허증도 겉모양은 완벽했지만, 주민등록증과는 달리 흑표 면허증을 복사한 것에다가 사진만 바꾸었기에 조회를 하면 금방 탄로가 날 수밖에 없다. 한가지씩만 조회한다면 탄로 날 리가 거의 없지만 두 개를 한꺼번에 조회하게 되면 탄로가 날 수밖에 없다. 주민등록증도 정민수로 되어있고 운전 면허증 겉면에도 정민수로 되어있긴 하지만, 만약 조회한다면 면허번호는 흑표 이름으로 되어있기 때문이다. 늘 곁에서 흑표가 운전했기 때문에 면허증이 필요 없었다. 아니 그보다 면허증 취득. 발급은 자신의 정체가 발각될 수 있기에 일찌감치 포기한 상태였다. 그러나 혹시나 하는 마음에서 흑표의 면허증을 위조해 만들어 놓은 것이다.

"휴~우!"

정민수는 다시 한번 가슴을 쓸어내리며 힘차게 가속페달을 밟는다. 4시간쯤 걸려서야 겨우 대관령까지 왔다. 그 사이사이 중간중간마다 두세 번 더 검문이 있었지만, 서울·경기를 빠져나올 때처럼 같은 방법으로 아슬아슬하게 검문소를 통과했다.

"이 고개만 넘으면 강릉이다. 휴! 이제 거의 다 왔군. 은하와 미화 씨에게는 아무 일 없을 테지?"

중얼거리듯 혼잣말을 하고 있지만, 정민수의 가슴은 점점 더 숯덩이가 되어 간다.

"구절양장(九折羊腸 - 아홉 번 굽은 양의 창자: 대단히 구불구불한 험한 산길)이 따로 없군!"

그러는 사이 대관령 정상에 도달한다. 고개 정상에서 아래로 내려가기 위해 오른쪽으로 핸들을 돌리자 정상 20~30m 앞에 다시 검문소가 보인다. 강원도라 그런지 군인들과 경찰이 함께 검문하고 있다.

"잠시 검문이 있겠습니다."

"예! 무슨?"

"주민등록증과 면허증 둘 다 제시해 주십시오."

정민수는 아까와 같은 방식으로 주민등록증을 먼저 제시한다.

치직~치지직~칙~칙~

"신원조회 부탁한다. 오버~"

잠시 시간이 흐른다.

"알았다. 오버."

경찰관은 다시 면허증 제시를 요구한다.

이때, 뒷좌석에서 노인의 기침 소리가 들린다.

"쿨룩~ 쿨룩!"

"뭡니까?"

"병든 노모인데 임종을 맞이하러 아버지께 가는 중입니다."

그러면서 정민수는 큰 돈을 슬쩍 건네준다.

"급하니 부탁 좀 드리겠습니다."

"뭐! 이런걸! 다…. 아참, 빨리 가서서 어머니 좋은 곳으로 잘 모십시오."

정민수가 인사를 하고 액셀을 밟아 막 출발하려고 할 때 갑자기 무전기가 울린다.

칙~ 칙칙~치~이~ 익~

"말하라. 오버~"

"…….."

"알았다. 오버~"

경찰관은 다급히 무전기를 끊으며 바리케이드를 막 지나가려던 정민수의 승용차를 향해 소리친다.

"저 놈 잡아라."

동시에, 다시 앞에 바리게이트를 치며 군인들이 후다닥 다가온다. 정민수는 무엇이 잘못되어 가고 있음을 직감한다. 다행이 앞에는 차가 한 대도 없고 뒤에만 대형화물 차를 비롯하여 서너 대가 검문소를 막 통과해 따라오고 있는 것이 보인다.

"됐어."

정민수는 다가오는 군인과 경찰관 앞을 향해 힘차게 가속페달을 밟는다.

부~아~앙~ 우당탕~탕! 콰~당!

"서라."

"안 서면 발포한다."

꾸불꾸불한 대관령 고갯길을 죽음을 무릅쓰고 내 달리기 시작한다. 일명 죽음의 레이스다.

끼이~익~ 부~릉! 탕~ 탕~탕~

다행히 큰 대형트럭이 정민수의 차량 뒤에서 굼벵이처럼 기어 내려오는 바람에 그 뒤에서 추격해 오는 차량들이 정민수 차량의 후사경에서 차츰 멀어져 가고 있는 것이 보인다.

사실, 정민수는 검문을 당할 당시 이러한 것까지 계산에 넣어 앞서가던 큰 대형트럭을 앞질러 검문소에 다다른 것이다. 정민수는 추격 해오는 군과 경찰들을 따돌리고 강릉을 지나 경포대 쪽으로 빠르게 달리고 있다.

경포대(鏡浦臺).

관동팔경의 하나인 절경 중의 절경인 경포대. 경포호수가 맞닿아 있는 곳, 경포호수 중간에는 월파정이라는 정자가 있고 이제 얼마 후면 벚꽃이 피고 벚꽃길이 열릴 곳이다.

그러나 정민수는 이러한 정취를 즐기려고 온 것이 아니니 이런저런 생각할 틈이 없다. 경포대 서쪽으로는 길게 언덕이 있고 언덕 약간 아래쪽에 큰 별장이 웅장함을 자랑하고 있다.

부~아~앙~ 끼이이~익!

이곳 별장 입구에 승용차 한 대가 급하게 급제동을 한다. 검은 양복을 입은 건장한 괴한들이 승용차를 에워싸는 순간, 검은 중절모를 쓴 정민수가 재빠르게 차 문을 열고 나온다.

"시간 없다. 빨리 김인석에게 안내해라."

키가 유난히 큰 젊은 괴한이 음흉하게 웃으며 한 발짝 다가선다.

"흐! 흐! 흐! 미친놈! 여기가 감히 어딘 줄 알고?"

"죽기 싫으면 길을 터라."

사내는 목젖을 뒤로 젖히며 웃는다.

"으하하~으아~아~캑!"

그러나 웃음소리가 채 끝나기도 전에 괴한은 늑대가 죽어갈 때 마지막 울부짖는 듯한 비명과 함께 두 손으로는 목을 부여잡고는 대여섯 발 뒤로 물러나며 뒤로 벌렁 나자빠진다.

"형님!"

옆에 서 있던 두 명의 괴한은 나가떨어진 덩치 큰 괴한을 부축하며 나머지들을 향해 고함을 지른다.

"저 새끼를 당장 죽여."

그러자 여기저기서 고함소리가 들린다.

"죽어랏."

저마다 자세를 취하며 사나운 들개처럼 달려든다. 그러나 풍운무의 절정고수인 정민수를 당해내기란 역부족이다.

"어딜!"

정민수는 제자리에서 팽그르르 돌며 맹수같이 달려들던 두 명의 명치를 순간적으로 정확히 오른팔 앞꿈치로 뻗어 찍는다. 두 명의 괴한 역시 외마디 비명을 지르며 동시에 썩은 나무토막 쓰러지듯 나가떨어진다.

"쿡!"

"으~윽!"

그러나 정민수는 숨 쉴 여유도 주지 않고 달려드는 조폭의 무리를 향해 바람같이 날아오른다.

퍼벅! 팟! 그와 동시에 싸움깨나 한다는 괴한들은 실 끊어진 연처럼 허공으로 날아가 떨어진다. 정민수의 왼발과 오른발이 괴한들의 정수리나 관자놀이 목 중앙의 급소들을 정확히 찍으며 지나간 것이다.

"으~아아~악"

정민수는 순식간에 열 명 정도 되는 괴한들을 재빠르게 처리하고는 거대한 대문 안으로 들어간다. 검은 양복을 입은 괴한들이 서너 명씩 나와 정민수의 앞길을 가로막는다.

"어딜~"

퍽!

"아아~ 악!"

그때마다 시퍼렇게 날이 선 낫에 의해 볏단 쓰러지듯 맥없이 풀썩풀썩 쓰러진다. 어느새 현관문 앞까지 다다른다. 현관문 앞에는 황소만 한 네 명의 괴한들이 기다리고 있다.

"하! 하! 하! 곰보다 더 미련한 놈들이 뭘 하겠다고."

"뭐라고? 곰?"

"길을 터면 목숨은 부지하게 해 주마."

"이런, 미친~ 놈!"

말을 마치기가 무섭게 두 발을 박차고 뛰어오르며 오른쪽 무릎으로는 정민수의 머리를 향해 찍어오는 동시에 왼손으로는 바위라도 가루를 내 버릴 듯한 기세로 내려쳐 온다.

정민수는 순간적으로 약간 당황하며 엇! 하는 소리와 함께 후행(後橫) 갈지자 보법으로 엇비슷하게 교차하며 피한다.

"어! 피해?"

정민수는 조금 전 괴한들과는 다르다는 생각을 했다. 물론 얕본 탓도 있다. 그러나 시간이 없다. 빨리 이 나머지 괴한들을 해치우고 저 현관문을 들여가야 한다.

"후! 후! 제법이군! 시간이 없으니 한꺼번에 오너라."

옆에 섰던 세 명의 괴한이 저마다 고개를 젖히며 웃는다.

"하! 하! 하! 건방진 놈. 오늘 네놈의 모가지를 비틀어 주마."

넷은 서로 눈빛을 교환한 후 한꺼번에 달려든다.

"쿵! 오늘이 네놈의 제삿날이다."

"후! 훗! 어딜."

만반의 준비를 하고 있었던 탓에 아까와는 달리 이들의 공격을 가볍게 피한다.

"이 새끼가! 정말?"

그중 한 명의 괴한이 양손을 독수리 발톱 모양으로 하고는 정민수의 목젖을 향해 낚아채 온다.

"느려."

순간적으로 정민수는 가볍게 피하며 괴한의 턱을 올려친다.

퍽!

"큭~ 아~ 악."

삐거덕~ 쿵. 공룡 같던 괴한의 턱뼈가 완전히 박살 난 것이다.

그뿐만 아니라 달려드는 세 명의 괴한을 향해 뛰어오르는가 싶더니 회
전 돌려차기와 함께 가위차기를 동시에 펼치자 거구의 괴한들은 비명조
차 제대로 지르지 못하고 나가 뒹군다. 세 명의 괴한 모두 천돌혈에 치명
타를 입은 것이다.

울~컥! 입에서는 하나같이 검붉은 피가 뿜어져 나온다.

"으! 으! 으! 너 같은 싸움꾼은 처음이다. 대체 네놈은 누구냐?"

이렇게 중얼거리며 겨우겨우 몸을 지탱하려는 괴한의 이마를 검지로
가볍게 눌러 다시 쓰러뜨린다.

쿡!

"크~윽."

"알 것 없다."

정민수는 현관문을 열려다 말고 멈칫한다. 밖이 이렇게 소란스러운데
도 안이 조용해도 너무 조용하다. 정민수는 쓰러진 한 명을 질질 끌고 와
일으켜 앞세운 후 현관문을 조심히 잡아당긴다.

기기기~철커덕!

순간, 탕~

"아~악!"

파멸

앞세웠던 괴한은 날아온 총탄에 즉사했다. 현관문을 당기면 총알이 날아올 수 있도록 장치를 해 놓은 것이다. 정민수는 일전에 안성기도원에서 사이비 교주를 제거할 때처럼 안에 다른 괴한들이 잠복해 있을 것을 생각해서 쓰러진 괴한 한 명을 앞세웠다. 그러나 설마 총알이 날아올 줄은 생각지도 못했다.

"악랄한 놈."

정민수는 현관 안으로 비호같이 몸을 날린다. 가운데 큰 책상 하나만 놓여있고 아무도 없다.

"함정?"

책상 위에는 비웃는 듯한 메모 한 장이 정민수를 기다리고 있다.

[하! 하! 하! 용케도 여기까지 들어 왔구나. 혼자 온 걸 보니 경찰에 신고는 안 했군. 그 대가로 이번에는 내가 정식으로 널 맞이해주겠다. 주문진항 별천지 별장으로 와라. 아직까지 두 년은 무사하니 걱정하지 말고, 다시 한번 말하지만, 경찰에 알릴 시에는 두 년의 목숨은 곧바로 끝장임을 명심해라. 그럼 주문진 별천지에서 기다리마.]

"이 새끼, 내 반드시 너를 죽인다. 김인석. 이 개자식."

정민수는 메모지를 와락 구겨서 집어넣은 후 다시 바깥에 세워둔 승용차에 올라탄다. 쓰러졌던 괴한들은 그때까지 일어나지 못하고 잠든 듯 쓰러져 있다.

주문진항 왼쪽으로 2km 정도 거슬러 올라가서 해안가와는 반대 방향으로 약 1km 정도 올라가니 낮은 구릉지가 나온다. 그곳에 김인석이 말한 대로 별천지 별장이 모습을 드러낸다. 조금 전 경포대별장과는 대조가 되지 않을 만큼 으리으리하고 웅장하다. 개인별장은 아닌 듯싶었다. 대형 대문 입구에는 검은 양복을 입은 건장한 사내들이 경비견을 앞세워 바리게이트를 치고 철저하게 경비를 서고 있다. 별장 높이는 3m는 족히 되어 보이는 철조망으로 둘러싸여 있다. 주위는 조용하다. 아래 해변도로로 지나가는 자동차 소리와 전조등 불빛만 간간히 보일 뿐이다. 늦겨울이라 해는 어느덧 지고 땅거미가 밀려와 주위가 어두워지기 시작한다. 정민수는 차에서 내려 조금 높은 산 위로 올라가 아래를 내려다본다.

"삼엄하군! 안에까지 겹겹이 쌓여 있으니 어쩐다?"

정민수는 위에서 별장 안을 꼼꼼히 살펴본 후, 다시 내려온다.

"그래! 그 수밖에 없겠군."

정민수는 골짜기 외진 골 눈이 설핏설핏 쌓인 도랑가에 자신이 타고 온 자동차를 밀어 넣는다. 검은색 승용차인 데다가 주위가 어두워지자 잘 보이지 않는다. 그리고 대략 10m 앞쪽 약간 비탈진 곳에 있는 바윗덩이를 굴러서 길 한가운데를 막는다.

"됐어. 이제 차 안에서 기다기만 하면 된다."

그렇게 차 안에서 기다리기를 2시간쯤 지났을 때 비로소 멀리서 비치는 불빛과 함께 차 한 대가 올라오는 소리가 들린다.

번쩍! 부우~웅~ 정민수는 더욱 납작 엎드려 바짝 긴장하며 앞을 주시한다. 그러는 사이 언덕을 올라온 차량이 멈춰 선다. 관용차량인 지프차다. 옆자리에 탄 중년 남성이 운전사를 향해 불만 섞인 투로 소리친다.

"누가 이딴 걸 여기 놨어. 빨리 내려서 치워."

"예! 총재님."

파멸

운전사가 내려서 큰 바윗덩이를 치우는 사이 지프차 뒤쪽으로 검은 그림자가 순간적으로 어른거리다 사라진다.

부~우~웅! 차량은 어느새 바리게이트를 치우고 철저하게 경비를 서고 있는 대형 철문 앞에 다다른다.

크~크~크~르~릉! 육중한 철 대문이 열리며 차량안의 중년인에게 깍듯이 인사를 한다.

"어서 오십시오. 총재님! 김 의원님께서 기다리고 계십니다."

잠시 섰던 차량이 거대한 별장 안으로 출발하자 차 주위를 킁킁거리던 경비견이 차량을 향해 사납게 짖기 시작한다.

컹! 컹! 컹!

"조용하지 못해? 총재님께 짖고 난리야."

안으로 들어간 차량은 큰 건물을 한 바퀴 돌다시피 한 후 어느 곳에선가 멈춘다. 차에서 보통 키에 뚱뚱한 체격의 중년인이 다리가 불편한 듯 지팡이에 의지해서 내린다. 공천장사로 유명한 민사당 총재 나병균이다.

"김 기사! 너는 지하주차장에서 기다리고 있어라."

"예! 총재님."

이때, 이미 문밖에서 기다리고 있던 김인석과 그의 보좌관 두 명이 고개를 90도 이상으로 굽히며 인사를 한다.

"어서 오십시오. 총재님!"

저녁 불빛에 비친 총재의 얼굴은 음흉스럽기 그지없다.

"그래 무슨 영계 보약이라도 있나?"

김인석은 간사한 웃음을 짓는다.

"헤! 헤! 헤! 총재님! 영계는 아니더라도 중닭 두 마리가 있습니다요.

총재님도 보시게 되면, 헤! 헤! 헤!"

이들은 어느새 호화스럽게 꾸며진 대형 거실에 나란히 앉아있다. 김인석은 보좌관들을 밖에서 대기시켰다. 거실 왼쪽으로는 VIP실이 있고 VIP실 안은 사방이 통 거울로 화려하게 치장되어있다 심지어 천정까지 오목 거울로 되어 있다. 나병균 총재가 입을 연다.

"그래! 어디 있나?"

"총재님! 급하시긴요. 먼저 부탁이 있습니다."

"뭔가?"

"총재님께서 아시다시피 저는 지금 쫓기는 몸입니다."

"쯧! 쯧! 쯧! 잘 좀 처리하지 않고."

"이게 다 총재님께 최고급 진상품 고르다 이렇게 된 겁니다."

"알지! 알아. 자네의 충성심."

"이번 진상품 받으시고 제 문제 해결해 주셔야 합니다."

"그까짓 것, 그러지 뭐."

"아참 오늘은 총재님께서 좋아하시는 특별 불꽃놀이도 구경하실 수 있습니다."

"아, 그래, 철저히 준비해 놨군."

"헤! 헤! 헤! 제가 누굽니까?"

"수고했어. 자네의 수고 잊지 않겠네."

김인석은 알게 모르게 씩~ 익! 웃으며 속으로 중얼거린다.

'흐! 흐! 흐! 네놈도 별수 없어. 곧 그 자리가 곧 내 자리가 될 테니까.'

사실 김인석은 총재 나병균 생각과는 달리 불꽃놀이가 정민수를 제거하는 총구멍을 의미한 것이다. 정민수를 제거하지 않고는 어떤 일도 할 수 없을 뿐만 아니라 자신과 자신의 아들 김상호 검사의 목숨도 부지하기 힘들다는 것을 잘 알고 있기에 반드시 제거해야만 한다. 그래서 자신의 손자를 낳아준 조은하와 최미화를 미끼로 이용하기로 한 것이다.

'그러기 위해서는 나병균 이자를 이용해야겠지? 흐! 흐!'

김인석은 자신의 계획에 스스로 만족하며 흐뭇해한다. 이 난국을 빠져나가기 위해서는 총재 나병균을 이용할 수밖에 없다. 그러나 약속뒤집기를 밥 먹듯이 하는 총재 나병균을 처음부터 믿지 않았다. 그래서 약점을 잡기 위해 이곳으로 오라고 한 것이다.

김인석은 정민수를 죽이고 조은하와 최미화를 성 상납한 후 그것을 미끼로 서서히 목을 조일 무서운 계획을 세운 것이다.

민사당의 총재 나병균을 대한민국에서 건드릴 사람은 아무도 없다. 심지어 대통령마저도 쉽게 어찌할 수 없는 인물이다.

헌데 일개 2선의 국회의원 따위가 이런 무서운 계획을 세우다니 과연 김인석다웠다. 역시 나병균은 색을 밝히는 색골답게 급하다는 듯 입을 연다.

"김 의원 어디 상품부터 볼까?"

김인석은 자신의 무서운 계획을 달성하기 위해 간사스럽게 웃는다.

"헤! 헤! 헤! 대령하겠습니다."

그리고는 VIP실 쪽을 향해 소리친다.

"빨리 데리고 나와."

안에서 건장한 사내의 음성이 들린다.

"알겠습니다."

그와 동시에 두 명의 여인이 두 명의 사내에 의해 끌려 나온다. 조은하와 최미화다. 초췌한 얼굴들이지만 아름답기는 여전하다. 반면에 두 여인의 눈에서는 살기가 뻗어 나온다.

"놔라! 이놈들아! 이러고도 네놈들이 무사할 성싶으냐? 난 한강신문 최미화 기자다."

김인석이 눈꼬리가 올라간다.

"한강신문? 기자? 그것도 오늘로써 마지막이다."

이때, 조은하가 조용한 성격과는 달리 앙칼지게 외친다.

"김인석 당신의 그 추악하고 더럽고 악랄함도 모자라 이 짓까지 해야하느냐? 네놈의 손자를 낳아준 천수의 엄마로서 부탁한다. 난 아무래도 괜찮다. 여기 최미화 기자는 풀어 줘라."

최미화가 고개를 돌려 조은하를 쳐다본다.

"언니! 무슨 말을 그렇게 해?"

"아니야. 난 괜찮아! 어차피 난 죽을 몸이야."

"언니! 무슨 소리야? 민수 씨와 약속했잖아. 언니 병은 수술해서 꼭 고치겠다고."

"그래! 하지만, 그 약속 못 지킬 것 같아. 미안해!"

그때 김인석의 음흉스러운 음성이 들린다.

"흐! 흐! 흐! 잘들 노는구나."

그리고는 나병균 총재를 쳐다본다.

"어떻습니까? 총재님!"

나병균 다급하다는 듯 입을 연다.

"내 생전 이런 미인들은 본 적이 없어. 또 김 의원의 진상품 중에서도 당연, 최고 으뜸 상품일세. 그려. 허! 허!허."

최미화가 두 눈을 치켜뜨고 발악을 한다.

"이런! 미친, 짐승보다 못한 놈들! 그러고도 네놈들이 인간이냐? 내 반드시 네놈들의 죄악을 세상에 낱낱이……."

찰싹

"악!"

최미화가 말을 다 끝내기도 전에 비명을 지른다. 나병균은 오른손을 흔들어 제지한다.

"김 의원 그만, 그만, 귀한 상품에 생채기 내지 말고."

"예. 총재님."

한편, 민사당 총재인 나병균이 타고 온 지프 차량의 운전자는 이 건물 지하 1층 주차장에 주차한 후 의자를 뒤로 젖혀 누우며 불만을 토로한다.

"병신새끼! 총재란 놈이 나랏일은 안 하고 밝히기는…. 저승사자는 뭐 하나? 저런 병신새끼 안 잡아가고……."

운전자는 자신의 말이 다 끝나기도 전에 차량 뒤에서 부스럭거리는 소리를 듣는다. 운전자는 손전등을 꺼내 밝히며 차에서 내린다.

"누구, 윽!"

순간적으로 목덜미를 잡힌 운전사는 말을 잇지 못한다.

"조용히 해! 떠들면 재미없어."

운전자는 바들바들 떤다.

"켁!"

"나? 저 두 놈의 목을 가지러 온 저승사자다."

정민수다. 차량이 올라오다가 길을 막은 바위를 치우기 위해 잠시 멈추었을 때 재빠르게 자동차 밑으로 기어서 들어가 하체구조 중 가장 튼튼한 프레임에 바짝 매달린 것이다. 큰 철문을 통과할 때 경비견 짖는 소리에 다 틀렸다고 생각했다. 하지만 충성심이 강한 경비원이 총재 나병균에게 밉보이지 않으려고 경비견을 풀지 않은 덕에 무사히 통과할 수 있었다. 발발 떠는 운전자를 천주혈(天柱穴:목 뒤 양쪽에 있는 혈로서 제압당하면 전신에 마비가 오며 기절시킬 수 있는 풍운무의 혈도 비법술 중 하나)을 눌러 간단히 잠재운다.

"자! 한숨 푹 자고 있어라."

약간 비뚤어진 중절모를 바로 고쳐 쓴 뒤 재빠르게 지하 계단을 타고 1층으로 향한다. 1층에 다다르자 웬만한 집 대문만 한 현관문이 보인다. 현관문 앞에 건장한 청년 두 명이 경비를 서고 있다. 순간, 몸이 비호처럼 날아오른다.

퍼벅~팟!

"웬 놈이……? 으윽."

"허~ 윽!"

손날과 족도(足刀)술을 이용해 간단히 제압한 후 현관문을 민다.

쿠꿍! 그러나 현관문이 열리지 않고 삐걱삐걱하는 소리를 내자 안에서 다급히 달려 나오는 구둣발 소리가 들린다.

"누구냐?"

현관문이 열린다. 그와 때를 같이하여 정민수의 손날이 비호같이 작렬한다.

"크~윽!"

안에서 또 한 명의 사내가 소리를 지르며 달려 나온다.

"뭐야? 이 새끼. 아~악!"

그것으로 끝이다. 정민수에게 맞고 쓰러진 자들은 적어도 한 시간 이내에는 일어날 수가 없다. 맞는 순간 혈도를 찍어 얼마 동안은 말을 할 수 없게 만들었고 걸을 수 없게 두 다리를 골절시킨 것이다. 밖에서 일어난 사실을 모르는 듯 거실 안에서는 여인들의 앙칼진 목소리가 들린다.

"놔라. 이놈들."

"악! 천벌을 받을 놈들!"

정민수는 다급한 마음으로 또 하나의 큰 별장 현관문을 발로 부수듯 박차며 고함을 치며 들어선다.

콰~쾅!

"이 짐승만도 못한 새끼."

그러나 그때 철컥! 하는 소리와 함께 음흉스러운 소리가 들린다.

"흐! 흐! 흐! 용케도 살아서 왔군."

밖에서 어떤 일이 일어나고 있다는 것을 눈치챈 김인석이 재빨리 권총을 뽑아 든 것이다. 누구보다 놀란 것은 조은하와 최미화다.

"미, 민수 씨?"

"여, 여길, 어떻게?"

둘이 동시에 외친 말이다. 조은하와 최미화는 절망에 빠져 있다가 정민수가 들이닥치자 반가움보다는 걱정이 앞선다. 조은하와 최미화 앞에는 재킷을 벗어젖힌 채 지팡이를 짚고 서 있는 나병균이 보인다. 김인석이 다시 음흉스러운 표정을 지으며 입을 연다.

"크흐흐! 생각보다 빨리 살아왔군. 너는 이미 푸줏간 아니 안성에서 죽어야 할 놈이었지. 비록 운이 좋아 총알이 비켜 가긴 했지만……."

"김인석 나리 무슨 그렇게 섭섭한 말씀을, 후! 후! 난 네놈 부자를 없애지 않고는 절대 죽지 않아. 아니 죽을 수가 없어."

"흐! 흐! 과연 그럴까?"

"그야 두고 보면 알겠지?"

"과연 그럴까?"

그리고는 조은하와 최미화를 끌고 나온 건장한 사내들에게 턱으로 명령한다.

"예! 알겠습니다."

그리고는 품에서 시퍼렇게 날이 선 30cm 정도 되는 긴 회칼을 꺼내 들고는 번개처럼 달려든다. 휘~익! 양옆으로 칼을 휘두르며 협공해 오자 정민수의 행동도 순간적으로 빨라진다.

"엇."

찌~익!

경포대에서 처리한 괴한들과는 차원이 달랐다.

피하느라 피했지만, 칼끝이 왼쪽 어깨를 살짝 스치고 지나가는 바람에 검은 양복이 예리하게 베어 나간다.

"민수 씨! 조심해요."

"민수 씨! 피해!"

지켜보던 김인석이 최미화의 뺨을 후려갈긴다.

찰싹!

"악!"

"시끄러워! 이년아."

조은하가 부풀어 오르는 최미화의 뺨을 어루만진다.

"미화! 괜찮아?"

VIP실 앞 소파에서 여전히 담배를 피우며 느긋하게 앉아있던 나병균이 한마디 한다.

"어허! 상품에 생채기 내지 말래도."

김인석은 고개를 깍듯이 숙인다.

"예! 총재님!"

이 모습을 본 정민수의 표정이 일그러진다.

"이런 쳐 죽일 놈들."

그와 동시에 몸을 허공으로 솟구치려고 하자 두 사내가 연거푸 칼을 휘두르며 달려든다.

"흐! 흐! 흐! 의원님께 가려면 먼저 이곳부터 통과해야지."

순간, 정민수의 두 눈이 분노로 인해 용광로처럼 이글거린다.

그리고 달려드는 두 명의 칼날을 화영보법(花影步法: 꽃의 그림자가 흐느적거리며 어지러이 움직이듯 움직이며 적으로부터 빠져나오는 풍운무의 비법 중 하나)을 이용해 몸을 한껏 낮추는가 싶더니 한 손으로 바닥을 짚은 후 그대로 양발가위차기로 한꺼번에 두 명의 목젖을 그대로 찍어 버린다.

휘~익! 퍼벅! 팍!

"아~악."

"크~악."

그것으로 끝이다. 두 명은 풀섶 쓰러지듯 풀썩 쓰러진다. 정민수는 고개를 돌려 김인석을 무섭게 노려본다. 순간 움찔하는 김인석의 모습이 보인다. 그러나 평정심을 찾은 듯 아래로 향하고 있던 권총의 총구를 번개같이 들어 정민수를 향해 겨눈다.

철~컥! 정민수도 한 발짝 내닫다 말고 움찔하며 제자리에 선다.

"김인석! 이 비겁한 놈! 사내답게 여자들에게서 물러서라."

"흐! 흐! 흐! 비겁해? 그래 난 원래 그런 놈이야. 비겁하다는 소리를 들으며 여기까지 왔다. 한데, 그 소리가 제일 듣기 싫단 말이야."

정민수가 입가에 묘한 미소를 띄운다.

"그래. 넌! 비겁한 놈이지. 어릴 적 네놈 집에 가면 늘 네 마누라를 때렸고 그리곤 항상 변명을 늘어놓는 아주 비겁한 놈이었어. 그뿐만 아니라 공사판에서 질통을 지며 어렵게 하루하루를 살아가는 일꾼들의 품삯까지도 떼어먹고는 변명을 늘어놓는 아주 비겁한 놈이었지."

철거덕.

"그만해! 이 새끼야. 인생은 어차피 룰렛게임이야."

"하! 하! 과연 그럴까? 똑똑히 들어. 인생은 사필귀정이야. 비록 내가 오늘 여기서 죽는 다 해도."

이때, 건장한 두 명의 사내를 순식간에 해치우는 정민수의 날렵한 모습을 본 나병균이 떨리는 목소리가 목소리로 다그친다.

"기, 김 의원! 뭐해? 빨리 정리하지 않고?"

"총, 총재님! 걱정하지 마십시오. 제까짓 것이 아무리 빠르다 해도 이 총알만큼이야 빠르겠습니까."

정민수도 잔뜩 긴장한 듯 이마에 땀방울이 송골송골 맺힌다. 그러나 억지로 태연한 표정을 지으며 입을 연다.

"흐! 흐! 없어져야 할 쓰레기 민사당 놈들, 당수란 놈이, 내 반드시 쳐죽이리라."

김인석이 재빨리 말을 가로챘다.

"흐! 흐! 그 기백 하나는 높이 살 만하구나! 그러나 그 기백도 오늘이 마지막이니 어쩌지?"

"과연 네놈의 뜻대로 될까?"

철거덕~철컥!

"자! 죽을 각오는 되어있겠지?"

이때 최미화가 울부짖는다.

"안돼! 하라는 대로 다 할 테니 민수 씨를 풀어주세요."

"건방진 년! 네 년들을 오늘 저놈이 죽어가는 모습을 두 눈으로 똑똑히 지켜보게 될 거야."

정민수는 포기한 듯 아무 말이 없다. 그러나 실은 속으로 계산을 하고 있었다.

'김인석과의 거리는 대략 8m 방아쇠를 당기는 시간과 탄알이 도착하는 시간은 0.2초, 품에서 표창을 꺼내서 던지는 시간은 0.4초, 그렇다면 던지는 동시에 몸을 날리면 승산이 있다.'

이때 김인석이 총구를 곧추세우며 괴스런 표정을 짓는다.

"흐! 흐! 흐! 죽을 생각을 하니 두려운가 보군."

"……."

"자! 가거라."

외침과 동시에 방아쇠를 당긴다.

"안 돼."

타~앙~

"아~아~악."

정민수는 비명소리를 뒤로하며 몸을 옆으로 비틀며 허공을 향해 날아오른다. 그리고는 순식간에 품에서 표창을 꺼내 번개처럼 던진다.

휘~익!

"죽어랏!"

팟! 때를 같이하여 생을 마감하는 비명소리가 허공에 울리며 공기가 찢겨나갈 듯이 들려온다.

"크~아~악!"

털썩!

정민수가 던진 표창이 정확히 김인석의 목젖 정중앙을 관통하는 바람에 두 눈을 부릅뜬 채 그 자리에서 바르르 떨다가 곧바로 즉사한다. 이로써 갖은 악행과 온갖 만행을 저지르던 김인석이 한스러운 이 세상을 하직한 것이다. 그러나 바로 그때, 조은하의 울부짖는 소리가 들린다.

"미화야! 안돼. 정신 차려!"

정민수는 직감할 수 있었다. 검은색 중절모를 고쳐 쓰며 한쪽 구석에서 이 모습을 보며 발발 떨고 있는 나병균을 잡아먹을 듯이 노려본다.

"가라. 가서 기다리고 있어라. 네놈은 내가 죽이지 않더라도 반드시 죽게 되어있어."

"어, 어디 두, 두고 보자."

나병균은 절름발이 걸음으로 슬금슬금 뒷걸음질 치며 자리를 피해 도망친다. 다시 조은하의 울부짖는 소리가 들린다.

"안 돼! 미화야! 눈을 떠."

정민수는 울부짖고 있는 조은하를 향해 재빨리 다가간다.

"미화 씨! 안 돼!"

조금 전 김인석이 정민수를 향해 방아쇠를 당기는 것을 본 최미화가 초인적인 힘을 발휘, 몸을 던져 정민수를 막은 것이다. 그 때문에 총탄이 최미화의 흉부를 관통한 것이다. 정민수는 최미화를 끌어안고 흔든다.

　"미, 미화 씨! 안돼! 조금만 참아."

　정민수가 최미화를 들쳐업으려하자 최미화가 정민수의 손을 끌어당기며 감았던 눈을 억지로 뜬다.

　"미, 민수 씨…… 소, 소용없어요. 그…… 그러니 잠깐만 제…… 곁에 있어 줘요."

　정민수는 최미화의 머리를 좌우로 흔든다.

　"미, 미화 씨! 안 돼. 정신 차려."

　그러나 최미화는 소용없다는 듯 고개를 힘없이 좌우로 흔든다. 최미화의 발그레한 입술이 가느다랗게 떨린다.

　"미, 민수 씨! 그, 그동안 고, 마왔어요."

　조은하도 한 손으로는 최미화의 가슴에서 흘러나오는 피를 막으며 다른 한 손으로는 최미화의 양손을 번갈아 주무르며 울부짖는다.

　"으! 흐! 흑! 미화야! 안 돼. 정신 차려야 돼."

　정민수도 흐느껴 운다. 태어나서 처음으로 흐느끼는 울음이다.

　"아! 흐! 흐! 흑! 미화 씨 안돼, 이대로 가면 안 돼."

　조은하도 고개를 숙인 채 흐느낀다.

　"흑! 흑! 흑! 미화야! 이, 대로 가면 안 돼! 난, 난 어, 어떡하라고. 엉! 엉! 엉!"

　이때, 최미화가 꺼져가는 생명줄을 잡듯 조은하의 손을 끌어당긴다.

　"어. 언니! 울지 마. 난 괜찮아."

"엉! 엉! 엉."

"어, 언니! 언닐 다시 만나서 저, 정말 반가웠다. 그…… 그런데 울컥."

최미화는 입에서 검붉은 핏덩이를 왈칵 쏟아낸다.

"미, 미화야…….말하지 마! 언니가 자…… 잘못했어."

"어…… 언니가 뭘?"

"엉~엉엉! 모두 다 전부 내가 잘못했어. 으흐흐 흑!"

최미화는 힘에 부치는 듯 가쁘게 숨을 몰아쉰다.

"어, 언니! 정말 미안해. 언…… 니를 다시 만나서 반가웠지만, 미…… 민수 씨 만큼은 빼앗기기 싫었어. 그래서 인…….사동으로 찾아갔던 거야. 정말 미안…… 해."

조은하는 여전히 오열한다. 정민수도 꿇어앉아 최미화를 안은 채 중절모 밑으로 눈물만 흘릴 뿐 아무런 말이 없다.

"으! 으! 흐! 흐, 흑! 흑!"

"어…… 언니! 그…… 런데, 민수 씨는 내게…… 한 번도 눈길을 주지 않았어. 민수 씨 마…… 마음에는 오…… 로지 언니만 있었던 거야. 나…… 난 그것도 모르고…… 바보같이."

"엉! 엉! 엉! 미화야! 흑~흑~흑!"

최미화는 조은하의 손을 힘껏 잡아당긴다. 그러나 힘이 있을 리가 없다.

"어, 언니 바, 보같이 울긴. 언니! 나…… 부탁이 있어."

"엉! 엉! 엉! 뭐, 뭔데? 으~ 흐! 흑!"

"어, 언니! 시간이 어, 얼마 없을 것 같으니 빠, 빨리 말할게."

조은하는 여전히 흐느끼며 고개를 끄덕인다.

"어, 언니 한번만, 민, 수 씨 가지면 안 될까? 어… 언니가 허락하면 민수

파멸

씨도 허······ 락 할 거야."

정민수도 가슴이 찢어질 것만 같았다. 최미화가 자신을 좋아하는 줄은 알았지만, 목숨을 대신해줄 정도인지는 몰랐다. 조은하는 여전히 흐느낀다.

"으! 흐! 흐! 흑! 엉엉!"

"어, 언니?"

조은하는 자신에게 아무런 권한이 없음을 안다. 지금까지 함께 있었고 정민수의 목숨과 바꾼 것은 최미화이기 때문이다. 그러나 허락을 안 하면 안 되는 상황인 것도 누구보다도 잘 알고 있다. 조은하는 통곡을 하며 고개를 끄덕인다.

"으~흑흑흑······ 엉엉엉!"

최미화는 그제야 입가에 잔잔한 미소를 짓는다.

"고, 고마워! 언니!"

그리고는 무릎을 꿇고 자신을 끌어안은 채 한없이 흐느끼고 있는 정민수에게 고개를 돌린다.

"미, 민수 씨! 울지 마! 남자가 울긴······."

"으! 흑! 흐! 흑!"

최미화는 조은하에게서 손을 빼서 정민수에게 내민다. 그리고는 정민수의 손을 끌어다 자신의 볼에 갖다 댄다. 따뜻하다. 정민수는 최미화의 얼굴을 쓰다듬는다. 그때 다시 최미화가 한 덩이 피를 왈칵! 쏟아낸다.

"미, 민수 씨! 그동안 고, 고마왔어."

"흑흑흑! 이 바보! 왜! 왜! 뛰어들어. 죽을 줄 알면서 왜 뛰어 들었냐고, 으! 흑! 흑! 흑!"

최미화의 얼굴이 차츰차츰 붉은 복숭아색으로 변해간다. 화사한 미소가 아름답다. 천방지축이었지만 죽을 고비를 숱하게 넘기며 하루도 빠지지 않고 정민수 곁에 있어 준 최미화다. 죽어가는 최미화를 바라보고 있는 정민수의 심장은 갈기갈기 찢겨나간다. 살릴 수만 있다면 자신의 목숨이라도 내줄 수 있을 것 같았다.

최미화는 방긋이 웃는다.

"민수 씨! 다, 당신을 대…… 신해 죽을 수 있어서 참 많이 해…… 행복해요."

아! 최미화의 사랑이 이렇게나 깊었단 말인가?

"미, 미화 씨! 으! 으! 흑! 흑!"

"민, 민수 씨! 울지 마. 다, 당신이 울면 내 이 가슴이 많이 아파……."

조은하도 자신이 최미화를 위해 해 줄 수 있는 것이 아무것도 없는 자신이 한없이 미웠다. 최미화가 다시 울컥! 하고 피를 쏟아낸 후 힘겹게 입을 연다.

"민, 민수 씨! 다…… 만……."

"흑! 흑! 미화 씨! 말 해봐요."

"시, 시골에 있는 우리 어, 엄마 아…… 빠 불쌍해서 어, 어떻게?"

"미화 씨! 걱정하지 말아요."

"고, 고마워. 민수 씨."

최미화는 겨우 오른팔을 올려 정민수의 목덜미를 끌어안는다. 정민수도 최미화에게 무리가 가지 않도록 자신의 품으로 끌어안는다.

"흑! 흑! 흑! 미화 씨! 이대로 가면 안 돼!"

닭똥 같은 눈물이 최미화의 볼을 타고 흘러내린다. 최미화는 정민수의 목을 더욱 끌어당기며 정민수의 입에 자신의 입술을 갖다 댄다. 정민수도 최미화의 입술을 받아들인다.

"고, 고마워요. 민, 수 씨! 정말 사랑했어요. 당…… 신을……."

"으! 흐! 흐! 흑."

"미, 민수 씨 나…… 나 좀 꼭 안아 줘요."

정민수는 최미화를 힘껏 끌어안는다.

"미…… 민수 씨! 고…… 고마워요. 그리고 부…….불쌍한 은하 언니에게 잘해… 줘…… 요."

그 말이 끝나는 것과 동시에 최미화의 팔에서 힘이 스르르 빠지며 고개를 힘없이 왼쪽으로 떨어뜨린다.

툭!

"안 돼! 흑! 흑."

조은하는 최미화를 끌어안고 울부짖는다.

"아…… 안 돼! 안 돼! 안 돼! 죽지 마. 죽으면 안 돼. 미화야! 미화야! 난 난 어떻게 하라고…… 안 돼. 죽지 마! 죽지 말라고. 으~ 흐~ 흑 흑."

최미화는 그렇게 갔다. 평범하게 교사로 살아갈 수 있었던 최미화는 탈옥수 윤철민을 만나 기구하게 살다가 서른한 살의 나이로 사랑하는 사람을 구한 뒤 그렇게 길고 먼 여행을 떠난 것이다. 조은하와 정민수가 최미화를 붙들고 오열과 통곡을 하고 있을 때 밖에서 요란한 사이렌 소리와 함께 바깥이 대낮같이 밝아지며 군화 소리가 어지럽게 들린다.

애~애~앵! 곧이어 스피커를 타고 들려오는 음성

"정민수! 너는 완전포위됐다. 인질들을 풀어주고 자수하라."

정민수와 조은하는 주위가 조여 오는 것을 느낀다. 순간 정민수의 눈에서 분노의 살광이 뻗어 나온다.

"이 새끼들 모조리 죽여 버리겠어."

정민수는 안고 있던 최미화를 VIP실 침대에 눕히고 이불을 덮어준다. 그리고는 창을 타고 밖으로 나가려고 몸을 날리려 하자 조은하가 울면서 붙잡는다.

"안 돼요. 민수 씨."

순간 정민수는 흠칫하며 그 자리에서 그대로 멈춘다.

"민수씨! 안 돼요. 지금 나가면 죽음뿐이에요. 그러니 지금은 이 자리를 피해야 해요."

"아니요. 은하 씨와 미화 씨를 이대로 도망칠 수는 없어요."

그러나 조은하는 강경하게 말린다.

"미, 민수 씨! 미화도 민수 씨의 이러한 행동을 원치 않을 거예요. 민수 씨! 빨리 도망쳐야 돼요."

정민수는 천정을 쳐다보며 포효를 한다.

"으~아~아아아!"

정민수와는 달리 조은하는 의외로 침착했다.

"민수 씨! 미화는 제가 좋은 곳으로 잘 안치시킬께요. 마침 저들은 이곳에 인질이 있는 줄 알고 있어서 쉽게 다가올 수 없을 거예요. 그러니 민수 씬 저를 인질로 해서 여길 빠져나가세요."

"예? 내가 어떻게 은하 씨를……."

"민수 씨! 시간 없어요. 빨리요."

정민수는 잠시 생각을 정리한 후 고개를 끄덕인다.

"은하 씨! 미안해요. 미화 씨 좋은 곳에 모셔 주세요."

이때 다시 요란한 사이렌 소리가 들린다.

파멸

애~ 애~앵!

"다시 한번 말한다. 너는 완전포위됐다. 인질을 풀어주고 자수하라. 정상은 참작하겠다."

정민수는 두 눈을 감은 뒤 길게 한숨을 내쉰다. 두 눈에서는 눈물이 방울방울 끝없이 흘러내린다. 두 여인이 동시에 사랑했던 한 남자. 정민수! 그러나 그 한 여인은 사랑하는 사람을 위해 죽음을 택했다. 대가는 참혹했다. 싸늘하게 식어가는 주검뿐이다.

"은하 씨! 미안해요. 살아서 꼭 찾아갈게요."

조은하는 끝없이 눈물을 흘리며 고개만 끄덕인다.

'그래. 승호 오빠! 꼭 살아서 돌아와야 해.'

정민수는 김인석이 죽으면서 거실에 떨어뜨린 권총을 집어 든다. 그리고 VIP실에서 밖을 내다볼 수 있는 통유리를 발로 차서 깬다. 보통사람으로서는 깰 수 없는 특수 통유리지만 정민수에 의해 힘없이 깨지며 와르르 무너진다.

와~장~창~창. 와~르~르.

조은하는 정민수에게 다가가 스스로 목을 내어 준다.

"민수 씨! 빨리."

정민수는 왼팔로 조은하의 목을 조이듯 끌어안는다. 밖은 김상호를 선두로, 뒤에는 군. 경이 장총을 겨눈 채 뒤따르고 있다. 20여 명은 족히 되어 보인다. 정민수는 밖을 향해 권총 한 발을 발사한다.

탕!

"가까이 오지 마. 다가오면 모두 죽인다. 특히 김상호 네놈의 애비 살리고 싶으면 더 이상 다가오지 마라."

권총을 겨눈 채 한 발 한 발 조심스럽게 다가오던 김상호는 왼팔을 들어 행동을 제지한다.

"정민수! 아니 탈옥수 윤철민! 더 이상 허튼수작 하지마라. 인질들을 풀어주면 정상참작은 하겠다."

정민수는 고개를 젖히며 크게 웃는다.

"으! 핫! 하! 하! 김상호 내가 윤철민이라는 것을 안다면 개명 전 내 이름도 알고 있을 테지."

"무슨 소리야! 헛소리 집어치워."

정민수는 조은하와 함께 깨진 창문을 타고 넘는다. 들어왔던 지하 주차장으로 간다면 셔터가 내려질 것이고 그리되면 독 안에 든 쥐꼴이 된다는 것을 알고 있기에 그곳을 택할 수는 없었다. 정민수는 조은하를 인질로 해서 김상호와 마주 선다.

"넌! 이미 독 안에 든 쥐새끼일 뿐이야. 어서 총을 내려놔."

"아! 하! 하! 하! 김상호! 잘 들어. 난 네놈을 죽이기 전에는 절대 죽지 않아. 지금쯤이면 네 그 좋은 머리로 암호를 풀었겠지. 그래서 여기 왔을 거고, 맞아 네놈이 예상한 대로 네 애비는 지금쯤 염라대왕을 만나고 있을 거다."

"이 개새끼가! 뭣들 해?"

그러자 다시 군. 경이 움직이기 시작한다.

탕!

"김상호! 누구든 한 발짝만 움직이면 바로 네놈의 목에 바람구멍이 날 것이다. 설마 내 목숨과 네놈 목숨을 맞바꿀 생각은 아니겠지?"

김상호는 멈칫하며 다시 수신호를 준다. 정민수는 김상호와의 거리를

파멸

목측 해본다. 대략 20여m. 건물 뒤까지도 20여m, 뒤에서도 군인들의 발자국소리가 미미하게 들려온다. 진퇴양난이다.

"자! 윤철민 포기해라. 그럼 목숨만은 보장하마."

"아! 하! 하! 난 네놈의 목숨만 데리고 가면 된다. 누가 누구의 목숨을 보장해?"

김상호는 두 손으로 권총을 겨눈 채 한 발짝 더 내딛는다.

"더 이상 다가오지 마라. 네놈도 죽고 네놈의 아들을 낳아준 이 여자도 죽는다."

그리고는 다시 한번 허공을 향해 방아쇠를 당긴다.

철컥! 빈총이다. 탄알이 없다.

"이런 제기랄!"

"흐! 흐! 흐, 윤철민 왜 총알이 없나?"

정민수는 빈총을 버리고 늘 옆구리에 차고 다니던 20cm 정도 되는 단도를 재빨리 꺼내 조은하의 목에 갖다 댄다. 김상호는 허공을 향해 권총 한 발을 발사한다.

탕! 이때, 조은하가 다급하게 조민수를 막아서며 김상호를 향해 외친다.

"안 돼! 안돼! 쏘지 마! 쏘지 마! 안 돼."

김상호가 두 눈을 부릅뜬다.

"비켜! 비키지 않으면 너도 저놈과 같은 길을 걸을 수밖에 없어. 그러니어서 비켜."

조은하가 울부짖으며 두 팔을 벌려 결사적으로 반항한다.

"안돼, 안된다고. 쏘지 마! 제발! 천수 아빠 제발 쏘지 마."

"이게 미쳤나? 누가, 누구 아빠야? 죽기 싫으면 저리 비켜."

조은하는 정민수의 칼을 빼앗는다. 그리고는 스스로 자신의 목을 겨눈다.

"민수 씨! 빨리 도망가요."

"흐흐흐! 잘들 논다. 그래 하직 인사는 해야겠지."

"안돼! 가까이 오지 마! 가까이 오면 확! 그을 거야. 쏘지 마! 쏘지 마! 제발 천수 아빠 제발 정신 차려."

"흐! 흐! 흐! 나도 네년을 만나서 내 인생 더럽게 꼬였다. 지긋지긋한 것들."

조은하는 애원 반 협박 반하면서 울부짖는다.

"그게 왜 내 탓이야. 네놈들 부자(父子) 탓이지? 나도 네놈 때문에 내 인생 망쳤어. 다가오지 마. 오면 모두 죽여 버릴 거야. 오지마. 오지마. 제발!"

"흐! 흐! 흐! 난 네년이 살고 죽는 것에는 관심이 없어. 오직 저 새끼만 죽이면 되니까. 잘 가거라."

정민수는 김상호의 악랄함에 치를 떤다. 자신의 자식을 낳아준 여인마저도 자기 일에 방해가 된다면 아무렇지도 않게 처치해 버리려는 김상호,

'저놈은 은하에게도 총을 쏘고도 남을 놈이야.'

이때, 김상호의 음성이 들린다.

"하나!"

조은하는 다급한 듯 울부짖는다.

"안 돼! 쏘지 마! 쏘지 마! 쏘지 말라고 제발! 나도 죽어버릴 거야."

"죽든 말든 네년 따위에겐 관심 없다고 말했을 텐데. 두~울."

순간, 정민수는 조은하를 옆으로 힘껏 밀쳐 쓰러뜨린 후 뒤를 향해 잽싸게 지그재그로 뛰기 시작한다.

"세~엣. 엇?"

정민수가 비호같이 내달리자 김상호가 고함을 지른다.

"뭣들 해? 잡아! 죽어도 좋다. 쏴라."

그러자 각종 총구에서 불을 뿜는다. 김상호도 권총을 난사하기 시작한다.

탕~탕~탕. 슈~우~웅. 타당~탕~탕.

조은하는 다가온 김상호의 다리를 붙들며 울부짖는다.

"안 돼요. 쏘지 마! 쏘지 마세요. 천수 아빠! 제발 살려 주세요."

김상호는 이미 두 눈이 뒤집힌 듯 발로 조은하를 내지른다.

"저리 비켜."

퍽!

"으윽! 이 천벌을 어찌 다 받으려고……. 흑! 흑! 흑!"

"빨리 잡아."

정민수는 네댓 발자국을 바람같이 내달린 뒤 언덕 아래로 몸을 날려 구르기 시작한다.

피~웅 ~핑~핑. 탕~탕.

머리 위로 날아오는 총탄을 뒤로하고 한동안 정신없이 구르다 보니 다시 작은 언덕 하나가 나온다. 정민수는 바다로 떨어지는 낭떠러지임을 짐작했다. 정민수는 구르는 것을 멈추지 않으면서 심호흡을 크고 길게 한다.

탕~ 탕.

"아~ 아~악."

풍덩!

"맞았다,"

"그래도 수면 위로 올라오지 못하게 계속 쏴라."

그때 한 중년인의 음성이 들린다.

"멈춰."

순간 콩 볶듯 볶아 대듯 총성이 멈춘다. 정민수는 떨어지면서도 들려온 음성이 혁 형사임을 직감한다.

2월 중순의 밤의 바닷물은 살갗을 파고들 정도로 차갑다. 그러나 천만 다행인 것은 조류가 경포대 쪽 즉 강릉 이남으로 흐르는 것을 느낄 수 있었다. 정민수는 조류를 따라 헤엄쳐 내려가기 시작한다. 해안선을 지키는 해안초소의 서치라이트가 시차를 두고 주기적으로 지나간다. 정민수는 그때마다 바다 속으로 들어가 몸을 숨긴다.

'으! 으! 으! 추워! 이대로 2~3시간 지나면 저체온증에 걸려 죽을 수 있다. 2시간 안에 밖으로 나가야 한다.'

단 1분 1초라도 지체할 수가 없다는 것을 느낀 정민수는 서치라이트 불빛을 피해가며 열심히 아래로 헤엄쳐 나간다.

한동안 헤엄쳐 가던 정민수는 어느 뭍에 닿았다.

"으! 으! 으! 추워."

혼신의 힘을 다해 기어오른다. 속내의로 대충 싸맨 왼쪽 허벅지에서는 계속 피가 흐른다. 왼쪽 허벅지에 총을 맞고 바닷가로 떨어진 정민수가 물속에서 자신의 속옷을 벗어 허벅지를 대충 싸맨 것이다.

주위는 온통 암흑천지다. 어느덧 통행금지에 접어든 듯 조용하다. 삼척 묵호 등 동해안에 심심찮게 북괴 공비들이 출몰해 양민들을 학살하는 일이 종종 발생하는 탓에 경비도 삼엄했으며 통행금지도 2시간 일찍 시작된다.

"으~으~으!"

파멸

온 힘을 다해 뭍으로 올라온 정민수는 서너 발자국도 떼어놓기도 전에 털썩! 쓰러지며 정신을 잃는다.

"아, 안 돼. 여기서 쓰러지면 안 되는데……."

그때. 주위에 사람의 그림자가 어린거린다.

"쉿! 조용……."

그 일이 있은 나흘 후부터 이틀 간격으로 한강신문에서 호외가 전국적으로 계속 뿌려진다.

"호외요. 호외."

길 가던 사람들도 호외지를 받아들고는 끌끌끌 혀를 찬다.

"이런! 쳐 죽일 놈들."

제 11 회
추격, 아! 가슴 아픈 사랑아

한강신문 호외-제15호

-조직폭력배 단체인 대봉건설 실제 주인인 민사당 국회의원 김인석 살해되다 -

길가는 여인들을 납치한 후 인신매매, 강간, 장기 적출, 암매장 등을 일삼던 조직폭력배 두목격인 민사당 국회의원 김인석 의원이 자신의 별장에서 납치한 여인들을 강간하려 이들을 구하려고 잠입한 괴한에 의해 살해됐습니다. 김 의원은 한강신문 사회부 기자인 최미화 기자와 조은하 씨를 납치 강간하려다 강력히 반항하자 지니고 있던 권총으로 최미화 기자를 현장에서 잔인하게 살해했습니다.

더욱 놀라운 사실은 납치당한 조은하 씨는 중앙지검 김상호 부장검사의 부인이며 조은하씨를 납치 강간하려고 한 김인석 의원은 김상호 부장검사의 아버지이면서 조은하씨의 시아버지인 것으로 밝혀져 경악을 금치 못하고 있습니다.

당시 잠입한 괴한은 무술고수로써 납치된 두 여성을 구출하기 위해 잠입했다가 최미화 기자가 총을 맞고 쓰러지는 것을 보고 순간적으로 날카로운 표창을 날려 김 의원을 즉사시킨 후 나머지 한 여성인 조은하씨를 인질로 삼아 필사적으로 도주하려 했지만 좁혀오는 군, 경의 포위망을 뚫지 못하고 경찰이 쏜 총에 맞아 바닷가로 떨어져 사망한 것으로 추정했습니다. 경찰은 괴한의 시신을 찾는 데 수사력을 모으고 있습니다. 무엇보다도 충격인 것은 사건 현장에 민사당 총재인 나병균 전 의원도 함께 있었던 것으로 밝혀져 충격을 더 하고 있습니다. 김상호 검사는 아버지인 김인석 의원과 이 사건과는 아무 관계가 없다고 주장하지만, 검찰은 수사에 들어갔습니다. -

그 후로도 연일 호외가 흘러나온다. 그러다 보니 대형 신문도 지켜만 볼 수 없었던지 앞다투어 다루기 시작한다. 그렇게 열흘이 흘렀다. 이곳은 종로 3가에 자리한 궁전요정의 별관,

불곰이 뒤를 봐 줬던 요정이고 또한 불곰의 단골요정이었다. 그러나 정민수의 명에 의해 조직이 해체된 후에는 발길을 뚝 끊었다. 그러나 오늘은 예외다. 아니 열흘 전부터는 예외였다. 대문 밖에는

-당분간 휴업-

이라는 글귀가 붙어 있고 사람의 그림자는 얼씬도 하지 않았다.

궁정요정의 별관 안은 의외로 단조로웠고 요란스럽게 꾸며져 있지는 않았으나 상당히 깔끔했다. 각종 고서화로 둘러싸인 별실은 고급스러움을 더했다. 그곳에는 허벅지에 붕대를 칭칭 감은 정민수가 침상에 죽은 듯 누워 있다. 침상 주위에는 불곰과 흑표 그리고 목련색의 화사한 원피스에 챙 모자를 쓴 조은하, 이렇게 셋이서 근심 어린 눈빛으로 정민수를 바라보고 있다. 무엇보다도 온 마음을 다해 간호를 해오던 조은하다. 늘

정민수가 검은색 중절모를 쓰고 다녔기에 조은하가 정민수의 얼굴을 온전한 상태로 본 것은 이번이 처음이다.

오른쪽 눈 아래 희미하게 난 상처를 제외하곤 어릴 적 모습 그대로다. 아니 청년이 되면서 훨씬 더 준수해진 상태다.

'승호 오빠! 꼭 일어나야 해. 그래야 내가 조금이라도 용서를 빌지. 흑! 흑! 흑!'

조은하가 눈물을 흘리다 말고 입을 연다.

"흑! 흑! 민수 씨! 정말 깨어날 수 있을까요?"

흑표가 말을 받는다.

"형님은 반드시 일어날 겁니다. 왕진 온 의사도 삶의 의지가 강해서 반드시 일어날 수 있을 거라고 했습니다."

"으! 흑! 흑! 그래도 자꾸 불길한 생각이 들어요."

옆에 섰던 불곰도 한마디 거든다.

"그런 생각 마십시오. 형님은 반드시 일어나십니다."

옆에서 연신 눈물을 뚝뚝 흘리고 있던 조은하가 두 눈을 번쩍 뜨며 소리친다.

"흑표 씨! 미, 민수 씨가 움직여요. 무, 무슨 말을 하는 것 같아요."

불곰과 흑표도 귀를 기울이며 상태를 살핀다. 흑표는 평상시대로 검은색 중절모를 정민수 머리로 가져다 정민수의 얼굴이 잘 보이지 않게 가만히 씌어 준다. 정민수의 양쪽 눈꼬리로 눈물이 주르르 흘러내린다. 그리고는 꿈결인지 흐느끼기 시작한다.

"으~흑! 안돼. 미화! 죽으면 안 돼! 으! 흑."

조은하도 열흘 전 자신의 눈앞에서 죽어가던 최미화의 모습이 떠오르자 어깨를 들썩이기 시작한다. 정민수는 여전히 눈물을 흘리며 중얼거린다.

"미화, 이 바보야, 죽을 줄 알면서 왜 뛰어들어, 으! 흑! 흑!"

"……."

"미화! 미안해, 난 미화 씨의 사랑을 받을 수도 받아들일 수도 없어. 정말 미안해요."

정민수가 깨어나면서 중얼거리는 말을 아무 말 없이 묵묵히 듣고만 있다. 정민수는 조금 전보다 더 많은 눈물을 주르르 흘리며 계속 잠꼬대 같은 말을 계속 이어간다.

"미화 씨! 정말 미안해요. 난, 난 평생을 마음에 품은 여인이 있어요. 설령 그 여인이 평생 나를 알아보지 못한다 해도 미화 씨를 받아들일 수가 없어요. 미화 씨 정말 미안해."

그 소리에 조은하는 오열한다.

"으…… 흐……. 흐흑! 미화야! 미, 화야. 정말 미안해. 언니가 갈 때까지 좋은 곳에 가서 기다리고 있어. 만나서 용서를 빌께. 미화야. 흑! 흑!"

조은하는 자신 때문에 자신이 사랑했던 정민수의 사랑도 받지 못하고 또 사랑하는 사람을 위해 대신 죽어간 최미화를 생각할 때 미칠 것만 같았다. 한편으로는 정민수가 조은하 자신을 잊지 못하고 가슴에 품은 채 최미화의 사랑을 받아들이지 않은 것에 대해서는 이루 말할 수 없는 감동을 받았다. 그러나 자신의 이러한 이중적인 마음에 조은하는 자신이 한없이 미워진다.

이때, 다시 정민수의 중얼거림이 들린다.

"미화! 죽, 죽으면 안 돼. 아, 안 돼. 안된다고. 으! 흑! 흑! 흑!"

정민수가 강렬하게 흐느끼다 말고 두 눈을 번쩍 뜬다.

"형님! 정신 드십니까?"

"미, 민수 씨!"

정민수는 눈을 뜨자마자 머리부터 만진다. 다행히 자신의 머리에 중절모가 씌워 있다. 안심되는지 후! 하고 길게 숨을 내쉰다. 주위를 두리번거리고는 조은하를 쳐다본다.

"으, 은하 씨! 어, 어디 다친 곳은 없어요?"

"흑! 흑! 전 괜찮아요. 민수 씨 깨어나 줘서 고마워요. 흑흑!"

"그러면 은하 씨! 됐어요. 걱정 많이 했어요. 은하씨!"

이때 흑표가 끼어든다.

"형님! 조은하 씨만 보이고 저희는 안 보입니까?"

그제야 정민수는 옆으로 고개를 돌린다.

"아! 불곰 그리고 흑표! 이게 어떻게 된 일이냐? 그리고 여기는?"

덩치가 산보다 큰 불곰이 입을 연다.

"형님! 깨어나셔서 천만다행입니다. 형님께서는 허벅지에 총탄이 박힌 채로 무려 네 시간을 헤엄쳐 묵호항까지 와서 땅으로 올라오다가 쓰러졌습니다."

흑표가 말을 이어받는다.

"죄송합니다. 형님이 강릉으로 출발하셨을 때 걱정이 돼서 형님의 명을 어기고 혁 반장님께 연락을 드렸고 저와 불곰 형님 그리고 혁 반장과 형님의 뒤를 따랐습니다. 그러나 동해안이 넓다 보니 형님을 찾는데 시간이 오래 걸렸습니다. 그곳에 갔을 때는 이미 상황이 끝나가고 있었습니다. 김상호 그놈이 사격 명령을 내린 직후였습니다. 그래도 혁 형사 덕분에 형님 목숨을 구할 수 있었습니다."

"그래! 고맙다. 늘 불곰과 흑표의 신세만 지는구나."

불곰이 나선다.

"무슨 말씀을 그렇게 하십니까? 형님! 그러면 섭섭합니다. 형님!"

정민수가 일어나려다 말고 상처 난 곳이 아픈 듯 인상을 찌푸리며 다시 눕는다.

"으~윽! 그, 그래 알았다. 그건 그렇고 최, 최 기자는?"

이 대목에서는 다시 목이 메는 듯 말을 다 잇지 못한다. 흑표도 고개를 푹 숙인 채 겨우 말을 잇는다.

"최 기자님은 좋은 곳으로 보내 드렸습니다."

정민수는 한동안 말이 없다. 자신을 사랑하다 자신의 목숨을 구하고 대신 죽어간 최미화에게 무슨 말을 할 수 있으랴. 한동안 적막이 흐르자 흑표가 분위기를 깨려는 듯 먼저 입을 연다.

"형님! 한강신문은 조은하씨가 맡기로 했습니다. 형님만 괜찮으시면."

정민수는 중절모를 고쳐 쓰며 힘겹게 일어나 앉으며 고개만 끄덕인다.

"……."

"형님! 벌써 조은하씨가 일을 많이 하셨습니다.

"전국 지사와 지부를 통해 전국적으로 호외를 네 번째 발간했습니다. 호응이 무척 좋습니다. 전국에서 김상호 검사 처단하라고 난리입니다."

"수고들 했다. 아참 그리고 이제부터는 은하씨가 아니라 조 사장님이라고 불러야겠군!"

흑표와 불곰이 동시에 입을 연다.

"형님! 그럼 허락하시는 겁니까?"

"허락하고 말고가 어디 있어."

"고맙습니다. 형님!"

정민수가 조은하를 향해 손을 내민다.

"축하합니다. 은하 씨!"

조은하는 흘러내린 눈물 자국을 닦으며 손을 내민다.

"아이참! 놀리지 마세요. 민수 씨!"

정민수는 조은하의 손을 잡으며 다시 한번 참으로 예쁘다는 생각을 한다. 잠시 적막감이 감돌자 정민수가 화제를 바꾼다.

"불곰, 흑표 전국 조직원 동원 인력은 몇 명쯤이나 되지?"

"뿔뿔이 흩어졌지만, 신문사에 종사하는 조직원과 흩어진 인원을 모으면 대략 2천 명쯤 됩니다."

"그럼 됐다. 금요일 밤부터 일요일 오후 3시까지만 조직원 동원력을 내린다."

"어떻게 하시려고?"

흑표의 물음에는 아랑곳없이 조은하를 향해 입을 연다.

"은하 씨! 내일부터 매일 3일간 더 호외를 발행하고 김상호 퇴출 궐기 집회를 금요일 오후부터 일요일 오후까지 한다고 광고를 내서 군중을 끌어모으세요. 자극적인 문구를 넣어서 최대한 많이 모일 수 있게요. 아참 그리고 중앙 검찰청 둘레를 에워쌀 수 있도록 집회 신고를 하세요. 집회 신고는 은하씨께 부탁할게요."

"예! 민수 씨! 그렇게 할게요."

정민수는 고맙다는 인사로 고개를 두어 번 끄덕인 후 다시 흑표와 불곰을 번갈아 바라본다.

"흑표! 너는 혁 형사를 은밀히 만나고 불곰은 청중들 동원에 신경 쓰거라."

조금 전과는 달리 정민수의 두 눈에서 살광이 뻗치며 지나간다.

"난 내일 하루 쉬고 토요일부터 움직이겠다. 모두 각자 위치로."

정민수의 말이 끝나자 모두가 분주하게 움직인다.

금요일 오후 3시 김상호 차장검사실,

오늘도 여지없이 호외가 날아든다.

와라락! 꽝!

"이 새끼들 끝까지 해보자 이거지? 감히 내게 덤벼? 나 김상호야. 김상호! 나 아직 죽지 않았어."

김상호가 자신의 아버지인 김인석의 장례를 치른 후 열흘 만에 모습을 나타낸 것이다. 책상 위에 놓인 한강신문 호외지를 와락 구기며 책상을 내려친다.

"사무장."

밖에 있던 사무장이 어슬렁거리며 들어온다.

"예! 검사님."

"왜 한강신문을 그대로 놔두는 거야?"

"검사님! 지금 그게 문제가 아닙니다. 김인석 의원 때문에 검사님 모가지가 달랑달랑합니다."

"뭐야? 이 새끼가, 그리고 난 이 사건과는 아무 상관이 없어."

"아무튼, 검사님의 모가지가 한두 달 내에 장대에 매달릴 거라고 모두가 수군수군합니다."

사무장은 더 이상 김상호의 말도 듣지 않고 검사실 문을 꽝! 하고 닫고 나온다.

"야! 이 새끼야! 거기서!"

김상호는 자신의 분을 못 이겨 얼굴이 붉으락푸르락한다.

"아니지. 가장 위험한 놈은 혁 형사 이 새끼야."

김상호는 벽에 걸린 달력과 등기로 배달되어 온 쪽지의 내용을 번갈아 본다. 아무래도 쉽게 죽을 윤승호가 아니다. 어딘가에 살아 있기 때문에 협박 등기를 보냈을 것이다.

아래

4-1   c10   f5h.   No.-30(× - 제거)

4-2   h1b   g3h.   A.t -37(× - 제거)

4-3   b3   f7.   A.t -22(× - 제거)

4-4   b30   b5e.   A.t -13

You will surely be killed by the killer G.N.

(너는 반드시 킬러 G.N에 의해 죽임을 당할 것이다.)

-끝까지 간다.-

"윤승호! 너 이새끼! 어디 올 테면 오라지. 네놈의 목을 따서 아버지의 원수도 갚고 후환도 없앨 테니……."

김상호는 서랍에서 권총을 꺼내 점검을 하면서 눈꼬리를 치켜뜬다.

'이 새끼가 계획한 대로 차례차례 그 날짜에 죽였어. 이번엔 내 차례군.'

그리고는 벽에 걸린 달력을 바라본다.

"사흘 남았군."

김상호는 잠시 머리를 굴린 후 중얼거린다.

"일요일이군. 흐! 흐! 흐! 일요일까지만 버터 내면 되겠군. 그런데 바닷가로 떨어질 때 분명히 총을 맞았는데? 혁 형사 이 새끼만 나타나지 않았어도 현장 사살할 수 있었는데, 도대체 이 새끼는 윤승호와 어떤 관계지? 그보다 지금도 내 뒤를 캐고 있겠지? 하지만 증거는 없어. 흐! 흐! 흐! 내가 증거를 완벽하게 인멸했거든……."

이런저런 생각을 하며 집무실 안을 서성거리며 때론 흥분했고 때론 차분하게 무슨 생각에 잠기는 것 같았다. 비명에 간 자신 아버지의 장례를 치르고 온 사람 같지가 않다.

'혁 형사 이 새끼를 어떻게 처리한다?'

김상호는 수화기를 든다.

띠리릭~ 착. 띠리릭~촤~악~ 뚜~ 우.

"여보세요? 혁 형삽니다."

전과는 다르게 김상호의 말투가 한없이 부드러워진다.

"혁 반장님! 나 김 검삽니다. 나 좀 보시지요."

뚜~ 뚜! 뚜! 뚜!

"이런 개새끼! 너 따위가 감히 나를 업신여겨……."

혁 반장은 김상호 검사란 말에 일언반구 대꾸하지 않고 끊은 것이다. 김상호는 바깥의 웅성거리는 인기척을 느끼며 창을 열고 밖을 내다본다.

"뭐야? 또 저것들은?"

검찰청 앞 입구에는 경찰병력이 인간 바리케이드를 치기 시작했고 피켓을 든 사람들이 구호를 외치며 모여들기 시작한다.

"부조리 검사, 살인마 검사 김상호를 구속하라."

"구속하라. 구속하라. 구속하라."

김상호는 머리가 아팠다. 오늘 아침에 뿌려진 호외지에는 [부조리 척결 시민단체]에서 주최하는 집회 광고가 대문짝만하게 실려 있었다.

"으! 저것들이 아주 피를 말려 죽일 심산이군."

집회 군중들이 꾸역꾸역 몰려들더니 검찰청을 빙 둘러 에워싼다. 각종 피켓에는 김상호의 얼굴이 대문짝만하게 새겨있고 그 아래에는 다음과 같은 험악한 문구가 적혀있다.

-김상호를 생포하자.-

-김상호를 때려잡자.-

이 모든 일은 불곰이 맡아서 주도하고 있다. 머리에는 붉은 띠를 매고 강렬하게 외치고 있다.

"김상호를 체포하자. 김상호 퇴근길을 막고 반드시 때려잡자."

"때려잡자. 때려잡자."

경찰병력들도 겹겹이 에워싸며 만약에 있을 사태에 만전을 기한다. 한참 동안 바깥을 주시하던 김상호 무릎을 탁! 치며 중얼거린다.

'그렇지! 오히려 잘됐군! 저들이 오히려 나를 보호하는 꼴이 됐군! 으! 하! 하! 하!'

김상호는 자신의 자리로 가서 안심이 되는 듯 털썩 주저앉는다.

여기는 다시 궁정, 요정 별실 안

시간은 어느덧 저녁 7시를 지나 8시를 향해 빠르게 흘러가고 있다. 시간과 비례해서 정민수의 상처는 상상을 초월할 정도의 빠른 속도로 회복되고 있었다. 포근하고 아늑한 별실 안 침상에서 앉았다 일어서기를 반복하며 골똘한 생각에 빠져있다.

'지금쯤 놈은 안심하고 있겠지?'

이때,

똑! 똑! 똑!

정민수는 얼른 검은색 중절모를 쓰면서 담담한 소리로 입을 연다.

"들어와."

보라색 챙모자를 쓴 채 문을 열고 들어오는 사람은 다름 아닌 조은하다. 정민수는 다시 한번 그 자리에 얼음이 된다. 예쁘다. 어떤 형용사로도 형언할 수 없을 정도로 그냥 예쁘다. 정민수는 다시 한번 중절모를 눌러 쓴다.

"민수 씨! 좀 어때요?"

정민수는 떠듬거린다.

"은, 은하 씨! 괜찮아요. 다, 다 나았어요. 은하 씨 덕분에."

조은하가 자신의 오른쪽 섬섬옥수로 입을 가리며 까르르 웃는다.

"호! 호! 호! 제가 뭘 했다고요. 그리고 말끝마다 은하 씨 은하 씨 하는 버릇은 여전하네요."

정민수가 겸연쩍다는 듯 뒤통수를 긁적거린다.

"은, 은하 씨가 은하 씨 이름을 가지라고 주신 걸로 아는데요. 은하 씨."

조은하가 재미있다는 듯이 다시 한번 웃는다.

"호! 호! 호! 그랬지요. 그래도 그렇지?"

웃는 모습이 참 예쁘다. 적당히 패인 볼우물에 가지런한 미백의 치아, 특히나 진주보다 맑은 새까만 눈동자는 금방이라도 빨려 들어갈 것만 같다.

"헌데, 은하 씨가 어떻게 여길?"

그 말에 조은하는 조금 전과는 달리 얼굴이 살짝 붉어진다.

"민수 씨 다친 곳이 궁금하기도 하지만 사실은 민수 씨가 보고 싶어서 왔어요."

순간,

'아! 은하.'

정민수는 속으로 되뇌며 석고상처럼 굳어버린다. 가슴이 갓잡아 올린 숭어처럼 팔딱거리기 시작한다. 온통 온몸의 혈행이 역류하는 듯이 뜨겁다. 그러나 내심 침착할 수밖에 없다.

사실, 조은하도 정민수가 윤승호라는 것을 알고 난 후에는 미칠 것만 같았지만 애써 태연한척해야 했다. 자신이 가장 사랑하는 아들 천수에게 골수를 제공한 정민수가 꿈에서라도 잊을 수 없었던 윤승호라니.

"민수 씨! 우리 와인 한 잔 할까요?"

조은하가 침상 옆에 놓인 물소 가죽 소파에 앉으며 한 말이다.

"그럴까요? 은하 씨."

정민수는 술이 진열된 장식장으로 가서 레드와인 한 병을 꺼낸다,

정민수는 자신의 핑크빛 레드와인 전용잔에 쪼르르~ 1/3 정도 따른 후 와인 병을 살짝 돌리며 스월링을 한다. 그리고는 와인잔을 들어 두 눈을 지그시 감으며 향을 흠향해 본다. 레드와인답게 장미향이 은은하게 코끝을 스친다. 정민수는 만족한 듯 조은하의 잔에 조금 전과 같은 방법으로 쪼르르~ 따른다.

"은하 씨! 자, 한잔할까요?"

조은하는 와인 잔 들면서 소파에서 살짝 몸을 일으킨다.

"좋아요. 민수 씨! 자, 우리 건배해요."

짜잔~ 짠~ 둘은 가볍게 와인 잔에 입을 갖다 댄다.

파멸

"민수 씨! 이 와인은 처음 마셔 보는데요."

"아! 네, 은하 씨! 이 와인은 적포도주로 유명한 프랑스 생테밀리옹의 슈발블랑산 레드와인이며 달콤하고 부드러우며 은은한 듯하면서도 짙은 향이 감미로워서 상위층 여성들이 즐겨 찾는 와인중 하나입니다."

"우와! 민수 씨는 어떻게 잘 알아요?"

정민수는 민망한 듯 피식 웃으며 입을 연다.

"네! 은하 씨! 혹시 은하 씨께 와인을 대접할 기회가 있으면 대접하려고 석 달 열흘 동안 공부해서 겨우겨우 알아 놓은 겁니다."

조은하는 다시 한번 까르르 웃는다.

"호호호, 민수 씨, 농담도 참!"

정민수가 멋쩍다는 듯 화제를 돌린다.

"아참, 은하 씨! 밖에 일은 어떻게 되어가고 있어요?"

"예, 집회는 예정대로 잘 되고 있어요. 동원된 조직원들뿐 아니라 분노한 일반 시민들도 많이 참여하고 있고요. 물론 불곰 씨가 티 나지 않게 잘 주도하고 있어요."

"아, 그래요? 다행이군요. 은하 씨!"

조은하가 다시 화제를 돌린다.

"민수 씨! 우리 다른 얘기 해요."

"다른 얘기?"

"예, 민수 씨 얘기요."

"은하 씨! 전 딱히 할 얘기가 없어요."

"아니요. 민수 씨는 사연이 참 많은 분 같아요."

"사연?"

"예. 민수 씨는 왜 경찰에 쫓기고 있어요?"

"그, 그건⋯⋯."

"힘들면 하지 않아도 돼요."

순간, 정민수의 머리를 스치고 지나가는 것이 있다. 최미화가 죽어가면서 한 말이 떠올랐다.

[어, 언니 한 번만 민수 씨 가지면 안 될까? 언니가 허락하면 민수 씨도 허락할 거야.]

정민수는 혹시? 하는 생각이 들었다.

'설마? 아니야, 그럴 리가 없을 거야. 아니 없어.'

조은하가 잔을 내민다.

"민수 씨! 한 잔 더 주세요."

정민수는 짐짓 정신을 차리며 다시 조은하의 와인잔에 와인을 따르며 힐끗 조은하를 올려다본다. 거우 와인 한 잔에 조은하의 얼굴이 복숭아처럼 발갛게 물들기 시작한다. 사실 조은하는 술을 잘 마시지는 못했다. 비록, 최미화와 자주 막걸리집을 드나들었지만, 기껏해야 막걸리 한두 잔이 전부였다. 나머지는 최미화 몫이었다. 정민수는 붉게 물들어가는 조은하의 얼굴이 정말로 아름답고 예쁘다는 생각을 한다. 정민수의 가슴은 다시 팔딱거리기 시작한다.

"은, 은하 씨! 거우 와인 한 잔에, 술이 많이 약하시군요."

"아니요. 그래도 남들만큼은 해요. 자, 민수 씨 다시 한번 짠~ 해요. 우리⋯."

정민수도 자신의 빈 잔에 한잔 더 따른 후 건배를 외친다.

"은하 씨! 짠!"

조은하는 단번에 와인 잔을 비운 후 다시 한번 잔을 내민다.

"은하 씨! 괜찮겠어요?"

조은하는 대답 대신 배시시 웃으며 정민수가 와인을 따르는 사이 챙모자를 벗어 테이블 위에 가지런히 놓는다.

아! 정민수는 다시 한번 가슴을 진정시킨다. 그때의 얼굴과 그리 변함은 없었으나 아름다움의 성숙이 한층 더한 것 같다. 조은하가 침묵을 깬다.

"민수 씨! 궁금한 것이 있어요."

"은하 씨! 뭔데요?"

"민수 씨! 복수의 칼날이 멈추는 곳이 어디인가요?"

순간, 정민수의 가슴이 뜨끔해진다. 그 복수의 칼날이 멈추는 곳이 결국 조은하의 아들을 낳아준 김상호가 아닌가?

"은하 씨! 그, 그건……."

"민수 씨! 그 복수의 칼 여기서 멈추면 안 되겠어요?"

"미안해요. 이제 거의 다 왔어요. 여기서 멈출 수는 없어요."

조은하의 음성이 떨리는 것을 느낄 수 있다.

"민수 씨! 용서하면 안 되겠어요? 민수 씨도 죄를 짓는 거잖아요."

"은하 씨! 난 이미 그 죗값을 선불로 치렀어요."

정민수의 의지는 단호했다. 하지만 조은하의 애절한 만류가 심장을 파내는 듯한 고통이 찾아든다. 어느새 조은하의 두 눈가가 촉촉이 젖어있다. 그러나 정민수는 자신의 결심을 꺾을 수는 없었다.

"은하 씨! 미안해요."

조은하는 와인잔을 황옥으로 된 테이블에 놓으며 고개를 숙인다.

"그래도 민수 씨 한번만 더…….."

순간 정민수가 확고하고 단호한 말투로 입을 연다.

"미안해요. 은하 씨! 내일 할 일이 많아서 오늘은 이만 자리에서 일어나 겠습니다. 은하 씨는 여기서 푹 쉬세요."

정민수는 검은색 중절모를 고쳐 쓰며 한 손으로 테이블을 짚고 일어난 다. 그리고는 조은하에게 가볍게 고개를 숙인 후 문 쪽을 향해 뚜벅뚜벅 걸어간다. 조은하는 걸어가는 뒷모습을 그저 바라볼 뿐 아무 말이 없다.

철컥! 문을 열고 막 나가려는 찰라,

"가지 마! 승호 오빠."

동시에, 정민수는 그 자리에 그대로 얼음장이 된다. 뒤를 돌아볼 용기 조차 낼 수 없다. 다시 조은하의 물먹은 듯한 음성이 들린다.

"승호 오빠! 내가 오빨 얼마나 기다린 줄 알아? 다시 또 가면 난 어떡하 라고?"

아! 이 얼마나 기다리고 기다렸던 순간인가? 정민수의 마음은 갈기갈 기 찢어져 허공에 흩어지는 것만 같았다. 보고 싶다. 이제는 정민수도 윤 철민도 아닌 순수했던 그 시절의 윤승호로…….

그러나 성큼 뒤돌아설 수가 없다. 자신의 처지가 정말 원망스럽다. 이 때, 정민수는 자신의 등 뒤로 살포시 안겨 오는 포근함을 느꼈다.

"오빠! 승호 오빠."

"은, 은하!"

"그래! 나, 은하야. 오빤 이미 나를 알고 있었지만 난 민수 씨가 승호 오

파멸

빠라는 것을 얼마 전에 알았어. 그것도 저 불쌍한 미화를 통해서.”

정민수는 안긴 조은하를 향해 뒤로 돌아선다. 그리고는 검은색 중절모를 천천히 벗는다. 교도소를 탈옥하고 서울 생활을 시작한 이후 거의 벗지 않았던 중절모. 특히, 조은하에게는 자신의 본모습을 처음으로 보이는 순간이다. 아! 준수하다. 그것밖에 달리 표현할 방법이 없다. 송충이처럼 꿈틀거리는 짙은 눈썹에 유난히 움푹 들어간 까만 두 눈동자, 우뚝 솟은 콧방울과 일자로 굳게 다문 입술, 흠이라며 오른쪽 볼에 희미하게 나타나는 흉터가 흠일 뿐, 참 미남이다. 조은하는 일찍이 이런 미남을 본 적이 없다. 어릴 적 승호의 모습과는 또 다른 매력이 흘러넘쳤다. 조은하는 정민수를 잠시 올려다본다. 조은하의 두 눈에서 눈물이 그렁그렁 고인다. 정민수가 살짝 두 팔을 벌리며 입을 연다.

“으, 은하! 나도 은하가 정말 보고 싶었어.”

순간, 조은하는 정민수의 품으로 파고들며 와락 안긴다.

“승, 승호 오빠! 나도 오빠가 미치도록 보고 싶…… 으읍!”

조은하는 말을 다 마칠 수가 없었다. 정민수의 입술이 자신의 입술을 강하게 포갰기 때문이다. 조은하는 정민수의 목덜미에 힘껏 매달리며 끌어안는다. 그리고는 두 눈을 지그시 감는다.

“아~ 아! 승호 오빠.”

감미롭다. 촉촉하다. 그리고 달콤하다. 조은하는 김상호에게 끌려가 강간당하다시피 당했기 때문에 이같이 달콤한 입맞춤을 해본 적이 단 한 번도 없다. 한데 이토록 감미롭고 짜릿하며 황홀할 줄은 몰랐다. 온몸이 파르르 떨리며 일만 볼트 이상의 고압 전류에 감전된 듯 전율이 온다.

“아~ 아! 승…… 으흡”

살짝 벌어진 입술 사이사이로 자신도 모르게 파열음이 새어 나올 때 입 안으로 달짝지근한 것이 들어온다. 정민수의 깊은 입맞춤으로 인해 긴 혀가 깊이 파고든 것이다. 조은하는 더욱 강하게 정민수의 목을 끌어안 는다. 반면에 정민수는 버들가지보다 더 하늘거리는 조은하의 허리를 힘 껏 끌어당긴다.

"아! 승호 오빠, 사랑해!"

정민수도 더욱 힘껏 자신의 품으로 끌어안는다.

"은하! 나도, 나도 은하를 정말 사랑해."

그리고는 두 팔로 가냘픈 몸매를 번쩍 들어 올리고는 화려하게 수놓인 침상으로 향한다. 그러한 가운데서도 둘의 입술은 떨어질 줄 모른다. 정 민수는 조은하를 금침 위에 눕힌 후 연분홍색 긴 원피스의 뒷단추를 하나 둘씩 따내려 간다.

"아! 승, 승호 오빠!"

조은하는 자신의 거추장스러운 원피스를 원망이라도 하듯 단추가 잘 따지도록 허리를 들어 도와준다. 우윳빛보다 더 매끄럽고 백옥보다 더 아름다운 조은하의 고운 피부가 살짝살짝 모습을 드러나기 시작한다.

"은~하, 정말 많이 보고 싶었어. 힘들 때마다 은하 덕택에 버틸 수 있었 어. 은하! 사랑해."

그리고는 입술을 조은하의 이마에 가져간다. 참 예쁘다. 특히나 모든 것을 빨아들일 듯한 새카만 두 눈동자는 모든 것을 빨아들이고도 남을 듯 하다.

"승호 오빠! 나도 얼마나 보고 싶었는지 알아?"

조은하의 섬섬옥수도 어느새 정민수의 붉은 넥타이와 하얀 와이셔츠

파멸

를 한 꺼풀 한 꺼풀씩 벗겨 내리고 있다. 차츰 드러나는 정민수의 몸매. 햇볕에 그을린 듯한 구릿빛 몸매에다 금방이라도 튀어나올 듯한 지렁이처럼 꿈틀거리는 모든 근육을 보자 가벼운 탄성을 자아낸다.

"아! 아!"

온몸에 전율이 흐르더니 어느새 온몸 구석구석이 촉촉이 젖기 시작한다. 정민수의 입술이 조은하의 귓불과 코끝을 지나 목덜미를 자극하자 격하게 파르르 떨기 시작한다. 부드럽고 조심스럽게 다루던 정민수가 어느 한순간이 되자 거칠게 다루기 시작한다.

"아~ 헉! 승호 오빠 사랑해요. 아!"

"은~ 하! 나도 은하 사랑해. 아주 많이."

둘은 그렇게 긴 밤을 새우다가 새벽녘이 되어서야 겨우 잠이 든다.

때르르릉~ 꾹! 소리 나는 자명종을 꾹 누르며 먼저 잠을 깬 사람은 조은하다. 정민수는 엎드린 채 곤히 자고 있다. 조은하는 정민수의 등위에 살포시 엎드린다. 정민수의 오른쪽 날개 죽지 아래 십자가로 된 상처가 선명하다. 자신이 방직공장 다닐 당시 중학교 2학년인 승호와 어느 가을 날 야외로 놀러 갔을 때 물장구치며 김밥을 먹고 있는 승호를 발로 툭! 차서 밀었다. 승호가 물에 빠지면서 날카로운 돌에 찍혀 열십자로 길게 난 상처다.

그때 자신이 한 말이 기억이 난다.

["애! 나중에 많은 사람을 구하려나 봐."

"그, 그게 무슨 말이야."

"호! 호! 호! 상처가 십자가로 길게 났어. 십자가는 예수님이라고 그러던데?"]

잠시 상념에서 깨어난 조은하의 두 눈에서 기어이 이슬이 맺힌다.

'참 불쌍하고 가엾은 사람. 그러나 사랑할 수밖에 없는 사람.'

그리고는 상처 난 그곳에 쪽! 하고 입을 맞춘다.

정민수의 머리맡에 놓인 작은 지갑이 보인다. 조은하는 지갑을 열어 본다.

그 순간!

'아!'

다시 한번 왈칵 눈물을 쏟아낸다. 지갑 안에는 선명하고 또렷한 갓 찍은 듯한 흑백사진 한 장이 곱게 갈무리되어 있다. 승호와 함께 야외로 나갔을 당시에 찍은 사진이다. 얼마나 소중하게 간직했는지 구김살 하나 없다.

다만 물기에 젖은 듯 군데군데 얼룩이 배어져 있다. 동해에서 김상호의 총에 맞고 바다로 뛰어들었을 때 바닷물에 젖었던 것이다.

'승호 오빠! 고마워, 잊지 않고 기억해 줘서.'

조은하는 엎드려 자고 있는 정민수의 구릿빛 근육질로 된 등을 가만히 끌어안는다.

이때,

"은하! 왜? 더 자지 않고."

정민수가 부스스 두 눈을 뜨며 돌아눕는다. 그렇게 되자 둘은 자연히 포개지는 상태가 되었다. 둘의 코가 서로 닿을 듯 말 듯한 상태로 서로의 두 눈을 빤히 쳐다본다.

참 예쁘다. 말간 수정 빛 호수보다 더 맑다. 그리고 흑진주보다 더 아름답다. 둘은 서로의 눈 속으로 빨려 들어갈 듯하다.

"승호 오빠! 고마워."

"은하! 뭐가?"

"승호 오빠! 모두다, 특히 우리 천수 살려 줘서. 승호 오빠! 이 은혜 어떻게 갚…… 으읍~."

말을 다 끝내기도 전에 정민수의 입술이 다시 입안으로 파도처럼 격렬하게 밀려 들어온다. 정민수는 어젯밤보다 더 격렬하게 조은하를 다루기 시작한다.

"승, 승호 오빠~아! 아~읍! 또? 또야? 으~으~윽!"

둘은 그렇게 다시 또 거칠고도 격렬하게 사랑을 나누기 시작한다.

다음날 토요일 오후 2시경

검찰청 직원들은 대부분 우르르 떼거지로 몰려 일찍 퇴근했고 남아있던 나머지 몇몇 직원들도 퇴근을 하기 위해 삼삼오오 짝을 지어 경찰들과 집회 군중 사이를 뚫고 나온다.

토요일 오후임에도 서울중앙검찰청 주위는 엄청난 인파로 인산인해를 이루고 있다.

검찰청의 주위를 물샐틈없이 뺑 둘러싼 경찰병력과 그 앞에 수많은 군중들과 격렬하게 대치하고 있다. 한강신문 호외를 통해 김상호 검사의 비리뿐만 아니라 친구를 살해한 살인자임을 한강신문의 호외를 통해 접한 군중들이 몰려든 것이다. 사실 그 군중들 중 대략 절반 정도는 불곰에 의해 동원된 조직원들이다. 갑작스러운 사태에 대해 검찰 쪽에서도 이만저만 골치 아픈 일이 아니었다. 사실 자체 내사에 들어갔으나 이틀 사이 사태가 이렇게 급박하게 돌아갈 줄은 몰랐던 것이다.

"살인마! 김상호를 끌어내자."

"끌어내자. 끌어내자. 끌어내자."

"자! 저를 따라 힘차게 외쳐주십시오."

앞장서서 푯말을 높이 들고 힘차게 외치는 사람은 다름 아닌 불곰이다.

"살인마! 김상호를 처단하자."

"처단하자. 처단하자. 처단하자."

검찰청 후문 쪽은 김상호가 절대 빠져나가지 못하도록 집회 군중들이 철통같이 지키고 있다. 그뿐만 아니라 사이사이는 일정한 간격을 두고 한강신문 지부장들이 감시하고 있다. 철통같이 입구를 막고 있던 경찰병력들이 근무교대시간이 되자 조금 어수선하다.

이때, 덜커덩! 끼이이익!

소리를 내며 군용 짚차 한대가 검찰청 문 앞에 선다. 그러자 경찰 기동대원들이 막아선다.

"멸~공! 근무 중 이상 무."

선그라스를 쓴 장교가 차 문을 내리며 가볍게 경례를 받는다.

"멸~공!"

"차는 들어갈 수 없습니다."

"그래? 나 기동대 5중대장이야."

"그래도 안 됩니다. 대대장님의 명령입니다."

"이 자식이, 너 어디 소속이야? 불이익 받고 싶어?"

불이익이라는 말에 순간적으로 움찔한다.

"그럼, 중대장님! 차는 두고 빨리 들어가셨다 나오십시오."

"그래. 알았다. 그럼."

차에서 내린 사람은 다름 아닌 정민수다. 운전병으로 변장한 사람은 흑표다. 흑표는 정민수를 내려주고는 차를 돌려 사라진다. 교대를 위해 운전병이 잠시 자리를 비운 사이 길가 쪽에 세워 놓은 지프차를 간단히 훔쳐 타고 정민수를 내려준 후 다시 그쪽 부근 아무 데나 세워 놓고 사라진 것이다. 그사이 차에서 내린 정민수는 검찰청 안으로 들어가려다 말고 경비실로 잽싸게 몸을 숨긴다. 청사 안에서 퇴근하기 위해 많은 사람이 쏟아져 나왔기 때문이다. 다행히 경비실도 교대 근무 시간이라 경비실 안 깊숙한 곳에서 부스럭거리는 소리가 들렸고 코딱지만 경비실 사무실 안은 비어있다. 정민수는 재빨리 경비과장 제복으로 갈아입고 경비과장 모자를 쓴 후 밖으로 나온다.

그리고 아무렇지도 않은 듯한 표정으로 검찰청 내부로 들어간다. 이때 뒤에서 군화 소리가 요란하게 들려온다.

뚜둑~뚜둑~뚜둑! 그러다가 갑자기 등 뒤에서,

"멸~ 공!"

하는 소리에 정민수는 잠시 움찔한다. 인솔하던 상급자가 정민수를 향해 거수경례하는 소리다. 그제야 정민수는 안도의 숨을 내쉬며 어색하지 않게 얼른 경례를 받는다.

"멸공!"

"저, 경비 과장님! 이제부터 이 청사 안으로 아무도 들어올 수 없습니다. 빨리 이 청사에서 나가셔야 합니다."

정민수가 경비실에서 훔쳐 입은 옷이 경비과장의 옷이라 이들이 경비과장으로 오인한 것이다.

"알겠네. 한데 자네들은?"

"예! 저희들은 청사 내 병력배치 중입니다."

말을 마치고 병력을 인솔한 채 청사 안으로 들어간다. 정민수도 바빠졌다. 더 빠른 걸음으로 급히 안으로 들어간다. 경찰들이 집총을 한 채로 이곳저곳에 배치되고 있다. 김상호에 대해 신변 보호에 들어간 것이다. 아직은 병력 배치 중이라 주위가 어수선하다. 정민수가 2층으로 올라가 3층으로 올라가려 하자 배치된 기동대원 중 한 명이 막아선다.

"안됩니다. 경비 과장님. 이 시간 이후부터는 나갈 수는 있어도 누구도 안으로 들어갈 수 없습니다."

"알았네."

정민수는 급히 발길을 돌려 계단 바로 옆에 위치한 화장실로 들어간다. 앞뒤 가리지 않고 들어간 곳이 공교롭게도 여자 화장실이다.

이곳저곳에서 군화 소리와 호루라기 소리 그리고 고함치는 소리가 뒤엉켜 들려온다.

뚜~ 두~ 두! 삑~ 익~ 빡!

"빨리들 나가세요. 문을 내립니다."

청사 안에 있는 나머지 직원들을 내보내는 소리다. 집무실, 화장실 할 것 없이 일일이 들어가 확인을 하고 있다. 어느덧 바로 옆 남자 화장실까지 왔다.

"나가세요."

삐거덕, 쾅! 정민수는 다급해졌다. 잠시 머리를 굴리고는 다섯 칸 중 맨 마지막 칸인 다섯 번째 칸으로 재빨리 이동한다. 들어가자마자 속내의만 남겨둔 채 구두를 비롯해 모두 벗는다. 그리고 옆 휴지통에 구겨 집어넣은 후 보이지 않도록 휴지통 뚜껑을 덮는다. 이때 남자 경찰의 음성이 들린다.

　　　　　　　　　　　　　　　　　　　　파멸

"이곳은 이 순경이 확신해봐."

"알겠습니다. 박 경장님!"

여경의 목소리가 들림과 동시에 군화 소리와 함께 화장실 문을 열고 들어온다.

"잠시 검열이 있겠습니다. 혹시 안에 계신 분이 있으시면 빨리 나가십시오. 2분의 시간을 드리겠습니다."

째깍째깍! 흐르는 2분의 시간이 정민수에게는 지옥 마왕을 기다리는 시간과도 같았다. 잠시 후, 시간이 다 된 듯 다시 여경의 음성이 들린다.

"실시하겠습니다."

덜컹~ 쾅!

어느덧 바로 옆 칸인 넷째 칸까지 와서 문을 여닫는다.

덜커덩~ 쾅!

드디어 정민수가 숨어있는 마지막 다섯 번째 칸이 열린다.

덜컥~ 쾅!

"박 경장님! 아무도 없습니다."

"그래? 다시 재검열하면서 나오도록."

"옛!"

그리고는 다시 역순으로 문을 여닫으며 나간다. 점검을 다 마친 여경이 마지막 화장실 문을 나가며 잠금장치를 하는 소리가 들린다.

철컥!

"휴~ 우!"

정민수는 길게 안도의 한숨을 내쉬며 넷째 칸에서 나온다. 여경이 넷째 칸을 점검하고 문을 닫는 동시에 옆 칸인 다섯째 칸에 있던 정민수가 두 손으로 칸과 칸 사이의 벽 위를 짚으며 뱀과 같은 동작(蛇形)으로 재빠르게 타고 넘었던 것이다. 헌데 문제는 그다음이었다. 바로 나갈 줄 알았던 여경이 재점검하기 위해 다시 문을 연 것이다. 정민수는 열리는 문 뒤쪽으로 최대한 배를 집어넣어 몸을 웅크리며 호흡을 멈췄다. 이럴 때를 대비해 수련하던 축근법(縮筋法: 근육을 줄여서 몸을 작게 하는 풍운무의 절정무예, 수련을 오래 하면 축골법 즉 뼈 마디마디까지 줄일 수 있는 신기한 무예다. 정민수가 교도소를 탈출할 당시에도 이 축근법을 사용한 적이 있다.)으로 몸을 최대한으로 줄였으나 더 부지런히 수련을 못 한 것이 절실히 후회되었다.

정민수는 최대한 벽에 바짝 붙어 몸을 줄인 상태였으나 들킬 것을 대비해 손가락을 칼날처럼 만들어 여차하면 살수(手)까지 펼칠 생각을 하고 있었다. 그러나 다행히 여경은 화장실 문을 다 열지 않고 반보다 조금 더 열고는 건성으로 대충 훑어보고 나간 탓에 들키지 않았다. 정민수는 휴지통에 힘껏 눌러 처박아 넣은 겉옷을 꺼내 주섬주섬 입는다. 몰래 가지고 들어온 쇠톱과 드라이버. 집게손가락만 한 손전등 등……. 그리고 일전에 푸줏간 냉동고에서 빠져나올 때 사용했던 만능열쇠와 무엇보다도 권총을 잘 갈무리한다. 경비과장이라는 모자는 벗어 던지고 품에서 검은색 중절모를 꺼내 지그시 눌러 쓴다. 주위를 한번 쓰~ 윽! 둘러본다. 창을 통해 보이는 밖은 집회 군중과 경찰들 사이에서 밀고 당기는 일이 반복되고 있다.

'후! 후! 후! 불곰이 잘하고 있군.'

화장실 안 한쪽 벽에는 쓰레기를 버리면 1층 쓰레기 처리장으로 바로 통하는 쓰레기통 입구가 잠겨있는 누런 자물쇠를 만능열쇠를 이용해 가볍게 연다.

딸~ 깍! 쓰레기는 버리기에 충분하지만, 사람이 들어가기에는 너무 작다. 머리를 숙여 안을 살피던 정민수의 얼굴에 화색이 돈다.

'됐어. 저 정도면 충분해!'

혼자 중얼거리며 원래대로 자물쇠로 채워 놓는다. 혹시 또 누가 들어올지 아무도 모른다. 정민수는 서두르기 시작한다. 화장실 넷째 칸과 다섯 칸 사이의 벽에 올라간다. 천정은 다행히도 텍스로 되어 있다. 드라이버를 이용해 텍스 두 장을 조심스레 뜯어낸다. 이러한 작업에 대비해 작은 쇠톱과 드라이버 그리고 작은 손전등으로 천장 안을 비추며 중얼거린다.

"이제 올라갈 일만 남았군. 후! 후! 후! 김상호, 불쌍한 놈!"

정민수는 뜯어낸 텍스 구멍을 통해 위로 올라간다. 위 천정은 겨우 쪼그리고 앉을 수 있을 정도의 공간이다. 그뿐만 아니라 천정에 텍스 공사를 하기 위해서로 가로 세로로 길게 댄 각목은 생각보다 굵었다. 덕분에 그 위에 올라앉아도 전혀 이상이 없다. 정민수는 손가락 길이보다 조금 더 긴 손전등을 켜고 아까 보아둔 쓰레기통이 있는 방향으로 반쯤 엎드린 채 기어간다.

통! 통!

"여기군!"

그곳에는 쓰레기가 아래층 처리장으로 떨어질 수 있게 한 굵은 P.V.C 통이 꼭대기 층으로부터 아래로 길게 드리워져 있다. 정민수는 쭈그리고 앉은 채 쇠톱을 꺼내 P.V.C 통을 자르기 시작한다.

쓰각~ 쓰각~

"휴! 무척 단단하군."

계속 쉬지 않고 톱질을 한다. 이마에는 송골송골 땀방울이 맺힌다. 추운 늦겨울 바람이 송송 뚫린 이곳저곳의 구멍에서 들어오지만, 추위를 느낄 수가 없다.

쓰각~ 쓰각~ 이렇게 한동안 톱질해 나가자 이윽고 구멍이 난다. 그렇게 되자 조금 전보다는 수월하게 잘리기 시작한다. 정민수의 빠른 손놀림에 원통으로 된 P.V.C가 빙 둘러 잘렸고 그 위 대략 70cm 정도 위를 조금 전과 같이 빙 둘러 자르자 P.V.C 원통이 떨어져 나온다.

"됐다."

정민수는 잘려나간 아래 P.V.C에 올라선 후 몸을 최대한 축소한 뒤 목을 위 P V.C 통 안으로 넣는다. 토요일이라 청소를 해간 탓에 통 안은 비었으나 쓰레기 썩은 듯한 퀴퀴한 냄새가 진동을 한다.

"제기랄!"

정민수는 자신의 가슴 높이쯤에 다시 톱질을 시작한다. 그러나 원통 안이라 톱날로 구멍을 낸 후 쇠톱 날을 끼워서 톱질해야 했다.

이렇게 손가락 다섯 개 정도 들어갈 정도로 구멍을 뚫어 홈을 판 곳에 한발로는 홈을 밟고 올라서고 다른 한발은 무릎을 구부려 원통 속 반대편을 지탱하면서 그 위 가슴 쪽 높이에 다시 같은 방법으로 구멍을 뚫은 후 빙 둘러 톱질을 해나가기 시작한다.

"안 되겠군."

강철 체력인 정민수도 힘이 드는지 잠시 휴식을 취하기 위해 온 곳으로 내려간다.

"후~ 우!"

악취가 나는 P.V.C 통에서 고개를 빼자 살 것 같았다. 공기가 이토록 소

중하다고 느낀 것은 교도소 탈출 당시 변기통 안이었고 이번이 두 번째
다. 왼 손목에 찬 시계를 쳐다본다. 시간은 어느덧 6시를 향해 쉬지 않고
가고 있다.

"출출하군!"

윗주머니에서 군용 쌀을 꺼내 씹기 시작한다. 군용 쌀은 미리 쪄놓은
쌀로서 뜨거운 물만 부으면 먹을 수 있는 전쟁 시 보급하는 군인용 식량
이다. 군용 쌀을 한 주먹 꺼내 씹으며 다시 P.V.C 원통 안으로 고개를 들
이민다. 그리고 다시 조금 전 잘라놓은 홈에 발끝을 올려놓고는 아까와
같은 방법으로 계속 작업을 시작한다. 처음 쇠톱 끝으로 구멍을 내기가
힘들었지 구멍을 내고 나면 그곳에 톱날을 넣어 잘라 나가면 시간은 걸릴
지라도 그렇게 힘들진 않다. 그렇게 하기를 세 시간 남짓 되었을 때,

투~둑 툭!

"됐다!"

3층 바닥 콘크리트로 위로 솟은 그 위쪽의 P.V.C 관을 잘라낸 것이다.
고개를 내밀어 본다. 3층 천장 속의 바람이 비록 먼지 바람일지언정 콧속
으로 들어오니 상쾌하다. 정민수는 잘라낸 원통을 3층 천장 공간으로 밀
어 넣은 후 3층 천정으로 조심스레 기어오른다. 그리고는 스스로 만족해
한다.

"하! 하! 하! 잘했어! 정민수. 아니 아니지 이제 윤승호지. 대견하다. 윤
승호, 하! 하! 하."

그러나 그 기쁨도 잠시 정민수의 두 눈이 활활 타오른다. 3층 천정도
허리를 반쯤 구부리면 움직이기에 충분했다. 잠시 심호흡을 한 후 얼기
설기 엮인 각목을 타고 반대쪽을 향해 기어가기 시작한다.

"저 마지막 끝이 301호실이다. 조금만 더 기다려라. 김상호, 흐! 흐! 흐!"

시간은 흘러 밤 11시를 막 지나고 있다.

"이곳이군!"

끝까지 기어온 정민수는 바로 아래가 김상호의 집무실임을 직감한다.

'후후! 지금 처리할 수도 있지만, 약속은 지켜야겠지?'

정민수는 피곤함을 느끼며 청정 위에 얼기설기 엮인 각목 위에 눕는다. 편하다. 이대로 그냥 잠들고 싶다는 생각이 든다.

'이렇게 해서 내가 얻는 것이 무엇이지?'

스스로 자문해 본다. 그러나 이내

'아니지 아버지, 어머니의 원수 그리고 최미화의 원수, 조은하의 원수까지 철저하게 모두 갚아 줘야겠지.'

정민수는 스스로 다짐한다. 그리고 깊어가는 밤임에도 불구하고 연이어 들려오는 집회 군중의 구호를 들으며 잠시나마 눈을 감고 잠을 청한다. 그러나 이러한 긴박한 상황에서 잠이 올 리 만무다. 정민수는 옆구리에 찬 권총을 다시 한 번 점검한다.

밖에서는 여전히 김상호를 처단하자는 구호가 맹렬하게 들려온다.

"김상호를 처단하자."

"처단하자, 처단하자, 처단하자."

다음 날 아침.

째깍째깍! 시간은 여전히 쉬지 않고 흐른다. 3층 천정이라 안은 여전히 캄캄하지만, 한동안 시간이 흐르자 적응이 되었다. 아침 9시를 막 지나가고 있다. 정민수는 입안으로 군용찐쌀을 한 움큼 털어 넣는다. 약한 건축

재인 텍스를 단번에 깨고 내려가 처치할 수도 있지만, 아직 시간이 이르다. 즉 혁 형사가 오려면 아직 1시간 정도 남아있다. 이윽고 정민수는 천정에 납작 엎드려 귀를 기울이며 천장 벽과 각목 사이에 설치해 놓은 텍스 위를 드라이버 자루로 소리가 들릴 듯 말 듯하게 두드려본다.

툭툭!

"이곳은 아니군!"

배밀이를 하며 조금 더 앞으로 나간다.

톡톡!

"이곳도 아니고…."

좀 더 기어간 후 다시 두드려 본다.

토동~ 통 ~통.

"여기군. 짐작대로라면 캐비닛 놓인 집무실 뒤쪽이 확실하겠군!"

이때, 아래에서 겁을 먹은 듯한 떨리는 음성이 들린다. 김상호 목소리다.

"무, 무슨 소리지?"

"찌~직. 찍찍찍!"

정민수가 내는 쥐 소리에

"쥐새끼들이군!"

정민수는 모서리를 드라이버를 이용 구멍을 뚫기 시작한다. 손이 들어갈 만큼 뚫어 텍스에 박아놓은 나사를 풀기위해서다. 최대한 소리가 나지 않게 속옷을 찢어 드라이버에 감아서 돌린다.

이때, 구둣발 소리가 요란하게 들리는가 싶더니 노크도 하지 않고 쾅~하며 문을 박차고 들어오는 소리가 들린다. 정민수는 드라이버로 뚫은 구멍을 통해 아래를 내려다본다.

그때,

"야! 김상호. 어떻게 처신했기에 일을 이 지경으로 만들어?"

자신의 자리에서 무엇인가를 곰곰이 생각하던 김상호가 자리에서 벌떡 일어난다.

"김 차장님! 무슨 말씀인지?"

"야! 저밖에 삼 일째 데모하고 있는 데모꾼들이 안 보여?"

"그건?"

"또 변명이야? 너 이 사건을 수사하라고 진급시키고 끌어 올려 줬더니."

"그게 무슨?"

김 차장검사는 김상호의 책상을 쾅! 하고 치고는 구깃구깃한 신문 한 장을 내 팽개친다.

"이것 봐! 연일 뿌려대는 한강신문의 호외야. 호외. 너도 눈이 있으면 봤겠지? 그것도 오늘의 호외는 특종 중의 특종이야."

정민수는 동공을 최대로 확대해서 작은 구멍을 통해 뚫어지라 쳐다본다.

한강신문 호외 제18호.

-김상호 부장검사 범인 가능성 농후,

한강신문과 종로경찰서 강력 제1팀의 끈질긴 수사 끝에 단서 포착 -

거제 남해 앞바다에서 민사당 총재인 나병균 시신 떠올라 ……

실족사 추정

"이래도 변명할 거야. 이제 네놈을 옹호해 줄 놈들은 하나도 없어. 민사당 나병균도 죽었고."

"김 차장님! 오햅니다."

"오해? 무슨 오해? 아무튼, 네 놈의 신변 보호도 오늘이 끝이야. 또 며칠 후면 징계위원회 아니 그보다 경질 절차에 들어가게 될 거야."

차장검사의 말을 듣고 나자 김상호의 태도가 돌변한다.

"흐! 흐! 경질? 누구 마음대로? 그래, 마음대로 하라고들 해. 내 반드시 복수하고 말 테니."

김상호는 두 눈을 부릅뜨고는 상급자인 차장검사를 빤히 쳐다본다. 두 눈이 이글거린다. 광기 어린 눈빛이다. 차장검사는 순간 움찔하는 기색이 역력해 보인다. 김상호는 자신의 얼굴을 더욱 가까이 차장검사 앞으로 들이민다. 코가 닿을 듯 말 듯하다.

"흐! 흐! 하! 하! 하!"

차장검사는 두어 걸음 뒤로 물러난다.

"이 새끼가 미쳤나? 아무튼, 네놈은 이제 끝이야 끝."

그리고는 재빨리 문을 열고 나간다. 김상호는 목을 뒤로 꺾어 제치며 웃는다.

"으! 하! 하! 하!"

그러더니 이윽고 두 눈에서 살기 어린 광기(狂氣)가 뻗어 나온다.

"뭐? 끝? 끝이라고? 끝은 누가 끝이야?"

그리고는 애꿎은 책상을 발로 쾅! 하고 찬다.

"정민수! 이 새끼 너도 오늘로써 마지막이야. 난 오늘만 버티면 되거든, 그리고 저 데모꾼들이 저렇게 나를 보호하고 있으니 너도 별수 없겠지. 으! 하! 하."

작은 구멍을 통해 이 광경을 보고 있던 정민수는 내심 혀를 끌끌 찬다.

'후! 후! 김상호 마음껏 비웃고 즐겨라. 잠시 후면 처참하게 후회하게 해줄 테니.'

정민수는 드라이버를 이용해 마지막 남은 작은 나사를 풀어낸다. 그러자 사람 하나 통과할 만한 구멍이 생긴다.

'됐어!'

팔목에 찬 시계를 본다.

제 12 회

처절한 복수, 애절한 사랑, 그리고 부활

'9시 30분이군.'

정민수는 천장 아래로 몸을 낮추며 내려간다. 예상대로 캐비닛이 놓인 뒤 한쪽 구석이다. 고양이보다 더 날렵한 몸놀림으로 전혀 인기척도 느낄 수 없게 아래로 사뿐히 내려선다. 검정 중절모를 다시 한번 살짝 눌러쓴 후 죽음의 사자라도 눈치챌 수 없을 정도로 김상호의 등 뒤로 다가간다. 김상호는 자신의 자리에 앉아서 무슨 생각을 골똘히 하는지 두 눈을 지그시 감고 있다. 정민수는 김상호의 어깨를 두드린다.

툭! 툭!

"누구? 으흡……."

김상호는 기겁하며 동시에 본능적으로 X자로 찬 권총을 빼기 위해 오른손을 왼쪽 옆구리 쪽으로 재빠르게 향한다. 그러나 그것은 마음일 뿐, 말도 채 다 끝맺지 못했고 오른팔이 뜨끔해지더니 어느새 굳어진 상태다.

정민수가 왼팔로는 김상호의 목을 힘껏 끌어안아 조이며 오른손 검지와 중지를 이용해 김상호 오른팔 곡택혈(曲澤穴)을 찍어 마비시킨 것이다.

"흐! 흐! 흐! 김상호 검사 나리! 미안하이. 그날 내가 죽어야 했는데 살아 있어서, 그것도 두 번씩이나…."

정민수는 김상호 검사의 옆구리에 있는 무소음 권총을 빼며 목을 조이고 있던 왼팔의 힘을 느슨하게 푼다.

"캑! 네놈은?"

"흐! 흐! 흐! 그래 나다. 저승사자 정민수, 아니 윤승호다. 그동안 잘 있었나? 친구. 친구에게 살인의 누명을 씌운 댓가로 호의호식하며 잘 먹고 잘살았겠지. 그러나 그것도 오늘이 마지막이니 인생 참 짧지 않아?"

그리고 맞은편 김상호 책상 앞으로 다가선 후 검은 중절모를 벗어 그의 책상 위에 올려놓는다. 늘 등기로 보내 주던 암호 문서를 책상에 내려놓는다.

아래

4-1   c10   f5h.   No. -30(× - 제거)

4-2   h1b   g3h.   A.t -37(× - 제거)

4-3   b3   f7.   A.t -22(× - 제거)

4-4   b30   b5e.   A.t -13(× - 제거)

You will surely be killed by the killer G. N.

(너는 반드시 킬러 G. N에 의해 죽임을 당할 것이다.)

-끝까지 간다.-

정민수는 다시 입을 연다

"오늘을 기억해야 할 거야. 그래서 미리 네놈을 제거한 암호문을 가져왔다. 어차피 네놈은 이곳을 빠져나갈 수 없을 테니까. 즉 오늘이 네놈의 제삿날이란 뜻이지. 후! 후! 후!"

김상호는 정민수의 살기 어린 얼굴을 똑바로 쳐다보지 못하면서도 그래도 입은 살아서 움직인다.

"흐! 흐! 네놈이 감히 나를 죽일 수 있을까? 그것도 여기서. 나 대한민국 검사야. 공권력에 대항하면 어찌 되는지 잘 알 테지?"

"흐! 흐! 공권력? 대한민국 검사? 그래. 네놈은 대한민국 검사지. 검사."

"그래. 공권력, 나를 해치면 너도 무사하지 못해."

정민수는 잠시 자신의 오른쪽 옆구리에서 권총을 뽑은 후 김상호 오른쪽 관자놀이로 향한다.

"흐! 흐! 흐! 이래도 내가 너를 못 죽일 것 같나? 하잘것없는 사형수인 내 목숨과 대한민국 검찰인 김상호 부장검사의 목숨을 맞바꾸는 것 또한 세간의 화제가 될 것 같지 않아?"

순간 김상호의 얼굴이 차츰 하얗게 변해간다. 정말로 정민수가 자신의 목숨과 맞바꿀 것 같았다.

"자! 그럼! 잘 가거라."

철컥.

김상호는 다급해진다.

"자, 잠깐만, 스, 승호야! 우린 둘도 없는 친구잖아."

"친구?"

"그래! 친구."

"그래, 맞아 적어도 10여 년 이전에는 둘도 없는 친구였지."

"승호야! 내가 이렇게 빌게. 그러나 그땐 너무 무서웠어. 너도 알잖아? 내가 겁쟁이라는 것을, 그리고 도망 안 간 너도 책임이 있어."

"흐! 흐! 흐! 그래? 그때 도망갈 시간도 없었지만 어쨌든 도망 못 간 내

책임도 있지?"

"그래. 그건 승호 네 말이 맞아."

정민수는 곧 방아쇠를 당길 태세로 더욱 가까이 김상호의 관자놀이에 갖다 댄다.

"야! 상호. 이 새끼야! 그럼 누명 씌우고 내 이름을 바꾼 것은 뭘로 설명하지?"

"승호야! 정말 미안해. 무섭긴 했지만, 누명까지 씌울 생각은 없었어. 개명도 누명도 모두 우리 아버지가 한 일이야."

"넌, 지금 죽은 니 애비까지 팔면서 그 더러운 목숨을 구걸하고 있어. 즉 거짓말을 하고 있다는 거야."

"아니야! 믿어줘 정말이야. 승호야."

"후! 후! 그래? 그럼, 은하 일은? 나와 은하 둘이서 좋아하는 줄 알면서도 그 짓을 해?"

순간 김상호의 얼굴이 파랗게 변한다. 이제는 변명할 구실도 찾을 수 없고 변명도 통하지 않는다는 것을 안다.

"승, 승호야! 미안해 정말 미안하다. 그러니 제, 에~ 발……. 응."

"그러나 이제 늦었어. 너도 네 놈의 애비 만날 준비나 해라."

"승호야! 제발, 제발, 사, 살려줘! 하라는 대로 다 할게."

"너 이 새끼야 왜 그랬어? 왜? 왜 그랬냐고? 내겐 그럴 수 있었어도 은하한테는 몹쓸 짓 하면 안 되는 거잖아. 난 널 절대 용서할 수 없어."

김상호는 절망을 느꼈다. 소리를 지른다 해도 검사실 안에 방음장치가 잘 된 깊숙한 부장검사 집무실 안에서 일어나는 일이라 쉽게 들리지 않을 뿐더러 그보다 정민수의 손에 의해 더 일찍 죽음을 맞이할 것이다. 무엇을 어떻게 할 도리가 없다. 그는 왼손으로 정민수의 다리를 부여잡는다. 이때 오른팔의 곡택혈의 혈도가 풀리는 듯 서서히 힘이 오르는 것을 느낀다.

"승호야! 정말 미안해! 사, 살려줘. 아니 정말 죽을 죄를 지었어."

정민수는 고개를 끄덕인다.

"그래? 그럼 죽을죄를 지었으면 죽어야지. 아니지 살길은 있어."

"뭐, 뭔데? 승호야! 네가 하라는 대로 할게. 살려만 줘."

"알려주지? 네놈 말대로 죽을 죄를 졌다니, 너 스스로 자결해라."

"승호야! 제발~"

"살려 준다니까. 자, 이것으로 자결해라."

정민수는 들고 있던 권총을 김상호 책상 위에 툭! 던진다. 그리고 조금 전 책상 위에 놓아둔 검은색 중절모를 집어 들며 두 어 발짝 뒤로 물러난다.

"잘 가라. 대한민국 김상호 부장검사 아니 검사 영감."

김상호는 사시나무 떨듯 떨며 권총을 잡기 위해 오른손을 서서히 내민다.

"빨리 잡아! 김상호. 지금쯤 오른팔 마비가 풀렸을 테니, 자결할 힘은 있을 테지."

사실은 정민수가 이 시간쯤 곡택혈이 풀릴 수 있도록 적당히 힘을 가했던 것이다. 김상호는 정민수가 몇 발짝 뒤로 물러나자 번개같이 빠른 동작으로 권총을 잽싸게 집어 든다.

그리고는 정민수를 향해 권총을 겨눈다. 정민수는 주춤하며 한 발짝 더 뒤로 물러난다.

"상호! 너, 이 새끼 끝까지?"

"흐! 흐! 흐! 윤승호 넌 나를 잘못 봤어. 넌 사람을 너무 잘 믿는 것이 탈이야. 그때 살인누명 사건도 그랬고 은하 년을 뺏긴 것도 네놈이 나를 너무 믿은 탓이지. 자 이제 네놈 차례야. 자 그러니 이제 이따위 협박성 암호문은 필요 없겠지?"

그리고 책상 위에 놓인 협박문을 와락! 하고 구겨버린다. 정민수는 아무 말 없이 중절모 아래로 김상호를 날카롭게 쳐다본다. 눈에서는 아까보다 더 살벌한 살광이 뻗어 나온다.

"불쌍한 놈!"

"불쌍? 뒤바뀐 처지에 내게 할 말은 아닐 텐데, 후! 후! 후!"

"나를 어쩔 건데?"

"승호 네놈을 살려 두면 두고두고 화근이 될 거야. 그러니 여기서 죽어 줘야겠어."

"그럼 네놈도 온전치 못할 텐데?"

"후후! 나? 아직은 대한민국 검사야. 공권력에 대항한 정당방위로 처리하면 그만이지. 그러니 그런 걱정일랑 염라대왕 앞에 가서나 변명하시게."

"과연 네놈 뜻대로 될까? 불쌍하고 가엾은 놈!"

"자, 누가 오기 전에 죽어 줘야겠어. 이제야 앓던 이가 빠져나가는 기분이군. 흐흐흐!"

정민수는 대답 대신 씨~익 한번 웃는다.

"웃어? 건방진 새끼. 넌 모든 면에서 나보다 한발 앞섰지. 난 그게 늘 불만이었고 그때부터 이를 갈았거든, 네놈의 모든 것을 빼앗겠다고 말이야. 자 이번에도 나보다 한발 앞서 염라대왕을 만날 수 있게 해주지."

끼리릭!

"그래? 그래서 은하까지 그랬나?"

"그래, 맞아, 그년을 네놈에게서 꼭 빼앗고 싶었거든."

"그럼 잘했어야지?"

"아니. 난 그냥 빼앗아서 그년의 인생을 망가뜨리고 버릴 생각이었지. 애초부터 데리고 살 생각은 없었지. 그런데 그년도 내 마음을 아는지 껍데기만 내게 있었고 마음은 온통 네놈뿐이었지."

정민수는 이빨을 으드득! 갈며 김상호의 악랄함에 치를 떤다.

"이 악독한 놈."

"자, 이제 궁금증은 해결됐겠지? 그럼 갈 시간이군. 궁금증이 다 풀렸을 테니 홀가분하게 가거라."

김상호는 힘껏 방아쇠를 당긴다.

철커덕! 틱! 틱! 틱!

순간, 김상호는 기겁하며 얼굴이 흙색으로 변한다. 나가야 할 총알이 나가지 않은 것이다. 연달아 방아쇠를 당겨본다.

틱! 틱!

"아니? 이럴 수가?"

정민수는 바람처럼 다가가 김상호의 입을 틀어막으며 자신의 왼쪽 옆구리에서 권총을 뽑아 든다. 그리고 김상호의 관자놀이에 총구를 다시 갖다 댄다.

"친구! 이걸 찾나?"

김상호는 파랗게 질린 채 두 손을 모으고 싹싹 빈다.

"사… 살려줘! 우린 친구잖아."

조금 전 검사실에 침투 후 김상호 옆구리에서 귀신도 모르게 권총을 빼고는 자신이 준비해 온 실물과 똑 같은 모형 권총과 순간적으로 바꿔치기한 것이다.

"불쌍하고 야비한 놈. 넌 이미 살 기회를 완전히 놓쳤어. 정말 반성하는 마음이 있었다면 넌 살 수 있었어. 하지만 이젠 늦었어."

"승호야! 정말 죽을 죄를 졌어. 아니 지금 아주 많이 반성하고 있……."

슈~욱~ 픽~

"아~악."

말이 채 끝나기도 전에 비명과 함께 오른쪽 관자놀이에서 시뻘건 선혈이 사방으로 튀며 힘없이 옆으로 푹! 쓰러진다. 소음기를 바꿔 낀 무소음 권총에 의해 소리 없이 권총이 발사된 것이다.

"가라. 반성은 가서 해라."

김상호는 두 눈을 부릅뜬 채 그 자리에서 즉사한다. 이로써 김상호의 만행은 여기서 멈추게 된다. 정민수는 자신에게 튄 핏줄기를 닦으며 시계를 쳐다본다.

'이제야 모든 것이 끝났군. 9시 55분 올 때가 됐는데?'

정민수는 김상호 위에 놓여 있던 담배 한 개비를 피워 문다. 바로 그 시각, 집무실 문밖에서 소란스러운 소리가 들린다. 정민수는 조금 전과는 달리 긴장한 모습으로 두 귀를 쫑긋 세우고는 문 뒤로 몸을 숨긴다.

"안됩니다. 이곳은 아무도 못 들어갑니다. 상부의 명령입니다."

"비켜! 나 종로경찰서 강력계 형사 혁 반장이야!"

"그 누구도 안 됩니다."

"야, 임마! 지금, 이 안에서 사건이 터지면 책임질 거야?"

"그건."

"그럼, 비켜, 박 형사 빨리 문 열어."

"예, 반장님."

털컥! 딸깍. 문 여는 소리가 들림과 동시에 혁 반장과 박 형사가 들어선다. 그리고는 곧바로 안에서 다시 문을 걸어 잠근다.

"박 형사! 김상호 집무실 열어봐!"

"예! 반장님!"

박 형사가 문을 막 열려고 할 찰나에 정민수는 자신의 얼굴에 튄 핏자국을 닦으며 문을 열고 나온다.

"박 형사님 그럴 것까지 없습니다."

혁 반장과 박 형사는 소스라치게 놀란다.

정민수가 이미 와 있을 거라고는 짐작했지만 김상호가 벌써 죽어서 널브러져 있을 줄은 몰랐던 것이다. 흑표는 정민수의 비밀 명령에 따라 9시 50분에 혁 형사에게 전화를 한 것이다. 혁 형사는 무엇인가 눈치챈 듯 다급히 입을 연다.

"김 실장님! 왜 지금 전화하는 겁니까?"

"형님의 명령이었습니다."

전화를 끊은 혁 반장은 급히 박 형사를 부른다.

"박 형사! 빨리 날 따라와."

짐작하면서도 불안한 마음에 한걸음에 달려왔지만 벌써 상황은 종료된 후였다. 정민수는 털썩 무릎을 꿇는다.

"형님! 아니 반장님! 죄송합니다."

그리고는 두 손을 내민다. 혁 반장은 잠깐 동안 천정을 바라보다가 긴 한숨과 함께 무겁게 입을 연다.

"민수, 아니 승호! 왜 일을 이렇게 어렵게 만들어? 법으로 해결하면 될 것을 왜 이렇게 엄청난 일을 저지른 거야?"

정민수는 아무 말 없이 고개만 숙이고 있다.

"이제 어떻게 할 거야. 이젠 정말 빼도 박도할 수가 없게 됐잖아."

"형님! 전 이제 죽어도 여한이 없습니다. 제게 법은 아무런 보호 장치가 못 되었습니다. 그래서 억울한 옥살이를 10년 동안 했고요. 법을 집행한다는 놈이 법을 악용했으니 상호는 죽어 마땅합니다.

"이봐! 민수, 아니 승호! 이 세상에 죽어 마땅할 사람은 없는 거야. 그것은 법에서 판단할 일이야."

"그래도 형님 손에 잡혀가게 되니 마음이 편합니다."

"은하 씨는 어떡할 거야? 자나 깨나 민수 아우만 생각하는 은하 씨 불쌍해서."

그 대목에서는 정민수가 눈물을 뚝! 뚝! 흘린다.

"으~ 흑, 형님 미안합니다. 불쌍한 우리 은하를 잘 부탁하겠습니다."

혁 형사는 길게 한숨을 내뱉고는 주위를 둘러본다. 그리고는 담배 한 개비를 정민수에게 권한다.

"민수 아우! 여긴 우리 셋밖에 없어. 결정해라. 들어온 것을 이용해 나간다면 감쪽같이 나갈 수 있겠지? 원한다면 난 눈감아 줄 수도 있어."

정민수는 고개를 가볍게 가로 젓는다.

"배려 고맙습니다. 형님! 그러나 그렇게 하지 않겠습니다."

"왜? 아우는 이제 들어가면 사형을 면치 못해. 살 수 있는 유일한 길은 탈출뿐이야."

그러나 정민수는 단호하게 대답한다.

"형님! 제가 죽어야 은하 씨를 살릴 수 있습니다."

혁 반장은 잠시 허공을 응시한다.

사실, 정민수도 친구인 김상호 검사를 처단하기 전까지는 탈출하기로 마음먹고 천정의 텍스를 뜯어낼 때 감쪽같이 원상 복구를 할 수 있도록 조심스럽게 뜯어냈던 것이다.

그러나 사랑하는 조은하를 살리기 위해서 마음을 굳힌 것이다. 이미 결심을 굳힌 것을 직감한 혁 형사는 정민수가 담배를 다 피우기를 기다린 후 수갑을 채우며 미란다원칙을 고지한다.

"당신을 현행범으로 체포합니다. 당신은 묵비권을 행사할 수 있고 당신에게 불리한 진술을 하지 않을 권리가 있으며 변호사를 선임할 권리가 있습니다."

이때, 밖에서 요란한 구둣발 자국 소리가 들린다. 밖에서 보초 서던 보초병이 상부에 보고한 모양이다. 혁 반장은 박 형사에게 턱으로 지시를 한다.

"알겠습니다. 반장님!"

박 형사는 정민수를 옆구리에 낀 채 밖으로 나간다.

애~ 애~애~ 앵! 잠시 후에 수사관들이 오고 폴리스라인이 쳐진다.

다음날, 각종 신문과 라디오. TV에서는 속보를 쏟아낸다.

-뉴스 속보-

뉴스 속보입니다.

어제 오전 10시쯤 중앙검찰청 강력계 부장검사인 김상호 검사가 자신의 집무실에서 살해당했습니다.

범인은 김상호 검사의 절친했던 친구로 알려져 충격을 더 하고 있습니다. 살해당한 김상호 검사는 10여 년 전 친구와 사소한 시비 끝에 단짝인 친구 한 명을 살해하고 길 가던 행인마저 살해한 후 이 사건과는 아무 상관도 없는 친구인 윤철민(원명:윤승호)에게 누명을 씌워 사형수로 복역하게 한 혐의를 받고 있습니다. 윤철민은 교도소에서 사형수로 복역하던 중 3년 전 탈출에 성공했으며 좁혀오는 수사망의 중압감에 못 이겨 계룡산에서 자살한 것으로 알려졌지만 그는 죽음을 가장해 오로지 오늘의 복수만을 기다려왔던 것으로 보입니다.

김상호 검사의 신변 보호를 위한 삼엄한 경계마저 비웃듯, 검찰청 청사의 화장실 천장을 뚫고 들어가 김상호 검사를 살해했습니다. 이번에 살해당한 김상호 검사의 범행은 온 국민을 경악하게 했습니다.

2주 전 살해당한 민사당 소속 전 국회의원 김인석과 김상호 검사는 부자 관계로 이들은 조폭들과 손을 잡고 부녀자들을 납치, 매매, 강간, 살인을 일삼았으며 무엇보다도 10여 년 전에 친구를 살인하고 길 가던 행인을 살인하고도 친구에게 누명을 씌웠으며 그 친구는 탈옥 후 계룡산에서 스스로 목숨을 끊게 만든 장본인들로서…….

……

중략.

이 사건을 바라보는 시민들의 생각도 제각각으로 나타났습니다. 시민들은 죽어 마땅한 김상호 검사를 죽인 것에 대해 사필귀정으로 규정지었으며 억울한 누명을 쓰고 범행을 저지른 윤철민 즉 윤승호에게 선처를 구하는 시민들이 대부분이었습니다.

자세한 소식은 들어오는 대로 전해 드리겠습니다.

다음 뉴스입니다.

파멸

윤철민 사형, 정민수가 탈옥 후 복수로 이를 갈며 살아온 지 3년,

복수로 모든 것을 끝냈다. 그러는 사이 윤철민이라는 이름도 어느덧 잊혀지고 있었다. 아니 사실 자신의 원명(原名)인 윤승호라는 사실은 이미 잊은 지 오래다. 윤승호는 사형을 선고받자 만감이 교차한다. 자신이 죽음으로써 이 세상에서 가장 사랑하는 조은하를 살릴 수 있기 때문이다. 폐동맥 고혈압과 확장성 심근병증을 앓고 있는 조은하가 살 수 있는 유일한 방법은 폐와 심장을 이식하는 방법 외에는 없다. 그러나 폐와 심장은 기증의 대상이 될 수가 없다. 다만 죽음을 맞이하는 사람만이 기증할 수 있기 때문이다. 윤승호는 이러한 사태를 대비해 검사한 적이 있다. 결과는 조은하와 혈액형은 물론 모든 조건이 딱 들어맞았다.

1차 공판에서 사형을 선고받은 후 조은하의 간곡한 원함에도 항소하지 않았다. 사형수의 면회는 1주일에 한 번씩만 가능하다.

윤승호 어머니인 백순희 여사는 그동안 조은하의 극진한 보살핌으로 오락가락하던 정신이 완쾌되어 고향으로 내려가 생활하고 있다. 처음 아들 윤승호의 사건을 듣고 접했을 때는 아들이 사형수라는 사실을 받아들이지 못해 몇 번을 기절했다가 깨어나곤 했다. 아들인 승호를 보내고 나면 자신도 따라갈 생각이었으나 조은하가 승호의 자식을 임신한 것을 알고부터는 승호의 사형을 받아들일 수밖에 없었다. 그리고 그 후로는 면회도 가지 않았다. 부모보다 먼저 가는 아들의 얼굴을 차마 볼 수가 없었기 때문이다. 오늘도 조은하가 면회 오는 날이다. 조은하는 유리 벽을 사이에 두고 입을 연다.

"오빠! 승호 오빠! 오늘은 오빠에게 기쁜 소식이 있어."

"뭔데?"

"오빠! 나 애기 가졌어. 오빠 애기야."

윤승호는 화들짝 놀란다.

"그게 무슨?"

"승호 오빠! 그날 밤 일을 잊지는 않았겠지?"

윤승호는 그날 밤 일이 생각났다. 자신의 모든 것을 쏟아부으며 격렬하게 사랑을 나누던 그때의 일이.

"아!"

"오빠! 승호 오빠! 그러니 제발…."

잠시 숨을 고르던 윤승호가 길게 한숨을 쉰다. 이로 인해 자신의 목표가 더 뚜렷해진 것이다.

"은하, 내 말 똑똑히 들어 이제 은하는 더 책임감이 무거워졌어. 천수도 있고 또 우리……."

"은호야, 우리의 분신 은호. 내 이름과 오빠 이름을 한자씩 따서 지었어. 어머니가 그렇게 하랬어."

"어머니? 그리고 우리 둘의 분신?"

"응! 오빠!"

그 순간, 윤승호는 지그시 눈을 감고 아무 말이 없다. 마음이 찢어질 듯 아팠기 때문이다. 두 눈에서 눈물이 주르르 흐른다. 살고 싶다. 정말 살고 싶다. 그래서 잠시 후면 태어날 우리 아기와 그리고 세상에서 둘도 없이 사랑하는 은하, 꿈에도 보고 싶었던 엄마, 비록 원수인 김상호의 아들이지만 불쌍한 천수, 이렇게 다섯 식구가 남들처럼 평범하게 오손도손 행복하게 살고 싶다. 그러나 현실은 그렇지 못하다. 항소하면 사형은 면할 수 있을지 몰라도 그리되면 자신이 가장 사랑하는 여인, 은하가 죽을 수밖에 없다. 조은하의 두 눈에서도 눈물이 주르르 흐른다.

"승호 오빠! 항소하면 사형은 면할 수 있는데. 응, 오빠! 제발."

"은하, 고마워! 그러나 난 할 수가 없어."

"왜? 왜 안 되는데?"

"은하! 나 사랑하지?"

"그걸 말이라고 해? 오빠!"

"나도 은하를 사랑해, 미치도록….."

"그럼 살아야 하잖아."

"그래 맞아 난 은하 마음 안에 들어가 영원히 함께 살 거야."

"흑흑! 오빠. 혹시 나 때문에 그래? 나도 치료하면 살 수 있잖아."

"그래, 은하는 살 수 있어. 또 내가 꼭 살릴 거고."

"으~ 으~ 흑! 그럼 같이 살아야 하잖아. 이 바보 오빠야. 그런데 안 된다는 거야. 엉! 엉! 엉!"

윤승호의 눈에서도 구슬 같은 눈물이 뚝! 뚝! 떨어진다. 조은하를 마음에 품고 살아온 지난날이 주마등처럼 스친다.

그러나 어쩌랴! 이것이 이들의 사랑의 운명인 것을,

'은하! 폐와 심장을 이식해야 살 수 있어. 내가 은하 너를 살릴 거야. 아니, 은하가 나를 살리는 거야 내가 은하 심장과 허파가 되어 항상 함께 살아 움직일 것이거든.'

조은하는 아직도 울고 있다.

"으! 흐! 흑, 오빠 난 어떡하라고. 엉엉엉! 우리 약속했잖아. 내가 만들어 주는 김밥 먹겠다고, 엉어엉. 그리고 우리 죽어도 함께 있겠다고. 그러니 승호오빠 제에 ~ 발. 엉엉엉."

윤승호도 여전히 눈물을 뚝뚝 떨어뜨리면서 조용히 입을 연다.

"은하! 고맙고 미안해. 그리고 사랑해. 은하가 만들어 주는 김밥 먹겠다는 약속 못 지킬 것 같아서 더 미안하고. 그러나 죽어서도 함께 있겠다는 약속은 꼭 지킬게. 그러니 이제부터는 울면 안 돼, 은하가 울면 내 가슴이 아파. 우리 천수, 은호. 잘 키워주고. 다음에 만나면 그땐 정말 잘해줄게. 그땐 헤어지지 말자 우리…….웅?"

조은하는 오열한다.

"어~ 엉~ 엉! 승호! 이 바보야. 엉엉! 바보. 이 바보야. 흑! 흑! 흑!"

"바보같이 울긴, 은하가 울면 이 오빠가 슬프잖아."

조은하는 여전히 흐느끼며 구멍이 뚫린 유리 벽으로 입술을 갖다 댄다. 윤승호도 가로막힌 유리벽 사이로 입술을 갖다 댄다. 서로간의 입술은 닿지 않지만, 숨결은 느낄 수 있다.

"으! 흑! 흑! 승호 오빠 사랑해!"

"은하! 나도, 나도 정말 사랑했어."

윤승호의 두 눈에서도 구슬방울보다도 더 큰 눈물이 폭포수처럼 흘러내린다. 이때, 야속한 교도관의 음성이 들린다.

"면회시간 종료됐습니다."

교도관은 윤철민의 양쪽 팔을 끼고는 안으로 사라져간다. 조은하는 이번이 마지막인 면회임을 직감적으로 알았다.

"안돼! 안돼, 오빠! 가면 안 돼. 오빠, 엉! 엉! 엉! 승호 오빠 안돼. 오빠! 윽."

결국, 조은하는 오열을 토하며 그 자리에 혼절하고 만다. 윤승호는 뒤돌아 소리치며 뛰쳐나오려고 했지만 마음뿐이었다.

"은하! 안돼."

"조용히 갑시다."

윤승호는 창을 통해 흘러들어오는 빛을 바라본다.

'아! 3년 남짓. 그토록 원했던 붉은빛이 겨우 이것이었던가? 허무하다. 그러나 사랑했다. 모든 것을 …….'

윤승호는 세상의 빛이 점점 닫히는 것을 느낀다. 동시에 엠블란스의 사이렌 소리가 요란하게 들린다.

3년 후, 봉수산 계곡.

이곳 봉수산은 충남 예산 대술면, 아산 송악면, 공주 유구면에 길게 걸쳐 있는 산이다. 그리 높지는 않지만, 산세가 수려한 명산이다.

이 계곡에서 내려오는 옥계수(玉溪水)는 유리알보다도 더 맑다. 산기슭에 화려하지는 않지만 우아하게 자리 잡은 그리 크지 않은 별장 하나가 자리 잡고 있다. 별장 안에서는 연기가 모락모락 피어오른다. 머리가 희끗희끗한 두 초로의 여인이 음식을 장만하고 있다. 내일이 한가위다 보니 추석에 사용할 음식을 만드는 것 같았다. 한두 살 아래인 듯한 푸르스름한 저고리를 입은 여인이 펄펄 끓는 가마솥 뚜껑을 열며, 맞은편에서 음식을 장만하던 흰 저고리를 입은 여인을 향해 입을 연다.

"성님! 인자 쫌 들어가 쉬시소."

그러나 그 말에는 아랑곳없이 산 아래를 내려다보며 중얼거린다.

"얘들이 올 때가 됐는데."

그 말이 미처 끝나기도 전에, 산 아래 저 멀리서 흰 먼지를 일으키며 자동차 소리가 들린다.

"성님! 야들이 오나 봅니더."

그제야 흰 저고리의 여인이 허리를 펴며 손을 이마로 가져가며 아래를 향한다.

"온다. 오는구나."

그러는 사이 어느덧 검은색 고급 세단 승용차 한 대가 앞마당으로 들어서며 멈춘다. 승용차 운전석 문이 열리며 건장한 사내가 내린다. 다름 아닌 흑표다. 흑표는 뒷좌석 문을 열어 준다. 열 살 때쯤 되어 보이는 사내 아이를 앞세우고 두 팔로는 두세 살쯤 되어 보이는 아기를 안고 한 여인이 내린다. 늘씬한 키에 천사 같은 미모를 지닌 아름답기 그지없는 조은하다. 열 살쯤 되어 보이는 아이는 두 팔을 벌리며 뛰어간다.

"할~머~니!"

그러자 흰 저고리의 중년 여인이 두 팔을 벌리며 다가간다. 이 여인이 바로 안성기도원 지하 동굴에 갇혀있던 정민수 즉 윤승호의 어머니인 백순희 여사다. 혹독한 폭행에 의해 정신 이상자였던 백순희 여사가 조은 하의 정성 어린 병간호로 제정신이 되돌아 왔던 것이다.

"아이고 내 똥강아지 왔네."

아이는 입을 삐쭉거린다.

"할머닌, 난 똥강아지가 아니야. 천수야! 천수. 윤천수란 말이야. 으이 그, 할머닌 아직 그것도 몰라?"

"아이구! 우리 똥……. 아니 우리 천수 이 할미가 얼마나 보고 싶었다 고……?"

"정~말?"

"그럼, 정말이고 말고."

"나도 할머니 많이 보고 싶었어."

파멸

할머니는 천수의 엉덩이를 툭~툭! 때린다. 이때. 우두커니 서 있던 푸르스름한 저고리의 할머니가 입을 삐쭉거린다. 이 여인은 최미화의 어머니다. 외동딸인 최미화를 불의에 잃고 실의에 빠졌던 최미화 아버지는 시름시름 앓다가 1년 만에 결국 저세상으로 갔다. 이에 윤승호와 흑표 그리고 특히 조은하의 간절한 부탁 때문에 이곳으로 모셔온 것이다. 외로웠던 두 사람은 금방 친해졌고 서로 형님 동생 하는 사이가 된 것이다. 최미화 어머니가 이곳으로 오면서 최미화도 이곳 봉수산 양지바른 이곳으로 이장을 했다.

"천수야! 이모 할매는 안 보이는 갑네."

그제야 천수는 비로소 고개를 돌린다.

"이모할머니도, 많이 보고 싶었어요."

두 팔을 벌리고 있는 이모할머니에게 달려가 푹! 안긴다.

"어서 온나. 이 누무 자슥."

잠시 이 모습을 흐뭇하게 지켜보던 조은하는 두세 살쯤 되는 아기를 안은 채 고개를 숙인다.

"어머님! 저희들 왔어요. 그동안 안녕하셨어요."

백순희 여사는 가엾은 표정을 지으며 고개를 끄덕인다. 그리고는 두 손을 덥석 잡는다.

"아가! 아니 우리 딸 은하! 네가 오느라 고생했구나!"

"어머니! 하나만 부르세요. "

"그래, 아가! 아니, 우리 딸로 부르기로 했지?"

"예! 어머니. 그리고 여기."

조은하는 아기를 건네준다.

"어머니 둘째 손자 은호예요."

"어디 보자. 처음 보는 내 똥강아지."

그 소리에 이모할머니 즉 최미화 어머니 품에 안겨있던 천수가 품에서 빠져나오며 눈꼬리를 치켜세운다.

"할머니! 똥강아지 아니래도? 내 동생 은호예요. 은~호!"

"은호? 그래 은호, 어이구 내 새끼."

이때, 조은하가 끼어든다.

"어머니! 죄송해요. 너무 오랜만에 찾아봬서."

사실, 조은하가 임신을 한 후에는 신문사는 흑표에게 맡기고 정민수의 옥바라지는 물론 이곳 공주 유구면 봉수산에 모셔다 놓은 정민수 즉 윤승호의 어머니인 백순희 여사를 일주일이 멀다하고 내려와 극진히 모셨다. 그러나 출산을 하고 난 후는 아기의 잦은 병치레로 인해 그렇게 하지를 못했다.

조은하는 계속 말을 이어 간다.

"그리고 둘째 손자 이름은 어머니께서 말씀하신 대로 제 이름과 그이 이름 한자씩 따서 호적에 올렸어요."

"잘했다. 잘했어. 그리고 무엇보다 은하 네가 내 딸이 되어줘서 고맙구나. 저세상 가신 네 할머니도, 또 우리 영감도 좋아 할 게야. 어릴 적에 처음 네가 우리 집에 왔을 때 내 딸 삼았으면 하고 은근히 욕심을 냈었지."

조은하는 백순희 여사의 두 손을 덥석 잡는다.

"정말요? 어머니? 정말 그랬어요?"

"암만, 그랬고말고. 그런데 내 소원대로 이렇게 이쁜 내 딸이 돼줘서 고맙기는 하지만 내 며느리가 된 것은 한없이 미안하구나."

그러면서 눈가에 눈물을 훔친다.

"또, 그 소리."

"그래. 안 하마. 자~자, 이렇게 서 있지 말고 이제 애비에게 은호 인사 시켜야지?"

"예! 어머니."

흑표는 익숙한 듯 이미 저만치 앞장서서 올라가고 있다.

"저어, 사장님! 아니 형수님! 조심하세요."

조은하는 고개를 숙여 인사를 하고 고개를 돌려 천수를 바라본다.

"천수야! 아빠 뵈러 가야지?"

"응! 엄마."

윤승호의 어머니인 백순희 여사와 최미화 어머니는 산을 향해 오르고 있는 이들을 보며 눈물을 훔친다.

'쯧! 쯧! 쯧! 불쌍한 것.'

집에서 약간 떨어진 아늑하고 볕이 잘 드는 산언덕에 봉분 두 개가 나란히 누워있다. 잔디의 상태로 봐서 그리 오래되지는 않은 듯하다. 하나는 자신의 이름조차 마음껏 사용하지 못하고 누명을 쓰고 사형수로 살다가 복수를 위해 천신만고 끝에 탈옥한 후 잔인한 복수로 인해 끝내 형장의 이슬로 사라진 정민수도 아니고 윤철민도 아닌 윤승호의 봉분이다. 죽어서야 비로소 자신의 이름을 찾은 기구한 운명으로 살다간 남자. 김상호를 제거했을 당시 도망갔거나 항소를 했다면 얼마든지 살 수가 있었음에도 사랑하는 사람 조은하를 살리기 위해 하루라도 빠른 사형집행을 위해 기도했던 남자 윤승호, 다른 하나의 봉분은 최미화의 무덤이다.

교사로 평범하게 살 수 있었음에도 윤승호를 끝까지 돕다가 결국에는 김인석의 흉탄을 온몸으로 막으며 가장 사랑하는 윤승호를 살리고 자신은 장렬하게 산화한 최미화, 조은하의 마음은 다시 갈기갈기 찢어진다. 천수를 오른쪽에 세우고 이제 겨우 기우뚱거리며 걸음마 하는 은호는 천수의 왼쪽에 세운다.

"천수야! 아빠께 인사드려야지."

"응! 엄마."

그리고 두 손을 가지런히 모은 후 이마에 갖다 댄다.

"아저…… . 아니! 아빠! 절 받으세요. 저 천수예요. 엄마도 같이 왔어요. 또 내가 가장 사랑하는 내 동생 은호도 같이 왔고요."

천수는 절을 한 후 옆에 서 있는 은호의 머리를 억지로 숙인다.

"은호야! 너도 빨리 아빠한테 절해야지?"

"아더더~빠 ~빠빠."

조은하는 비틀거리며 겨우 절을 했으나 두 번째 절에서는 아예 일어나지 못하고 있다. 어깨를 들썩이는 것으로 보아 흐느끼는 것 같다.

"으흑흑! 승호 오빠! 으흑흑! 미, 미안해. 정말 미안해. 흑흑흑! 승……호 ~ 오빠. 으흐윽! 은~ 은호 아빠! 우리 천수. 은호 불쌍해서 어떻게! 흑! 흑! 흑!"

뒤에서 지켜보던 흑표가 진정시킨다.

"형수님! 그만 일어나시지요. 형님께서도 꿋꿋한 모습을 원하실 겁니다."

조은하는 겨우 일어나 옆 봉분에 다시 절을 한다. 천수도 따라 절을 한다.

"예쁜 이모 천수 왔어. 아빠하고 친하게 지내야 해. 싸우지 말고."

천수가 자연스럽게 하는 것으로 보아 이곳에 몇 번은 다녀간 듯하다. 조은하가 은호를 출산하기 전에 윤승호는 사형이 집행되었고 그때 천수를 데리고 이곳에 두어 번 와본 적이 있다. 천수의 천진난만한 말에 조은하는 또다시 오열을 토해 낸다.

"미, 미화야, 미안해. 언니가 정말 미안해. 으! 흑! 흑! 흑!"

흑표도 뒤에서 고개를 푹 숙이고 있을 뿐 아무 말이 없다.

"흑! 흑! 미화야! 정말 미안해! 그곳은 괜찮니? 춥지는 않니? 민수 씨가 잘 해주니?"

조은하가 한동안 흐느끼다가 가까스로 몸을 일으킨다. 그러자 최미화와 정민수가 두 손을 꼭 잡은 채 눈앞에 나타난다.

"미화야!"

"웅! 나야. 언니."

"으! 흑 ! 흑! 미안해. 언니가 미안해."

"언니! 바보같이 울긴, 난 이렇게 민수 씨하고 잘 있는데."

"그래. 고마워. 민수 씨. 아니, 승호 오빠! 나 갈 때까지 미화한테 잘해 줘야 해."

윤승호는 아무 말이 없이 빙그레 웃으며 고개만 끄덕인다. 웃는 모습이 살아 있을 때 그 모습 그대로다.

"은하 언니! 행복해야 해. 나중에 만나서 함께 잘 살자. 그때는 내가 언니한테 더 잘할게. 이만 가봐야 돼. 언니! 우리 사랑하는 조카, 천수, 그리고 얼굴도 못 보고 온 은호 안녕~."

조은하는 다시 흐느끼며 쓰러진다.

"안 돼! 가지 마. 가지 말라고. 미화야! 가지 마. 으! 흐! 흐!흑…… 흑!
흑. 승호 오빠! 미화한테 잘해 줘야 해. 엉! 엉! 엉! 오빠 잘 가. 미화도…….
흑! 흑! 흑!"

쓰러져 흐느끼고 있는 조은하를 흑표가 조용히 부축한다.

"형수님! 기운 떨어집니다. 이제、그만 내려가시지요."

조은하는 그제야 정신을 차리며 비틀거리며 몸을 일으킨다.

"고마워요. 김 실장. 아니 김 사장님!"

흑표가 화들짝 놀란다.

"형수님! 그게 무슨 말씀입니까?"

조은하가 가볍게 고개를 끄덕인다.

"김 실장님! 이제부터는 김 실장님이 한강신문을 이끌어 주세요. 한강
신문도 일간지로 됐고 메이저급으로 성장했으니 제가 감당하기에는 벅
차요. 그러니 김 실장님이 맡으세요."

흑표가 고개를 절레절레 흔든다.

"안 됩니다. 그건."

"규모도 커졌고 딸린 식구도 많아서 저는 벅찹니다. 그리고 전 이제부
터 두 어머니 오시고 이곳에 있는 미화와 승호 오빠 외롭지 않게 여기서
살 거예요."

조은하가 이미 결심을 굳혔음을 흑표는 안다.

"제 능력으로 힘들겠지만 불곰 형님과 함께 최선을 다해 이끌어 가겠습
니다."

조은하가 흑표의 손을 꼭 잡는다.

"고마워요. 저보다는 몇 배 잘하실 수 있을 겁니다. 그동안 고마웠어요.

김 사장님!"

혹표는 허리를 90도로 굽혀 예를 다한다.

노란 들국화로 둘러싸인 두 개의 봉분 사이에서 최미화와 윤승호가 두 손을 꼭 잡은 채 손을 흔들며 흡족한 표정으로 차츰 하늘 위로 사라지는 것이 보인다.

조은하도 혹표도 천수도 은호도 손을 흔든다.

"승호 오빠! 잊지 않고 나를 사랑해 줘서 고마웠어요. 나의 영원한 사랑인 당신의 허파와 심장이 내 안에서 이렇게 뛰고 있어요. 나도 미치도록 사랑했어요. 당신을…."

조은하는 흔들던 손을 멈추고 흐르는 눈물을 훔친다.

"잘 가요. 안녕! 내 사랑~"

大尾

애독자 여러분, 끝까지 함께 해주셔서 감사드립니다.

저자 拜